À PROPOS DE L'AUTRICE

Inspirée par les nombreux drames britanniques qu'elle a pris plaisir à lire et à relire sans jamais s'en lasser, **Christy Carlyle** est une autrice à succès, régulièrement célébrée par le *USA Today*. Cette ancienne enseignante diplômée en histoire se plaît à mettre en scène des héros tourmentés et des héroïnes au fort caractère dans un cadre victorien. Son amour pour le passé et sa foi inébranlable en une fin heureuse donnent à ses romances historiques un goût unique et fort savoureux.

La lady de Scotland Yard

Collection : VICTORIA

Titre original :
THE DUKE AND LADY SCANDAL

HARPERCOLLINS FRANCE
83-85, boulevard Vincent-Auriol, 75646 PARIS CEDEX 13
Service Clients — https://www.harlequin.fr/contenu/contactez-nous
ISBN 978-2-2805-1525-2 — ISSN 2493-013X

Édité par HarperCollins France.
Composition et mise en pages Nord Compo.
Imprimé en juillet 2025 par CPI Black Print (Barcelone)
en utilisant 100% d'électricité renouvelable.
Dépôt légal : août 2025.

MIXTE
Papier
FSC FSC® C159065

Pour limiter l'empreinte environnementale de ses livres, HarperCollins France s'engage à n'utiliser que du papier fabriqué à partir de bois provenant de forêts gérées durablement et de manière responsable.

CHRISTY CARLYLE

La lady de Scotland Yard

Traduit de l'anglais (américain) par
MARINE DEPRET

Victoria

HARLEQUIN

Prologue

Bedford Square, Londres

Le 29 septembre 1896

Benedict Drake, inspecteur en affaires criminelles, croisa les bras pour réprimer un frisson. Une brume épaisse tapissait la capitale et emplissait l'air d'un froid mordant. Il avait demandé au cocher du fiacre de le déposer à une intersection puis pris position pour sa mission de surveillance, guettant des signes d'agitation dans la demeure située de l'autre côté du square, patientant dans les ténèbres de l'heure du crime.

Les battements de son propre cœur tambourinaient à ses oreilles. Il brûlait de traverser la rue en courant, d'arracher la porte d'entrée de ses gonds et d'enfin mettre la main sur l'homme qu'il traquait depuis des semaines.

Mais ce criminel était aussi retors qu'imprévisible.

Patience et longueur de temps font plus que force ni que rage[1], se répéta-t-il en son for intérieur pour la énième fois, mais il avait un mal de chien à rester tranquille.

L'homme qu'il avait regardé entrer dans la demeure dix minutes plus tôt n'était qu'une petite frappe, mais l'inspecteur avait établi un lien solide entre lui et un certain cerveau criminel.

1. Morale de la fable *Le Lion et le Rat*, de Jean de La Fontaine.

Benedict était alors devenu l'ombre d'Amos Howe. Il avait suivi le voleur de bas étage dans tous les tripots, maisons de passe et fosses sordides où de pauvres bêtes s'affrontaient à mort pour divertir des ivrognes. Plusieurs fois, il avait hésité à étudier d'autres pistes, désespérant de voir un jour ce misérable pion le mener jusqu'au roi.

Mais si la patience n'était guère le fort de Benedict Drake, la ténacité était l'une de ses qualités notoires. Une fois qu'il avait flairé sa proie, il n'abandonnait jamais la traque. Et cette obstination, doublée d'une logique froide et implacable, le trahissait rarement.

C'était d'ailleurs cette même logique qui lui soufflait qu'Amos l'avait enfin conduit jusqu'au chef de toute cette organisation criminelle. L'élégante maison de ville dans laquelle le voleur s'était faufilé ne pouvait être la sienne. Amos s'était forgé une réputation dans les plus sombres ruelles de l'East End et tous les bouges qu'il fréquentait se trouvaient dans ce quartier. Le marionnettiste à l'origine de cet odieux chantage résidait ici. Benedict le sentait au fond de lui.

Il tira silencieusement son revolver de sa poche. Il ne faisait usage de violence qu'en ultime recours, mais il soupçonnait « M », le maître chanteur, d'avoir des armes prêtes à faire feu.

Benedict n'avait aucun moyen de savoir combien de personnes l'attendaient à l'intérieur. Son unique certitude était qu'il lui faudrait les affronter seul. Cette affaire relevait du plus haut niveau de confidentialité et exigeait une très grande discrétion. Son mentor avait personnellement choisi Benedict, dont on disait qu'il réussissait là où les autres échouaient.

Cette nuit ne ferait pas exception.

La maison de ville ne se trouvait pas sur l'un des squares les plus prisés de Londres, mais elle n'en demeurait pas moins élégante et bien éclairée. Une personne importante vivait ici, aux abords de Bedford Square. Mais avait-elle vraiment assez d'audace pour faire chanter l'héritier de la Couronne britannique ?

Les lettres étaient arrivées dans des enveloppées tachées de rouge, les mots assemblés à partir de petites coupures de journaux ou griffonnés en pattes de mouches à peine lisibles. Le maître chanteur prétendait avoir en sa possession des courriers et des photographies du prince Édouard de Galles qui, si elles étaient rendues publiques, provoqueraient un véritable tollé. Benedict se moquait bien de la façon dont le prince passait son temps libre, mais la famille royale, elle, tenait à tout prix à éviter un scandale.

Aussi patienta-t-il jusqu'à ce que cette attente lui paraisse complètement vaine. Une demi-heure plus tard, Benedict émergea du couvert des arbres et de la végétation du square et se faufila dans les *mews*[1] derrière la rangée de maisons de ville. Quand il s'approcha du portillon de la demeure à l'intérieur de laquelle Amos Howe avait disparu, un récital de grognements l'accueillit, rapidement suivi par les aboiements paniqués du chien de garde qu'il n'avait pas remarqué plus tôt. La bête se jeta en avant, tirant sur la chaîne qui entravait sa course, et Benedict découvrit une créature à l'aspect misérable... le poil hirsute, le corps émacié et une paire d'yeux brillant de terreur plus que d'hostilité.

— Tu n'as rien à craindre de moi, murmura-t-il au mâtin en s'efforçant d'adopter le ton apaisant dont usait sa sœur avec les animaux errants qu'elle adorait ramener à la maison.

Le molosse aboya encore une fois, puis tendit l'oreille.

— C'est ça, bon chien. N'aie pas peur.

Mais à peine Benedict effectua-t-il un pas dans sa direction qu'un grondement menaçant jaillit de la gorge du cerbère. La bête savait que ce l'on attendait d'elle, même si la personne qui habitait cette demeure le maltraitait.

— Tu fais très bien ton travail, reconnut l'inspecteur.

Une lumière s'alluma soudain derrière la porte de service,

1. NdlT : ruelles pavées typiques de Londres permettant de circuler entre les rangées de maisons mitoyennes.

attirant son attention. Le policier se replia dans les ténèbres tandis que les jappements du chien se muaient en gémissements inquiets.

Le vantail s'ouvrit et une silhouette masculine emplit l'encadrement.

— Sur quoi t'aboies, toi ?

L'homme dans l'embrasure, à l'allure râblée et à la tête couronnée d'un vieux haut-de-forme cabossé, ne pouvait être qu'Amos Howe. Il balaya l'obscurité des *mews* et du jardin arrière d'un regard méfiant.

Benedict enfonça son menton dans son haut col et pria pour que le malfaiteur ne remarque pas sa présence. Amos fit un pas vers l'avant.

— Fichu corniaud.

Le chien recula aussitôt et émit un jappement éploré.

Ah non, sûrement pas.

Le policier se mut avec célérité et s'approcha dans le dos d'Amos qui s'était retourné pour accabler le pauvre animal d'un torrent d'injures. L'homme criait si fort qu'il alerta un domestique de la maison adjacente à celle de M, lequel passa la tête par sa propre porte de service. Benedict chassa le curieux d'un geste de la main, lui intimant silencieusement de rentrer chez lui. Puis il saisit l'occasion et bondit sur Amos au moment où celui-ci captait le bruit de ses pas et virait dans sa direction. Le voleur fourragea dans sa poche, mais l'inspecteur pointait déjà son revolver droit sur son nez.

— À ta place, je me tiendrais tranquille, menaça le policier d'un ton non sans rappeler le grondement du molosse.

Dans la lueur de la porte ouverte, le visage d'Amos prit une couleur de cendre. Leurs routes s'étaient déjà croisées, mais le malfaiteur n'avait pas une seule fois remarqué la présence de l'enquêteur dans son sillage au cours des dernières semaines. Sans doute avait-il été trop occupé à choisir ses victimes et à leur faire les poches.

— Combien sont-ils, à l'intérieur ?

L'arme de Benedict ne tremblait pas. Amos la fixait des yeux, paralysé par la peur. Tout au long de sa filature, Benedict l'avait vu commettre une pléthore de crimes assez graves pour l'envoyer en prison, mais le voleur était suffisamment intelligent pour savoir qu'à faire chanter la famille royale, il encourait une tout autre peine. Peu de gens pouvaient se permettre de menacer la toute-puissance de la Couronne britannique sans en payer un jour le prix.

— Il n'y a que moi, finit-il par marmonner.

— Essayons à nouveau. Combien sont-ils, à l'intérieur ?

— Il... Il me tuera, chuchota Amos.

L'homme semblait se ratatiner sous les yeux de l'inspecteur. Ses épaules s'affaissèrent et il rentra le menton comme pour protéger son cou.

— Un mot et il me tranchera la gorge.

— Peut-être devrais-tu choisir tes amis avec davantage de soin, Amos.

Benedict avait toujours soupçonné M de n'employer un type aussi fruste qu'Amos Howe que pour accomplir ses plus basses besognes. Sans doute son rôle était-il de menacer ou de rosser quiconque gênait ses opérations, mais Amos se révélait finalement un complice assez fragile.

— Nous allons entrer ensemble.

Il désigna la porte de service d'un geste de son arme et leva les yeux pour s'assurer qu'aucun canon de revolver n'était pointé sur lui depuis les fenêtres arrière de la demeure. La plupart d'entre elles étaient obstruées d'épais rideaux et le policier n'aperçut pas le moindre rai de lumière. Mais tout guetteur digne de ce nom savait que l'obscurité conférait une meilleure vision la nuit.

Amos avança vers l'ouverture, pressa une paume contre l'encadrement et parut retrouver une once de courage. Il pivota pour faire face à Benedict, puis planta ses pieds dans le sol et croisa ses bras massifs d'un air déterminé.

— Si vous voulez entrer, il faudra m'passer sur le corps.

Il s'était exprimé sur le ton de la bravade et, hélas, l'homme ferait un adversaire de taille s'ils finissaient par en venir aux mains. Mais l'un d'eux était armé. L'inspecteur abaissa légèrement le canon de son revolver pour le pointer sur le torse du voleur.

— Une balle se chargera de ça bien plus vite que moi. Tu tiens vraiment à prendre le risque ?

Recroquevillé près du palier, le chien de garde émit un gémissement grave et de mauvais augure. Amos jeta un coup d'œil par-dessus son épaule, comme s'il avait entendu quelque chose que Benedict ne pouvait percevoir.

— Dégage de là, gronda le policier en faisant deux pas vers lui. Tout de suite.

Le molosse se leva à l'approche de l'enquêteur et poussa un aboiement courageux. Amos secoua la tête d'un air grave.

— Si j'vous laisse entrer, je signe mon arrêt de mort.

L'homme était en train de gagner du temps. Et soudain, Benedict comprit pourquoi. Une voix masculine retentit depuis l'avant de la maison, suivie d'un cliquetis de harnais et du fracas de sabots sur le pavé. Benedict réagit si vite qu'Amos décroisait à peine les bras quand l'inspecteur l'écarta avec force et ouvrit la porte de service. L'enquêteur pénétra dans une cuisine vide et repéra aussitôt un court escalier menant au rez-de-chaussée. L'intérieur était dénué de meubles et quelqu'un avait éteint la lumière que le policier avait aperçue de l'extérieur.

Il balaya chaque détail du regard dans sa course pour atteindre le vestibule, mais il entendit une voiture se mettre en branle alors même qu'il arrachait pratiquement la porte d'entrée de ses gonds. Noir et sans le moindre signe distinctif, le brougham[1] à l'habitacle clos et aux vitres fuligineuses, mené par un unique cocher en habits sombres, quitta le square à bride abattue et s'engagea sur une artère principale.

1. Voiture à quatre roues, tirée par un cheval

Malédiction !

Venait-il de laisser l'insaisissable M lui échapper ou s'agissait-il d'un autre de ses complices ? Benedict fulminait. Mais il avait au moins mis la main sur l'un des conspirateurs et comptait bien soutirer à Amos Howe jusqu'au plus petit renseignement. Regagnant la cuisine d'un pas rageur, l'inspecteur trouva Amos en train de se faufiler vers les *mews*.

— Je te déconseille de me faire courir, lança Benedict en levant son arme.

Il recula le chien du revolver et espéra qu'Amos entendrait le déclic. Le voleur pivota vers lui.

— Je n'avais rien à voir avec ces lettres.

Benedict s'approcha, les yeux fixés sur les mains du malfaiteur. Amos Howe semblait à nouveau abattu.

— Je suis fatigué de tout ça de toute façon, marmonna-t-il quand l'inspecteur lui passa les menottes.

Le criminel lui facilitait tant la tâche qu'un frisson d'avertissement longea l'échine de Benedict comme une goutte d'eau glacée. Il ramena Amos à l'intérieur et, cette fois, remarqua le bouton que le voleur avait dû pousser. C'était un interrupteur noir dans un cadre plaqué or encastré dans l'embrasure de la porte de la cuisine. Un fil peint en blanc courait le long du bois et disparaissait derrière les meubles.

— Tu l'as prévenu.

Benedict entraîna son suspect dans la pièce en question et attacha les menottes d'Amos à la grande cuisinière en fonte émaillée.

— Tiens-toi tranquille.

Benedict croisa le regard du criminel au moment où le cliquetis de la seconde entrave se faisait entendre.

— C'est ta dernière chance de me dire combien d'hommes je vais devoir affronter là-haut.

Amos secoua la tête.

— Pas un seul, inspecteur. J'suis venu faire une livraison, puis vous avez débarqué et tout est allé à vau-l'eau.

— Une livraison ?

— Quand il veut que je livre quelque chose, je viens le retrouver.

Amos haussa les épaules et ajouta :

— Ensuite, j'emmène ce qu'il m'donne à destination.

— Comme une lettre menaçant le prince de Galles ?

L'homme déglutit avec difficulté et rentra à nouveau la tête dans son col :

— J'voulais rien avoir à faire avec ça, je vous l'jure.

Mais Benedict n'en croyait pas un traître mot. Et même s'il avait avalé les menteries que lui servait ce malfaiteur, il lui fallait en avoir le cœur net. Il fouilla donc chacune des pièces de la demeure. Il les trouva toutes vides, sans le moindre mobilier. La maison de ville était aussi propre qu'un bien mis en vente ou en location. Portes de placards et tiroirs étaient ouverts, les penderies entrebâillées, et Benedict entendait le bruit de ses pas se répercuter dans le silence creux du domicile qu'il ratissa de fond en comble. Il tira même l'échelle cachée dans le plafond d'un couloir du dernier étage pour accéder au grenier, mais ne tomba là-haut que sur de la poussière et une épaisse charpente en bois.

Furieux, il frappa l'une de ces robustes poutres du poing. Le diable soit des fausses pistes ! Elles s'étaient avérées bien trop nombreuses dans cette affaire. Était-il possible qu'Amos se soit rendu compte de sa filature et qu'il ait feint la surprise en le découvrant tout à l'heure ? Et si la marionnette était au courant, alors celui qui en tirait les ficelles, le sinistre M, l'était forcément aussi.

Et il l'avait conduit jusqu'à une maison vide.

Benedict poussa un soupir las et le poids de la fatigue pesa soudain plus lourd sur ses épaules. Mais il prit une profonde inspiration pour emplir ses poumons et stimuler de nouveau son cerveau. Une longue nuit l'attendait encore. Il commença par trouver un fiacre, à l'intérieur duquel il hissa Amos Howe.

Mais alors qu'il s'apprêtait à grimper à l'intérieur, un gémissement à fendre l'âme s'éleva de l'arrière de la maison de ville qu'il venait de quitter.

— Comment s'appelle-t-il ?

Amos grommela quelque chose en secouant fermement la tête.

— Pas M, le chien, s'impatienta le policier avec hargne. Comment s'appelle le chien ?

— Comment diable est-ce que j'le saurais ?

Benedict n'hésita qu'un instant avant de prendre sa décision. Il lui suffit de songer à ce qu'Helen aurait fait dans la même situation et la question ne se posa plus. L'inspecteur retraversa la maison au pas de course jusqu'au jardin arrière. Le chien de garde releva aussitôt la tête et parut sidéré de le voir revenir.

— Je n'ai peut-être pas résolu cette affaire ce soir, mais je peux au moins t'offrir un repas décent.

À l'aide d'une pierre, il brisa l'anneau rouillé du mur extérieur de la demeure auquel la chaîne qui entravait l'animal était attachée, puis se servit de cette laisse improvisée pour mener le molosse jusqu'au vestibule. Le limier baissait la tête et rasait les parois, comme s'il tâchait de se fondre dans le décor ou craignait qu'un monstre surgisse soudain des cloisons immaculées.

— Tu ne le reverras plus jamais, murmura Benedict pour rassurer le chien. Ça, au moins, je peux te le promettre.

1

Maison familiale des Prince,
près de Mayfair, à Londres

Le 6 octobre 1896

— Je suis désolé, petite sœur.

À ces mots, Alexandra Prince cessa de faire ses valises. Ou, selon les points de vue, de transformer sa chambre en zone sinistrée. N'ayant jamais eu l'occasion de s'aventurer beaucoup plus loin que la capitale, elle ne savait pas quoi emporter et la quasi-totalité de sa garde-robe se trouvait à présent étalée sur son lit ou suspendue à son mobilier.

Tout ça pour rien, car il n'y aurait pas d'expédition. Son frère paraissait sincèrement navré pour elle, mais cela n'atténuait en rien l'amertume de la nouvelle. Ni la soudaine sensation de vide dans sa poitrine.

— Mr Van Arsdale exige que seuls Eve et moi soyons du voyage, et sa lettre ne nous est parvenue qu'aujourd'hui.

Allie resta coite et les lèvres pincées. Une douleur lui saisit le cœur, comme une poigne compressant son buste, et elle comprit qu'au moment où elle ouvrirait la bouche, les larmes échapperaient à son contrôle. Alors Dom se sentirait encore plus mal et s'efforcerait de la réconforter. Et il n'y avait rien qu'elle ne désirât moins en cet instant qu'un élan de pitié.

— Tu sais qu'il faut toujours beaucoup de temps pour qu'un courrier arrive d'Amérique.

Dominic agita la missive, comme agacé par la simple vue de l'épais papier de lin.

— Pourquoi diable n'a-t-il pas envoyé un télégramme ?

— Ce n'est rien, Dom.

Alexandra avait fait l'effort de prononcer ces quatre petits mots, mais une larme chaude et intruse dévala aussitôt le long de sa joue. La jeune femme l'essuya d'un vif revers de la main.

— Eve et moi souhaitions vraiment que tu nous accompagnes. J'espère que tu le sais.

La bouche de Dom s'étira en une grimace frustrée et il crispa la mâchoire comme à chaque fois qu'il était mécontent. Puis il balaya la pièce tapissée de vêtements d'un regard étrangement brillant. Allie se détourna, car maintenant que ses larmes s'étaient mises à couler, elle ne parvenait plus à les arrêter.

— Je te verrai demain matin et nous pourrons discuter ensemble de l'autre problème, conclut-il d'une voix douce. Nous sommes vraiment navrés. Tous les deux.

— Je sais.

Dès que son frère eut quitté la chambre, Allie s'affala sur son lit, sans plus se soucier de froisser sa nouvelle robe d'excursion. Puis elle fourra un poing dans sa bouche pour réprimer le cri de frustration qui emplissait ses poumons, mais ne put ravaler ses larmes. Tant pis, autant laisser libre cours à ses émotions et passer à autre chose. Après tout, elle ne pouvait prétendre que la nouvelle la surprenait beaucoup.

Son frère et sa sœur partiraient et elle resterait seule à Londres. Les choses n'avaient-elles pas toujours fonctionné ainsi ? Et même si Eveline et Dominic avaient paru réellement enthousiastes à l'idée de l'emmener avec eux pour cette expédition, elle avait été sotte de croire que les vieilles habitudes pouvaient changer.

Mr Van Arsdale, le collectionneur américain qui finançait cette entreprise, n'avait aucune raison d'inclure Alexandra dans ce périple. Elle n'était pas une experte en antiquités de l'ère viking. Ni même en reliques anglo-saxonnes, d'ailleurs. Leur commanditaire avait recruté les deux membres de la famille Prince les plus utiles à son expédition, et une fois encore, Allie ne rentrait pas tout à fait dans le moule. Au moins, c'était là une sensation familière. Elle avait depuis longtemps l'impression de ne pas être à sa place au sein de sa famille de célébrités.

Oh ! son frère et sa sœur l'aimaient, elle n'en doutait pas. Tout comme ses parents, de leur vivant. Sa mère, en particulier, n'avait jamais caché combien elle adorait sa benjamine. Par ailleurs, les Prince étaient renommés de longue date pour la solidité de leurs liens familiaux. Mais ils étaient aussi connus pour leurs exploits et c'était là qu'Allie sortait des rails. Bien que dénuée de titre de noblesse, la famille Prince jouissait d'une fortune confortable et se targuait du prestige de ses différents membres. Quel que soit l'objectif que se fixaient les Prince, ils finissaient toujours par l'atteindre. Une vérité particulièrement évidente pour qui connaissait le père d'Allie.

Octavius Prince avait décroché un diplôme d'Histoire à l'université d'Oxford, et c'étaient surtout ses découvertes archéologiques, son flair pour dénicher des richesses enfouies et sa relation avec la reine Victoria qui l'avaient rendu célèbre. La monarque avait un jour fait appel à lui pour retrouver un joyau égaré du trésor royal. La résolution de cette affaire lui avait valu un tel renom qu'il s'était vu proposer la main de la fille d'un vicomte. Et la mère d'Allie avait à son tour, bien que de façon plus discrète, gagné sa part de notoriété en détaillant dans des recueils éloquents et merveilleusement illustrés les expéditions auxquelles ils avaient participé ensemble.

Dom et Eve avaient accompagné leur père dans ses aventures dès qu'ils avaient été assez grands. Mais Allie ? On l'avait élevée pour servir de dame de compagnie à sa mère. Accablée par la maladie toute son enfance, elle avait appris à apprécier les divertissements délicats, comme la lecture, l'écriture, le tricot et, plus tard, les sorties à vélo dans les parcs de Londres. Allie ne s'adonnait que rarement aux espiègleries dont paraissaient raffoler son frère et sa sœur, mais elle n'en rêvait pas moins de développer l'assurance caractéristique des Prince. Hélas, quoi qu'elle entreprît, la jeune femme ne semblait jamais posséder l'inclination naturelle des Prince à la réussite et à l'éclat. Elle adorait pourtant faire des recherches, en particulier les enquêtes généalogiques, ou retracer l'histoire des femmes pirates. Allie avait même commencé à écrire un livre sur ces impressionnantes navigatrices lorsqu'elle était enfant, une fiction fantaisiste qui s'était aujourd'hui transformée en un projet plus sérieux.

Mais exhumer des trésors de pirates enfouis ne l'intéressait guère. La jeune femme préférait accomplir des actes valeureux plutôt que de trouver des objets précieux. Malheureusement, sa propre nature était un frein. Allie était… maladroite, avec une vilaine tendance à mettre les pieds dans le plat ou à se montrer bavarde. Et bien souvent, l'on croyait qu'elle cherchait à offenser quand elle s'efforçait seulement d'aider.

Sa mère avait espéré que l'école, avec toutes ses règles d'étiquette, finirait par améliorer ses manières. Mais on lui avait surtout enseigné des âneries, comme la préséance des gentilhommes et la place attendue des dames dans la société… sans oublier tout ce qu'il leur était interdit d'être ou de faire. Malgré tout, aujourd'hui âgée de vingt-cinq ans, Allie comprenait l'importance de privilégier la diplomatie et la délicatesse plutôt que de proférer tout ce qui lui passait par la tête.

Le problème, c'était que sa langue, elle, ne semblait pas avoir encore acquis cet enseignement. Récemment, il y avait d'ailleurs eu un incident avec un client de longue date de la boutique d'antiquités familiale, *Princes of London*, un noble qui s'était plaint du comportement d'Alexandra. En tant que chef de famille, son frère avait estimé qu'il lui revenait d'arranger les choses, ce qu'il avait fait… mais Allie savait qu'il ne tarderait pas à venir lui faire la leçon, comme chaque fois que ce genre d'accrochage survenait.

« Demain matin », avait-il dit, ils auraient leur discussion.

Alors la jeune femme dégagea ses affaires du lit et se glissa à l'intérieur, toujours meurtrie par sa désillusion et redoutant les réprimandes que Dom lui adresserait le lendemain. Elle dormit d'un sommeil agité, se leva très tôt, fit sa toilette et s'habilla avant de rejoindre la boutique d'antiquités de sa famille, sur South Molton Street, à l'heure où les premières lueurs de l'aube transformaient le bâtiment en une aquarelle de briques aux nuances pastel.

Elle avait envisagé de s'y rendre plus tardivement, après le départ d'Eve et Dom, afin d'éviter les adieux, les excuses et autres sermons que son frère se sentait contraint de prêcher. Mais Allie n'était pas lâche et assurer l'ouverture faisait partie de ses tâches. Bien que Dom se soit installé dans les appartements situés juste au-dessus du magasin, autrefois la demeure familiale, son aîné ne témoignait que peu d'intérêt pour la gestion quotidienne de *Princes*. Eve et Allie se doutaient qu'il n'y résidait que pour les protéger de son défilé de conquêtes.

La jeune femme n'avait pas fait trois pas dans la pièce principale qu'elle entendit son frère et sa sœur chuchoter dans l'arrière-boutique :

— Laisse-moi lui parler, demandait doucement Eve.

Elle avait toujours été la plus placide de leur fratrie. En cas de problème, Allie préférait généralement s'adresser à elle.

— Non, c'est à moi de le faire.

L'insistance de Dom n'augurait rien de bon. Allie prit une longue inspiration afin de se préparer à affronter la tempête. Ses remontrances étaient loin d'être aussi tonitruantes que celles de leur défunt père, mais il avait adopté la très mauvaise habitude de se croire au-dessus de toute erreur à propos de presque tout.

— Évite de lui parler de tante Jocasta, répliqua Eve d'un ton légèrement plus véhément.

Le nom de la vieille dame éveilla chez Allie un sentiment tendre mêlé de chagrin. Elle avait toujours adoré sa tante, mais avait souvent craint d'être issue du même moule que sa parente. Les vilains petits canards du clan des Prince. Les personnes étranges qui n'avaient jamais vraiment trouvé leur place au sein d'une famille célèbre et accomplie. Les dames que l'on reléguait inévitablement aux résidences de campagne. Peut-être son frère et sa sœur envisageaient-ils ce genre d'avenir pour Allie ? Mais si tel était le cas, elle lutterait contre cette décision de toutes ses forces.

Elle ne correspondait peut-être pas au profil typique d'une Prince, audacieuse, élégante et désinvolte, mais elle ne laisserait personne la priver de l'autonomie que ses parents lui avaient accordée. Ils n'avaient jamais fait pression pour qu'elle se marie ou se conforme au « rôle attendu des dames » et avaient attribué à chacun de leurs enfants une part égale de la fortune familiale et de leurs affaires commerciales. Non, elle ne permettrait pas qu'on la dissimulât à la campagne comme sa pauvre tante.

— Que souhaites-tu me dire, exactement ? lança-t-elle avec autant de hardiesse qu'elle le put.

Dom se tenait dans l'embrasure de la porte entre le magasin principal et la confortable arrière-boutique. Il se tourna vers elle dès qu'elle eut posé sa question.

— Bonjour, Allie.

— Bonjour, répondit-elle d'un ton radieux.

Elle s'était préparée à cet instant. Quand il le fallait, elle pouvait se montrer très diplomate, elle n'était plus une enfant que l'on gourmandait pour ses bêtises. Après tout, ils s'apprêtaient à partir en expédition sans elle et à lui demander d'assurer la totalité de la gestion de la boutique… ils n'avaient donc d'autre choix que de lui faire confiance. D'autant qu'en l'occurrence, elle n'avait rien fait de mal. Lord Corning n'avait peut-être guère apprécié ses « manières trop franches », mais Allie avait agi avec les meilleures intentions. Elle avait cherché à l'aider. À faire ce qu'il fallait. Hélas, bien souvent, « faire ce qu'il fallait » impliquait de dire aux gens des vérités qu'ils ne tenaient pas à entendre, ce qui la plaçait ensuite dans des situations impossibles.

Dom parcourait l'arrière-boutique à grands pas à la recherche de quelque chose. Sans doute son carnet et son crayon fétiches, qu'il ne cessait d'égarer.

— Je suis toujours désolé à propos de l'expédition, dit-il d'un ton distrait. Nous le sommes tous les deux, mais en ce qui concerne Lord Corning, tu ne peux pas juste…

Il haussa les épaules, comme s'il peinait à expliquer le problème.

— Te précipiter pour aider les gens, en particulier lorsqu'ils ne désirent pas ton concours.

— Me précipiter ? répéta Allie. Je ne me suis précipitée nulle part.

Sa réplique lui valut un regard typique de grand frère.

— Tu sais ce que je veux dire.

Il s'exprimait toujours avec douceur.

— Tu es impulsive, petite sœur. Une idée te passe par la tête et tu la partages aussitôt. Ou bien tu files la mettre en action.

N'était-ce pas le cas de tout le monde ? Chacun décidait de ce qu'il allait dire. Ou soupesait ses options avant d'en choisir une et de l'appliquer. Elle mourait d'envie de pointer du doigt l'évidence, mais s'efforça de rester muette.

— Avant d'agir, prends un instant pour réfléchir, pour méditer sur la situation. Hésiter n'est pas forcément un mal tu sais, ajouta-t-il par-dessus son épaule en même temps qu'il foulait le parquet poli, toujours en quête de son journal.

— Sur l'étagère, intervint Allie, désignant de l'index les objets qu'il avait placé là avant de les oublier.

— Ah.

Il récupéra le carnet et le crayon et les fourra dans la poche de son manteau.

— Je savais bien qu'ils n'étaient pas loin.

Un simple merci n'aurait pas été un mal non plus, songea

sa benjamine, mais son frère avait endossé le rôle des Prince déterminés et aventuriers, un costume qui tendait à étouffer sa prévenance naturelle.

— Je dis juste que tu devrais faire attention à tes propos devant les clients pendant notre absence.

Allie comprenait les craintes de Dom ; offusquer des habitués était mauvais pour les affaires. Elle savait également qu'en tant qu'aîné de la famille, Dom s'estimait responsable de la réputation et du succès de l'entreprise familiale. Ce dernier se figea et tapota sa poche, comme pour s'assurer que le carnet qu'il venait d'y glisser s'y trouvait toujours. Puis il poussa un long soupir. Un soupçon de la tension qui lui tirait les traits s'évanouit et il tourna vers sa benjamine l'un de ses demi-sourires charmeurs qui plaisaient tant aux dames.

— J'aurais aimé que tu nous accompagnes… Prends bien soin de toi pendant notre absence, d'accord ?

La tendresse sincère qu'exprimait toute sa posture eut l'effet désiré. Allie hocha la tête et lui adressa un large sourire dans l'espoir de le rassurer.

— Ne t'en fais pas pour moi, Dom. Je suis parfaitement capable de me débrouiller seule.

Mais apparemment, elle venait de dire ce qu'il ne fallait pas, car la mâchoire ciselée de son frère se crispa. Il haussa un sourcil brun d'un air condescendant qui, hélas, poussait généralement Allie et sa sœur à se défendre encore plus férocement.

— Interdiction d'offenser les clients, ma petite Lex.

S'il pensait atténuer le blâme en se servant du surnom dont usait sa famille lorsqu'elle était enfant, Dom se mettait le doigt dans l'œil.

Jusqu'au coude.

Allie ne pouvait se tenir coite. Il était peut-être l'aventurier renommé des Prince, mais elle avait supervisé, ou aidé à superviser, le magasin chaque fois qu'Eve et lui étaient partis en expédition sur des sites de fouilles ou des chasses aux antiquités.

— Je ne suis plus une petite fille, Dom. Et si tu t'inquiètes tant de ma façon de diriger *Princes of London*, tu devrais peut-être rester et t'en charger toi-même. Cela fait des années que je m'occupe seule la gestion de la boutique et aucune catastrophe n'est survenue, il me semble.

— Personne ici ne remet en question le fait que tu as su garder le navire familial à flot.

Eve décida finalement d'intervenir :

— Ce n'est pourtant pas ce que tu as l'air de dire, Dominic.

En tant que cadette, Eve avait appris à affûter son rôle de médiatrice au fil des années. Et Allie était souvent soulagée qu'au moins un membre de cette famille prenne son parti. Mais il était grand temps que Dominic acceptât de se fier aussi à sa plus jeune sœur.

Elle n'accomplirait peut-être rien d'extraordinaire, mais elle savait comment administrer *Princes of London*... bien qu'elle rêvât d'une existence moins rangée.

— Tu fais du très bon travail à la boutique, se reprit son aîné, ses yeux d'un bleu acier passant sur Eve avant de reporter leur attention sur Allie. Mais l'incident avec Lord Corning prouve que...

— Je cherchais seulement à l'aider, se défendit à nouveau la benjamine.

Eve s'interposa physiquement, se plaçant juste devant Dom.

— Nous devrions nous rendre à la gare, tu ne crois pas ? Il ne faudrait pas que nous rations notre train.

Mais Dom fit un pas sur le côté. Allie pouvait voir le rouge lui monter au visage.

— Tu es allée jusqu'au Parlement pour lui parler !

— Lord Corning a tenté de nous vendre un faux et il a lui-même reconnu en avoir cédé à certains de ses amis. En le prévenant, je lui ai rendu service. Et j'ai discuté avec lui dans son bureau privé, lui rappela-t-elle. À t'entendre, on pourrait croire que j'ai fait irruption en plein milieu de la Chambre des Lords !

— Parce que tu en serais capable.

— Je paierais cher pour voir ça, intervint Eve en gloussant avec malice.

Malgré son profond agacement, Allie ne put s'empêcher de sourire. Dom leva les yeux au ciel, puis s'approcha de sa plus jeune sœur pour échanger une brève étreinte.

— Tâche juste de ne pas t'attirer d'ennuis pendant notre absence. Pour moi. Tu veux bien ?

— Évidemment, répondit Allie, toujours légèrement sur la défensive, lorsqu'il la relâcha.

Étant donné la réputation dont jouissait son frère, l'entendre l'inciter à la prudence avait quelque chose d'assez absurde.

— Je te retourne le conseil, ajouta-t-elle avant de jeter un coup d'œil à sa cadette. À tous les deux. Pas de folies.

— Je doute que nous craignions grand-chose dans les étendues sauvages du Norfolk, rétorqua Eve avec son assurance coutumière.

Tout comme leur mère, la sœur d'Allie était une femme douce et placide. La benjamine regrettait souvent de ne pas savoir se montrer aussi impassible. Elle était trop… *impulsive*. Telle était la faute pour laquelle Dom tendait régulièrement à la condamner. Elle était effectivement convaincue du bien-fondé d'intervenir rapidement lorsque la situation l'exigeait. Mais cela lui semblait relever du bon sens.

Dominic et Eve étaient sur le point de partir en expédition en quête d'un trésor anglo-saxon. Une poignée de documents, récupérée au décès d'un duc, indiquait qu'il existait peut-être une cache dans une zone littorale du Norfolk. Eve avait elle-même réalisé de longues années de recherches au sujet d'une autre cache potentiellement enfouie dans le Yorkshire, même si Dom doutait d'y trouver grand-chose.

De leur temps, leurs parents aussi ne s'épanouissaient qu'au rythme de leurs voyages et à l'attrait des fouilles. Allie, en revanche, s'intéressait davantage aux documents historiques qu'aux joyaux et aux pièces. Mais elle pouvait comprendre l'intérêt et l'excitation de saisir un pinceau et une truelle pour creuser la terre et exhumer des morceaux d'histoire. La véritable valeur de chacun des articles qui transitait par leur boutique résidait dans ce qu'ils racontaient du passé de l'humanité. C'était d'ailleurs l'un des aspects de son travail qu'Allie préférait. Sa famille lui avait légué cette passion pour l'histoire aussi sûrement qu'elle lui avait légué *Princes of London*.

Eve s'approcha de sa petite sœur et se pencha pour murmurer à son oreille :

— Ton heure viendra. Je te le promets.

C'était un sentiment douloureusement familier. On lui avait promis qu'un jour, elle aussi pourrait accompagner son père en expédition. Ce n'était jamais arrivé, mais elle possédait toute une collection de souvenirs similaires, dans lesquels elle souhaitait bon voyage aux siens, tout en demeurant en retrait.

Eve l'attira dans une longue et chaude étreinte avant de déposer un baiser sur sa joue.

— Nous ne devrions pas en avoir pour plus d'une quinzaine de jours.

La chaise de louage réservée pour les conduire jusqu'à la gare de Saint-Pancras les attendait déjà dans la rue. Il ne leur fallut que quelques minutes pour attacher leurs valises et se mettre en route. Allie, sur le trottoir, leur fit signe jusqu'à ce que la voiture disparaisse de son champ de vision. Elle déglutit pour tenter de desserrer la boule qui s'était formée dans sa gorge. C'était loin d'être la première fois qu'elle vivait cela, mais regarder sa famille la quitter restait un déchirement.

Peut-être pourrait-elle leur proposer sa propre expédition ? Non pour trouver un trésor, mais pour faire avancer ses recherches sur les femmes pirates ? Elle réfléchit longuement à cette éventualité, jusqu'à ce qu'une brise automnale pousse une volée de feuilles mortes dans sa direction, puis elle regagna l'intérieur de la boutique. Il lui restait quelques tâches habituelles à terminer avant de pouvoir ouvrir les portes aux clients. Le chat de la famille, Grendel, l'observait avec un intérêt inaccoutumé.

— Il n'y a pas de quoi s'inquiéter, Grendel, souffla Allie.

C'était comme si le félin pouvait sentir sa déception.

— Je sais que mon tour viendra. Un jour. Mon heure de gloire, comme disait papa.

Elle plaça avec délicatesse une dernière antiquité dans le principal présentoir en verre : une épaisse rivière de diamants et d'émeraudes étincelante, nichée dans un écrin de velours noir… Les gemmes les plus chères de la boutique. Bien entendu, Allie concevait que l'on puisse admirer ce genre de bien, mais un collier n'enflammait jamais son imagination autant qu'un pistolet à silex du XVIIIe siècle, comme celui exposé dans la vitrine voisine. Des femmes pirates telles qu'Anne Bonny et Mary Read s'étaient peut-être servi de ce type d'armes, à leur époque.

Une porte s'ouvrit dans l'arrière-boutique et Allie sourit. Mr Gibson était le joaillier de *Princes of London* ; passionné d'horlogerie, il était également capable de réparer presque n'importe quel objet et de tailler des pierres précieuses à la perfection. C'était aussi un antiquaire émérite, dont les connaissances en matière d'histoire et d'anciennes reliques rivalisaient avec celles de leur père. Les deux hommes avaient d'ailleurs été bons amis et Alister Gibson avait insisté pour rester après la mort de Mr Prince, bien que Dom l'ait encouragé à prendre une retraite bien méritée.

— Seule sur le pont, aujourd'hui, Miss Prince ?

— Maintenant que vous êtes là, je ne suis plus seule, répondit Allie en accueillant le vieil orfèvre avec un large sourire.

D'ordinaire, Mr Gibson demeurait dans son atelier à restaurer d'anciennes acquisitions ou à sertir des pierres, mais sa présence discrète rendait néanmoins l'absence d'Eve et Dom plus tolérable pour Allie.

— Je pense que c'est l'occasion de nous offrir un peu de café et quelques pâtisseries. Qu'en dites-vous ?

Sous sa moustache argentée, la bouche du vieil homme tressaillit comme s'il s'apprêtait à sourire de toutes ses dents.

— Comment pourrais-je refuser une tasse de ce délicieux breuvage ?

Aucun d'eux n'aurait pu refuser. Les Prince jouissaient de la chance insolente d'avoir un café pour voisin. Les merveilleux effluves qui flottaient dans l'air autour de l'établissement étaient une agréable distraction au quotidien, d'autant que le café et les pâtisseries de *Chez Hawlston* étaient aussi bons que leur arôme le suggérait.

— Je reviens vite ! lança Allie en se drapant dans son manteau.

Elle leva les yeux vers le mur couvert d'horloges de la boutique. Il lui restait tout juste le temps de commander du café et quelques douceurs avant que son amie Jo n'arrive pour leur tête-à-tête du mercredi matin. Les deux jeunes femmes avaient pris l'habitude de se retrouver une heure avant l'ouverture du magasin afin de parler littérature et d'échanger les dernières nouvelles, loin du regard méfiant de Lady Wellingdon, la mère de Jo.

Le café bourdonnait d'activité, mais Mrs Cline, qui supervisait le comptoir et la salle, lui sourit dès qu'elle passa la porte. Allie leva trois doigts et articula en silence : « Trois scones à la lavande. » La gérante aux cheveux bruns hocha la tête et, d'un signe du menton, indiqua à l'antiquaire la petite alcôve aménagée d'une simple chaise où Allie était autorisée à attendre sa commande. C'était un espace étroit taillé à même le mur de pierre, à l'intérieur de la cuisine. Les clients n'étaient d'ordinaire pas admis dans cette pièce, mais Mrs Cline faisait une exception pour les Prince parce qu'ils étaient des habitués en plus de travailler dans le bâtiment d'à côté.

Étant donné le nombre de clients ce matin-là, Allie sut qu'il lui faudrait se montrer patiente, aussi tira-t-elle de sa poche le carnet qu'elle emportait toujours avec elle. Elle griffonna aussitôt quelques idées d'expéditions de recherche qu'elle comptait proposer à Dom à son retour.

Elle en avait assez d'attendre son heure de gloire.

2

Scotland Yard

Benedict longeait le couloir menant au bureau de son supérieur avec l'assurance du travail bien fait et la certitude d'enfin rafler quelques lauriers. Il avait sacrifié sommeil, nourriture et tout semblant de vie personnelle pour se consacrer entièrement à cette affaire de chantage et aux peccadilles nébuleuses et dissolues du prince. Mais s'il obtenait sa récompense aujourd'hui, tous ces efforts en auraient valu la peine. Il était entré dans les forces de l'ordre les poches vides et armé d'une détermination féroce de délivrer sa sœur et lui-même de la mauvaise main de départ distribuée par le destin. Mais il n'avait pu se contenter de rester simple *bobby*[1] Depuis le début, son objectif était de gravir les échelons. Diable, peut-être même envisagerait-il un jour de dépasser le grade d'inspecteur-chef ! Mais pour le moment, c'était là le titre et le poste qu'il briguait depuis des années et il allait savourer son obtention. Il serait le plus jeune élément à se hisser à un tel rang, tout comme il avait été le plus jeune à devenir inspecteur en affaires criminelles.

Il réfléchit à ce qu'il dirait à Haverstock, quand celui-ci lui aurait offert la promotion. Entre collègues, Benedict maintenait

1. NdlT : surnom donné aux simples agents de la Metropolitan Police, en hommage à son fondateur Sir Robert Peel.

une froideur de façade, stoïque et réservée. Dans ce milieu grave et zélé, les effusions n'étaient rien de plus qu'une distraction et, dans les cas particuliers que Haverstock triait sur le volet à son intention, Benedict ne pouvait se permettre aucune sorte de distraction. Mais le commissaire en chef s'attendrait à une marque de gratitude.

« Merci, monsieur » lui parut insuffisant. « Diantre, il était temps ! », beaucoup trop honnête. « Je ne vous décevrai pas, monsieur. » Oui, voilà ce que Haverstock voudrait entendre, sans nul doute.

Le vieux bonhomme avait pris Benedict sous son aile et l'avait guidé, mais il s'était aussi généreusement servi de lui. Il lui avait confié toutes les affaires appelant un maximum de discrétion, celles qui exigeaient de naviguer intelligemment aux frontières de la loi, voire de franchir la ligne jaune, si nécessaire. Haverstock savait parfaitement ce qu'un homme était prêt à accepter par ambition et il faisait miroiter cette promotion à Benedict depuis des années.

Cependant, cette affaire de chantage dépassait tout ce qu'on avait jamais attendu du jeune inspecteur. Des semaines épouvantables sans pouvoir fermer l'œil convenablement, une pléthore de fausses pistes... Et cette nuit, vers 2 ou 3 heures du matin, après avoir travaillé Amos au corps pendant plusieurs jours, le voleur l'avait conduit à une pension de famille. Une violente confrontation avec un autre sbire de M s'était soldée par la découverte, sous une latte du plancher, de lettres prétendument rédigées par le prince. Il y avait aussi la photographie d'un homme, aisément identifiable comme l'héritier de la reine, se trouvant dans un état que la Couronne ne saurait accepter de rendre public.

Benedict était convaincu d'être parvenu à déjouer à temps ces projets de chantage, mais n'avait pu ni démasquer ni appréhender M. Ce constat d'échec lui restait en travers de la gorge, tant et si bien que Benedict avait pris la mauvaise habitude de serrer les dents jusqu'à en avoir mal à la mâchoire. Comme tout inspecteur, il devait vivre avec des affaires non classées, des mystères irrésolus. Mais il les avait en horreur.

Quand il atteignit la porte du bureau de Haverstock, en plein cœur du bâtiment de New Scotland Yard, le policier prit un instant pour arranger son apparence. Il n'avait eu qu'un court moment pour chasser les événements de cette nuit de son visage et de sa tenue, mais il devrait s'en contenter. Haverstock avait exigé un compte rendu immédiat. Benedict pénétra donc dans le bureau de son supérieur et tendit à l'homme aux cheveux blancs le rapport qu'il venait de préparer. Il l'avait tapé à la machine à écrire, en plissant les paupières pour distinguer les touches de ses yeux fatigués, avant de le joindre aux documents trouvés dans la pension de famille.

Puis il resta debout, comme toujours, les épaules aussi carrées qu'un chambranle de fenêtre. Il occulta l'indignation de ses muscles endoloris et de ses phalanges couvertes d'ecchymoses et rangea ses mains derrière son dos. Benedict était bien entraîné à ce petit rituel de la statue et attendit patiemment que son aîné juge le travail qu'il avait accompli. Sa hiérarchie avait beau ergoter sur ses méthodes, l'inspecteur se donnait toujours corps et âme pour obtenir des résultats. Aux yeux de Benedict, aucune autre option n'était envisageable. Il avait essuyé un échec cuisant dans sa jeunesse et ne pouvait désormais plus admettre que la réussite. Haverstock le savait. S'il confiait à son disciple les affaires les plus délicates, c'était parce que ce dernier avait prouvé sa loyauté et sa discrétion. L'affaire du chantage seule l'avait poussé à remettre en question les décisions de son mentor.

C'était pour cette raison que l'insaisissable M et sa propre détermination à lui passer les menottes l'empêchaient de fermer l'œil la nuit. Il le trouverait, par tous les moyens nécessaires. C'était ce qui séparait Benedict Drake de ses rivaux dans cette course à l'avancement et aux faveurs de Haverstock. Le commissaire en chef avait été affecté aux services spéciaux et prenait un immense plaisir à protéger le royaume, ainsi que la famille siégeant à son sommet. Benedict préférait travailler pour Scotland Yard, élucider les crimes dont étaient victimes les bons citoyens de Londres, mais hélas, c'était cette maudite affaire de chantage à moitié résolue qui lui octroierait enfin la promotion à laquelle il aspirait tant.

— Approchez, Drake.

L'homme aux cheveux neige saisit le rapport et le parcourut aussitôt d'un regard concentré.

— Hmm, murmura Haverstock en suivant les lignes du bout de son index ridé.

Des années plus tôt, ce simple grognement aurait suffi à briser la certitude de Benedict et à lui vriller l'estomac. Mais aujourd'hui, il était las et n'attendait qu'une chose : en finir avec les formalités de cette séance d'information et pouvoir enfin commencer à préparer ce que ses nouvelles fonctions impliqueraient.

— Vous ne cessez de m'impressionner, Drake, déclara finalement son supérieur en levant les yeux vers lui.

— Ravi de l'entendre, monsieur.

Benedict ne sourit pas, pas plus qu'il ne bomba vaniteusement le torse. Il ne laissa pas non plus l'étincelle de fierté mollir sa posture et ne crut pas une seconde que cette louange l'autoriserait à se reposer sur ses lauriers.

— Je vais prévenir les parties concernées que la menace a été éradiquée.

Il tapota les pages étalées devant lui avant d'ajouter :

— Et sommes-nous certains d'avoir trouvé et détruit toutes les preuves du maître chanteur ? Qu'il n'en reste aucune copie ?

— Aussi certains qu'il est possible de l'être, monsieur. Grâce aux précisions apportées par mon informateur, j'ai pu mettre la main sur la photographie et les deux lettres dont nous avions eu vent. Les courriers du maître chanteur n'ont jamais rien mentionné d'autre. J'ai par la suite procédé à un interrogatoire vigoureux d'Amos Howe. Suffisamment vigoureux pour croire qu'il nous a tout dit.

— Excellent.

Il ne lança qu'un coup d'œil méprisant aux pièces à conviction en question, avant de faire pivoter son fauteuil et de jeter le tout dans les flammes de sa cheminée.

— Dieu merci, cette écœurante affaire est réglée. Et cela sans entacher la réputation de la Couronne et de la famille royale.

— Elle n'est pas tout à fait réglée, monsieur. M est toujours dans la nature. Mais je le trouverai.

Cette certitude était ancrée en lui, comme marquée au fer rouge, même si Benedict n'était pas encore sûr de la marche à suivre pour capturer le criminel. Mais en dix ans de carrière, il avait élucidé toutes ses affaires. Celle-ci ne ferait pas exception.

— Vous savez que je ne m'arrêterai que lorsque tout sera réglé.

— Je parie qu'après un tel échec, notre homme s'est dégonflé et compte raser les murs pendant un certain temps. Il ne constitue plus une menace pour notre prince. C'est du bon travail.

Haverstock lui concéda l'un de ses rares sourires.

— Vous me faites toujours honneur, n'est-ce pas, fiston ?

— Toujours.

Mais le mot « fiston » transperça Benedict comme une dague brûlante plantée dans une vieille blessure encore pleine de colère et d'amertume. Il serra les poings dans son dos quand des souvenirs s'efforcèrent de refaire surface.

Respire. Respire.

Il lutta contre l'oppressante panique qui l'envahissait chaque fois qu'il autorisait son esprit à errer sur les sentiers du passé. Benedict en avait fini avec ce temps-là. Il était mort et enterré. Seul son avenir comptait. Les exploits qu'il démultiplierait, le pouvoir dont il espérait jouir un jour, lorsqu'il décrocherait un titre aussi prestigieux que celui de Haverstock. Diable, peut-être même plus prestigieux encore. Et Haverstock n'avait pas eu de mauvaise intention. Par Dieu, il n'avait rien à voir avec cet homme qui se permettait d'appeler Benedict « fiston », alors qu'il n'avait rien fait d'autre pour se targuer de ce privilège que partager la couche de sa mère, engloutir leur nourriture et prendre bien trop de place dans leur minuscule logement. « Idiot, vermine, bon à rien », telles avaient été les brimades favorites de cet individu abject, presque toujours accompagnées d'un coup de poing ou de pied pour mieux illustrer ses propos. Jusqu'au jour où Benedict était devenu plus grand et plus fort que l'amant de sa mère. Jusqu'au jour où il avait quitté cette petite pièce minable pour ne jamais revenir, emmenant avec lui son frère et sa sœur.

Son père biologique, quant à lui, n'était qu'un fantôme. Un protagoniste de mythes et d'histoires fabuleuses, inventé par sa mère pour donner à son esprit d'enfant un modèle vertueux auquel se raccrocher. Elle n'avait cessé de clamer que c'était un noble. Et pas n'importe quel noble : un duc ! Bien sûr, Benedict n'y avait jamais ajouté foi. Mais il lui était arrivé de s'en servir comme d'une sorte de levier pour s'attirer le respect, même si cela l'avait aussi souvent hissé dans l'estime collectif que couvert de ridicule.

Lorsqu'il était entré dans les forces de l'ordre, il avait un jour raconté l'histoire à l'un de ses collègues, ce qui lui valait depuis lors le surnom de Duke[1]. Ce sobriquet, qui avait commencé comme une taquinerie, avait perdu de sa malice au fil des années, car chacun avait pu constater les talents et l'intransigeance de Benedict. Aujourd'hui, seuls ses camarades les plus intimes en usaient encore, par familiarité. Et avec estime.

Haverstock n'en faisait pas partie, bien entendu. L'homme tenait par-dessus tout au respect du rang. Reconnaître que Benedict puisse avoir du sang bleu dans les veines l'aurait empêché de le traiter avec tant de paternalisme et privé d'occasions de lui rappeler toute la force de son influence et de sa supériorité. Aussi Benedict permettait-il que son mentor lui donnât du « fiston »

1. NdlT : duc, en anglais.

de temps à autre, dans leurs conversations, ou se berçât de l'illusion qu'il courtiserait un jour sa fille. Si l'inspecteur était prêt à bien des choses pour prendre la place de Haverstock, se servir d'une jeune fille comme d'un pion sur l'échiquier de son propre avancement le répugnait trop profondément.

— Je sais quelle récompense vous visez, Drake. Mais je ne puis vous l'offrir.

Benedict serra davantage la mâchoire et Haverstock dut le remarquer, car il leva un index en l'air avant d'ajouter :

— Du moins, pas encore.

— Quand ?

— Bientôt, Drake. Bientôt. Votre heure viendra. Stanhope obtiendra sa promotion d'ici la fin de l'année. Son départ laissera vacant un poste d'inspecteur-chef.

Haverstock prononça ces mots comme un danseur ferait des entrechats, sans pour autant lâcher Benedict du regard. L'homme ne voyait en lui qu'un outil, renforcé par les louanges, affûté par l'ambition. Benedict savait que le vieux renard jouait avec lui, s'amusait à trouver le juste équilibre entre lui accorder un soupçon de pouvoir et garder dans sa manche un atout suffisamment alléchant. En le laissant sur sa faim, il s'assurait que son subalterne travaille encore plus dur pour faire ses preuves… mais Haverstock devait aussi se douter que tout ceci ne pourrait pas continuer indéfiniment.

Un limier affamé finissait toujours par mordre.

— J'y compte bien, monsieur, répondit Benedict.

Puis il se détendit quelque peu, conscient que l'entretien était terminé. Avec un peu de chance, il pourrait dormir une petite heure dans son fauteuil avant que les autres arrivent au bureau.

— Joignez-vous à nous pour dîner, samedi, Drake. Nous sommes conviés à une soirée chez Lord Wellingdon. C'est un partisan de longue date d'une législation sur le travail infantile et je sais qu'il s'efforce actuellement de faire passer cette loi sur les logements ouvriers qui vous intéresse tant. Mrs Haverstock et Lavinia seraient heureuses de vous revoir.

Benedict avait entendu parler de Wellingdon. Tout comme sa sœur, le jeune inspecteur suivait l'évolution de toutes les législations destinées à aider les personnes en difficulté, comme ils l'avaient été dans leur enfance, à se nourrir et à garder un toit au-dessus de la tête. Helen, le benjamin George et lui-même avaient passé de longues journées à travailler à un âge où ils auraient dû profiter des joies simples des premières années de la vie.

— J'aimerais beaucoup rencontrer Lord Wellingdon. Merci pour l'invitation. À quelle heure m'attendrez-vous ?

Haverstock agita la main, d'un air presque dédaigneux :

— Dès que votre devoir ici sera terminé et que vous aurez pu vous rendre présentable. Si vous arrivez chez nous en avance, cela vous permettra de discuter un peu plus longtemps avec Lavinia avant notre départ.

— Très bien, acquiesça Benedict d'un hochement de tête avant de hausser un sourcil. Cela sera-t-il tout, monsieur ?

Haverstock tendit le bras et posa une main charnue sur un document qui traînait sur le bureau.

— Il y a bien une dernière chose. Une information que vous aimeriez connaître, je pense.

Il retourna le papier et Benedict reconnut aussitôt un rapport de police.

— Nous avons retrouvé Amos Howe, il y a quelques heures.

— Ce doit être une erreur.

Benedict fronça les sourcils et fourragea dans sa mémoire à la recherche de souvenirs de son ultime rencontre avec l'homme en question.

— Il allait quitter Londres.

Le jeune inspecteur avait puisé dans ses propres deniers pour offrir à son informateur réticent de quoi payer le train, mais il ne tenait pas à ce que Haverstock soit au courant de ce détail. Son supérieur considérerait cela comme de la faiblesse.

— Eh bien, de toute évidence, il ne l'a pas fait assez vite.

Benedict saisit brusquement le feuillet et parcourut rapidement les pleins et déliés tracés d'une main rigoureuse. Leur contenu lui glaça le sang, mais la colère bouillante qui l'envahit ensuite ne tarda pas à chasser le froid. On avait retrouvé Amos dans l'East End, à l'intérieur de l'une des maisons de passe qu'il affectionnait tout particulièrement. Il avait eu la gorge tranchée... Comme il l'avait craint. Il avait prévenu Benedict de ce qu'il risquait s'il lui révélait l'identité de M. Pourtant, il ne l'avait pas fait. Il n'avait rien dévoilé. Amos lui avait fourni des indices, lui avait permis de découvrir les éléments liés au chantage, mais le voleur avait catégoriquement refusé de trahir le cerveau de l'opération. Et il avait paru terrifié, lorsque Benedict l'avait relâché.

— J'ai conscience que cet homme était un informateur utile, mais je ne pensais pas que cette nouvelle vous affecterait autant.

Haverstock le jaugeait du regard, les sourcils froncés.

— Je lui ai parlé il y a à peine quelques heures. Je suis simplement sous le choc, monsieur. Rien de plus.

Cette réponse sembla satisfaire Haverstock, qui s'enfonça dans son fauteuil. Benedict leva le document concernant Amos.

— Je vais l'emporter et l'ajouter au dossier de l'affaire.

Haverstock secoua la main, comme s'il était heureux de s'en débarrasser.

— Ce sera tout, Drake. Ransome et les autres ne vont pas tarder à arriver.

Benedict quitta le bureau rapidement, bien décidé à profiter de ces quelques instants de paix avant que ses collègues envahissent les lieux pour dormir un peu. Son fauteuil grogna lorsqu'il s'y laissa choir et le jeune inspecteur poussa un profond soupir en plantant ses talons bottés sur le bord de sa table de travail. Puis il bascula en arrière, s'avachit sur le dossier, cala confortablement sa tête contre le cuir usé et ferma les yeux. Mais impossible de trouver le repos. Il regrettait la mort d'Amos. L'homme lui aurait volé son portefeuille à la moindre seconde d'inattention, pour autant, il n'avait jamais tué personne. Benedict lui avait offert de quoi quitter Londres, car il avait cru aux assertions d'Amos selon lesquelles M le prendrait en chasse dès qu'il apprendrait l'échec de son plan. Pourquoi diable était-il passé par une maison close au lieu de sauter dans le premier train, comme il avait juré de le faire ?

Sa conversation dans le bureau de Haverstock tournait aussi en boucle dans sa tête et sa mâchoire se crispa. « Bientôt. » Le mot avait davantage résonné comme une provocation qu'une promesse. Benedict détestait servir de marionnette à Haverstock. S'il avait pu contourner l'autorité du commissaire en chef, il l'aurait fait, mais il savait le vieux briscard capable de déjouer toute tentative de ce genre. Haverstock l'avait placé exactement là où il servait au mieux ses intérêts, mais tel un cheval à la bride trop serrée, Benedict rêvait de prendre le mors aux dents. Il n'avait qu'une seule certitude : il était hors de question qu'il courtise la fille de son supérieur. Après tout, il n'avait nul temps à perdre en badinage. Un criminel de la pire espèce rôdait toujours dans les rues de Londres et ce genre de distraction ne l'aiderait pas à lui passer les menottes.

3

Allie referma son carnet, satisfaite de la liste qu'elle venait de dresser, sans pour autant éprouver de véritable intérêt pour les divers points griffonnés. Son projet de réorganisation de l'arrière-boutique et de l'entrepôt du premier étage de *Princes of London*, en revanche, la titillait. Puisqu'on lui avait confié la gestion du magasin, autant qu'elle s'en acquitte à sa manière. La jeune femme leva les yeux en direction du comptoir, se demandant si Mrs Cline l'avait oubliée. Mais elle dut bien admettre que le café grouillait encore de clients et que le brouhaha des conversations n'avait cessé de s'intensifier depuis son arrivée. Elle distingua soudain une voix masculine et rauque, aussi grave qu'une corne de brume, qui s'exprimait d'un ton désespéré.

— Tais-toi, bon sang. Si tu continues de claironner ce genre de choses, on va finir au gibet.

— Au gibet ? Ils nous mettront la tête sur le billot, tu veux dire ! répondit dans un souffle paniqué un autre homme à la tessiture plus aiguë.

Allie se figea, mais l'étonnante conversation se perdit dans le bourdonnement des causeries. Ces individus étaient tout près et la jeune femme risqua un œil en dehors de la petite alcôve où elle était assise. La plupart des clients étaient des gentilshommes ; ils échangeaient les dernières nouvelles, penchés sur leur tasse de café fumant. Elle se demanda si les paroles captées provenaient du trio installé à la table la plus proche. Tous portaient des habits sombres et deux d'entre eux se tenaient coude à coude, dos à elle, l'empêchant de discerner le visage du troisième comparse, coiffé d'un melon noir.

— Vous êtes les voleurs les plus pathétiques qu'il m'ait été donné de voir.

Cette voix-ci, à l'élocution raide et élégante, lui parvint plus clairement. C'était la seule de la tablée sans la moindre trace d'accent des docks.

— Mais, m'sieur, personne peut voler les joyaux de la Couronne, murmura l'homme à la tessiture grave.

— *Nous*, nous le pourrions, répliqua l'individu à l'inflexion d'aristocrate d'un ton méprisant, avant de siffler entre ses dents : quel cruel manque d'audace !

Puis quelqu'un reposa sa tasse sur la table dans un claquement tonitruant. Une seconde plus tard, Allie perçut le grincement des pieds de leurs chaises sur le sol carrelé. Elle osa jeter un nouveau coup d'œil en dehors de son alcôve. L'homme au melon pivota tel un danseur, son long manteau noir battant l'air comme les ailes d'une corneille, et se dirigea à pas déterminés vers une porte que les clients n'utilisaient que rarement. Allie savait qu'elle donnait sur une ruelle, à l'arrière de l'établissement. Elle avait toujours cru que Mrs Cline verrouillait cet accès pendant les heures d'ouverture, car la boutique disposait d'une autre porte de service, côté cuisine, par laquelle le personnel réceptionnait les marchandises.

Mais le grand corbeau se faufila par cette sortie comme l'aurait fait un habitué. À leur tour, ses comparses se redressèrent en hâte de leurs sièges. L'un d'eux hésita, puis vida sa tasse d'une traite avant de fourrer une viennoiserie dans sa poche, et suivit M. Melon et son acolyte à travers la porte de derrière. Allie se leva si vite que son journal lui glissa des genoux. Elle plongea pour le ramasser et manqua de bousculer l'un des employés de cuisine qui transportait une brassée de pâtisseries chaudes dans le but d'aller alimenter le comptoir.

— Faites attention, madame !

— Oh ! oui, bien sûr. Je vous prie de m'excuser.

Allie se tordit en arrière pour laisser le serveur passer, puis se fraya un chemin à travers la file de clients qui attendaient leur commande et emboîta le pas à l'étrange trio. Elle repéra aussitôt leur groupe, à peine dix pieds plus loin et le grand corbeau leva la tête dès qu'il entendit les gonds de la porte grincer. Il portait des lunettes fumées dissimulant ses yeux et le reste de son visage disparaissait sous une barbe royale. L'homme parut soutenir son regard un moment, avant de se détourner brusquement et de s'éloigner à grandes enjambées en direction de l'extrémité opposée de la ruelle. Les deux autres types lui emboîtèrent le pas, peinant à suivre son allure.

Allie demeura figée, abasourdie. Bien qu'elle n'ait pu voir ses prunelles et que l'inconnu ne l'ait observée qu'un court instant, elle fut prise d'un frisson d'effroi. Ces trois inconnus préparaient-ils réellement une tentative de vol des joyaux de la Couronne ? Aussi fou que ce projet puisse paraître, quelque chose dans la façon d'être de l'individu aux lunettes fumées la convainquit qu'il en était capable. Toute sa personne transpirait la menace et il se mouvait avec une assurance qu'aucun de ses comparses ne semblait posséder. Victime d'une sorte d'hébétement confus, Allie se retrouva bientôt face à la devanture de *Princes of London* et ne réalisa qu'alors qu'elle avait oublié de rapporter le café et les gourmandises qu'elle avait promis à Mr Gibson.

— Ah, vous voilà !

Jo ouvrit la porte de la boutique d'antiquités et attira rapidement son amie à l'intérieur.

— Pourquoi faites-vous le pied de grue sur le trottoir ? enchaîna-t-elle. Avec un froid pareil, vous allez attraper la mort.

Elle enveloppa les épaules d'Allie d'un bras bienveillant et les frotta vigoureusement dans l'espoir de la réchauffer. Puis Jo recula d'un pas et écarquilla ses grands yeux bleus.

— Bonté divine, combien de temps êtes-vous restée dehors ? Vous êtes pâle comme un linge. C'est à croire que vous venez de voir un revenant.

— J'ai surpris une conversation très perturbante, Jo.

Mais devait-elle y ajouter foi ? Un trio d'hommes suspects qui ne paraissait pas particulièrement équipé pour réaliser le larcin du siècle ne constituait pas une menace en soi, après tout. Peut-être ne s'agissait-il là que d'une simple discussion ? À condition de faire abstraction du ton terrifié de l'un des individus et de la présence implacable et intimidante de l'autre. Jo planta une main sur sa hanche.

— Eh bien, allez-vous enfin tout me raconter ou dois-je continuer à jouer aux devinettes ?

— Il y avait trois hommes assis à une table et...

— Et ? la relança au bout d'un moment son amie avec une certaine impatience.

Elle était déjà intriguée.

— Ils parlaient de voler les joyaux de la Couronne, chuchota Allie d'un ton hésitant, comme si quelqu'un risquait de les entendre bien que l'écriteau « OUVERT » n'eût pas encore été placé sur la porte du magasin.

— De les voler ? répéta Jo en fronçant ses jolis sourcils sous une frange de mèches brunes. Les joyaux de la Couronne ? Ceux de la tour de Londres ? Gardés par une dizaine de *Yeomen Warders*[1] ?

Un gloussement discret attira leurs regards vers l'accès de l'arrière-boutique de *Princes*. Mr Gibson se tenait dans l'embrasure de la porte et s'abandonnait à l'un de ses rares moments d'hilarité. Allie l'avait souvent vu sourire, mais rire d'une manière expressive ? C'était presque une première.

1. NdlT : corps de garde de la tour de Londres affecté à la surveillance des joyaux de la Couronne.

— C'est une chimère, y compris pour les plus habiles vide-goussets, déclara-t-il avec amusement.

Jo pouffa à son tour.

— Ce serait impossible. Et qui fomenterait ce genre de larcin dans un lieu aussi fréquenté qu'un café public ?

— Oh ! ils ne fomentaient rien, reconnut Allie. En vérité, deux d'entre eux étaient ostensiblement opposés au projet. Ou même à en discuter. Mais le troisième était...

Un frisson glacé interrompit la jeune antiquaire dans ses réflexions, mais elle n'osa leur décrire cet individu, de crainte de passer pour une oie blanche impressionnable et fantaisiste.

— Un seul homme a essayé et il a lamentablement échoué, reprit Mr Gibson d'un air pensif. Ce n'est guère le genre de précédent susceptible d'encourager de futurs larrons.

— A-t-il été décapité ? demanda Jo avec le même empressement morbide dont elle faisait montre pour tous les récits historiques sordides dont Allie la régalait fréquemment.

Mr Gibson aboya un rire.

— Aucunement, Lady Josephine. C'est tout le contraire. Le roi a gracié Thomas Blood.

— Vraiment ? Dans ce cas, c'est un miracle que personne d'autre n'ait tenté sa chance après lui, remarqua Jo.

— Vous n'avez pas tort.

Mr Gibson rangea le chiffon avec lequel il venait de s'essuyer les mains, puis se dirigea vers la porte principale de la boutique :

— Que diriez-vous que j'aille chercher notre café ?

— Oui, merci Mr Gibson, répondit aussitôt Allie. J'étais si abasourdie que je suis sortie en les oubliant.

Quand le vieil orfèvre fut parti, Jo attira la jeune antiquaire jusqu'aux fauteuils en bois d'acajou tapissé qui servaient généralement de cocon pour leurs confidences.

— Vous êtes scandaleusement silencieuse, Allie, lui dit son amie. Qu'est-ce qui vous a tant bouleversée ?

— Vous allez me croire folle, mais j'ai pourtant la désagréable impression qu'ils étaient sérieux.

Jo lui adressa un regard dubitatif, mais Allie reconnut sa mine pensive : la moue aux lèvres tandis qu'elle tapotait le coin de son menton du bout du doigt.

— Si quelqu'un parvenait à s'emparer des joyaux, et nous parlons là d'un « si » extraordinairement hypothétique, que pourrait faire le voleur de pièces aussi aisément identifiables ? À peine les aurait-il revendues qu'il se ferait aussitôt appréhender.

— Il lui suffirait de les diviser, lui expliqua Allie. En retirant chaque gemme pour les retailler individuellement, par exemple. Le saphir des Stuart serti sur la couronne d'État impériale, utilisée lors du couronnement de la reine, fait à lui seul plus de 100 carats. Je ne vous parle même pas du rubis. Pour les métaux, il n'y aurait qu'à les fondre. Rien ne pourrait être revendu en l'état, bien sûr, sauf peut-être à une nation étrangère qui souhaiterait porter un coup à notre pays. Ou récupérer un trésor national volé, comme le Koh-i Nor qui, il me semble, a été exposé dans la tour de Londres il y a quelques années.

Allie prit soudain conscience qu'elle radotait et, en relevant les yeux, trouva Jo en train de l'observer avec intensité.

— Dieu tout-puissant, vous parlez comme si c'était *vous* qui vous apprêtiez à dérober les joyaux.

La jeune antiquaire sourit et sentit l'étau qui lui comprimait la poitrine se desserrer légèrement.

— Mon père était un spécialiste des gemmes et Mr Gibson est un orfèvre émérite. Bien entendu, ils nous ont enseigné tout ce qu'il y a à savoir sur les joyaux quand nous étions enfants.

Allie se leva de son fauteuil, incapable de tenir en place. La poigne gelée lui étreignit à nouveau les poumons, éveillant en elle un sentiment d'urgence et un besoin d'agir.

— J'ai l'intuition dévorante qu'il me faut prévenir quelqu'un de ce que j'ai entendu.

— Pourriez-vous identifier ces individus ?

— Je n'en suis pas sûre. Peut-être à leur taille ou à leur corpulence. Et à leurs voix, qui étaient ma foi fort distinctives.

Bien qu'elle n'ait pu discerner les traits du visage de l'homme au melon, Allie était certaine de le reconnaître s'ils se recroisaient.

— Si cela peut vous tranquilliser, peut-être le devriez-vous.

— Dom m'a demandé de ne pas m'attirer d'ennuis, mais il faut croire que j'y parviens même lors d'une simple sortie pour acheter du café.

Jo gloussa.

— Vous n'êtes pas encore empêtrée dans cette histoire. Parlez-en à quelqu'un et passez à autre chose.

Elle fronça soudain les sourcils, l'air songeur.

— En vérité, je pense connaître la personne qu'il vous faut. L'ami de mon père, Sir Felix Haverstock, travaille à Scotland Yard à un poste très élevé.

Josephine tira de la poche de sa robe une charmante boîte couverte de gravures pour en extraire l'un de ses bristols.

— Dites-lui que vous venez de la part de la fille de Lord Wellingdon.

— Et s'il me met à la porte après m'avoir ri au nez ?

— Dans ce cas, je préviendrai mon père que son ami a fort mal traité la mienne. Et vous savez combien papa vous adore. Oh ! d'ailleurs, j'ai bien failli oublier. Nous organisons un dîner, samedi. Vous joindrez-vous à nous ? Maintenant que j'y pense, Sir Haverstock sera certainement là également.

— Croyez-vous que je devrais attendre cet événement ?

Jo secoua fermement la tête.

— Non, je vous connais trop bien, ma chère Alexandra. Vous ne trouverez pas la paix tant que vous n'aurez pas apaisé votre conscience. Alors, allez-y et dites à notre homme tout ce dont vous vous rappelez, tant que vos souvenirs sont frais.

— Duke ?

La voix de son collègue sembla lui parvenir à peine une seconde après que Benedict avait fermé les yeux. Il repoussa l'intrusion. Encore quelques minutes de sommeil, et peut-être son esprit pourrait-il à échapper à la mare de goudron dans laquelle il paraissait s'être englué.

— Duke ? appela le sergent inspecteur Ransome avec plus de force et un soupçon d'impatience.

— Je vous entends, bougre de diable. Qu'y a-t-il ?

Benedict souleva une paupière, puis la seconde.

— J'espère que c'est urgent, ajouta-t-il d'un ton mauvais.

Mais il ne doutait pas que ce soit le cas. Ransome ne serait pas venu gratter à sa porte sans une bonne raison.

— Une dame demande à vous voir.

Benedict fronça les sourcils et dévisagea le sergent comme si ce dernier avait perdu la tête. Leur département ne recevait généralement pas de visiteurs sans rendez-vous. Une bouffée de panique lui saisit soudain la gorge et il bondit de sa chaise malgré les protestations de son propre corps, qui craqua sous l'effort.

— Est-ce Helen ?

La clinique où travaillait sa sœur se situait dans un quartier mal famé et elle avait beau répéter qu'elle était parfaitement capable de se débrouiller, Benedict ne pouvait s'empêcher d'angoisser.

— Non. Je n'ai jamais vu cette personne. Elle dit qu'on l'a envoyée parler à Haverstock, mais le chef n'est pas là. Elle insiste pour s'entretenir avec quelqu'un, mais a refusé de me dire à quel sujet.

Benedict poussa un long soupir en se pinçant l'arête du nez. Il mourait d'envie d'ordonner à Ransome de l'expulser des bureaux et ne rêvait que d'une surface suffisamment plane pour poser sa tête et dormir ne serait-ce que dix minutes de plus. Mais la malédiction d'un bon inspecteur était de se trouver mu par une insatiable curiosité. Et malgré lui, il ressentit le besoin de résoudre ce mystère.

— Envoyez-la-moi.

Ransome le balaya d'un regard, ses yeux perçants s'arrêtant

sur les habits froissés de son supérieur et sa masse de cheveux probablement ébouriffée, mais il ne dit rien et disparut à nouveau derrière la porte. Benedict bâilla et gratta la barbe naissante sur sa mâchoire. Qui que ce soit cette lady, elle devrait s'accommoder de son état. Il capta des bruits de pas approchant de son bureau, tira sur les pans de sa veste, prit une profonde inspiration et...

Tout à coup, un tourbillon franchit son seuil. Un petit tourbillon au parfum floral. Il eut tout juste le temps d'aviser une robe violine et une chevelure noisette et lustrée, qu'une fragrance de fleurs des champs mêlée à la fraîche senteur de la pluie lui emplit les narines. La jeune femme se mit alors à parler avec tant d'empressement et d'animation que l'esprit embrumé de fatigue de l'inspecteur ne parvint pas à en extraire la moindre information. Décrivait-elle... un vol de joyaux et un groupe d'hommes suspects ?

— Moins vite, mademoiselle. Et je vous en prie, asseyez-vous.

— Je doute de pouvoir rester tranquille.

Mais elle s'efforça au silence et planta ses poings sur ses hanches avant de baisser la tête et de prendre plusieurs longues inspirations. Quand elle releva les yeux, elle lui parut moins agitée.

— Je vous prie de m'excuser, inspecteur. La circulation était épouvantable et plus le trajet rallongeait, plus l'urgence de cette affaire me semblait croître. Si les hommes que j'ai entendus étaient sérieux dans leurs projets, alors mon sentiment ne peut être que justifié.

Benedict avait développé, au fil des années, un talent de physionomiste. Il repérait les traits distinctifs d'un visage et les cataloguait, lui permettant ainsi de les reconnaître aisément. La jeune femme devant lui présentait une tache de naissance sur la tempe gauche qui attirait l'attention à cet endroit, là où la forme de ses yeux s'évasait légèrement vers le haut. Une cicatrice à peine visible, d'un pouce de long, rainait discrètement sa peau, juste au-dessus de sa bouche, comme pour souligner davantage la courbure de son arc de Cupidon. Elle rendait ses lèvres si engageantes que Benedict se surprit à les fixer du regard. Il se tança intérieurement. L'épuisement lui embrouillait les sens et émoussait l'étroit contrôle qu'il exerçait d'ordinaire sur lui-même. Son interlocutrice jouissait d'une figure aux détails aussi marquants que fascinants, mais les décrire ne pouvait capturer la particularité de cette inconnue qui l'intriguait le plus. Elle semblait trépider d'énergie.

— Reprenons, si vous le voulez bien. Quel est votre nom ?

— Mon nom ?

Elle le contempla d'un air profondément déconcerté.

— N'avez-vous pas entendu ce que je viens de vous expliquer ?

— Pour être honnête, presque rien.

Il lui désigna la chaise installée face à son bureau.

— Asseyez-vous et reprenons depuis le début, Miss... ?

Il attendit une fois de plus qu'elle lui donne son nom.

— Alexandra Prince.

Elle s'avança d'un pas et la lumière de la lampe à gaz suspendue au mur derrière l'inspecteur lui révéla la nuance toute particulière de ses iris. Ils étaient d'un bleu léger et doux, presque lavande, et pétillaient sous une luxuriante ombrelle de cils. Ces petits éclats de ciel champêtre le balayèrent de la tête aux pieds, comme pour évaluer à qui elle avait à faire, mais les joues hirsutes et la tenue fripée du policier ne parurent guère remporter son approbation, car elle fronça les sourcils.

— Vous avez du sang sur votre manche, monsieur, et des ecchymoses sur votre main.

Benedict baissa les yeux, surpris, et remarqua à son tour les taches rouges. Il s'était pourtant changé à son appartement avant d'aller retrouver Haverstock.

— La nuit a été longue, reconnut-il.

De telles preuves de violence auraient dû l'horrifier. Il s'y attendait. Miss Prince était une demoiselle élégante, au ton cultivé et aux cheveux soyeux piégés avec soin dans ses épingles. Elle avait l'apparence d'une jeune femme de bonne famille et son regard investigateur le troublait, comme s'il se présentait à un examen pour lequel il aurait aimé se trouver mieux préparé.

— Vous souhaitez donc que je reprenne à zéro ? lui redemanda-t-elle en se perchant sur le bord de sa chaise.

Il vit bien qu'elle s'asseyait à contrecœur, car elle recommença à s'agiter dès qu'elle fut installée. Tout son corps semblait bourdonner et dans ses prunelles scintillait une étincelle d'énergie, le genre de détermination dont il pouvait lui-même se prévaloir et qui parut entrer en résonance avec la part de lui incapable de laisser un mystère non élucidé. Ou un problème irrésolu.

— Dites-moi ce qui vous a conduite ici, ce matin.

— J'ai entendu une conversation très suspecte il y a moins d'une heure, reprit-elle tandis que Benedict prenait place à son tour dans son propre fauteuil. Trois hommes étaient assemblés dans le café adjacent à la boutique de ma famille. J'attendais ma commande, vous comprenez, soustraite à la vue de la plupart des clients par l'alcôve où je m'installe toujours pour patienter. Et ce trio-là ne m'avait pas aperçue. Ils étaient très absorbés par leur discussion.

— Où se trouve ce café ?

Ses sourcils, d'une nuance plus sombre que le châtain noisette de sa chevelure, se froncèrent d'un air confus.

— Oh ! oui, bien sûr. Ils pourraient revenir. Est-ce là votre réflexion ? Il se situe sur South Molton Street. C'est le café *Chez Hawlston*. Mais la partie la plus importante est certainement la teneur de leur échange.

Elle planta un index fuselé sur son bureau pour accentuer son propos, au seul endroit où le plan de bois n'était pas couvert de documents et de dossiers.

— Et quelle était-elle, Miss Prince ?

Les yeux de la jeune femme tombèrent sur les mains de Benedict, qu'il avait posées devant lui, les doigts joints.

— Ne comptez-vous pas prendre de notes ? Ou rédiger un rapport ?

— Je souhaiterais d'abord écouter votre récit.

Elle lui adressa un regard profondément dubitatif, mais poursuivit néanmoins.

— Les trois hommes avaient une conversation houleuse, même s'ils s'efforçaient de parler à voix basse. Je ne les ai entendus que parce que j'étais assise tout près, vous comprenez ? Ils ne pouvaient me voir, car je me trouvais dans...

— Dans l'alcôve, oui. Continuez.

La réaction de la demoiselle fut un léger tressaut de son sourcil gauche, mais Benedict eut toutefois l'impression de remonter quelque peu dans son estime en lui prouvant qu'il l'écoutait. Hélas, il n'avait pour le moment rien entendu qui méritât la rédaction d'un rapport ou une action immédiate.

— L'un des hommes, le seul que j'ai vraiment pu observer, a déclaré que les deux autres étaient pathétiques de ne pas accepter sa proposition.

Ce fut au tour de l'inspecteur de hausser un sourcil. Miss Prince se pencha vers lui, planta ses iris lavande dans les siens, et ajouta dans un souffle :

— Il voulait voler les joyaux de la Couronne.

Le jeune policier sentit l'air quitter ses poumons et la vague de fatigue qu'il s'était efforcé d'endiguer le submergea d'un coup, accompagnée d'un autre sentiment. La frustration brûlante qu'il éprouvait chaque fois qu'un civil se présentait devant lui, persuadé que son voisin était un traître à la Couronne, que le boucher du quartier était en réalité un meurtrier ou que son dernier rêve l'avertissait d'une menace planant sur la reine. Au fil des années, il avait rencontré pléthore de citoyens hystériques et entendu une multitude d'histoires vaudevillesques. Même si, il devait bien l'admettre, aucun n'aurait pu se targuer de posséder autant de charme.

Benedict imita la jeune femme et se pencha en avant jusqu'à pouvoir distinguer les pâles taches de rousseur saupoudrées sur son nez et ses pommettes, ses lèvres rougies et la fameuse étincelle dans son regard, qui prenait la forme de fils d'argent tissés à même le velours mauve de ses iris. Elle était immobile, tendue et le défiait presque de son menton levé, comme si elle s'était attendue à sa réaction. Et en dépit de sa profonde lassitude, Benedict ne put s'empêcher d'admirer sa beauté et sa truculence. Miss Prince semblait rendre les lampes à gaz de la pièce plus brillantes. Il regrettait presque la cruelle déception qu'il allait devoir lui infliger.

— Miss Prince, commença-t-il d'une voix lente.

La délicatesse et le souci d'éviter l'offense n'étaient guère ses points forts.

— S'il s'agissait réellement d'un groupe de voleurs cherchant à s'emparer des joyaux de la Couronne…

— Je vous en prie, l'interrompit-elle comme pour tuer dans l'œuf son prochain argument.

Et cette simple supplique, prononcée sur le ton du désespoir, parvint à le museler pendant un instant. Mais seulement un instant.

— Me permettez-vous de terminer ma phrase ? lui demanda-t-il avec une déférence qu'il ne témoignait à pratiquement personne.

Elle se mordit la lèvre.

— La probabilité pour que des voleurs abordent sérieusement et de manière ouverte un tel plan dans un café bondé, où quiconque pourrait les entendre, me paraît extrêmement faible. Je ne doute pas que beaucoup rêvent d'accomplir pareil exploit ou se vantent de pouvoir y parvenir s'ils le décidaient. Mais nul n'a jamais réussi, ni même *tenté* ce genre de prouesse, à l'exception de…

— Thomas Blood en 1670, oui, je le sais. Je connais cette histoire. Mais peut-être la connaissent-ils aussi ? Tenez, regardez.

Et elle le médusa en se levant de sa chaise pour saisir l'encrier qui trônait entre eux.

— Vous permettez ?

Benedict ne goûtait guère que l'on touchât à ses affaires ou que l'on apportât le moindre changement au chaos ordonné qui régnait sur son bureau. La plupart des gens n'y voyaient sans doute qu'un fatras sans nom, mais les papiers, dossiers et autres éléments étaient empilés ou entassés d'une manière parfaite logique à ses yeux.

— C'est juste un emprunt, ajouta-t-elle en déplaçant l'encrier au bord du plan de bois, avant d'avoir l'audace de prélever de la même façon son flacon de colle.

Lorsqu'elle tendit la main en direction du galet de grès poli lui tenant lieu de presse-papier, que sa sœur Helen lui avait offert, il leva le bras pour l'en empêcher. Mais elle avait déjà refermé ses doigts graciles sur la pierre, si bien que les phalanges de Benedict et les siennes entrèrent en collision.

À ce soudain contact, l'inspecteur sentit quelque chose bondir dans sa poitrine. La peau de la charmante demoiselle était chaude, exquisément douce et la sensation de ses doigts contre les siens lui plut immédiatement. Toutefois, l'inspiration choquée que Miss Prince laissa échapper le rappela à la réalité et il retira brusquement son bras, lui abdiquant le galet. Benedict savait qu'il aurait dû s'excuser. Il en avait d'ailleurs toute l'intention, mais lorsqu'il leva la tête et croisa les yeux écarquillés de la jeune femme, les fils d'argent dans ses prunelles de velours mauve parurent scintiller. Il chercha sur son visage un signe de mortification ou d'indignation, mais n'en trouva aucun. Miss Prince le contemplait simplement d'un air aussi dérouté qu'il avait lui-même la sensation de l'être. Toutefois, elle retrouva rapidement ses esprits, baissa le regard sur le galet, puis le plaça en diagonale, à l'opposé de l'encrier.

— Vous voyez ? reprit-elle d'une voix légèrement plus haletante qu'un instant plus tôt. J'étais assise ici.

Elle désigna l'encrier.

— Ceci représente le mur qui sépare la cuisine de la salle de service.

De l'index, elle tapota le galet en grès.

— Et le trio d'hommes était recroquevillé à cet endroit. Elle lui montra le flacon de colle.

— Ils ignoraient que je me trouvais suffisamment proche pour entendre leur conversation. Personne d'autre n'aurait pu les écouter.

— Et quel était donc le plan qu'ils projetaient ?

Une simple tentative, pour un larcin de cette envergure, exigerait des mois de préparation et, surtout, de gagner la confiance d'au moins un complice à l'intérieur. Sans doute davantage. Ce qui paraissait impossible, étant donné la réputation de fervente loyauté généralement associée aux *Yeomen Warders* de la tour de Londres.

Les épaules de la jeune femme s'affaissèrent légèrement.

— Ils ne l'ont pas abordé du tout.

Elle pivota brusquement pour s'éloigner du bureau et se remit à faire les cent pas devant lui.

— Mais l'un de ces hommes était en colère. L'autre, inquiet, je dirais. Cela avait l'air d'être un sujet dont ils avaient sérieusement débattu.

— Vous dites avoir pu observer l'un d'eux.

— Oui, celui qui paraissait fâché.

Benedict tira un feuillet vers lui et saisit son crayon de bois.

— Décrivez-le-moi, je vous prie.

Elle s'approcha à nouveau et se tapota les lèvres du bout de l'index.

— Grand. Il portait un manteau sombre et un chapeau melon noir. Il avait une barbe et une moustache brunes, ainsi que des lunettes aux verres fumés.

Benedict interrompit sa main et haussa un sourcil :

— Donc vous ne l'avez pas réellement observé. De ce que j'entends, la majeure partie de son visage était masquée. Cette description est très vague, elle pourrait correspondre à la moitié des hommes que l'on croise dans n'importe quelle rue de Londres.

— Ses lunettes étaient particulières, contra Miss Prince, sur la défensive. Elles avaient une forme carrée inhabituelle.

— Une forme, donc, qui devait dissimuler encore davantage les traits de son visage.

Benedict rangea son feuillet. Cette jeune femme s'était présentée persuadée d'avoir entendu des individus comploter et préparer un crime grave et le policier l'admirait pour cela. Dieu savait que les Londoniens avaient de nombreuses raisons de céder à l'apathie ; la plupart de leurs concitoyens, s'ils avaient capté pareil échange, auraient haussé les épaules et passé leur chemin. Hélas, si Miss Prince ne pouvait identifier aucun des trois hommes, Benedict n'avait pas la moindre piste à suivre, à moins de placer ledit café sous surveillance dans l'espoir que le trio réapparaisse et aborde à nouveau le sujet. Il alerterait toutefois le personnel de la tour de Londres et leur demanderait s'ils avaient eu vent d'un complot, mais ne pourrait guère accomplir davantage.

— Malheureusement, même si je vous montrais toutes les photographies des voleurs notoires de Londres, vous seriez dans l'incapacité d'identifier cet homme.

Miss Prince poussa un soupir si frustré que l'inspecteur éprouva aussitôt le besoin urgent de la réconforter, mais elle parut se ressaisir instantanément, croisa les bras et frappa le sol du pied.

— Êtes-vous en train de dire que j'ai été sotte de venir ?

Loin de lui une telle pensée ! De toute évidence, cette demoiselle ne manquait ni d'intelligence ni d'allant. Elle agissait avec une grande indépendance, ce qui, étant donné son jeune âge et l'absence d'alliance à son annulaire, avait de quoi l'intriguer. Miss Prince était impétueuse, peut-être, mais bien intentionnée et courageuse. Benedict fronça les sourcils. Cela ne lui ressemblait pas de voir ainsi le meilleur chez quelqu'un. Ses propres erreurs, tout comme son travail, n'avaient eu de cesse de le désabuser, mais apparemment, cette charmante personne pleine de vie était parvenue à exhumer un soupçon de son optimisme malmené. Cette idée le captivait autant qu'elle le déroutait.

4

L'inspecteur en affaires criminelles était un homme bourru au visage anguleux, comme si tous ses traits, fort séduisants d'ailleurs, avaient été ciselés à l'aide d'une lame exceptionnellement aiguisée. Il y avait chez lui une inertie sculpturale susceptible de la rendre folle et Allie comprit bien vite qu'il devait en falloir beaucoup pour décontenancer le policier. Aussi perturbante qu'ait pu être la conversation qu'elle avait surprise, elle n'avait pas suscité la réaction que la jeune femme avait espérée. Du moins, son récit ne l'inquiétait pas assez pour que cela se reflète sur son visage, même en étudiant ce dernier de très près. De si près, soit dit en passant, qu'Allie avait fini par se perdre dans son examen ; l'angle oblong de sa mâchoire, le contraste avec sa bouche aux lèvres charnues et la fossette au milieu de son menton volontaire. Il était suffisamment beau pour distraire une honnête demoiselle de ses pensées plus sérieuses et ne semblait guère s'en rendre compte.

Le jeune policier se leva et Allie se prépara à l'entendre lui adresser le même genre de remontrances que celles que lui avait faites son frère. Il allait la mettre en garde contre son impulsivité. Ou pire, l'inspecteur Drake était peut-être le genre d'homme convaincu que les femmes étaient, par nature, aisément en proie aux crises d'hystérie et aux réactions excessives. Elle se leva à son tour, mais fut à nouveau frappée par sa taille et sa carrure impressionnantes. Ses épaules étaient si larges qu'elles distendaient le tissu de sa veste et, quels que puissent être les muscles qu'il dissimulait sous le devant de sa chemise, ils étaient assez substantiels pour tirer vigoureusement sur ses boutons à chacun de ses mouvements. Mouvements qui attiraient immanquablement le regard d'Allie, qui se demandait si l'une de ces attaches n'allait pas finir par céder. Que se passerait-il alors ? La jeune femme dut reconnaître qu'elle éprouvait une curiosité toute scandaleuse à découvrir ce qui se cachait sous tout ce textile tendu. Mais quand cette idée s'imposa à elle, elle la réprima aussitôt, reprit ses esprits et releva la tête pour constater qu'il la fixait d'un œil dur.

L'inspecteur Drake pouvait intimider quelqu'un de par sa simple corpulence, alors pourquoi diable avait-il des contusions sur les phalanges et des taches de sang sur sa chemise ? Quel criminel serait assez idiot pour risquer les foudres d'un homme pareil ? Il était l'exact opposé de ce à quoi elle s'était attendue en venant ici. Si Haverstock était un ami de Lord Wellingdon, les deux hommes étaient sans doute proches en âge. Elle avait conjuré dans son esprit l'image d'un vieux policier au visage ridé, mais empreint de dignité. Et, sans trop savoir pourquoi, elle ne pouvait tout simplement pas imaginer l'inspecteur Drake obéir à ce genre de personne. À personne, d'ailleurs. Il exsudait une puissance étroitement sous contrôle et la rigidité d'un homme qui suivait scrupuleusement les règles de la société, même si ces dernières ne lui plaisaient guère.

— Miss Prince, reprit-il d'une voix grave.

Allie serra les dents et se tint droite comme un I.

— Je vous connais depuis moins d'une heure, pourtant je ne puis imaginer quiconque vous mystifier aisément.

— Oh.

Il resta silencieux un instant, comme pour laisser à la jeune femme le temps d'accepter son assertion. Puis il poursuivit :

— Je suis certain que vous m'avez rapporté la teneur de cet

échange dans ses termes exacts et je peux comprendre votre besoin impulsif...

— Ce n'était pas impulsif...

Il leva une main pour l'interrompre.

— Laissez-moi terminer, s'il vous plaît. Je pense, reprit-il, que vous étiez profondément soucieuse de bien agir et que vous n'avez pu ignorer ce besoin impulsif.

L'espace d'une seconde, Allie demeura bouche bée. Ébahie. Il venait d'expliquer de manière si simple ce qu'elle-même peinait, depuis des années, à faire entendre à son frère et à sa sœur. Pourtant, rien dans l'attitude de cet inspecteur ne semblait indiquer qu'il fût capable de la comprendre. Il se comportait avec une froideur qui ne détonait pas chez un homme ayant du sang sur les mains, et paraissait serrer les dents chaque fois qu'Allie parlait, comme s'il s'efforçait de réprimer l'envie urgente de la jeter dehors.

— Je vous remercie de me prendre au sérieux, finit-elle par réagir, une fois le choc surmonté. Mais peut-on faire quoi que ce soit ?

Le policier venait d'affirmer qu'elle n'était pas idiote, point sur lequel elle le rejoignait, et sut donc aussitôt la réponse à sa propre question. Elle ne lui avait donné que trop peu d'éléments et se trouvait incapable d'identifier les suspects. L'inspecteur Drake avait d'ailleurs paru sous-entendre que le grand homme en colère avait volontairement cherché à masquer ses traits.

— Oubliez ma question, ajouta-t-elle avant qu'il ne puisse ouvrir la bouche. Ce n'est pas une piste suffisante pour vous permettre d'enquêter, n'est-ce pas ?

Il secoua la tête pour confirmer :

— Je ne puis imaginer que ces hommes aient pour coutume de débattre d'un pareil projet dans le même café.

— Non, en effet. D'ailleurs, deux d'entre eux ne tenaient pas à aborder le sujet du tout.

L'inspecteur Drake acquiesça lentement, comme s'il étudiait cette information sous toutes ses coutures.

— Dans ce cas, il est possible que vous ayez assisté à une proposition de larcin tombant à l'eau. Une entreprise de cette envergure impliquerait des risques plus grands encore, et seuls des complices profondément dévoués à la cause pourraient la mettre en œuvre.

— Oui, ce que vous dites a du sens.

Allie ressentit un léger soulagement ; elle se trouvait curieusement chanceuse d'avoir été conduite auprès de l'inspecteur Drake plutôt que de Sir Felix.

— Je suis ravi que vous m'estimiez sensé, répondit le jeune policier avec un parfait sérieux.

— C'est un talent indispensable pour un enquêteur, non ?

— Idéalement, oui.

Son menton volontaire tressaillit l'espace d'une fraction de seconde durant laquelle Allie crut qu'il allait sourire. Elle en retint même son souffle. À quoi pouvait bien ressembler un homme aussi sombre et imposant, lorsqu'un sourire venait adoucir ses traits ? Mais l'instant s'évanouit, comme quelqu'un éteint la flamme d'une bougie, et le policier se raidit à nouveau, sa mâchoire tendue, ses sourcils froncés, son dos si droit qu'il en paraissait encore plus imposant, et posa sur elle son regard dur, dont les iris étaient si ténébreux dans la pénombre du bureau qu'Allie ne put en discerner la couleur.

— J'ai beaucoup de travail, Miss Prince.

La jeune femme ne put s'empêcher de jeter un dernier coup d'œil à ses phalanges blessées et son imagination s'embrasa d'un millier de conjectures quant aux activités quotidiennes de l'inspecteur Drake.

— Je ne vous dérangerai pas plus longtemps, répondit Allie avec un signe respectueux de la tête. Bonne journée, inspecteur. J'espère que ces lésions ne vous font pas trop souffrir.

Il baissa les yeux vers ses mains, comme s'il avait oublié que ces appendices étaient reliés à ses bras musculeux. La jeune femme tourna les talons et se dirigea vers la porte, non sans une certaine déception. Tout comme Dom l'avait affirmé, Allie avait une terrible propension à se précipiter, elle venait de l'illustrer de façon criante. À la lumière de la froide logique, elle n'avait eu aucune raison valable d'y mêler la police. Ces trois hommes n'avaient peut-être eu qu'une simple conversation, sans intention dépassant la fanfaronnade. Et pourtant, son instinct lui soufflait tout autre chose. Elle était pratiquement convaincue que quelque part à Londres, un complot se tramait et, s'il n'impliquait peut-être pas les trois individus, l'homme au melon, lui, en faisait certainement partie. L'impression de danger qui avait manqué de la submerger lorsqu'elle avait croisé son regard dans la ruelle lui tirait encore des frissons.

— Miss Prince.

L'inspecteur Drake l'avait suivie dans le couloir.

— Oui ?

Quand Allie se retourna, il venait de passer l'embrasure de la porte de son bureau et un chandelier éclairait à présent chaque détail de son visage. La jeune femme déglutit bruyamment, car elle pouvait enfin les discerner. Ses iris. Ils étaient d'un vert éclatant comme la mousse des bois et striés d'ambre.

— Je dois vous prévenir...

— De l'ambre vert, s'entendit-elle dire.

À haute voix. Par tous les saints ! Les mots lui avaient échappé et, bien entendu, le pauvre policier n'avait aucun moyen de comprendre ce qu'elle avait voulu dire. D'ailleurs, après une très courte réflexion, elle jugea beaucoup moins mortifiant de ne pas l'informer que la couleur de ses yeux lui avait inspiré un tel transport. Il fronça les sourcils et inclina légèrement la tête sur le côté, l'air perplexe.

— Je vous demande pardon ?

— C'est très rare, fut tout ce qu'elle parvint à articuler de plus avant que ses joues ne prennent feu.

Puis elle fit volte-face et s'éloigna de lui aussi vite que ses jambes le lui permirent. Allie quitta le bâtiment sans s'arrêter et continua de marcher à une allure si vive qu'elle lui valut plusieurs exclamations scandalisées de la part d'autres passants. Après avoir traversé la route et tourné au coin de la rue, elle s'interrompit enfin pour reprendre son souffle. Elle s'adossa sans élégance contre un mur et espéra que la pierre froide parviendrait à faire baisser la fièvre qui semblait s'être emparée de son visage. Allie ferma les yeux et, pour la énième fois, pria pour que sa langue cesse de marmonner de façon aussi inopportune tout ce qui lui passait par la tête.

« De l'ambre vert. »

La jeune femme souffla avec exaspération. Dire que ce policier avait eu l'extrême amabilité de complimenter son intelligence ! Nul doute que sa conduite scandaleuse l'avait d'ores et déjà poussé à réévaluer son opinion sur ce point. Non pas qu'Allie eût proféré quelque absurdité. L'ambre vert était effectivement très rare. Ils avaient acquis un vase façonné dans cette matière, un jour, une merveille millénaire confectionnée en Amérique du Sud. Allie avait presque eu le cœur brisé lorsque son père l'avait si rapidement revendu à un collectionneur. Mais rien de tout cela n'expliquait ce qui l'avait poussée à anéantir le peu de considération que lui avait accordé l'inspecteur ! Fort heureusement, ils ne se recroiseraient sans doute jamais et Allie résolut de ne plus jamais parler sans réfléchir, se précipiter ou de faire toute une montagne de peu de chose.

Elle reprit donc le chemin de *Princes of London*, ravie de pouvoir mettre un mille et demi de distance entre elle et le policier bourru aux mains contusionnées et aux iris envoûtants. Lorsqu'elle atteignit Trafalgar Square, elle se laissa distraire par un petit stand de rue qui vendait des noisettes grillées, mais à peine eut-elle ralenti son allure qu'un souvenir lui revint en mémoire. L'inspecteur Drake avait tenté de la prévenir, juste avant qu'elle ne l'interrompe. Mais la prévenir de quoi ?

— Tu as une mine affreuse, Benedict.

L'interpelé leva les yeux et découvrit sa sœur debout à côté du fauteuil bergère dans lequel il s'était écroulé dès son retour. Il ne l'avait même pas entendue rentrer dans la maison de ville qu'ils partageaient.

— J'ai dû m'assoupir.

Quelques heures plus tôt, il avait ravivé le feu dans l'âtre, puis s'était glissé dans sa chaise favorite et n'en avait plus bougé. Le mâtin qu'il avait récupéré dans la planque de M s'était installé à ses pieds et se trouvait, lui aussi, toujours au même endroit. Benedict tendit le bras pour gratter la bête entre les oreilles. Helen avait suggéré qu'ils le nommassent Cerbère, en référence au célèbre chien de garde de la mythologie grecque, mais Benedict avait déjà pris l'habitude de l'appeler Bedford, comme le square où il avait rencontré son compagnon.

— Je devrais sans doute me réjouir que tu aies enfin pu te reposer un peu. C'est à peine si je t'ai vu ces derniers soirs.

Les journées d'Helen n'étaient pas moins longues que les siennes, pourtant sa sœur semblait attaquer chaque nouvelle matinée fraîche comme un gardon et prête à tout accomplir. En cet instant encore, elle l'examinait d'un œil alerte et vif, comme s'il était un patient de la clinique dont elle était la dirigeante en tout, sauf en titre.

— Est-ce ton sang sur tes vêtements ou celui de quelqu'un d'autre ?

Elle se pencha pour l'observer de plus près.

— Quelqu'un t'a entaillé le bord de la mâchoire, n'est-ce pas ? poursuivit-elle. Je vois une très légère contusion. Et nous devrions nettoyer correctement ces éraflures sur tes mains.

— Autre chose, doctoresse Drake ?

— Ne me taquine pas avec ça aujourd'hui.

Sur ces paroles, elle siffla avec colère et se dirigea à grands pas vers une console sur laquelle reposait leur échiquier. Alma, une chatte âgée qu'Helen avait secourue quelques mois plus tôt, était allongée juste à côté et formait un coussin bien rond au poil doux. Helen et Benedict progressaient sur leur partie d'échecs de manière sporadique et cela faisait plusieurs jours qu'elle n'avait pas touché aux pièces. Sa sœur saisit un pion entre son pouce et son index, comme pour le déplacer, mais dut se raviser, car elle le reposa sur sa case d'origine. Puis elle se détourna du plateau et caressa la fourrure rousse et tigrée d'Alma.

— Le Dr Porter m'a aimablement rappelé aujourd'hui que je ne suis pas un docteur et que je n'ai aucun avis à faire valoir concernant les traitements de nos patients.

— Ce n'est qu'un imbécile et un vaniteux. Tu serais un véritable atout pour lui s'il voulait bien ranger sa maudite fierté dans sa poche et son mouchoir dessus.

Benedict se redressa dans son fauteuil.

— À nous deux, nous avons suffisamment d'économies, à présent, Helen. Tu devrais tenter d'intégrer une école de médecine…

— Oh ! j'en ai bien l'intention.

Elle désigna d'un geste la petite pièce qui, de l'autre côté du couloir, lui tenait lieu de bureau.

— J'ai commencé à recenser mes références pour ma candidature, mais il y aura toujours des passéistes comme Porter, convaincus jusqu'à la moelle que les postes les plus prestigieux devraient demeurer l'apanage des hommes, que ce soit en médecine, en politique ou dans l'industrie.

Benedict ne connaissait personne de plus talentueux que sa sœur, et pourtant, il savait qu'elle disait vrai. Mais il savait aussi que la société évoluait à l'approche du nouveau siècle et il accueillait, personnellement, ce changement à bras ouverts, surtout lorsqu'il offrait de bonifier les conditions de vie de la majorité, au lieu de privilégier un petit nombre.

— Avec un peu de chance, le train du progrès laissera ce genre d'individu sur le quai.

Helen attrapa un autre de ses animaux rescapés, une chatonne nommée Milly, tout en adressant à son frère un regard profondément sceptique, puis elle s'installa dans le fauteuil voisin du sien et le désigna d'un signe de la main :

— Y a-t-il d'autres lésions que je ne peux pas voir ?

— Rien qui vaille de t'inquiéter.

Sa sœur poussa un long soupir impatient, comme à chaque fois qu'il esquivait l'une de ses questions.

— Je sais que tu ne peux rien divulguer au sujet des affaires que tu traites, mais consentirais-tu au moins à me dire si celle qui t'a privé de tant de nuits de sommeil réparateur est enfin terminée ?

— Elle l'est. Pour l'essentiel, en tout cas.

Il ne pouvait révéler, à Helen ni à quiconque, la moindre information sur M, mais l'énigme quant à sa capture ne quittait jamais son esprit.

— Dieu merci.

La jeune femme souffla, de soulagement cette fois, et Benedict sentit ses propres poumons relâcher quelque peu leur tension. Il ne voulait plus entendre parler de la famille royale ni des péchés de l'héritier au trône. La clôture de ce dossier allait libérer de la place pour des affaires plus intéressantes.

— Et qu'a dit Haverstock au sujet de ta promotion ?

L'inspecteur grinça des dents, s'efforçant de réprimer la première réponse mordante qui lui vint à l'esprit.

— Il a dit : « Pas encore, mais bientôt. »

Helen poussa un long soupir :

— Une autre promesse plus vide que vide.

Il gloussa.

— C'est précisément ce que je me suis dit.

— Je suis vraiment désolée, Ben. Mais ton travail n'en a pas moins d'impact. Tu as empêché beaucoup de criminels de faire plus de mal à des innocents et, ce faisant, tu as aussi soulagé une part des souffrances de leurs victimes.

— Je sais que tu as raison, mais je ne tiens pas à passer ma vie sous la coupe de Haverstock ou d'un autre hiérarque de sa trempe. Je pourrais en faire tellement plus si j'étais au sommet, au lieu de me retrouver piégé dans les niveaux intermédiaires.

— Tu finiras par y arriver.

Elle huma soudain l'air, sourit et ajouta :

— Ça sent le ragout. Mrs Pratt t'en a-t-elle descendu un bol ?

Si Helen et Benedict ne pouvaient s'offrir les services que de deux domestiques, le Seigneur les avait toutefois bénis d'une intendante qui était également fine cuisinière.

— Pas encore. Elle aura préféré me laisser dormir jusqu'à ton retour.

— En effet, Mr Drake.

L'intéressée, une grande femme aux cheveux d'acier qui entretenait leur foyer avec la même efficacité qu'Helen dirigeait sa clinique, apparut dans l'embrasure de la porte du salon, comme si elle avait attendu qu'ils mentionnent son nom.

— Le dîner est prêt à être servi dans la salle à manger. À moins que vous ne préfériez des plateaux ici ?

Souper devant la cheminée était une habitude héritée de leur enfance, à l'époque où les repas étaient si sporadiques qu'ils ne pouvaient prédire avec certitude quand aurait lieu le prochain. Ces jours-ci, ils enchaînaient tous deux de longues heures de travail et se nourrissaient surtout lorsqu'ils en trouvaient le temps. Se retrouver ensemble devant l'âtre pour se restaurer, comme ils le faisaient il y a si longtemps après avoir fui la maison de leur mère, était devenu une occasion rare.

— Dîner ici me plairait beaucoup, répondit Helen à Mrs Pratt, qui revint bientôt avec deux plateaux chargés de victuailles.

— Beaucoup d'autres affaires t'attendent-elles, à présent que celle-ci est conclue ? lui demanda Helen après avoir avalé sa première cuillère de ragout.

Ben lui lança un regard éloquent et sa sœur lui sourit avec compassion.

— J'imagine que la véritable question est : avec combien d'affaires jongles-tu en même temps ?

— Trop. Comme toi, sans nul doute.

Ben but une gorgée de thé, puis se tourna vers Helen pour mieux l'observer.

— Tu n'as pas non plus l'air dans ton assiette. Est-ce à cause de Mrs Dowd ?

De tous les patients qu'elle traitait, Mrs Dowd était celle dont sa sœur s'était le plus entichée.

— Pour tout te dire, elle a été renvoyée chez elle.

La voix d'Helen se brisa et elle sirota son thé pour masquer son émotion.

— Est-elle suffisamment remise pour retrouver son autonomie ?

— Bien sûr que non, mais je ne suis pas un docteur consultant et ceux qui le sont ont déclaré que nous avions besoin de place pour accueillir de nouveaux patients.

— Tu en sais autant que ce maudit docteur, si ce n'est plus, en particulier sur le cas de Mrs Dowd.

— Hmm.

Elle plongea son regard dans l'âtre, comme si elle réfléchissait à nouveau à toute cette histoire, mais Benedict savait qu'elle n'insisterait pas autant que lui l'aurait fait. Elle n'exigerait pas du Dr Porter qu'il lui témoigne le respect qu'elle méritait. Ce n'était pas sa façon de faire. Helen et lui, sur ce point comme sur d'autres, différaient dans leur approche. Helen préférait travailler sans faire de vague, tête baissée, et aider autant de personnes qu'elle le pouvait sans réellement attendre de reconnaissance. Elle savait ce qu'elle valait et sa conscience n'était pas aussi lourde que celle de son frère.

— Nous pourrions nous relayer pour rendre visite à Mrs Dowd, proposa-t-il d'un ton doux.

La jeune femme tourna vers lui un regard stupéfait.

— Tu tiens vraiment à alourdir encore ta charge de travail ?

— Tu multiplies les bonnes œuvres, tu travailles comme infirmière, tu poursuis tes études et pourtant, je suis certain que tu prévois déjà d'aller t'enquérir de sa santé. Je pourrais passer la voir de temps à autre, moi aussi.

Elle pinça les lèvres ; c'était souvent le signe qu'elle cherchait à décliner une offre, sans trouver de formule polie pour sa décision.

— Je ne crois pas que ce soit une bonne idée, Ben.

— Pourquoi ?

C'était un des traits de caractère de sa sœur qui tendait à le mettre hors de lui. Ne pas oser demander de l'aide était une chose, mais la refuser lorsqu'elle était proposée en était une tout autre, et l'indépendance entêtée d'Helen dépassait parfois son entendement.

— C'est une vieille femme fragile qui souffre, en toute franchise, d'une mauvaise constitution nerveuse. Et il peut t'arriver de te montrer... bourru. J'ai peur qu'un homme inconnu se présentant sur son seuil ne l'effraie.

— Je suis donc un homme inconnu et bourru, grommela-t-il d'un ton provocateur.

Helen agita la main avec négligence.

— Ne monte pas sur tes grands chevaux. Tu sais très bien ce que je veux dire.

Puis elle parut se radoucir :

— Je te sais capable d'une immense générosité. Tu te soucies énormément des autres.

Elle jeta un œil à Bedford, comme pour lui offrir une preuve de son assertion, avant de poursuivre :

— Et je sais qu'en toute chose, tu t'efforces d'agir pour le mieux. Crois-moi, j'en ai conscience.

Ben déglutit avec difficulté.

— Ne réveillons pas le passé ce soir.

Il savait à quoi sa sœur faisait référence. Ni l'un ni l'autre n'avait oublié la fois où il avait fait précisément le contraire et leur benjamin, George, en avait fait les frais. Ben s'était comporté de façon bien trop autoritaire et ne s'était pas soucié de voir combien leur jeune frère s'était égaré. Benedict était l'aîné. Il aurait dû le protéger, ou du moins mieux le guider. Il avait failli à ces deux devoirs en ce qui concernait le pauvre George et les conséquences de ses actes le hantaient encore à ce jour.

— Je n'avais pas l'intention de remuer le couteau dans la plaie, répondit Helen à voix basse. Mais je t'ai pardonné et un jour, il faudra que tu te pardonnes, toi aussi.

Ben prit une longue gorgée de thé sans oser croiser son regard.

— Je te propose un compromis : demande à Mrs Dowd s'il lui plairait que je lui rende visite et je ne m'y rendrai que sur ses instances.

La jeune femme tressaillit :

— J'essaierai, mais la pauvre risque de ne plus se rappeler notre conversation d'ici à ce que tu arrives.

Elle secoua la tête et des larmes perlèrent de ses yeux.

— J'ai si mal pour elle. Perdre la mémoire doit être terrifiant, en particulier lorsqu'on est seul.

— Oui…

Bien qu'il eût préféré oublier certains instants de son passé, Ben savait que son esprit affûté était son meilleur outil. Et il comptait bien s'en servir pour trouver M et, un jour, prendre la place de Haverstock. Ou celle de son supérieur.

— Très bien, j'attendrai ta décision. Mais je suis prêt à lui rendre visite, si cela peut l'aider.

— Merci. C'est très gentil à toi de proposer.

Helen repoussa son bol de ragout vide et referma les paumes autour de sa tasse de thé. Elle se nicha contre le dossier de son fauteuil et Alma bondit aussitôt sur ses genoux pour reprendre sa sieste. Ben pouvait sentir sa sœur le dévisager, car sa peau semblait chauffer sous son regard investigateur.

— Qu'y a-t-il ? finit-il par demander.

— Je ne sais pas. Tu as l'air… différent.

Il avala une cuillère de ragout.

— C'est très possible. Je ne suis pas sorti de cette affaire indemne.

— Non, non, je te trouve différent, mais d'une façon positive. Comme ton offre de rendre visite à Mrs Dowd.

Elle haussa les épaules et ajouta :

— D'ordinaire, tu es si concentré sur ton travail que tu n'envisages guère de consacrer de temps à quoi que ce soit d'autre.

Benedict se crispa, craignant la tournure que prenait cette conversation.

— Tu ne t'autorises même pas à aller voir tes amis ou à accepter d'autres engagements, poursuivit-elle avec un air éloquent. Tu devrais, pourtant. Il n'y a pas que ta carrière, dans la vie.

Cette remarque lui tira un éclat de rire, qui jaillit de sa poitrine.

— Vous êtes-vous regardée dans un miroir, Miss Drake ?

Les sourcils de sa sœur plongèrent avec mécontentement et une moue boudeuse, qui n'avait pas changé depuis qu'elle était enfant, lui tordit les lèvres.

— *J'ai* des amis, mon frère. Des amis que je retrouve pour accomplir de bonnes œuvres ou lorsque je me rends à mes clubs pour femmes.

Il ne pouvait nier qu'Helen possédait l'agenda le plus chargé qu'il ait jamais vu. Personne n'aurait pu en faire autant qu'elle en vingt-quatre heures. Elle continua de l'observer un moment et, finalement, lança le sujet qu'elle cherchait régulièrement à lui imposer.

— Un jour, tu voudras plus que ton travail.

Benedict poussa un grognement agacé.

— Helen, s'il te plaît, pas ce soir. Je ne veux pas entendre parler de mariage.

Elle croisa les bras. C'était le signe clair qu'elle n'avait pas fini de le harceler à ce propos.

— D'accord. Je ne dirai rien d'autre, d'autant plus que je te sais gré de ne pas aborder le sujet avec moi. La plupart des frères aînés auraient déjà fait connaître leur avis à leur vieille fille de cadette.

— Merci.

Il se détendit dans son fauteuil. Bedford le rejoignit et s'étendit de tout son long devant l'âtre avec un soupir d'aise. Toutes les créatures présentes dans la pièce paraissaient savourer la douce chaleur du feu. Helen, toutefois, semblait perdue en conjectures. Il pouvait presque entendre les rouages de son cerveau tourner à toute vitesse.

— Est-ce Lavinia Haverstock ? Serait-elle à l'origine du changement que je vois en toi ce soir ?

Son frère se pinça l'arête du nez et s'admonesta silencieusement d'avoir un jour mentionné la détermination de Haverstock à lui attacher sa fille.

— Ça n'a rien à voir avec Miss Haverstock. Je peux te l'assurer.

Helen s'affaira à choisir un biscuit parmi les nombreuses douceurs que Mrs Pratt avait déposées dans une assiette en guise de dessert.

— Une autre dame, dans ce cas ?

Ben lui lança un regard agacé, puis se força aussitôt à le reporter dans les profondeurs de sa tasse de thé. Hélas, ce simple coup d'œil dut être suffisamment expressif, car le visage de sa sœur s'illumina d'un sourire taquin.

— J'ai raison, s'exclama-t-elle dans un souffle émerveillé. Je savais bien que quelque chose t'avait mis les nerfs en pelote.

— Mes nerfs vont très bien, je te remercie. Et ce n'est pas une dame au sens où tu l'entends.

— Que veux-tu dire ?

— Une jeune femme s'est présentée dans mon bureau, aujourd'hui.

En mentionnant Miss Prince, Ben autorisa le souvenir de l'étonnante demoiselle, qu'il s'était efforcé de réprimer toute la journée, à se déployer pleinement dans son esprit.

— Une jeune femme... surprenante. Difficile à oublier.

— Était-elle jolie ? lui demanda Helen sans se départir de sa gaieté nouvelle.

— Très jolie, répondit-il avec franchise. Et très animée. Il y avait chez elle quelque chose... d'étincelant.

— Seigneur Dieu, voilà que tu souris, à présent !

— Pas du tout.

Benedict s'empressa de supprimer toute émotion de son visage, comme il le faisait au travail.

— Et que te voulait cette dame ? Est-ce habituel que des civils se présentent dans vos bureaux ?

— Ni peu ni prou. Mais il n'y avait absolument rien d'habituel à cette rencontre. C'est le genre d'événement...

— Difficile à oublier.

Elle saisit la théière et resservit son frère qui acquiesçait, avant de remplir à nouveau sa propre tasse.

— Elle voulait signaler un fait qu'elle croyait pouvoir intéresser la police.

Helen l'observa avec curiosité, attendant qu'il précisât sa pensée.

— Si tu ne peux me répéter ses propos, dis-moi au moins en quoi elle t'a tant marqué. Outre sa beauté, bien sûr.

— Elle a bredouillé quelque chose, juste avant de partir.

Il se tourna vers sa sœur, aussi perplexe qu'il l'avait été sur l'instant.

— « De l'ambre vert. » As-tu déjà entendu parler d'une telle chose ?

Helen réfléchit un moment, puis secoua la tête.

— Pas que je sache, non. J'ai toujours cru l'ambre d'une teinte dorée ou terre de Sienne.

— C'est également ce qu'elle a dit, répondit-il en se penchant en avant pour poser les coudes sur les genoux. Que c'était « très rare ».

— Elle ne doit pas moins l'être, si elle est parvenue à occuper ton prodigieux intellect toute la journée, raisonna Helen d'un air pensif, non sans un soupçon de jubilation dans la voix.

Benedict ignora ses taquineries, mais dut bien reconnaître intérieurement que Miss Prince occupait effectivement son esprit, aussi pétillante et pleine de vie qu'à leur rencontre. Il avait rarement croisé des personnes auréolées d'une telle énergie. Par ailleurs, il appréciait sa modestie, son absence d'affectation, ainsi que son indulgence aux écarts vis-à-vis de l'étiquette et de la bienséance. Il se rappela son premier refus de s'asseoir, admettant ouvertement être trop agitée pour tenir en place. Bien des personnes le craignaient dès le premier coup d'œil. Benedict avait conscience que sa taille et son mépris des convenances pouvaient en rebuter plus d'un. Lui donner un air « bourru », comme l'avait décrit Helen. Mais Miss Prince n'avait nullement paru effrayée. Si seulement leur entretien ne s'était pas terminé aussi étrangement, peut-être aurait-il…

— Alors, quand penses-tu revoir cette jeune femme étincelante ? lui demanda Helen à voix basse.

— Je doute que cela se produise jamais.

L'admettre à haute voix l'agaça, mais il ne pouvait lutter contre la logique… et puis, c'était sans doute pour le mieux. À sa grande surprise, un instant plus tard, Helen gloussa.

— Quoi ?

— Benedict Drake, tu es l'un des hommes les plus francs que je connaisse, pourtant je doute fort de la véracité de cette assertion.

Elle sirota son thé tout en l'observant par-dessus le bord de sa tasse, tâchant d'en apprendre plus de sa réaction, puis conclut :

— Et je pense que toi aussi, tu en as conscience.

5

Princes of London scintillait sur le pavé de la petite rue proprette de Londres où se dressait la boutique d'antiquités. Ses fenêtres immaculées rutilaient dans la pâle lueur du soleil automnal, tout comme les bibelots exposés de l'autre côté des vitres, dont l'or et l'argent mêlaient leurs reflets coruscants aux halos irisés des gemmes facettées. Le magasin possédait un charme bien à lui, avec ses deux oriels de front appelant les passants à faire halte pour contempler les trésors qu'ils recelaient. Benedict, à l'abri de l'auvent d'une librairie du trottoir d'en face, une cinquantaine de mètres plus loin, depuis à peine quelques minutes, avait déjà vu une poignée de piétons s'arrêter pour admirer les objets des présentoirs. L'inspecteur n'éprouvait aucune sorte d'intérêt pour les antiquités, mais il pouvait comprendre l'attrait de la boutique. Il se convainquit même que sa qualité n'avait absolument rien à voir avec la charmante jeune femme qu'il ne manquerait pas de trouver à l'intérieur, s'il osait s'y aventurer.

Mais, bien entendu, il était hors de question qu'il pénètre dans cet établissement ou cherche à contacter Miss Prince. Il n'était pas ici pour cela. La visite de l'antiquaire à Scotland Yard avait certes déclenché sa venue dans le quartier, mais il était inutile qu'ils se revoient. En vérité, il savait qu'il lui fallait l'éviter. Il s'était remémoré leur entretien dans son bureau et l'instant où il avait effleuré ses doigts avec une régularité suffisante pour reconnaître que la jeune femme constituait une distraction et qu'il devait absolument la chasser de son esprit. Au diable sa propre curiosité qui le poussait à percer le mystère de l'ambre vert ! L'objectif de sa venue était de jeter un œil au fameux café *Chez Hawlston*, même s'il avait conscience que ses chances de tomber sur les hommes décrits étaient minces. C'était d'ailleurs précisément pour cette raison qu'il avait pris la décision d'employer d'autres paires d'yeux et d'oreilles que les siennes pour surveiller l'endroit quelques jours.

Hélas, pour l'instant, les yeux et oreilles en question étaient en retard. Benedict s'engouffra dans la venelle entre les deux bâtiments qui faisaient face à *Princes of London* et tira sa montre à gousset afin de vérifier l'heure. Il venait tout juste de la remettre en place dans la poche de son veston lorsqu'une silhouette familière s'avança tranquillement dans sa direction, un chapeau enfoncé profondément sur le crâne et le col remonté pour se protéger de la brise mordante.

— Ta ponctualité en a pris un coup depuis ton départ des forces de l'ordre, Fitz.

— Rien que je puisse y faire, Duke. Une sale affaire m'a retenu. Mais tu sais ce que c'est.

L'homme offrit à Benedict un sourire plus franc et plus assuré que dans ses souvenirs.

— Haverstock continue de t'enterrer sous des piles de dossiers, je parie ?

Arthur Fitzroy, ancien agent de police, n'était resté à la Metropolitan Police que trois ans avant de quitter ses rangs pour devenir l'apprenti d'un détective privé. Deux ans plus tard, il était sorti des jupes de ce gentilhomme afin de voler de ses propres ailes en lançant son affaire. Son ambition était tout aussi affirmée, et non moins impatiente, que celle de Benedict.

— Le vieux dragon aime remplir mes journées.

— Ouais, je n'en doute pas. Ce renard décrépit sait ce que tu vaux.

Fitz se pencha vers lui et ajouta :

— Mais je vais te dire, Duke, il y a de l'argent à se faire, quand on est son propre patron. Et sans l'haleine fétide de ce chacal de Haverstock qui te chatouille le nez !

Benedict s'autorisa un sourire en coin, mais préféra ne pas croiser le regard de Fitzroy. L'idée de prendre son envol à son tour lui avait déjà effleuré l'esprit à plusieurs reprises, chaque fois que la laisse que Haverstock lui avait passée autour du cou lui paraissait trop courte. Mais plus que l'argent facile, c'était le pouvoir et l'influence que Benedict cherchait à s'assurer. Le respect et la réussite. Et à ses yeux, le seul moyen de les obtenir était au sein des forces de police.

— Je préfère rester, pour le moment.

— Tu finiras par détrôner Haverstock, ça ne fait pas de doute.

Fitz examina d'un regard acéré les boutiques alignées sur South Molton Street tout en se frottant les mains pour leur éviter de s'engourdir.

— Qu'as-tu pour moi, aujourd'hui ?

— Que dirais-tu de devenir un habitué du café d'en face, pendant une semaine ou deux ?

L'homme haussa un sourcil et revint lentement vers l'entrée de la venelle pour observer ledit établissement, comme s'il espérait extraire un secret immonde de son élégante façade en briques rouges et de son menu rédigé à la craie sur un tableau noir.

— Je peux faire ça, mais pourquoi ?

— J'ai besoin que tu surveilles la clientèle et me signale tout élément suspect. En toute discrétion. Pas un mot à qui que ce soit.

— Je sais ce que signifie « discrétion », répondit Fitz d'une voix traînante, clairement offensé par le rappel.

— Tant mieux.

Benedict rejoignit son ancien collègue pour obtenir à son tour une meilleure vue sur *Chez Hawlston*.

— Quelqu'un nous a rencardés sur un groupe d'hommes débattant d'un plan pour voler...

Mais le cerveau de Benedict cessa de fonctionner lorsqu'il l'aperçut. Une chevelure noisette, des joues roses, une paire de mains dansant avec animation au rythme de ses lèvres. Miss Alexandra Prince se tenait à l'intérieur de la boutique de sa famille et elle se pencha au-dessus du présentoir principal afin d'y placer un vase aux ornements délicats, bien en vue au plus près de l'oriel. Était-elle en train de chantonner pour elle-même ou de parler à quelqu'un ? Il ne pouvait en être certain. Mais tout en époussetant, elle discutait et agitait les bras.

— Voler ? répéta Fitz dans son dos.

— Quelque chose dont la Couronne serait furieuse de devoir se départir.

Ben jugea préférable de garder les détails pour lui.

Fitz siffla.

— Voler la famille royale ? Ça exigerait une sacrée paire de...

— Ou un goût pour le risque et un égo surdimensionné, l'interrompit Ben en se retournant vers son ancien collègue. Nous connaissons tous les deux des cambrioleurs qui ont surestimé leur talent.

— Ouais, marmonna Fitz d'un ton approbateur. Ou qui tentent le diable comme s'ils avaient neuf vies.

— Nous aimerions leur couper l'herbe sous le pied, s'il y a véritablement un plan qui se fomente. Pour faire simple, ta mission est d'attester la justesse de l'information qu'on nous a communiquée.

— Et pourquoi ne pas t'en charger toi-même ?

— Si nous confirmons que le renseignement est bon, c'est ce que je ferai.

— Compris.

Fitzroy frappa dans ses mains et s'étira les phalanges, comme s'il s'apprêtait à se lancer dans une activité exigeant des doigts agiles et échauffés.

— De qui dois-je être à l'affût ?

Ben tressaillit.

— Malheureusement, nos données sont assez vagues. Trois hommes en habits sombres. L'un d'eux est grand, avec une barbe brune et des lunettes fumées.

Fitz fit un pas en arrière et fronça les sourcils.

— Pas grand-chose à se mettre sous la dent.

— Je suis d'accord, mais j'aimerais que tu guettes les conversations et repère toute discussion au sujet d'un vol ou de joyaux.

Ben se tourna vers son ancien collègue et ajouta :

— Le tout en te fondant dans la masse.

— De joyaux ? répéta Fitz avec un mouvement de surprise. Voler des joyaux à la famille royale ? Ça me paraît terriblement téméraire. J'imagine que tu as consulté les profils de nos escarpes les plus notoires.

Ben avait effectivement passé un certain temps à éplucher les dossiers de certains d'entre eux et avait demandé à Ransome d'en trouver d'autres, mais aucun des criminels qui avaient transité par la détention provisoire ne s'était avéré particulièrement grand. Fitz s'avança et balaya à nouveau du regard les magasins alignés dans la rue.

— Je devrais pouvoir me faire passer pour un nouvel employé cherchant à se réchauffer avec une bonne tasse de café.

Quand son ancien collègue fit mine de traverser l'artère, Ben lui tapa sur l'épaule pour le retenir.

— J'aimerais d'abord jeter un coup d'œil moi-même, dit-il, les yeux rivés sur Miss Prince, qui continuait de réagencer et d'épousseter ses articles en vitrine.

La jeune femme n'était jamais immobile, exactement comme à leur première rencontre. Il était certain qu'elle finirait par s'éloigner des oriels et qu'il y aurait donc moins de risques qu'elle le repère.

— Qu'est-ce que tu attends, Duke ?

— Le bon moment.

Pourquoi Benedict ressentait-il une telle tension dans son abdomen à l'idée que Miss Prince le surprenne ? Il ne pouvait se l'expliquer. Peut-être la jeune femme avait-elle déjà envahi un trop grand nombre de ses pensées et tout son être le mettait-il à présent en garde contre ce genre de distraction malvenue ? Il pouvait sentir les yeux de Fitz braqués sur lui et son impatience croissante. Mais Miss Prince avait enfin disparu de sa devanture ; le détective ne pouvait donc plus l'apercevoir et faire le lien avec l'étrange comportement de Benedict. L'inspecteur réalisa soudain que se retarder ainsi simplement pour l'éviter était ridicule.

— Attends mon retour, ordonna-t-il à Fitz avant de se diriger à grands pas vers *Chez Hawlston*, intensément concentré sur la porte du café.

Une fois à l'intérieur, un air chaud, dense et chargé du parfum du café l'enveloppa telle une couverture et il étudia rapidement les groupes masculins attablés. Certains étaient sans doute grands, mais le policier ne pouvait s'en assurer tant qu'ils demeuraient assis et penchés sur leurs tasses. Et aucun ne portait les lunettes fumées dont Miss Prince avait fait mention. À moins de tous les aligner contre le mur, il était impossible pour lui d'examiner correctement leurs visages. Il se plaça au bout de la file d'attente et observa la propriétaire pour tenter de discerner, de par son expression, les clients qu'elle connaissait de ceux qu'elle découvrait.

— Bonjour, monsieur.

La dame en question possédait un regard affûté et intelligent, qu'elle balaya sur sa personne comme elle l'avait fait pour quelques autres avant lui.

— Puis-je vous parler un instant, madame ? En privé.

La queue se poursuivait derrière lui et Benedict ne tenait pas à trahir son identité devant quiconque risquait d'entendre les questions qu'il voulait lui poser. La patronne arqua les sourcils et le policier devina qu'elle débattait intérieurement de sa réponse, mais elle finit par acquiescer d'un hochement de tête et appela une jeune femme pour la remplacer au comptoir.

— Par ici, monsieur.

La matrone le mena jusqu'à une alcôve dans l'entrée de la cuisine, très certainement celle que Miss Prince lui avait décrite et illustrée sous la forme d'une maquette improvisée sur son bureau.

— Je ne peux pas m'absenter longtemps. Nous avons beaucoup de clients. Je suis Mrs Cline et c'est moi qui supervise *Chez Hawlston*. Y a-t-il un problème, monsieur ?

— Je n'ai rien à reprocher à votre établissement, Mrs Cline. Je suis Mr Drake, se présenta-t-il, en omettant volontairement son titre.

Il n'avait traité cette affaire que de façon officieuse jusqu'à présent et comptait bien poursuivre ainsi, tant qu'il n'aurait pas la certitude qu'il existait bel et bien une menace.

— Je cherche un homme qui fréquente sans doute régulièrement ce café.

La propriétaire leva une main et tritura le col montant de sa robe.

— Je ne peux pas me rappeler tous les visages qui passent ma porte. Nous sommes sacrément occupés, la plupart du temps.

— Je comprends. Mais cet homme est particulier. Plutôt grand. Et il porte des lunettes fumées.

Mrs Cline fronça les sourcils et secoua lentement la tête.

— Je ne me souviens de personne portant ce genre de lunettes, mais il nous arrive d'avoir des clients très grands. Comme vous, Mr Drake.

— Puis-je vous laisser ma carte ?

Il tira l'une de ses cartes de visite professionnelles de sa poche, sur laquelle figuraient les adresses de son domicile et de son bureau à Scotland Yard.

— Si vous repérez un homme répondant à cette description, pourriez-vous m'en informer ?

L'air indécis, elle tendit toutefois le bras afin de saisir le petit rectangle cartonné qu'il lui offrait et l'examina. Son regard bondit sur lui, un sourcil haussé.

— Inspecteur en affaires criminelles ? demanda-t-elle en

baissant la voix. Ce gentilhomme a-t-il commis un acte particulièrement affreux ?

— Pas que je sache, la rassura Benedict, mais j'aimerais lui parler, s'il se présente à nouveau ici.

— Entendu.

— Je vous remercie.

Mrs Cline regagna la salle principale, le policier sur ses talons, et ce dernier se hâta d'examiner tous les nouveaux visages, afin de s'assurer que l'homme n'était pas entré pendant leur échange, mais la clientèle ne semblait pas avoir varié.

— Souhaitez-vous une tasse de café ou quoi que ce soit d'autre, tant que vous êtes ici, Mr Drake ?

Benedict préférait le thé sans équivoque ; le café ne l'avait jamais attiré, mais il avait exigé de cette femme une faveur deux minutes après être entré dans son établissement. Le moins qu'il puisse faire était de lui acheter une tasse de son breuvage. Fitz traînait toujours dans la venelle près de la boutique d'en face et jetait régulièrement des coups d'œil curieux à *Chez Hawlston*. Benedict devait faire vite, mais il pouvait s'attarder un peu, si cela l'aidait à obtenir la confiance de Mrs Cline.

— Un café, ce serait parfait.

Allie avait résisté à son habitude matinale de passer à *Chez Hawlston*. Les odeurs qui embaumaient l'air autour du café n'en étaient que plus appétissantes, mais toute cette affaire de voleurs et de complot, sans compter sa rencontre avec un certain inspecteur aux larges épaules et aux yeux verts l'avaient complètement bouleversée. Elle ne cessait de se remémorer la conversation des trois hommes, à la recherche d'un détail qui lui aurait échappé. Hélas, il y avait si peu à en tirer ! Ses deux coups d'œil en direction du trio ne lui avaient offert aucune vue dégagée sur leurs visages. Leur brève rencontre dans la venelle lui paraissait encore plus vague. Allie avait fixé son regard sur les lunettes fumées du grand corbeau, au point que tous ses autres traits en étaient comme brouillés dans ses souvenirs. Les ruminations de la jeune femme l'avaient presque privée de sommeil cette nuit-là et, encore maintenant, tandis qu'elle déballait des bougeoirs Florentine du XVIIe siècle, Allie ne cessait de se demander si les trois suspects étaient de nouveau attablés à l'intérieur de l'établissement voisin.

Peut-être avaient-ils recruté d'autres hors-la-loi, depuis la veille, et formé une véritable bande, à présent ?

Ça suffit.

Elle était en train de laisser son imagination lui jouer des tours et cela ne la menait jamais nulle part. La vérité, c'était qu'elle ne tenait pas du tout à recroiser le grand homme menaçant, quelle que puisse être sa propre détermination à apporter à la police des preuves pour étayer ses dires. Mais une pensée obsédante tournait dans son esprit telle une ritournelle : et si elle parvenait à dénicher une véritable piste ? Elle pourrait alors transmettre ses découvertes à l'inspecteur Drake... Une perspective qui lui embrasait les joues et lui emballait le cœur. Seigneur, la couleur si singulière des iris du policier l'avait tant captivée qu'elle s'était mise à bredouiller comme une idiote, mais si elle pouvait lui apporter une preuve authentique d'un complot visant à dérober les joyaux de la Couronne, elle serait prête à surmonter ce souvenir mortifiant pour y mettre un terme. Même un rôle secondaire dans l'élucidation d'une telle affaire suffirait à lui valoir une portion de la notoriété qui semblait venir naturellement aux membres de la famille Prince. Et Dom et Eve ne pourrait guère lui reprocher de s'être précipitée, en pareille occasion. Pas quand leur propre père était devenu célèbre pour avoir retrouvé un joyau de la reine. Après réflexion... peut-être un passage à *Chez Hawlston* était-il finalement de mise.

Elle jeta un œil à la tasse à couvercle que Mrs Cline l'autorisait à emporter et à rapporter chaque fois qu'elle désirait une autre rasade de leur café le plus noir. Dans l'arrière-boutique,

Mr Gibson sifflotait gaiement tout en travaillant. Avant qu'elle ait pu s'enquérir de sa commande, la clochette de la porte d'entrée tintinnabula et Jo s'engouffra dans le magasin en même temps qu'une brassée d'air frais aux senteurs de feuilles d'automne. Allie sourit en remarquant le livre que son amie serrait contre sa poitrine.

— Ah, vous êtes venue rattraper la séance de lecture que nous avons manquée hier ?

La matinée s'était avérée très calme à *Princes*, et Allie aurait volontiers discuté romans en compagnie de Jo autour de leur déjeuner.

— C'est ce que j'ai dit à mère, en tout cas, répondit Jo à voix basse tout en s'approchant d'elle avec un rictus malicieux. Mais en vérité, je suis venue vous interroger éhontément sur votre entretien avec Sir Felix. Qu'a-t-il dit ?

Allie passa devant le comptoir et guida son amie jusqu'aux deux fauteuils installés dans le recoin où elles avaient pour habitude de converser.

— Je n'ai pas vu Sir Felix, reconnut-elle. Il n'était pas à son bureau, m'a-t-on dit, mais on m'a redirigée vers un inspecteur en affaires criminelles, Benedict Drake.

Le simple fait de prononcer son nom lui donna la sensation d'un agréable picotement sur la langue. Tout, chez ce policier, avait quelque chose d'acéré ; ses pommettes effilées, le ton de sa voix de basse, la largeur de ses épaules et même son regard d'un ambre vert si rare. Jo écarquilla les yeux :

— J'ai entendu parler de lui.

— Vraiment ?

— Je suis certaine que Lavinia Haverstock a déjà mentionné ce nom. C'est un protégé de son père. Elle m'a dit que Sir Felix s'efforçait d'arranger une union entre eux, mais j'ignore si elle est favorable à cette idée.

Jo fronça les sourcils.

— Cette fille est aussi impénétrable que son père.

Un protégé ? Rien chez l'inspecteur Drake ne donnait l'impression qu'il eût besoin de protection. Il faisait au contraire montre d'un aplomb et d'une emprise sur lui-même comme elle en avait rarement observés. Elle pouvait aisément l'imaginer diriger tout Scotland Yard un jour, s'il nourrissait ce genre d'ambition.

— Et l'inspecteur Drake a-t-il pris en compte ce que vous lui avez raconté ?

— Il m'a écoutée avec attention et m'a posé quelques questions, répondit Allie avant de hausser les épaules et d'ajouter avec indulgence : mais que pouvait-il faire ? Comme vous me l'avez vous-même fait remarquer, je ne pouvais identifier aucun des hommes impliqués.

Jo tourna un regard songeur vers le mur opposé de la boutique, comme si elle parvenait à voir à travers la pierre jusqu'au café situé de l'autre côté.

— J'envisageais d'y faire un tour, reprit Allie en levant un sourcil tentateur. Souhaitez-vous vous joindre à moi ?

Jo tapota la couverture du livre posé sur ses genoux du bout de ses doigts gantés.

— Si j'accepte, vous ne devrez rien dire à ma mère. Jamais elle ne m'autoriserait à pénétrer dans ce genre d'endroit sans un chaperon.

Allie gloussa :

— Votre mère et moi n'échangeons guère plus que des politesses, lui rappela-t-elle avant de se lever et de tendre la main à son amie. Et puis, je fais un excellent chaperon.

Jo rit à son tour.

— Oh ! si seulement mère pouvait vous autoriser à remplacer Mrs Benning ! Toutes mes sorties en société en deviendraient nettement plus agréables.

Allie se mordit la lèvre. Ce n'était guère le moment de rappeler à son amie que la comtesse ne lui avait jamais témoigné la moindre chaleur. Lady Wellingdon la jugeait trop indépendante, et donc peu fréquentable. À l'inverse, Allie estimait que la matrone tenait la bride bien trop haute à sa fille.

— Bon, très bien. Je vais me joindre à vous, accepta Jo en se levant.

— Laissez-moi simplement prévenir Mr Gibson.

Allie regagna l'arrière-boutique et frappa à l'encadrement de la porte de l'atelier.

— Ah, vous vous êtes enfin décidée à y aller, déclara le vieil homme sans préambule avant de lever les yeux vers l'horloge suspendue au mur. Vous avez résisté plus longtemps que je ne l'anticipais.

— N'est-ce pas ! s'exclama Allie avec amusement. J'ai bien réfléchi avant de prendre ma décision, comme Dominic l'aurait souhaité.

Mr Gibson se tourna vers elle et lui adressa un clin d'œil en guise de réponse.

— Puis-je vous rapporter quelque chose ?

— Mon thé me convient, dit-il. Mais soyez prudente, Miss Prince.

Il baissa le menton et l'observa avec gravité par-dessus son pince-nez d'horloger.

— La rencontre d'hier a paru beaucoup vous bouleverser.

— C'est précisément pour cette raison qu'il me faut y retourner et vaincre ma peur. Rien ne devrait pouvoir me tenir à distance du merveilleux café de *Chez Hawlston*.

Elle lui offrit un sourire encourageant dans l'espoir de le rassurer.

— Je vous promets de faire attention et de revenir dès que possible.

— Prenez tout votre temps, ma chère. J'ai entendu la voix de Lady Josephine. N'hésitez pas à vous attabler et à vous amuser.

— Merci.

Allie caressa Grendel, qui dormait en boule sur l'une des chaises de l'arrière-boutique, puis décrocha son écharpe du portemanteau mural et s'en fut retrouver Jo.

— Prête ?

Son amie lui répondit avec un regard agité :

— Et si l'homme effrayant dont vous m'avez parlé était là-bas ?

Elle posa une main sur le bras d'Allie, comme pour l'empêcher de se précipiter vers la porte, et ajouta :

— Ne risquerait-il pas de vous reconnaître ?

— Nous ne savons même pas s'il est bien retourné au café. Personnellement, j'en doute fortement.

Plus elle songeait à l'individu en question et plus Allie était convaincue qu'il ne s'agissait pas d'un habitué de *Chez Hawlston*. Il ne ressemblait pas aux autres gentilhommes qui fréquentaient l'établissement, dont les tenues étaient moins élégantes et qui, pour la plupart, travaillaient dans des boutiques ou des bureaux du quartier.

— Par ailleurs, il ignore que j'ai surpris leur conversation, rappela-t-elle. Il ne m'a vue que lorsque je suis sortie dans la venelle.

— Oui, vous avez raison, reconnut Jo, sans pour autant consentir à faire un pas en direction de la porte d'entrée.

— Ne vous en faites pas, Jo. Je peux très bien me débrouiller.

Allie lui désigna leurs fauteuils préférés avant d'ajouter :

— Asseyez-vous, lisez tranquillement et je me contenterai d'un rapide aller-retour.

— Non.

Jo secoua fermement la tête, les plumes ornant sa jolie coiffe prune accentuant le mouvement.

— Quel genre d'amie ferais-je si je vous laissais vous y rendre seule ?

Allie rit.

— Je vais à *Chez Hawlston* presque tous les jours.

— Pas depuis que vous y avez peut-être rencontré une bande de dangereux criminels.

— D'après leurs dires, ils représentent surtout un danger pour les joyaux de la Couronne.

— Peut-être, mais des hommes prêts à tenter ce genre de larcin n'hésiteraient sans doute pas à commettre d'autres crimes.

Jo saisit le bras d'Allie et le glissa à l'intérieur du sien avec une férocité protectrice.

— Aussi, je viens avec vous. Allons-y.

— En êtes-vous sûre ?

— Certaine.

Bras dessus, bras dessous, elles parcoururent ensemble le court chemin pavé qui les séparait de *Chez Hawlston*. Comme d'ordinaire, le café fourmillait d'activité, sans qu'il y règne toutefois le même chaos qu'à l'ouverture. Lorsque Allie tendit la main vers la poignée de la porte, Jo tira légèrement sur son bras.

— Si par malchance nous tombons sur ces individus, quel est notre plan d'action ?

Son amie y avait longuement réfléchi dans le courant de la matinée.

— Rester calmes, les observer discrètement et informer l'inspecteur Drake de nos découvertes.

Elles s'engouffrèrent dans l'établissement et Allie inhala profondément les effluves levurés de pain frais et les émanations pénétrantes du café torréfié, qui lui tirèrent un sourire gai. Dieu merci, elle était parvenue à surmonter sa crainte et à remettre les pieds dans ce lieu qui ne lui avait toujours inspiré que bonheur et délice. Elle balaya la salle du regard à la recherche d'un groupe ressemblant à celui qu'elle avait espionné la veille, mais pas une table n'accueillait trois individus. La plupart des clients s'étaient rassemblés par deux ou par quatre, et certains étaient assis seuls. Jo observa tout ce qui l'entourait avec son avide curiosité habituelle. L'une des tables, près de la vitrine principale, était déserte et Allie la désigna à son amie.

— Que diriez-vous de nous installer ?

— D'accord, mais...

La jeune aristocrate jeta des regards dans toutes les directions, puis se pencha vers elle :

— Les avez-vous vus ?

Allie secoua discrètement la tête et Jo expira ce qui ressemblait fort à un soupir de soulagement, un sentiment que sa camarade partageait et qui lui procura une sensation de légèreté. *Chez Hawlston* était redevenu le lieu confortable et chaleureux qu'elle aimait fréquenter chaque jour. Du moins, jusqu'à ce qu'elle approche du comptoir et remarque l'homme qui se tenait aux côtés de Mrs Cline. Allie sentit sa langue se transformer en pâté de sable et son esprit parut soudain déterminé à lui rappeler tout l'embarras de leur dernière rencontre. Mais la jeune femme était si satisfaite de le revoir qu'elle refusa de se tracasser d'un tel détail.

Il était ici.

L'inspecteur Drake n'avait peut-être pas pris de notes pendant leur entretien, mais il l'avait forcément crue. Sans quoi, il n'aurait pas pris la peine de venir jusqu'ici ! C'était si étrange de le croiser dans un environnement aussi informel et familier, son immense silhouette aux larges épaules dominant le comptoir bleu qui marquait le territoire de Mrs Cline. Curieusement, le découvrir ainsi le rendait un peu moins intimidant. Moins rigide. Ce fut en tout cas l'impression d'Allie jusqu'à ce que le dos du policier se raidisse, comme s'il pouvait sentir ses yeux braqués sur lui. L'instant d'après, il fit volte-face. Leurs regards se percutèrent et Allie crut que l'air se coinçait dans sa trachée. L'inspecteur semblait fort mécontent de la voir.

6

Depuis qu'il avait mis les pieds sur South Molton Street, Benedict avait douloureusement conscience de la proximité de Miss Prince. S'il l'avait souhaité, il lui aurait suffi d'une dizaine de pas pour pénétrer dans la charmante petite boutique d'antiquités de sa famille, mais il avait préféré se raccrocher à la voix de la logique, laquelle lui susurrait à l'oreille de ne pas risquer une nouvelle rencontre avec la pétillante jeune femme. Quelle ne fut donc pas sa surprise quand il la découvrit plantée au beau milieu du café ! Quand il put l'admirer dans la lumière du jour qui cascadait par la vitrine de l'établissement située juste derrière elle. Quand il observa avec émerveillement que sa chevelure, qu'il avait crue noisette la veille au soir, était en réalité auburn. Quand il repéra les reflets roux, apparents seulement sous les rayons du timide soleil automnal. Cette nuance lui allait si bien, tout comme l'éclat topaze que projetaient sur elle les lampes à gaz suspendues au plafond. Non pas que la pénombre de son bureau de Scotland Yard eût jamais dissimulé sa beauté, mais la lumière faisait scintiller les prunelles de Miss Prince et elle lui révéla le détail qui le désarçonna le plus.

La jeune femme paraissait… ravie. Elle l'observait comme on accueille une personne absente depuis bien trop longtemps. Et Benedict songea qu'elle était heureuse de le voir. Le policier ressentit un étrange tressaut dans la poitrine et réprima une puissante envie de tendre la main vers elle. Tout cela n'avait aucun sens. Ils ne se connaissaient que de la veille. Oui, tout ceci était ridicule. Aussi ridicule que la façon dont la délicate courbe de ses lèvres semblait captiver son attention. Tant et si bien que le souffle de Benedict parut se perdre quelque part entre sa bouche et ses poumons et que toutes les conversations et le brouhaha ambiant du café cessèrent d'atteindre son cerveau. Une poignée de secondes s'écoula avant que l'inspecteur parvienne à convoquer un semblant de logique dans son esprit embrouillé.

Non, Miss Prince n'était pas heureuse de *le* voir. Sa présence à *Chez Hawlston* prouvait seulement qu'il l'avait écoutée et pris son histoire en considération. Suffisamment pour venir jusqu'ici et poser des questions. Ce qui avait été l'objectif de la jeune femme en se rendant à Scotland Yard, la veille. Benedict avait deviné sa crainte qu'il ne la prenne pas au sérieux ou l'accuse de réagir de manière excessive. Il demeurait bien sûr possible qu'elle n'ait rien entendu d'autre que des vantardises d'irresponsables oisifs, mais s'il décidait d'ignorer son histoire et qu'une bande de criminels tentait réellement de voler les joyaux de la Couronne, il ne pourrait jamais se pardonner d'avoir failli à son devoir. Sans parler que Haverstock se ferait un plaisir de le priver de sa maudite promotion. Il pivota vers Mrs Cline pour prendre congé, mais la patronne avait déjà remonté la moitié du comptoir pour servir un autre client. Lorsque Benedict tourna les talons, il vit Miss Prince qui se dirigeait vers lui d'un pas décidé, son air ravi se muant en authentique sourire.

— Vous êtes venu ! souffla-t-elle en l'approchant.

Il jugea préférable de ne pas avoir cette conversation, ni même aucune autre, à l'intérieur du café. Au lieu de lui répondre, il se dirigea vers elle et passa tout près, sans s'arrêter. De délicieuses fragrances de citronnelle et de lavande, mêlées à la senteur délicate de la cire d'abeille servant à polir les antiquités, lui emplirent les narines.

— Dehors, lui glissa-t-il subrepticement en espérant qu'elle saisirait son message et le suivrait à l'extérieur.

Ben ignora Fitz et prit la direction de la boutique de Miss Prince pour se mettre hors de vue des fenêtres du café. Puis il s'arrêta, fit volte-face et la trouva quelques pas derrière lui. Sa présence ne semblait plus autant la ravir. Tant mieux. Il en avait assez de s'interroger sur la signification de ses sourires et ne pouvait se permettre de la laisser accaparer ses pensées.

— Je devine que vous n'avez pas revu le trio d'hommes, Miss Prince ?

— Non, en effet, répondit-elle d'un ton déçu, comme si elle reconnaissait un échec. Mais je n'étais pas entrée depuis plus d'une minute.

Elle baissa la tête, comme soudain fascinée par le bout de ses bottes, avant de lui faire à nouveau face :

— Pour tout vous dire, j'ai reporté ma visite matinale. Je ne tenais pas à revoir ces individus. Puis je me suis rendu compte de ma sottise. Car après tout, si je les revois, je pourrai vous aider.

— Je n'ai nul besoin de votre aide, répliqua le policier.

L'idée qu'elle se retrouve impliquée dans cette affaire éveillait tous ses instincts protecteurs.

— Je vous demande de me faire confiance, reprit-il. J'ai la situation bien en main.

Du coin de l'œil, il pouvait discerner Fitz sur le trottoir opposé de South Molton Street, qui les observait sans la moindre discrétion ni sans masquer sa surprise.

— C'est moi qui les ai entendus, inspecteur, lui rappela la jeune femme d'un ton déterminé. Et ils pourraient revenir à *Chez Hawlston*.

— Certes.

— Et vous ne serez pas là tous les jours, insista-t-elle, contrairement à moi.

— Et à un homme qui me rendra compte de tout ce qu'il verra ou entendra de suspect.

Il lança un coup d'œil en direction de Fitz. Elle l'imita.

— Oh ! je vois.

Elle haussa les sourcils et parut réévaluer sur l'instant son jugement de Benedict.

— Très bien. Pour être franche, c'est bien plus que ce à quoi je m'attendais.

Il peinait à imaginer Miss Prince ne se montrant pas complètement franche et il ressentit une brusque et importune bouffée de plaisir à l'idée d'avoir surpassé ses attentes.

— À présent, j'espère que vous consentirez à laisser cette désagréable affaire derrière vous.

Il ne pouvait ordonner à la jeune femme comment se comporter, mais il espéra de toutes ses forces qu'elle renoncerait à se mêler de cette histoire. Hélas, il avait beau ne l'avoir rencontrée qu'une seule fois, il aurait parié que Miss Prince était de ces personnes incapables de rester sur le banc de touche. Il attendit sa réponse. Pria pour qu'elle accepte, même à mi-mot, de se contenter de gérer sa boutique ou de vaquer à ses occupations.

— Je ferai de mon mieux, inspecteur Drake.

— Excellent. Dans ce cas, je vous souhaite la bonne journée.

— Bonne journée à vous.

Elle n'esquissa aucun geste en direction du café ou de sa boutique, mais demeura immobile sur le trottoir à l'observer tandis qu'il s'éloignait, attendait qu'une voiture passe pour traverser la rue et se dirigeait vers Fitz. Ben ressentit un besoin presque impérieux de se retourner, mais il s'était entraîné à renoncer à toute tentation.

— Je suis perplexe, Duke. Es-tu venu pour inspecter le café ou flirter avec cette jolie rouquine ?

— Cette *dame*, répliqua Benedict en insistant sur la marque de respect, ne te regarde en rien.

Il fronça les sourcils. Ne venait-il pas à l'instant de s'adresser le même avertissement ? Mais sa menace tira un gloussement à son ancien collègue :

— Oui, de toute évidence, c'est surtout toi qu'elle regarde.

La mine furieuse de Benedict doucha quelque peu l'hilarité de son compagnon.

— Bon, est-ce que je peux enfin aller boire un café ?

— Autant que tu voudras. Je te laisse décider du temps à passer sur place, mais j'aimerais que tu viennes tous les jours. Note tes heures de fréquentation et fournis-moi un rapport détaillé.

Il tira de sa poche une bourse qu'il avait généreusement garnie.

— Une avance pour la quinzaine.

Fitz la soupesa dans sa paume.

— Toujours aussi généreux. Je m'y mets tout de suite.

Benedict attendit que Fitz ait pénétré dans le café pour s'autoriser à jeter un dernier coup d'œil en direction de *Princes of London*. Elle avait regagné *Chez Hawlston*. Il l'aperçut attablée près de la vitrine de la devanture. Assise, mais en mouvement, bien entendu, elle semblait en grande conversation avec une jeune demoiselle brune. Il remarqua qu'elle levait souvent la main pour replacer ses cheveux derrière son oreille et sentit ses doigts le picoter. Il imagina la douceur de cette soie auburn et lustrée glissant entre ses phalanges. Rougirait-elle s'il osait tendre le bras et repousser délicatement cette mèche derrière son oreille ?

Cesse donc tes divagations ! se tança-t-il intérieurement.

Il devait impérativement chasser Miss Prince de son esprit. La veille au soir, elle lui avait fait une impression mémorable. Aujourd'hui, le simple fait de la voir semblait lui faire perdre tous ses moyens. S'il continuait à croiser cette antiquaire, elle finirait par le consumer tout entier.

Allie passa le reste de l'après-midi à ranger le magasin. Il émanait désormais de l'arrière-boutique un délicieux parfum de cire, et la pièce qui leur servait à l'inventaire était à présent bien mieux organisée qu'elle ne l'avait été depuis des mois. La jeune femme avait même retrouvé une poignée d'articles que Dominic avait reçus, mais négligé d'inscrire dans leur registre. L'extraordinaire détermination de son frère s'exerçait, hélas, bien souvent au détriment de son souci du détail. Les tâches les plus basiques l'ennuyaient à mourir, mais pour gérer correctement un commerce, il était primordial de s'acquitter efficacement des corvées quotidiennes. Parmi les objets recouvrés se trouvait un vase japonais qui plairait énormément à une cliente régulière de *Princes of London*. Allie finit donc par s'accorder un peu de répit en prenant place au bureau afin de rédiger une lettre à l'intention de la comtesse douairière, qui ne tarderait probablement pas à s'emparer de cette antiquité. Depuis son siège, situé dans l'arrière-boutique, elle pouvait apercevoir Mr Gibson qui tenait le comptoir. Il avait disposé sur le large plan en bois un plateau couvert de rouages d'horloge, mais le flot continu de clients l'avait empêché de s'y pencher. À mesure que la saison hivernale approchait, le magasin connaissait une hausse de fréquentation.

Allie termina sa lettre et commençait tout juste à rédiger l'adresse de la comtesse lorsque la clochette de la porte d'entrée tinta. Elle leva la tête et aperçut un gentilhomme en tenue de soirée, vêtu d'un manteau noir de jais et le cou ceint d'une cravate blanche. Il semblait prêt pour une nuit à l'opéra ou un dîner dans un restaurant luxueux, non pour faire des emplettes dans un magasin d'antiquités. Mr Gibson l'accueillit avec la même chaleur neutre que tous leurs clients. Allie se détourna, cherchant le cachet de la boutique parmi les documents et les courriers entassés sur ce bureau que toute la famille utilisait. Elle mit finalement la main dessus, remarqua qu'il ne leur restait qu'un bâtonnet de cire et se griffonna une note pour ne pas oublier d'en commander d'autres. Ce fut alors que la voix du client lui parvint de la salle principale.

La jeune femme se figea. Elle connaissait cette voix. Sa plume dérapa sur le papier, rayant l'enveloppe d'un long trait d'encre, et Allie tendit l'oreille en retenant son souffle.

— Je ne crois pas en la simplicité et j'exige la perfection.

Allie reposa sa plume et se concentra sur la conversation. Oui, cela ne faisait aucun doute. Le ton, la tessiture, l'accent. Il s'exprimait exactement comme ce grand homme au chapeau melon qu'elle avait espionné à *Chez Hawlston*. Aussi discrètement qu'elle le put, la jeune femme quitta son bureau et approcha à pas feutrés de l'embrasure, puis elle jeta un coup d'œil par la porte entrouverte. Le client était effectivement grand, mais ne ressemblait pas du tout à l'individu de la venelle. Elle ne distinguait que son profil, mais ce gentilhomme était rasé de près, avec une chevelure châtain. Il lui parut aussi plus large, moins athlétique, mais ses nombreuses couches de vêtements pouvaient être trompeuses.

— Si je vous apporte une gemme, disait-il à Mr Gibson, pourrez-vous la tailler selon mes instructions ?

— Bien sûr, monsieur.

— Montrez-moi des exemples de votre travail, je vous prie.

D'un gracieux mouvement du poignet, l'homme fit jaillir un bristol de sa poche et la tendit à Mr Gibson. Allie vit ce dernier hausser les sourcils en détaillant le petit rectangle cartonné.

— Mais certainement, milord, répondit-il.

Et il invita le client à le suivre jusqu'au comptoir réservé à la bijouterie. Pressant son dos contre le mur, Allie pria pour que sa respiration retrouve un rythme normal et que son cerveau cesse de tirer des conclusions hâtives. L'élocution de l'inconnu était raide et précise, ce qui n'avait rien de surprenant s'il s'agissait d'un aristocrate. Mais pourquoi un noble participerait-il à un complot pour dérober les joyaux de la monarchie qui conférait à son titre toute sa légitimité ? Bien entendu, peut-être était-ce justement là tout le cœur de l'affaire. Peut-être cet homme était-il un traître à la Couronne ? Un partisan irlandais de la réunification du territoire ou un sympathisant des syndicats ouvriers ? Allie observa à nouveau leur client tandis qu'il rejoignait Mr Gibson devant la vitrine verrouillée où étaient exposés leurs plus beaux bijoux et leurs objets les plus précieux. Elle ne pouvait nier la ressemblance entre cet aristocrate et le grand corbeau de *Chez Hawlston*. Il se déplaçait avec la même assurance, comme si les lieux lui appartenaient.

— Auriez-vous une loupe ?

— Bien sûr, milord.

Mr Gibson lui tendit la loupe d'horloger qu'il emportait toujours avec lui. Allie regarda l'inconnu lever le petit instrument devant son œil et sentit une pierre glacée lui tomber au creux de l'estomac. C'était bien lui. Cela ne faisait plus aucun doute. Quelque chose, dans la courbe de sa joue au moment où elle entra en contact avec la loupe, la convainquit. C'était bien l'homme qu'elle avait écouté à *Chez Hawlston*. L'aristocrate leva brusquement la tête et son regard bondit en direction de l'arrière-boutique, comme s'il avait soudain perçu qu'elle l'espionnait depuis l'embrasure de la porte. Allie recula aussitôt, s'aplatit contre le papier peint et retint son souffle.

Pourvu qu'il ne m'ait pas vue !

Plusieurs minutes s'écoulèrent lentement, pendant lesquelles la jeune femme s'attendit à voir l'homme faire irruption dans la pièce… Elle n'était pas certaine de savoir comment il réagirait, mais il ne tenait probablement pas à ce que qui que ce soit pût l'identifier, s'il se préparait à tenter le coup du siècle. Ses poumons semblaient vouloir se vider de leur air et son cœur tambourinait dans sa poitrine comme s'il s'efforçait d'en sortir, mais ses oreilles ne captaient que la voix tranquille de Mr Gibson provenant de la salle principale. Il décrivait comment il avait taillé un trio de saphirs afin de les monter sur deux bagues et un collier assorti. Son interlocuteur murmurait de temps à autre une réponse. Puis leurs voix s'éloignèrent et se turent, comme s'ils s'étaient tous deux dirigés vers la devanture de la boutique. Allie n'osait risquer un autre coup d'œil, de crainte que l'aristocrate ne la repère. Un instant plus tard, la clochette retentit et la jeune femme en déduisit que l'homme était reparti. Mais elle patienta malgré tout, l'oreille tendue. Enfin, elle perçut les pas feutrés de Mr Gibson qui revenaient vers elle. Lorsqu'il pénétra dans l'arrière-boutique, le vieil homme écarquilla les yeux.

— Vous sentez-vous bien, Miss Prince ?

Il l'examina avec une inquiétude sincère.

— J'ai entendu du bruit et j'ai craint que vous n'ayez rencontré une souris.

— Non, pas de souris. Grendel l'aurait repérée bien avant nous, de toute façon.

Allie poussa plusieurs longues expirations soulagées en portant une main à son cœur dans l'espoir de calmer ses battements affolés.

— Avez-vous la carte qu'il vous a donnée ?

— Qui cela ? Le client ?

— Oui, j'en ai besoin.

— Elle est sur le comptoir.

Allie le dépassa d'un pas pressé et aperçut le rectangle de carton brillant, dont elle s'empara. Le texte avait été imprimé sur du papier écarlate épais, coûteux et chargé de dorures aux motifs délicats. La jeune femme lut, la main tremblante : Lord Thomas Holcroft, Belgrave Square, Londres. Enfin, elle tenait une piste ! Une preuve tangible de l'existence de cet homme. Elle devait l'apporter à l'inspecteur Drake immédiatement.

— Quelque chose ne va pas ?

Mr Gibson l'avait suivie jusqu'au comptoir.

— Qu'a-t-il dit ? l'interrogea Allie.

— Qu'il désirait me confier une gemme. Un diamant. Et qu'il souhaitait que je le taille selon ses instructions.

— Vous a-t-il dit quand ?

Mr Gibson hocha la tête :

— Il m'a informé qu'il me l'apporterait demain après-midi.

— Lui-même ? Il reviendra donc en personne ?

— C'est ce qu'il semblait sous-entendre, en effet.

— Demain après-midi, répéta Allie, le souffle court. Cela ne me laisse que peu de temps. Je dois partir.

— Miss Prince, je vous en prie, dites-moi ce qui vous a tant troublée.

Il désigna son propre visage d'un geste avant d'ajouter :

— Vous êtes aussi rouge qu'un rubis et respirez comme si vous veniez de traverser Londres en courant.

— Je pense que ce Holcroft est impliqué dans une sale affaire, répondit-elle pour ne pas en révéler davantage.

Inutile d'inquiéter ce pauvre homme, surtout si l'inspecteur Drake tenait à agir en toute discrétion. Mr Gibson fronça les sourcils.

— Le connaissez-vous ? Pour quelle raison a-t-il éveillé vos soupçons ?

— Je crains de ne pouvoir vous en dire plus. Du moins, pas encore.

Allie s'approcha de lui et baissa la voix.

— Je puis me tromper, mais j'aimerais tout de même transmettre cette information à quelqu'un qui saura tirer tout cela au clair.

— Dois-je décliner la demande de Lord Holcroft, s'il revient demain ?

— Non, au contraire. Qu'il revienne. Nous ferons en sorte d'être prêts.

Allie décrocha son manteau et son écharpe et s'emmitoufla chaudement tandis que Mr Gibson l'observait d'un air mêlant le doute et l'inquiétude.

— Je sais que mes propos doivent vous paraître irrationnels, mais je dois vous laisser. Puis-je compter sur vous pour fermer la boutique ce soir ?

— Certainement, mais je m'inquiète pour vous, Miss Prince.

Le vieil homme poussa un soupir chagriné avant d'ajouter :

— J'ai peur que votre entreprise ne corresponde précisément à ce que craignait votre frère avant son départ.

Le souvenir submergea Allie, qui se raidit et crispa la mâchoire.

— Oui, j'imagine que je dois donner l'impression de me conduire de manière impulsive, mais ce n'est pas le cas.

L'expression profondément sceptique de Mr Gibson lui tira un léger sourire.

— D'accord, peut-être un peu, mais pour une bonne raison. L'affaire est urgente et, si elle se termine bien, je vous promets que Dominic sera fier de moi.

Le vieil orfèvre hocha la tête, mais lui adressa tout de même un regard d'avertissement très semblable à ceux de son frère, et avant lui de son père. Allie glissa le bristol de l'aristocrate dans la poche de son manteau et gagna la rue, où elle héla un fiacre. Cet après-midi même, elle s'était convaincue qu'elle ne reverrait sans doute jamais l'inspecteur Benedict Drake, mais finalement... peut-être avait-elle eu tort. Elle avait découvert une piste claire et tangible qui permettrait au policier de mener une enquête en bonne et due forme.

Cette fois, au moins, il serait heureux de la revoir.

7

À 6 heures, ce soir-là, Benedict avait posé un point final à toute la paperasse qu'il avait été contraint de repousser durant l'affaire du chantage. Il avait aussi déployé deux agents afin d'enquêter plus avant sur l'identité de M, un véritable défi pour eux puisque Benedict ne pouvait pratiquement rien leur révéler sur ses agissements qui ne soit hautement confidentiel. Ils manquaient cruellement de pistes à suivre, mais la demeure vide de Bedford Square restait un bon point de départ. Le policier s'était également attaqué plus sérieusement à deux nouvelles affaires, pour lesquelles il avait procédé à plusieurs interrogatoires et examiné la scène du meurtre d'un jeune homme. Pourtant, son interminable liste de tâches et toutes les exigences liées à son métier ne parvenaient pas à occuper complètement son esprit. Ses pensées ne cessaient de s'égarer dans une élégante boutique d'antiquités, auprès d'une infatigable et volubile petite lady. Il se remémorait la forme de son sourire, l'étincelle de plaisir dans ses yeux lorsqu'elle l'avait découvert à *Chez Hawlston*, plaisir qui avait trouvé un écho dans sa propre poitrine. Les sursauts de sa mémoire le cueillaient aux moments les plus incongrus. Il la revoyait réquisitionner les objets posés sur son bureau. Agiter les mains quand elle parlait. Incurver la bouche pour sourire, ses lèvres plus tentantes que des fraises. Mais chaque fois que Benedict se laissait aller à de telles rêveries, il se morigénait intérieurement et se forçait à se concentrer sur une question bien plus pressante : sa promotion.

D'ordinaire, il acceptait les promesses de Haverstock sans sourciller. Mais il s'était renseigné au sujet de Stanhope, dont le commissaire avait aussi garanti l'avancement, et il avait appris que son collègue avait déjà obtenu sa nouvelle affectation… L'inspecteur avait certes été promu, mais également muté, quittant son poste à Scotland Yard pour intégrer le Bureau de l'Intérieur. Visiblement, Haverstock brouillait les pistes pour garder son pion favori dans son giron, mais Benedict refusait de voir sa carrière entravée de la sorte. Même par un homme qui l'avait pris sous son aile et lui avait enseigné les ficelles du métier, comme l'avait fait Haverstock ces dernières années. Et en toute franchise, il ne tenait plus à travailler pour les services spéciaux. L'opportunité lui avait paru alléchante, à l'époque, et Haverstock l'avait encouragé à l'accepter, mais depuis l'affaire du chantage et la mort d'Amos Howe, il prenait bien plus de plaisir à enquêter sur les dossiers qu'il avait dû mettre de côté ces dernières semaines. Des crimes affectant principalement des Londoniens de la classe ouvrière. Il se reconnaissait dans leurs difficultés et se trouvait impatient de discuter de la loi sur les logements avec Lord Wellingdon, au dîner auquel il avait été convié. Pour la première fois depuis longtemps, il allait quitter son travail à une heure raisonnable.

Mais à peine eut-il enfoncé un bras dans la manche de son manteau que des éclats de voix lui parvinrent du couloir menant à son bureau. Il tendit la main vers la poignée de sa porte et reconnut soudain l'une des bruyantes parties, qui poussait des exclamations distinctement féminines.

Miss Prince était de retour.

Un sourire spontané lui étira aussitôt les lèvres jusqu'aux oreilles et toute sa volonté ne parvint à l'effacer. Il commençait à croire qu'il ne se passerait plus une journée sans croiser l'étincelante demoiselle, et le ravissement grandissant que lui procurait cette idée l'effraya. La poignée de la porte tressaillit sous ses doigts. Quelqu'un cherchait à entrer. Benedict tira le vantail, entraînant avec lui Miss Prince, qui s'écrasa contre son buste. Surpris, il referma les bras sur elle et sentit les mains délicates de la jeune femme se plaquer contre sa chemise, comme pour amortir sa chute. Mais jamais il n'aurait pu la laisser basculer dans le vide. Il la tint fermement et la vit hésiter, visiblement stupéfaite, son souffle chaud lui chatouillant le cou. Une montée d'adrénaline, semblable à celles qui lui gonflaient les veines pendant les courses-poursuites, accrut encore ses sens.

De longs cils. Des lèvres roses. Des yeux légèrement évasés vers le haut. Des courbes qui se fondaient contre lui comme si leurs corps avaient été faits pour ne jamais se séparer. Benedict laissa l'une de ses mains glisser, attirant la jeune femme un peu plus près. Si près qu'il pouvait compter ses taches de rousseur. Si près qu'il pouvait sentir les battements féroces du cœur de Miss Prince contre son abdomen. Si près qu'il lui aurait suffi d'incliner le visage pour cueillir ses lèvres d'un baiser.

Assez ! résonna une voix d'avertissement, quelque part dans sa tête. *Elle n'a pas donné son accord.*

— Je souhaitais vous voir, murmura-t-elle.

Ce ne fut qu'alors que Benedict remarqua la présence de Ransome dans le couloir derrière elle. Les poings sur les hanches, il la contemplait d'un air sévère.

— J'ai essayé de l'arrêter, Duke.

— C'est inutile, répondit Benedict en s'efforçant d'ignorer l'expression abasourdie qui apparut sur le visage du sergent. Vous allez bien ? ajouta-t-il dans un souffle à l'intention de la jeune femme.

Elle opina de la tête, puis s'écarta de lui, le contourna et pénétra dans son bureau. Il la suivit, mais ne put retenir un coup d'œil en direction de son propre torse, sur lequel il pouvait encore sentir l'empreinte chaude de ses courbes, qu'il aurait volontiers serrées à nouveau contre lui. Il s'humecta les lèvres et passa une main dans ses cheveux. Diable, sa proximité le troublait plus encore qu'il ne l'avait cru possible.

— Je dois vous parler, inspecteur, reprit Miss Prince, et je pense que cela devrait vous intéresser.

Elle l'observait, les yeux légèrement écarquillés et les joues empourprées. Il la retrouvait telle qu'il l'avait quittée la veille. Comme si un sujet urgent lui brûlait les lèvres.

— Je vous écoute.

— Il est venu dans ma boutique, déclara-t-elle avec gravité. Le grand homme que j'ai vu à *Chez Hawlston* était à *Princes* tout à l'heure.

Benedict s'efforça de rester de marbre. Il avait appris à masquer ses réactions, en particulier ses émotions. Non pas qu'il désirât se montrer froid ou distant, mais simplement parce que son métier l'exigeait. Les émotions obscurcissaient le jugement et faussaient les conversations. Hélas, Miss Prince avait déjà enfoncé la plupart de ses barrières, éveillé tous ses sens et ébranlé ses certitudes ; retrouver son flegme professionnel n'en était que plus difficile. La peur, qu'il avait appris à maîtriser bien des années plus tôt, rendit son pouls erratique et la fièvre de leur collision se changea en douche glacée qui lui tira un frisson. Si l'homme qu'elle avait espionné au café avait réellement eu l'audace de pénétrer chez *Princes of London*, il n'avait pu nourrir qu'un seul dessein et c'était sans doute le pire de tous. Le voleur l'avait repérée et tenait à s'assurer qu'aucun témoin ne pourrait l'identifier ou le relier au crime qu'il s'apprêtait à commettre.

— Lui avez-vous parlé ?

Confiante et franche comme elle l'était, il n'avait aucun mal à l'imaginer accuser l'homme droit dans les yeux.

— Non. Je me trouvais dans l'arrière-boutique et j'ai fait de mon mieux pour y rester dissimulée.

Elle déglutit avec difficulté, comme si son souvenir était un peu trop net à son goût.

— C'est Mr Gibson qui s'est occupé de lui, reprit-elle. Notre orfèvre et expert en joaillerie, bien qu'il possède aussi de solides connaissances des antiquités.

— A-t-il acheté quelque chose ?

— Pas que je sache, non. Il cherchait à faire tailler un diamant.

Benedict haussa un sourcil et des dizaines de théories se mirent à tourbillonner dans son esprit. La principale difficulté, pour les voleurs de joyaux célèbres, était de les revendre sans que leurs acheteurs les reconnaissent. Pour cela, ils devaient généralement faire appel à un joaillier talentueux et discret.

— Votre Mr Gibson est-il un homme de confiance ?

— Évidemment ! s'exclama-t-elle en croisant les bras avant de le fusiller du regard. Il a dirigé la boutique avec mon père pendant des années. Il fait partie de la famille.

— Très bien, fit Benedict en levant les mains. Je ne cherchais pas à vous offenser. Vous avez donc observé ce client à distance ? Ne pouvait-il s'agir d'un autre homme portant une barbe noire et des lunettes fumées ?

C'était l'hypothèse la plus sensée. La description de l'individu était assez vague pour correspondre à des centaines d'hommes. Au lieu de répondre, elle se mordit la lèvre inférieure et Ben sentit une partie des craintes qui lui tenaillaient le ventre s'estomper. Peut-être n'était-ce pas le même homme, après tout.

— Avez-vous un doute ?

— Non, aucun, répondit-elle en serrant les poings. C'est juste qu'il… n'avait pas tout à fait la même apparence, finit-elle par admettre.

— Ah.

— Mais c'était bien le même homme. Vous-même sous-entendiez qu'il avait peut-être cherché à dissimuler ses traits, la première fois que je l'ai aperçu.

— En effet, ce qui rend votre certitude de l'avoir identifié aujourd'hui d'autant plus hasardeuse.

Dans le cadre d'une autre affaire, Benedict l'aurait sans doute congédiée, à ce stade, mais sans trop savoir pourquoi, il se sentait disposé à la laisser aller jusqu'au bout de son argumentaire.

— Je connais sa voix. Je me suis remémoré leur conversation des dizaines de fois, dans l'espoir de me rappeler un détail, quoi que ce soit d'utile.

Bon sang ! Cette jeune lady se comportait comme il le faisait lorsqu'une affaire le rongeait. Benedict soutint son regard, mais ne dit rien. Dans ses grandes prunelles bleues, il ne vit pas une once de doute. Rien qu'une absolue certitude.

— Je sais que c'était lui. Ne ressentez-vous jamais la force d'une conviction au plus profond de vous ? Ici ? demanda-t-elle en pressant une main contre sa poitrine. Ou ici ?

Elle laissa glisser sa paume jusqu'à son ventre, d'un mouvement hypnotisant. L'imagination de Benedict s'emballa, conjurant des images de sa propre main voyageant sur son corps, s'enroulant autour de la douce courbe de ses hanches, l'agrippant pour la plaquer contre lui. Il pouvait encore sentir la chaleur du bref instant où il l'avait tenue dans ses bras. Puis il jura intérieurement, maudissant ses pensées déplacées, et fourragea son cerveau pour tenter de se rappeler ce qu'elle venait de lui demander.

— J'ai une bonne mémoire, inspecteur, reprit la jeune femme, et mon instinct, lui aussi, affirme qu'il s'agit bien du même homme. De la même voix.

— Je connais cela.

Le pressentiment qui se nichait dans sa poitrine, indélogeable, l'intuition qui le poussait à la découverte.

— Alors je vous supplie de me croire, inspecteur.

Elle avança vers lui d'un pas. Puis d'un autre. Elle fut bientôt suffisamment proche pour qu'il puisse à nouveau la toucher. Fébrile, il voulut tendre le bras, mais elle ne l'y avait pas autorisé.

— J'ai autre chose pour vous, déclara-t-elle avec un sourire malicieux. J'ai trouvé une piste.

Pour un inspecteur, il n'existait pas de paroles plus aguichantes dans toute l'Angleterre. Il la vit tirer de sa poche un bristol, qu'elle lui tendit. Lorsqu'il s'en saisit, ses doigts effleurèrent ceux de Miss Prince et une onde de plaisir se répandit dans tout son corps. Sa peau était si douce, si voluptueusement chaude. Alors il se força à concentrer toute son attention sur le rectangle de carton épais et de belle facture, teint d'un rouge brique et couvert de tant de dorures qu'elles lui donnaient une apparence criarde. Elle comportait aussi un nom : Lord Thomas Holcroft de Belgrave Square. L'absence de numéro de bâtiment était étrange. Ce genre de façon de faire suintait l'arrogance ; elle sous-entendait que toute personne habitant le quartier de Belgravia devait connaître Lord Holcroft rien qu'à sa réputation.

Miss Prince guettait sa réaction.

— Il est étrange qu'un aristocrate envisage de voler la Couronne, vous ne trouvez pas ?

— Il ne serait pas le premier noble à fâcher notre monarque, bien que ce genre d'histoire se termine rarement bien pour eux.

Benedict se souvenait d'une poignée de lords et ladies connus pour avoir soutenu la cause feniane[1], mais le nom de Holcroft ne lui était pas familier.

— Comptez-vous l'interroger ? demanda-t-elle d'un ton plus proche de la suggestion.

— Pas dans l'immédiat. Je vais d'abord me renseigner sur l'homme en question.

Les aristocrates étaient bien plus faciles à trouver que la majorité des suspects, même sans numéro de maison. Mais interroger ou accuser le noble n'aurait aucun intérêt. Il n'aurait qu'à se contenter de tout nier en bloc. Le plus sage serait sans doute de mettre en place une surveillance, afin de découvrir si les activités ou les associés de Holcroft pouvaient le relier à un complot. Elle fronça les sourcils, visiblement peu satisfaite de sa stratégie.

1. NdlT : relatif à une organisation politique irlandaise qui visait à constituer une république irlandaise indépendante de l'Angleterre.

— Merci pour cette piste, Miss Prince, lui dit-il. Puis-je la garder ?

— Oui, bien sûr.

Elle n'esquissa pas le moindre geste en direction de la sortie, mais continuait à observer son visage, comme dans l'attente de quelque chose. Il avait une petite idée du scénario qu'elle s'était imaginé : Benedict se serait mis en chasse sans attendre et aurait proposé à la jeune femme de se joindre à lui, ce qu'elle aurait bien sûr accepté avec empressement. Mais aussi reconnaissant fut-il pour ce début de piste qui lui permettrait peut-être de clore le dossier, Miss Prince s'était déjà beaucoup trop impliquée. En particulier si l'homme était passé de messes basses dans un café à une visite de sa boutique. Il hasarda :

— Je m'apprêtais à rentrer chez moi...

— S'il vous plaît, inspecteur, ne me dites pas que vous n'avez pas besoin de mon aide, que je devrais reprendre mes activités et oublier cette histoire.

Elle lui ôtait les mots de la bouche.

— Vous m'avez rapporté un indice concret, Miss Prince. C'est déjà beaucoup.

— Je pourrais faire plus.

Ses yeux étincelèrent et elle esquissa un sourire fier en ajoutant :

— Car si vous ne comptez pas l'interroger, peut-être souhaiterez-vous l'observer ? Il doit revenir à *Princes* demain, à quatre heures.

C'était bien fait pour elle, se dit la jeune femme. Après tout, elle avait pratiquement supplié l'inspecteur Drake de la rejoindre à sa boutique et d'attendre le retour de Lord Holcroft afin qu'ils puissent se faire une meilleure idée de l'homme en question. Et maintenant que le policier de Scotland Yard se trouvait à ses côtés, exactement là où elle l'avait désiré, elle n'avait jamais été aussi distraite de sa vie. Il avait franchi la porte principale à trois heures vingt, tandis qu'elle aidait un client. Mr Snodgrass, industriel fortuné, cherchait un présent pour son épouse. En règle générale, Allie prenait grand soin de Mr Snodgrass, car l'homme était un habitué qui achetait régulièrement des cadeaux ou des objets uniques pour décorer sa demeure. Mais dès l'instant où l'inspecteur Drake pénétra dans la pièce, il accapara toute l'attention de la jeune femme. Non pas qu'il la recherchât. Comme tout client poli, lorsqu'il la trouva occupée avec quelqu'un d'autre, il fit lentement le tour du magasin en observant le contenu des présentoirs. Mais Allie était trop curieuse pour ne pas lui jeter des coups d'œil réguliers. Trop heureuse de revoir son beau visage pour ne pas l'admirer chaque fois qu'elle en avait l'occasion. Elle possédait un véritable talent pour deviner quelle sorte d'objet pourrait intriguer un acheteur potentiel, mais Benedict Drake demeurait une énigme. Il ne s'attarda devant aucun meuble, vase, pièce, livre ou joyau, se contentant de tout examiner. De tout évaluer.

— Miss Prince ? Je vous demandais si vous pourriez m'assurer un emballage spécial ? Peut-être avec un beau ruban ?

— Oh ! pardonnez-moi, Mr Snodgrass.

Le pauvre homme lui avait vraisemblablement parlé, mais Allie n'en avait perçu qu'un distant écho.

— Oui, bien sûr. Je l'emballerai avec le plus grand soin.

— Excellent. Faites-le parvenir à mon bureau, comme pour les précédents. Il me le faut pour mardi.

— Tout sera fait selon vos instructions, je m'y engage.

Allie jeta un autre coup d'œil en direction de l'inspecteur Drake. Elle l'avait temporairement perdu de vue.

— Passez une agréable journée, Mr Snodgrass.

— Vous de même, Miss Prince. Vous avez fait un excellent choix, comme toujours.

Un sourire agita sa moustache, puis le client prit congé.

— Qu'avez-vous choisi pour lui ?

Mr Drake émergea de l'un des rayonnages, au fond de la boutique, et s'approcha du comptoir d'un pas félin.

— Une bague sertie d'opales et d'améthystes pour l'anniversaire de son épouse.

— Il doit avoir une grande confiance dans votre opinion.

— Je suis plutôt douée pour trouver ce qui pourrait plaire à un client.

Il lui lança un regard en coin.

— C'est que vous êtes fine juge de caractère.

L'inspecteur Drake examina les pièces romaines disposées dans une autre vitrine en verre, puis plongea ses iris verts dans les siens.

— Que choisiriez-vous pour moi ?

Allie sentit sa gorge s'assécher et son cœur partir au grand galop. Quelque chose dans les prunelles de cet homme et dans la grave intensité de sa question lui donna l'impression d'être mise au défi. Elle avait un peu la sensation qu'il l'incitait à résoudre une énigme particulièrement fascinante. C'était plus qu'un défi. C'était une invitation à l'examiner librement.

— Hmm.

Elle inclina la tête sur le côté, ravie de jouer les détectives, surtout si l'inspecteur était son enquête. Ce dernier la laissa l'étudier à sa guise, mais il l'observait avec un intérêt tel que la jeune femme en avait la peau qui fourmillait. Elle prit son temps, toutefois, et ne suggéra rien immédiatement. L'ombre d'un sourire apparut au coin des lèvres du policier.

Oh ! comme le bougre savourait cet instant !

Mais elle aussi. À cette proximité, elle remarqua des détails de son apparence qui lui avaient jusqu'alors échappé. L'éclat particulier de sa chevelure, dans la lueur des timides rayons du soleil qui rebondissaient sur un miroir, lui rappelait la couleur et la chaleur du bronze. Une cicatrice rainait sa lèvre supérieure, une autre, son menton, et deux sillons marqués entre ses sourcils suggéraient que l'homme passait beaucoup de temps à réfléchir avec sérieux.

— Suis-je donc si déconcertant, Miss Prince ? lui demanda-t-il en baissant la voix, le ton taquin.

Mais dès que le son guttural fit trépider son cœur, Allie sut.

— Pas du tout. Et puis, jamais je ne pourrais admettre la défaite si facilement.

De l'index, elle lui fit signe de lui emboîter le pas.

— Par ici, inspecteur.

Elle le conduisit jusqu'à une étagère où certaines de leurs antiquités les plus étonnantes étaient exposées. Ce n'étaient pas des articles qui attiraient l'attention de la plupart des clients, mais pour Allie, ils n'en faisaient pas moins partie des plus fascinants de *Princes of London*.

— Ceci, je pense.

Elle souleva à deux mains une boîte en bois poli de son étagère et la lui tendit pour qu'il puisse l'examiner.

— Un bien bel écrin.

Le coffret était gravé de motifs complexes et incrusté de coquilles d'ormeaux.

— Ce n'est pas qu'un bel écrin, répondit Allie. C'est une boîte à secrets importée de Chine. Pour l'ouvrir, vous devez d'abord résoudre les énigmes qu'elle dissimule.

Un sourire illumina le visage de l'inspecteur un instant et Allie eut l'impression d'assister à une éclaircie au beau milieu d'un ciel orageux. Une bouffée de fierté à l'idée qu'elle ait pu le tirer une seconde de sa froide réserve lui emplit les poumons. Même si cela ne dura guère. Rapidement, il se remit à froncer les sourcils d'un air pensif.

— C'est un choix quelque peu évident, Miss Prince. Une boîte à énigmes pour un enquêteur.

Allie éclata de rire.

— Vous remettez mes talents en question, inspecteur, dit-elle avant de désigner l'écrin. Mais ce coffret vous intrigue, n'est-ce pas ?

Les mains du policier étaient presque assez grandes pour renfermer toute la boîte, pourtant il la manipulait délicatement, la tournant dans un sens, puis l'autre. L'agilité de ses doigts fascinait Allie, qui remarqua alors que les égratignures sur ses phalanges commençaient déjà à disparaître.

— Je suis extrêmement intrigué, reconnut-il.

Au regard qu'il lui lança sous ses sourcils froncés, Allie se mit à douter qu'il parlait toujours de la boîte et à espérer qu'il faisait allusion à elle. Un feu liquide parut se répandre dans tout son corps. Elle chercha quelque chose à répondre, mais pour la première fois de sa vie, semblait à court de paroles. Du bruit en provenance de l'arrière-boutique lui donna l'impression d'être tirée d'une transe.

— Mr Gibson, souffla-t-elle.

La panique enfla en elle et Allie tendit instinctivement la main vers l'inspecteur Drake.

— Je ne l'ai pas prévenu de votre visite. Voulez-vous bien m'accorder un instant ?

Mr Drake fixait les doigts de la jeune femme posés sur son bras. Lorsqu'il leva les yeux vers son visage, ses prunelles semblaient briller.

— Bien sûr.

— Je ne tiens pas à l'effrayer, mais je pense qu'il devrait connaître la vérité.

Le policier haussa les sourcils.

— Sauf que nous ne la connaissons pas encore nous-mêmes. Ce Holcroft pourrait ne pas être l'homme dont vous avez surpris la conversation.

Allie serra les dents. Il doutait toujours d'elle. Puis il manqua de la faire sursauter en plaçant sa large main par-dessus la sienne.

— Et même si c'est bien lui, une discussion à *Chez Hawlston* ne constitue pas un crime.

Benedict Drake recula d'un pas et observa quelque chose derrière la jeune femme. Allie se tourna pour voir Mr Gibson émerger de l'arrière-boutique.

— Je suis revenu de mon déjeuner, Miss Prince. Je tenais juste à vous en informer.

Mr Gibson jeta un bref coup d'œil à l'inspecteur Drake avant d'ajouter :

— Veuillez pardonner mon interruption.

Avant qu'il ne tourne les talons pour regagner son atelier, Allie le rappela :

— Mr Gibson, je vous présente l'inspecteur Drake de Scotland Yard.

— Oh. Je vois.

Le vieil orfèvre examina le nouveau venu avec un regain d'intérêt et ce qui ressemblait à une bonne dose de respect.

— Il est ici pour… observer Lord Holcroft quand notre homme reviendra. Nous resterons dans l'arrière-boutique pendant sa visite.

Allie soupçonnait aussi le policier de chercher à suivre le suspect, après le départ de ce dernier.

— Comptez-vous appréhender l'individu à l'intérieur de *Princes* ?

Mr Gibson serrait la mâchoire et Allie comprit qu'il s'inquiétait pour la réputation de la boutique. Autant qu'elle, sans doute.

— En aucun cas.

Le policier les examina tour à tour.

— Pour l'instant, tout ce qui m'intéresse est de l'étudier.

— Très bien. Souhaitez-vous que je prenne le relais en salle, mademoiselle ? Dois-je toujours accepter la gemme de ce monsieur et la tailler selon ses instructions ?

— Oui, nous devrions le traiter comme n'importe quel autre client. Du moins, pour le moment.

Allie s'estimait chanceuse que Mr Gibson consentît à les aider sans trop se préoccuper des détails. Vingt minutes plus tard, il avait repris sa place habituelle derrière le comptoir et la jeune antiquaire se retrouva alors en tête à tête avec l'inspecteur Drake dans l'arrière-boutique. C'était une pièce spacieuse, mais le policier était si grand que, par contraste, le lieu semblait avoir rapetissé. Allie le regarda analyser chaque objet avec la même intensité neutre que lorsqu'il avait fait le tour des présentoirs d'antiquités dans la salle principale. Il s'arrêta même pour lire les coupures de journaux qu'elle avait épinglées au-dessus du bureau et qui détaillaient surtout les découvertes de Dominic et les conférences d'Eveline.

— Je suppose que c'est ici que vous travaillez ?

— C'est une déduction quelque peu évidente, inspecteur. Le bureau d'une arrière-boutique pour une commerçante, rétorqua-t-elle d'un ton espiègle, ravie de la taquiner comme il l'avait fait avec elle.

— Une commerçante qui aime les fleurs, qui est à court d'encre et qui adore la lecture.

Après un regard en coin, il se pencha pour déchiffrer les titres sur le dos des quelques livres qu'elle conservait au bord de son sous-main. Elle attendit sa réaction. La majorité de ces ouvrages contenait des histoires de pirates.

— Vos goûts littéraires portent vers le crime, Miss Prince. Devrais-je m'inquiéter ?

Il se redressa, les lèvres étirées en un sourire mutin qui creusait une belle fossette dans chacune de ses joues. La jeune antiquaire éprouva la folle envie de les dessiner du bout des doigts.

— Je... j'effectue des recherches sur les femmes pirates, lui expliqua-t-elle en se mordant la lèvre lorsqu'il haussa les sourcils avec intérêt.

Elle s'humecta les lèvres et ajouta en balbutiant :

— J'espère, un jour, publier un ouvrage à leur sujet.

Son expression s'adoucit, son sourire se fit moins taquin et plus sincère.

— J'aimerais beaucoup le lire, lorsque cela se produira.

Sa remarque fit à la jeune femme l'effet d'un baume tiède sur son cœur, dont la chaleur lui grimpa presque aussitôt au visage. Elle se sentit rougir. Allie ne pouvait croire qu'un si petit commentaire puisse lui procurer tant de plaisir. Ni que la proximité du policier puisse amplifier autant ses sens, comme si tout son corps cherchait à se tendre vers lui et vibrait de le savoir aussi près.

— Dois-je en déduire que vos goûts littéraires portent aussi vers le crime, inspecteur ?

Un nouveau sourire. Si fugace qu'elle l'aurait sans doute manqué si elle avait cligné des yeux.

— Avant même de rejoindre les forces de l'ordre, mes lectures préférées étaient les romans d'aventures et les récits d'enquête.

— Est-ce ce qui vous a poussé à intégrer la Metropolitan Police ?

— Non, répondit-il d'un ton si abrupt qu'Allie ne put s'empêcher de relever la tête pour fouiller son regard.

Les iris verts du policier s'étaient assombris comme un ciel d'orage.

— Je ne voulais plus me sentir impuissant. Mais peut-être devrais-je concentrer mon énergie à m'assurer que justice soit rendue.

Allie fit un pas vers lui.

— Cet objectif vous fait honneur, déclara-t-elle avec sérieux. Et je comprends son importance, tout comme le désir de faire ce qui est juste.

Il l'imita en avançant d'un unique pas vers elle.

— Est-ce là ce que vous souhaitez, Miss Prince ? Faire ce qui est juste ?

En cet instant, Allie ne désirait qu'un autre sourire de ce taciturne inspecteur et revoir les fossettes qui creusaient la partie supérieure de sa mâchoire anguleuse. Ils étaient si proches que la jeune femme pouvait capter les subtils effluves de son après-rasage et la chaleur qui irradiait de son corps, à quelques pouces du sien. Aucun homme n'avait jamais submergé ses sens de la sorte. Incapable d'articuler un mot, elle demeura coite et le policier s'approcha encore, jusqu'à frôler l'ourlet de sa robe du bout de sa botte.

— Miss Prince ?

Les yeux d'ambre vert de Benedict Drake parcouraient

avidement son visage et finirent leur course folle sur ses lèvres. Allie en oublia presque de respirer. Elle se tritura les méninges dans l'objectif de répondre à la question posée, mais ces dernières semblaient trop fascinées par l'inspecteur Drake pour réagir. Au tintement distant d'une clochette, ils se figèrent tous deux. Allie s'empressa d'approcher de la porte entrebâillée, s'attendant à voir Lord Holcroft, mais elle reconnut le postier qui leur déposait le courrier de l'après-midi comme chaque jour.

— Ce n'est pas lui, informa-t-elle le policier.

L'homme l'avait rejointe, se plaçant juste derrière elle tel un mur de chaleur masculine exhalant une douce odeur d'épice. Allie n'osait plus bouger un muscle, savourant cette proximité qui lui brûlait délicieusement le dos, puis elle tourna la tête vers lui et ajouta :

— Il ne devrait plus tarder.

Ils jetèrent tous deux un œil à l'horloge suspendue au mur. Plus que quelques minutes avant 4 heures.

— Le suivrez-vous ? s'enquit la jeune femme en pivotant finalement vers lui.

Il recula afin de lui offrir suffisamment d'espace pour respecter la bienséance.

— C'est en effet mon intention, reconnut-il. Mais il me faudra sans doute plus d'effectifs et prolonger la surveillance quelques jours pour obtenir quoi que ce soit de concret.

— J'imagine que vous n'avez pas de quoi l'accuser, en l'état des choses.

— Non. Et même si je m'y résolvais, il se contenterait de nier mes allégations.

— Oui, sans nul doute.

Elle se tut un instant, songeuse, puis reprit :

— Cette gemme qu'il compte apporter à Mr Gibson pour la faire tailler, pensez-vous qu'elle puisse être volée ? S'ils prévoient de dérober les joyaux de la Couronne, le vol de bijoux pourrait être leur fonds de commerce ?

— Dès que j'aurai examiné le diamant et obtenu toutes les informations nécessaires, j'éplucherai nos dossiers mentionnant un butin similaire.

Allie se mit à faire les cent pas. C'était sa manière la plus efficace de chasser son sentiment d'agitation, lorsqu'elle n'avait rien d'autre à faire. À l'opposé, l'inspecteur Drake s'installa sur la chaise à dossier droit.

— S'agit-il d'une antiquité ou l'utilisez-vous pour jouer ?

Il s'était assis devant l'échiquier dont Mrs Prince s'était servie des années auparavant pour enseigner à ses trois enfants les règles des échecs. C'était Allie elle-même qui avait eu l'idée de le placer dans l'arrière-boutique, afin de pouvoir jouer contre Mr Gibson au cours de leurs longues journées au magasin.

— Les deux. C'est avec ce plateau que mère nous a appris à jouer. Vous aimez les échecs ?

— J'apprécie une partie de temps à autre, mais ma sœur est une compétitrice féroce et peut se targuer d'une interminable série de victoires contre moi.

Allie rit. Une sœur maîtresse des échecs ? Voilà qui avait de quoi l'intriguer.

— Peut-être avez-vous simplement besoin d'une leçon ou deux ?

— Enseignez-moi comment la battre et je serai à jamais votre débiteur.

À l'idée que le séduisant inspecteur Drake puisse avoir une dette envers elle, Allie sentit une étrange boule se former dans sa gorge. Elle s'efforça de déglutir et de réprimer les pensées déplacées qui fusaient dans son esprit afin d'illustrer toutes les formes intimes que ces obligations pourraient prendre et auxquelles il ne l'avait guère autorisée à prétendre.

En échange de ces leçons, pourrais-je caresser vos fossettes du bout des doigts ?

Seigneur, une heure en compagnie de cet homme et elle se transformait en femme licencieuse ! Les multiples horloges disposées sur les étagères du magasin, ainsi que la pendule suspendue au mur de l'arrière-boutique, sonnèrent 4 heures à l'unisson. Allie jeta un nouveau coup d'œil par la porte entrebâillée. Mr Gibson se tourna vers elle, consulta sa montre, puis haussa les épaules.

— Peut-être est-il en retard ?

— C'est possible.

Allie revint auprès de Mr Drake, qui s'était emparé de la dame blanche en marbre et en examinait les moindres détails.

— Je vais peut-être pouvoir vous enseigner une astuce ou deux, finalement.

Allie s'installa en face de lui et remit chaque pièce à sa place. Bien qu'elle jouât d'ordinaire les Blancs, le policier se trouvait cette fois dans son siège et la jeune femme éprouvait un certain plaisir à le voir manipuler ses pièces fétiches sur l'échiquier.

— Montrez-moi l'une de vos ouvertures, inspecteur.

Il fit glisser un pion vers l'avant et Allie l'imita. Puis, après quelques instants de réflexion, il poussa un second pion. Un sacrifice. Chaque fois qu'il déplaçait une pièce d'une case sur une autre, l'homme hésitait, tapotant le sommet de la figurine en marbre. Allie trouvait ce petit geste révélateur fascinant. Le policier analysait l'échiquier, même en ce tout début de partie. L'inspecteur Drake n'était pas homme à se précipiter. Il prit son temps, puis avança une nouvelle pièce vers elle avec grande assurance. Lorsqu'à son prochain tour, il déploya son cavalier, il leva vers elle un regard interrogateur.

— Voilà un gambit aux conséquences potentiellement désastreuses, rayonna Allie. C'est une de mes tactiques préférées.

— Je joue comme le fait Helen.

— Votre sœur est très intelligente.

— Dites-moi comment cette stratégie fonctionne.

Pendant les quelques minutes qui suivirent, Allie lui expliqua de quelle façon ce gambit pouvait tourner à l'avantage des Blancs. Elle eut l'impression de lui dévoiler des secrets occultes lorsqu'elle lui montra comment les Noirs pouvaient déjouer ces manœuvres agressives. Ils s'entraînèrent sur plusieurs variantes, sans vraiment jouer la partie. Le policier lui posait d'excellentes questions et semblait sincèrement admirer ses connaissances du jeu.

— Toujours aucun signe de lui, les informa Mr Gibson en passant la tête dans l'arrière-boutique. Mais il y a quelque chose d'étrange.

— Quoi donc ? s'enquit l'inspecteur, la curiosité creusant encore davantage les deux sillons entre ses sourcils.

— Il y a un autre homme, sur le trottoir d'en face, qui observe *Princes* depuis près de quarante minutes.

8

Les paroles de Mr Gibson éveillèrent un pressentiment dans la poitrine de Benedict, exactement comme Miss Prince l'avait décrit la veille. Une sensation désagréable qui exigeait une réponse. Il contourna le vieil orfèvre et regagna la salle principale à grandes enjambées, tout en prenant soin de rester à couvert d'un haut rayonnage parallèle au comptoir. Balayant la rue et les devantures en face de *Princes of London* d'un coup d'œil entraîné, il nota plusieurs Londoniens de classe ouvrière qui se hâtaient vers leur destination, ainsi qu'un couple flânant devant la papeterie, un peu plus loin, et qui paraissait avoir une discussion houleuse. Aucun signe d'un guetteur s'intéressant au magasin d'antiquités.

Mais soudain, il repéra un nuage de fumée et la réponse au pressentiment qui lui enserrait la poitrine apparut enfin. Une silhouette se tenait en retrait dans la venelle où Benedict avait retrouvé Fitz. L'homme râblé tira une autre bouffée de sa pipe et Benedict en profita pour l'observer. Et le reconnaître. Puis de nouvelles volutes de fumée s'élevèrent et, lorsque l'écran gris se dissipa, le jeune policier n'eut plus le moindre doute. La présence de ce criminel notoire surveillant *Princes of London* au moment où Holcroft aurait dû se montrer ne présageait rien de bon.

— Le voyez-vous ?

Miss Prince avait émergé de l'arrière-boutique et elle vint se placer dans son dos.

— Non seulement je le vois, mais je sais de qui il s'agit.

— Vraiment ?

Elle lui agrippa le coude avec enthousiasme et tenta de se frayer un chemin à côté de lui pour jeter un œil à son tour. Benedict tendit le bras et l'empêcha d'avancer. Elle bougonna une protestation, mais demeura cachée. Il se détourna, prit la main de la jeune femme et l'entraîna dans un recoin de la boutique totalement hors de vue des fenêtres de la devanture. Lorsqu'ils s'arrêtèrent, elle ne chercha pas à se libérer. Il se surprit à savourer ce simple contact et lâcha aussitôt ses doigts.

— Cet homme s'appelle Jack Demming. C'est un voleur bien connu de nos services. D'ordinaire, on le trouve surtout sur les docks ou au sud de la Tamise, à Southwark. Ce quartier est très éloigné de ses territoires de prédilection.

La jeune femme écarquilla les yeux, mais il pouvait voir l'excitation enfler en elle comme les volutes de fumée de la pipe de Demming.

— C'est peut-être l'un des deux autres hommes que j'ai vus. Il faut que je m'en assure.

Elle repartit si vite qu'elle s'était faufilée jusqu'à la fenêtre avant qu'il n'ait le temps de la retenir. Heureusement, elle se plaqua intelligemment contre le mur et se glissa derrière une large tapisserie qui la dissimulait presque entièrement. Risquant un œil, elle marmonna d'un ton pensif :

— Ce pourrait bien être l'un des deux autres hommes. La taille et la corpulence correspondent.

— Éloignez-vous de la fenêtre, Miss Prince.

La jeune femme tourna vers lui un regard orageux.

— Pourquoi cet homme est-il là, inspecteur ? l'interrogea Mr Gibson, qui avait retrouvé sa place derrière le comptoir et observait Ben avec inquiétude.

— C'est une très bonne question. Que je compte d'ailleurs bien lui poser.

Ben hocha la tête en direction de Mr Gibson, puis se tourna vers Miss Prince.

— Si vous voulez bien m'excuser...

Et sur ces quelques paroles, il prit congé et regagna l'arrière-boutique de *Princes of London* à grands pas, où il avait repéré une porte qui, selon toutes conjectures, menait à la ruelle qui longeait le dos du commerce. Derrière lui, il entendit le claquement ferme et rapide des chaussures de la jeune antiquaire qui, bien évidemment, n'allait pas le laisser s'envoler sans une explication. Hélas, le temps lui manquait.

— Inspecteur, le voleur est devant, murmura-t-elle. Que faites-vous ?

Benedict lui jeta un regard par-dessus son épaule et répondit :

— Si je l'approche de front, il prendra la fuite.

— Oh ! je vois. Car il vous reconnaîtrait, n'est-ce pas ? Vous devez le surprendre. C'est un excellent plan.

Malgré l'urgence, il ne put s'empêcher de s'esclaffer.

— Vous faites enfin cas de mes méthodes, Miss Prince.

Il avait baissé le ton sans le vouloir et sa voix grave colora les joues de la demoiselle d'une charmante touche de rose. Ben aimait susciter cette réaction chez elle, il se délectait de la façon dont elle plongeait ses yeux dans les siens, dont son regard cillait en direction de ses lèvres. Saisissant la poignée de la porte, il se retourna et s'autorisa à la contempler une dernière fois :

— Restez ici, Miss Prince. Laissez-moi me charger de cette affaire. Demming est un homme dangereux, et je compte bien découvrir les raisons de sa présence ici et de l'absence de votre lord.

— Bien sûr.

Elle lui répondit d'un ton si innocent que Benedict n'en fut guère rassuré, d'autant que les prunelles de l'antiquaire scintillaient d'une telle curiosité qu'il ne la crut pas capable de demeurer bien gentiment dans sa boutique.

— J'insiste pour que vous restiez ici.

— Vous insistez ?

Elle haussa un sourcil auburn d'un air de défi. Il n'avait jamais rencontré une jeune femme qui fut autant sa propre maîtresse. Mais il craignit de ne jamais parvenir à la protéger si elle s'obstinait à se mettre en danger, bien qu'après réflexion, à la façon dont elle s'imposait à ses pensées et lui tirait des frissons à chacun de ses regards, sans doute courait-il un plus grand péril qu'elle, dans tout ce qui la concernait.

— Attendez mon retour.

La porte pivota sur une rue en boyau, mais hélas, aucune venelle entre les immeubles ne lui permettait de revenir sur South Molton Street, l'obligeant à faire un détour. Ce qui n'était probablement pas une mauvaise chose. Il se trouvait maintenant suffisamment loin pour échapper à la vigilance de Demming et en profita pour traverser la rue en courant et chercher un moyen de contourner la rangée de bâtiments afin de se glisser dans le dos du voleur. Mais là encore, il n'y avait aucun passage entre les boutiques. Benedict força l'allure en direction de la rue transversale, s'y engagea, puis coupa dès qu'une ruelle lui permit de revenir vers sa proie. Charrettes, caisses et tas de détritus bloquaient son avancée par endroits et une récente averse avait gorgé chaque nids-de-poule d'un demi-pied de boue. Il fut donc contraint de progresser lentement et craignit que Demming s'éclipse avant qu'il n'ait eu le temps de l'interroger.

Allie se mordillait le bout de l'ongle, dissimulée dans l'ombre, et surveillait l'inconnu qui épiait sa boutique.

— Si cet homme réalise que vous l'observez, Miss Prince, dit Mr Gibson d'un ton calme et mesuré, il prendra la fuite avant que l'inspecteur ne parvienne jusqu'à lui.

— Je ne crois pas qu'il puisse me voir.

À peine eut-elle prononcé ces mots qu'une poignée de leurs horloges sonna la demi-heure.

— Holcroft est en retard. À moins qu'il ait décidé de ne pas venir du tout.

— Toute cette histoire avec Lord Holcroft et ce guetteur est étrange.

Cette admission parut coûter à Mr Gibson un soupçon de son calme habituel.

— Pensez-vous que ces hommes aient l'intention de cambrioler la boutique ? l'interrogea-t-il.

— Je l'ignore, mais j'en doute.

L'idée que des criminels pussent s'introduire entre ces murs avec un objectif malveillant renforça davantage encore la détermination de fer de la jeune femme. *Princes of London* n'était pas qu'un simple magasin. Les pièces situées à l'étage avaient un jour été son foyer. Son grand-père avait fabriqué les étagères de ses propres mains. Sa mère en avait sélectionné le papier peint, les rideaux et toutes ses modernités. Que des voleurs cherchent à s'emparer des joyaux de la Couronne offusquait la patriote anglaise en elle, ainsi que l'antiquaire qui connaissait l'histoire de chacune de ces gemmes. Mais imaginer ces hommes saccager la boutique familiale l'emplissait d'un désir féroce de contrarier leurs plans. Par tous les moyens.

— Je pense que quelque chose de plus grand est à l'œuvre, murmura-t-elle, autant pour elle-même que pour Mr Gibson.

Elle n'avait pas oublié la venue de l'aristocrate. Son ton théâtral. Ni sa carte de visite si particulière.

L'inspecteur Drake n'intervenait toujours pas et le criminel dans la venelle commençait visiblement à se lasser de sa surveillance. Il jetait des regards dans la rue et suivit des yeux une femme gironde promenant un limier au port altier. Allie eut soudain une idée et regagna l'arrière-boutique où elle parcourut les étagères chargées de plusieurs dizaines de gros livres de comptes, ainsi que de nombreux ouvrages de référence, à la recherche de leur épaisse copie du *Debrett's*[1]. Elle feuilleta rapidement le volume concerné, guettant le nom de Holcroft. Dans la liste, un titre de vicomte était rattaché à un certain George Holcroft, mais parmi ses frères, oncles et fils ne figurait pas un seul Thomas. Si la barbe brune et les lunettes fumées avaient été un déguisement, peut-être ce rôle d'aristocrate arrogant en était-il un autre ? Elle regagna la salle principale en toute hâte pour en informer Mr Gibson et remarqua aussitôt que leur guetteur avait disparu.

— Où est-il ?

Mr Gibson balaya d'un regard le trottoir opposé et désigna quelque chose.

— Il repart, semble-t-il.

Sans hésiter une seconde, comme si une puissance supérieure la projetait vers l'avant, Allie sortit dans la rue à grandes enjambées. Mr Demming n'était pas allé bien loin et tourna la tête lorsqu'il entendit la clochette tinter à l'ouverture de la porte. Dès qu'il la repéra, l'homme baissa la tête et ses yeux disparurent sous le bord de son chapeau. Mais en voyant Allie se diriger vers lui, il s'arrêta, l'air perplexe.

— Je souhaiterais vous parler, monsieur, déclara la jeune femme tout en se faufilant entre des piétons qui circulaient dans la rue animée.

Vif comme l'éclair, Demming lui tourna le dos, rentra le menton dans son col et s'éloigna aussi vite qu'il le pouvait sans courir, ses courtes jambes dévorant le pavé. Allie força l'allure à son tour, regrettant d'être autant gênée dans sa course par le poids de sa robe et de son jupon. Au coin de la rue, le voleur bifurqua à droite et disparut hors de vue. Un omnibus venait de cracher son flot de passagers, qui se déversa sur le trottoir en direction d'Allie, entravant sa progression.

— Par les trousses de Satan.

1. NdlT : le *Debrett's Peerage and Baronetage*, souvent abrégé en « le *Debrett's* », est un annuaire nobiliaire britannique.

Le juron favori de son frère aîné franchit ses lèvres sans prévenir et une femme âgée à portée de voix poussa une exclamation outrée. Allie l'ignora, car elle avait repéré une ouverture. Imitant Demming, elle plaqua ses bras contre son corps et traversa le troupeau de passants, non sans en bousculer quelques-uns. L'instant d'après, elle passait à son tour le coin de la rue et découvrait une rue transversale plus bondée encore que la précédente, les piétons circulant sur la route embouteillée de voitures à l'arrêt pour entrer ou sortir des nombreuses boutiques alignées sur l'artère. Demming s'était volatilisé dans la foule et Allie aurait été bien en peine de distinguer un homme trapu en habit noir parmi tous les autres.

Exception faite du seul homme qui semblait toujours attirer son regard comme le nord appelle l'aiguille d'une boussole. Benedict Drake apparut au bout de l'avenue, sa seule vue submergeant la jeune femme d'un profond soulagement. Les pans de son long manteau claquaient dans son sillage comme des voiles lâches tandis qu'il couvrait la distance qui les séparait. Il avait le teint rouge et la chevelure ébouriffée. Hors d'haleine et l'air frustré, il la repéra soudain et son expression se mua en colère.

— Vous aviez promis d'attendre mon retour, Miss Prince.

— Je n'ai rien promis du tout. Vous avez insisté et j'ai... changé d'avis.

— Évidemment.

— Vous n'arriviez pas, alors quand Mr Demming a commencé à s'éloigner, je l'ai poursuivi.

L'inspecteur balaya l'artère du regard, dans un sens, puis dans l'autre.

— Sans succès, ajouta Allie, au cas où l'évidence ne serait pas suffisamment criante. Je suis désolée.

Le policier ferma les yeux et se passa une main dans les cheveux, ce qui n'eut pour effet que de semer davantage la pagaille dans sa coiffure et de libérer quelques mèches folles. Allie éprouva aussitôt l'envie brûlante de glisser ses doigts dans cette masse brune et insoumise.

Bonté divine ! Ne puis-je donc songer à autre chose que toucher ce pauvre homme ?

— Il m'a également échappé. Vous n'avez rien à vous reprocher.

Il s'était exprimé d'une voix plus grave, mais plus chaleureuse, presque réconfortante. Puis il la prit au dépourvu en s'autorisant un demi-sourire.

— Sauf, peut-être, d'avoir agi précisément à l'encontre de mes recommandations.

— J'essayais simplement de vous aider.

— Je sais. C'est pourquoi je ne puis vous en tenir rigueur.

— Et j'ai découvert quelque chose.

— De quoi s'agit-il ?

— J'ai parcouru le *Debrett's*. Lord Thomas Holcroft n'y figure pas, or notre exemplaire a moins de trois ans. Je doute que notre client mystère soit un véritable aristocrate.

L'inspecteur acquiesçait déjà avant même la fin de sa phrase.

— J'ai commencé à nourrir les mêmes soupçons lorsqu'il ne s'est pas présenté à la boutique.

— À votre avis, pourquoi est-il entré dans notre magasin en se faisant passer pour un client ?

Le jeune policier plongea son regard dans celui d'Allie, la mâchoire crispée comme pour retenir les conjectures qui lui venaient à l'esprit.

— Je vous en prie, partagez vos pensées avec moi.

Il n'avait aucune raison de lui divulguer toutes les déductions auxquelles son esprit d'enquêteur était parvenu, mais cette affaire touchait sa boutique, à présent, et elle tenait à savoir tout ce qu'il était prêt à lui révéler.

— J'ai plusieurs hypothèses, mais je manque encore d'informations pour tirer de réelles conclusions.

Il jeta un nouveau coup d'œil autour d'eux, toujours à la recherche de Demming.

— Quelle est notre prochaine étape, dans ce cas ?

— Je vais vous raccompagner à *Princes* et je me dois, cette fois encore, de vous le demander instamment…

— « Laissez-moi me charger de cette affaire », conclut l'antiquaire en moquant le ton bourru du policier.

Un son qui ressemblait beaucoup à un rire roula dans la poitrine de l'enquêteur, comme cherchant à éclater au grand jour, mais l'homme s'éclaircit la gorge et adressa à la jeune femme un regard peiné.

— Insinuez-vous que je me répète ?

— Juste un peu. Je sais que vous croyez que je ne vous écoute pas, mais vous avez tort. C'est seulement que…

— Je vous en prie, Alexandra.

Il tendit la main vers elle et la posa très simplement sur son avant-bras, mais le poids et la chaleur de sa peau pénétrèrent la manche de sa robe et se répandirent à travers tout son corps, jusqu'à lui faire recroqueviller les orteils dans ses chaussures. Il s'adressait à elle d'un ton solennel, presque implorant. Ses yeux perdirent toute douceur, l'ambre vert redevint froid et dur et l'homme serra la mâchoire. S'il avait escompté la surprendre au point de la réduire au silence, il avait parfaitement réussi son coup. Entendre son prénom dans sa bouche lui avait emballé le cœur et la fin de sa phrase disparut de son esprit pour se perdre dans la fraîche brise automnale.

— Veuillez pardonner mon audace, mais je vous demande de ne plus vous mêler de tout ceci, pour votre propre sécurité. Je ne puis vous laisser courir plus de risques. Et en l'occurrence, je connais bien notre suspect et ses méthodes.

Allie savait que la protéger, elle comme tout autre citoyen de Londres, était son métier et même son devoir, mais il s'était exprimé avec une telle sincérité, une telle ardeur dans les yeux… Il *voulait* la protéger. Et au vu des habitudes de sa propre famille, ce comportement aurait sans doute dû agacer l'antiquaire, mais curieusement, l'attitude de l'inspecteur lui parut très éloignée de la surprotection maladive dont l'entouraient ses proches. Pas une fois Benedict Drake ne l'avait fait se sentir sotte ni n'avait condamné son intention d'aider, aussi précipitée fut-elle.

— Je trouverai Demming avant demain. Cela, je puis aisément vous le promettre. Je connais toutes ses tanières. Dans quelques heures, il se sera retranché dans son pub favori, près du pont de Southwark, et je l'y attendrai.

Allie le crut. Elle ne doutait pas qu'il possédât des moyens de convaincre l'homme de se mettre à table. La jeune femme était même prête à reconnaître, à condition de laisser la logique avoir le dernier mot, que sa présence n'apporterait rien à l'enquêteur.

— Très bien, concéda-t-elle finalement. Me préviendrez-vous s'il vous apprend quoi que ce soit ?

— Bien entendu.

Il releva la tête et jeta un œil en direction de *Princes of London*, signe que ses réflexions prenaient cette direction.

— Et je compte placer un homme en surveillance dans votre boutique. Un agent qui pourra vous escorter chez vous à la fin de la journée.

— Je ne pense pas que cela soit nécessaire.

Mais à peine l'entendit-il protester qu'il inspira d'un air frustré et Allie comprit qu'il ne lui cèderait pas ce terrain-là non plus.

— Demming vous épiait forcément pour une raison et je compte bien découvrir laquelle.

Il s'était exprimé d'un ton menaçant et la jeune femme ne put s'empêcher de songer qu'il reviendrait peut-être de cette nouvelle mission avec des éraflures fraîches sur les phalanges. Elle éprouva presque une once de compassion pour ce Mr Demming. Presque.

— Je dois retourner à Scotland Yard, mais je vous raccompagne jusqu'à *Princes*. Ce pauvre Mr Gibson doit être mort d'inquiétude.

La main que l'inspecteur avait posée sur l'avant-bras d'Allie glissa dans le creux de son dos tandis qu'elle tournait les talons pour regagner sa boutique. Dès qu'ils furent en marche,

Benedict Drake cessa de la toucher et elle jugea aussitôt qu'elle préférait de loin lorsqu'il faisait fi de la bienséance.

À mesure que la nuit tombait, Mr Gibson et Allie commencèrent à préparer le magasin pour la fermeture, mais l'antiquaire remarqua aussitôt une certaine agitation chez le vieil orfèvre. Il avait passé des décennies à œuvrer avec sa famille, vu son père, son frère et sa sœur entreprendre des périples et des expéditions que beaucoup considéraient comme périlleux et ce, sans sourciller. Mais la visite du faux Lord Holcroft et la surveillance de Mr Demming, un criminel notoire, l'avaient somme toute convaincu qu'une menace pesait sur la boutique elle-même et Allie savait que Mr Gibson y tenait comme si c'était la sienne. Elle avait donc pris la décision de le mettre dans la confidence. Son collègue avait écouté avec son flegme habituel le récit de sa première rencontre avec le trio d'hommes à *Chez Hawlston*. Tout comme l'inspecteur Drake, il avait paru sceptique quant à la possibilité d'un véritable complot visant les joyaux de la Couronne, mais que des voleurs cherchent à cambrioler *Princes* ? La menace, bien plus probable, semblait le troubler davantage à chaque heure qui s'écoulait.

— Devrions-nous engager un veilleur de nuit jusqu'à ce que toute cette affaire soit résolue, Miss Prince ?

— Ce serait sans doute plus sage.

Benedict Drake avait beau avoir envoyé un agent de police comme promis, le jeune homme dépêché s'était lassé au bout d'une heure et assoupi dans l'un des fauteuils près de la devanture. Sa présence ne les avait guères rassurés.

— Je ferai des recherches, si cela vous convient, dit-il.

— Vous avez mon aval.

Si cela pouvait rasséréner le pauvre Mr Gibson, Allie considérerait la somme bien investie. Elle ne doutait pas que l'inspecteur Drake percerait à jour cette affaire et y mettrait bon ordre rapidement. L'inaptitude des criminels semblait jouer en leur faveur.

— Excellent, commenta Mr Gibson, d'un air de respirer plus librement.

— L'agent Walker doit m'escorter jusqu'à la maison. Je vais donc partir maintenant, si cela ne vous dérange pas. J'ai hâte de libérer ce pauvre homme afin qu'il puisse reprendre son activité.

Elle sourit, mais le vieil orfèvre tourna un regard peu amène en direction du policier.

— Comptez sur moi pour nous trouver un veilleur qui ne s'endormira pas pendant son service.

— J'ai toute confiance en vous. Bonne nuit, Mr Gibson.

— À vous également, Miss Prince.

— Je vis tout près d'ici, monsieur l'agent, je rentre donc généralement à pied, si cela vous convient, lança l'antiquaire à leur gardien.

— Bien sûr, mademoiselle.

Le jeune policier en uniforme s'extirpa de son fauteuil quand elle approcha et lui emboîta le pas. Une fois en route, Allie ne put s'empêcher de juger toute cette entreprise terriblement superflue. Elle ne voyait pas l'intérêt de donner tant de mal à ce garçon.

— Que vous a dit l'inspecteur Drake, en vous envoyant ici ?

— De monter la garde et de vous escorter chez vous.

— Mais vous a-t-il dit pourquoi ?

L'agent de police lui lança un regard perplexe.

— L'inspecteur n'a pas besoin de me fournir plus d'explications que nécessaire. Il le fait d'ailleurs rarement. Ce type-là est aussi hermétique qu'une huître.

Mais à peine ce commentaire très subjectif lui eut-il échappé que le jeune homme se redressa et carra la mâchoire en affectant un air placide, comme le faisait souvent son supérieur. À croire que tous les policiers pratiquaient cette même expression impassible.

— L'inspecteur est-il considéré comme un bon élément ? demanda Allie en coulant un regard en coin à l'agent tandis qu'ils avançaient.

Sa question fit glousser ce dernier.

— Je n'en connais pas de meilleur. Les gars disent que lorsqu'il flaire une piste, il ne recule devant rien. Il paraît que Duke a résolu absolument toutes ses affaires.

— Eh bien ! Voilà qui est impressionnant.

Elle déglutit avec difficulté en songeant à la ténacité de l'inspecteur Drake, puis se changea les idées en demandant encore :

— Pourquoi l'appelez-vous Duke ?

L'agent Walker haussa les épaules.

— C'est son surnom. Mais je ne connais pas son origine.

L'homme lui adressa un regard penaud avant d'ajouter :

— Je ne suis agent de police que depuis six mois, mademoiselle. J'ai encore beaucoup à apprendre.

— Je ne doute pas que vous ferez vite vos preuves.

Lorsqu'ils atteignirent la demeure familiale des Prince, sur Manchester Square, l'agent insista pour s'assurer que sa protégée rentrait bien chez elle, bien qu'Allie eût espéré qu'ils se sépareraient au coin de la rue. À peine eut-elle refermé la porte derrière elle que Lottie, sa bonne, vint l'accueillir avec empressement, les yeux brillants de curiosité.

— Bonsoir, mademoiselle.

— Bonsoir, Lottie.

Allie laissa la jeune fille l'aider à se départir de son manteau et de ses gants.

— Avant que vous ne posiez la question : non, je ne flirte pas avec un agent de police. Puis-je compter sur vous pour ne pas informer le reste de la maisonnée de mon retour sous escorte, ce soir ?

Leur intendante, Mrs Taunton, avait eu l'occasion d'assister à bien des scènes insolites au fil de ses décennies au service des Prince, mais un policier sur leur seuil n'en faisait guère partie. Sans compter que leur majordome sur ses vieux jours, Mr Conroy, honnissait tout ce qui perturbait leur quotidien bien huilé.

— Bien sûr, mademoiselle, mais…

Elle s'approcha d'un pas, le manteau d'Allie toujours dans les mains.

— Vous ne vous êtes pas attiré d'ennuis, n'est-ce pas, Miss Prince ? ajouta-t-elle dans un murmure.

Allie adorait Lottie, mais la jeune fille aimait un trop les commérages à son goût.

— Pas le moindre. Je vous le promets.

Toutefois, son esprit fit resurgir devant ses yeux l'image d'un certain inspecteur hermétique et tenace. L'antiquaire se demanda alors s'il comptait comme un ennui, malgré la détermination de celui-ci à l'en prémunir.

— Je crois que je vais dîner dans ma chambre. Pourriez-vous me faire porter un plateau ?

Une fois Lottie disparue, Allie regagna ses appartements et se mit à faire les cent pas devant l'âtre froid. En temps normal, elle se serait hâtée d'ôter sa robe de journée afin d'enfiler quelque chose de plus confortable, mais pas ce soir. Elle ressentait une étrange agitation intérieure, comme si elle débordait d'une énergie inconnue, comme si tout son corps la suppliait d'agir. Pourtant, aucune de ses activités vespérales n'émoustillait son intérêt. Non, ce soir, toutes ses pensées prenaient la direction de Southwark… et de Benedict Drake. Elle eut soudain le désir impérieux de s'y rendre elle-même, mais frémit en songeant à la réaction de l'inspecteur s'il la trouvait là-bas. Mais un étrange pressentiment la démangeait. Un pressentiment parfaitement ridicule. Celui que Benedict Drake avait besoin d'elle et que, si elle se rendait à Southwark, elle pourrait lui venir en aide.

9

Benedict connaissait bien la rive sud. Trop bien, même.

Malgré le passage des années, ses souvenirs d'une époque révolue étaient aussi vifs que le vent qui fouettait les voiles des navires que l'on chargeait et déchargeait sur les docks de Londres. À treize ans, il avait travaillé dans une usine de Southwark. À quinze ans, il avait cherché des contrats sur les quais de la berge opposée, à deux pas d'ici. Benedict avait besogné comme un forçat, sans jamais savoir de quoi demain serait fait, car on lui confiait rarement des missions de plus d'une journée. Tous les matins, il avait dû s'assurer d'être choisi parmi des dizaines d'autres candidats. Par chance, la vie avait fait pencher la balance en sa faveur. Malgré son jeune âge, Benedict était alors déjà grand, fort et musclé, ce qui lui avait permis d'être sélectionné assez souvent pour nourrir et loger toute sa fratrie : Helen, George et lui-même.

Puis, après l'échange houleux que Benedict regretterait toujours, son benjamin s'était lui aussi rendu sur les docks, mais le jeune George n'avait jamais consulté le contremaître que son aîné lui avait recommandé. Trouver un travail honnête ne l'intéressait pas. Il avait donc rejoint un groupe opérant le long de la Tamise, une bande d'individus dangereux et désespérés qui vidaient les poches des marins soûls ou dérobaient des marchandises dans les entrepôts et les navires. Et lorsque George avait été assez sot pour voler son propre gang, ses anciens associés s'étaient assurés qu'il ne commette plus jamais cette erreur. Ni aucune autre.

Benedict n'avait jamais su, dans cette histoire, où sa propre déraison s'arrêtait et où commençait celle de son frère. Colère, culpabilité et chagrin étaient trop étroitement entremêlés pour dissocier les torts de chacun, et remettre les pieds là où tout avait commencé lui donnait la sensation de remuer le couteau dans la plaie. Mais il devait parler à Demming. Il ne repartirait pas avant d'avoir découvert ce que faisait ce gibier de potence devant *Princes of London* et quel était son lien, s'il y en avait un, avec le faux aristocrate qui s'était présenté dans la boutique d'Alexandra. Or, il savait exactement où trouver son triste sire. La nuit tombait à peine sur la ville, mais L'Ancre bourdonnait déjà d'activité. Le pub était un phare dans le brouillard, et ce depuis des siècles. Benedict ne doutait pas d'y trouver Demming, il savait qu'il arrivait même à son suspect d'y passer la nuit, dans l'une des chambres louées à l'étage. Benedict ne craignait pas grand-chose, sauf d'être reconnu. Il n'avait jamais travaillé dans le quartier en tant qu'agent de police ou de patrouille, mais parmi ses toutes premières affaires d'enquêteur, certaines l'avaient mis en contact avec des individus considérant Southwark comme leur territoire. Et hélas, il était impossible de bâtir une carrière comme la sienne sans se faire quelques ennemis. Demming et lui s'étaient croisés de temps à autre au fil des ans, lorsque le voleur avait fait des séjours au poste où il travaillait à l'époque, mais pour autant qu'il sache, le malfaiteur n'avait aucune raison personnelle de s'en prendre à lui, aucune vieille rancune à assouvir. Il n'avait pas plus de motifs de soupçonner que le policier se trouvât dans l'arrière-boutique de *Princes of London* tout l'après-midi.

Benedict pénétra dans L'Ancre et éprouva une satisfaction silencieuse à voir l'établissement aussi animé. Il était aisé de se dissimuler dans la foule, mais un homme au gabarit et d'une nature aussi bruyante que Demming ne pouvait rester caché bien longtemps. Moins de dix minutes après avoir déniché une table dans une encoignure où s'installer derrière une masse d'autres clients, Benedict repéra l'un des associés les plus connus de Demming : Ichabod Kean et son collègue ne contrastaient ni en corpulence ni en brutalité et, peu de temps après que Benedict eut remarqué sa présence, l'homme abattit sa chope sur sa table dans un claquement sonore, puis quitta le pub. Le jeune inspecteur hésita à le suivre. Kean le conduirait peut-être jusqu'à Demming, mais il pouvait également attendre de voir si les deux revenaient ensemble, plus tard dans la soirée. Cependant, Benedict n'était guère d'humeur patiente, aujourd'hui. Avant que la serveuse ne puisse approcher et offrir de prendre sa commande, il se leva et ressortit lui aussi de l'établissement. Il n'avait passé qu'un quart d'heure à l'intérieur, mais dehors, le ciel s'était étonnamment obscurci et un épais brouillard léchait à présent les pavés abimés et les pontons en bois.

Par chance, Kean étant connu comme le loup blanc, il était tombé sur une bande de camarades à lui dès sa sortie de L'Ancre. Il bavardait gaiement avec les autres hommes, tous recroquevillés dans leurs manteaux pour se protéger des bourrasques provenant de la rivière, leur discussion ponctuée d'éclats de rire. Benedict se dirigea vers le côté opposé de l'établissement. La technique ne lui avait guère rendu service avec Demming, sur South Molton Street, mais il espéra tout de même parvenir à approcher Kean par-derrière. Il n'aurait alors plus qu'à le prendre en filature. Après avoir partagé un moment convivial, comme Benedict l'avait espéré, un petit groupe repartit ensemble. Sans doute se rendaient-ils dans l'un de leurs tripots favoris, ou dans un de ces entrepôts désaffectés où étaient organisés des tournois de boxe clandestins. Typiquement le genre de lieu où il aurait toutes ses chances de tomber sur Demming. Il suivit le trio d'aussi près qu'il l'osa. Tous paraissaient d'excellente humeur et avoir déjà bien arrosé ce début de soirée. Kean et l'un de ses acolytes oscillaient légèrement en marchant, comme si leurs consommations à L'Ancre faisaient déjà effet. Benedict fut surpris de les voir quitter la rue principale pour s'engouffrer dans un bâtiment abandonné qui lui était inconnu. Il hésita à les suivre. Peut-être ferait-il mieux de rester dehors et d'attendre qu'ils ressortent ? L'absence de Demming le troublait. Il ne pouvait s'empêcher de se demander s'il était au bon endroit. Son homme se trouvait-il en ce moment même devant la maison de Miss Prince, pour l'épier à nouveau ?

Benedict patienta vingt bonnes minutes, frottant ses mains pour chasser le froid nocturne, guettant tout mouvement à l'intérieur et autour du bâtiment. Une faible lueur provenait de l'étage et quelque chose lui souffla que Demming était bien là. Pénétrer seul dans un repaire plein de criminels n'était sans doute pas son idée la moins téméraire, mais il devait trouver Demming et, si son suspect n'était pas dans l'entrepôt, ses associés pourraient certainement le renseigner. Son revolver pesait lourd dans sa poche et il espérait ne pas avoir à s'en servir ni même menacer de le faire. Ce quartier était le territoire de Demming. Il ne pouvait pas être le seul à s'aventurer ici dans l'espoir de lui parler. Ben fit donc le tour du rez-de-chaussée, mais l'intérieur du bâtiment était plongé dans les ténèbres. Il posa une main sur le mur et le longea lentement jusqu'à ce que ses yeux s'habituent à l'obscurité. Il remarqua alors une fenêtre en haut du mur opposé qui laissait filtrer quelques rayons de lune. Sans doute s'agissait-il d'une ancienne usine, car d'énormes machines à l'abandon trônaient au milieu de la pièce. Soudain, le gravier crissa sur sa gauche.

Des bruits de pas !

Ben fit volte-face, tendu comme un arc. Une lueur jaillit de la nuit noire et l'aveugla, le forçant à lever un bras pour se protéger de son éclat.

— Je m'attendais à mieux de vot' part, Drake, gronda une voix gutturale que Benedict identifia aussitôt.

Demming.

— Je veux simplement discuter, Jack.

Il cligna des yeux et parvint à discerner la silhouette de l'homme derrière sa lanterne. Il perçut également la proximité d'autres corps en mouvement dans les ténèbres, probablement les trois individus qu'il avait suivis jusqu'ici.

— Discuter, hein ? Ben voyons.

Sa réplique sarcastique déclencha l'hilarité d'un de ses compagnons, ce qui permit à Ben de jauger la distance qui les séparait.

— Discuter, oui, reprit le policier. J'aimerais savoir ce que tu faisais sur South Molton Street, aujourd'hui.

— J'suis pas vraiment d'humeur pour un interrogatoire, maugréa Demming, avant de se tourner vers son complice. Attrape-le.

Un bras aussi épais qu'un tronc d'arbre s'enroula autour du cou du jeune inspecteur, qui planta aussitôt son coude dans le ventre de son agresseur.

— Attachez-lui les mains, cria l'homme dans son dos.

Benedict poussa vers l'arrière pour réduire l'étau qui lui enserrait le col, mais son sursis fut de courte durée. Avant qu'il ne puisse complètement s'en défaire, le brigand le saisit à nouveau à la gorge et serra plus fort. Si fort que l'air cessa d'atteindre les poumons de Ben. Un autre homme émergea de l'ombre et glissa l'une des mains de l'enquêteur dans un anneau de corde. Ben agita puissamment les bras dans l'espoir de frapper son deuxième agresseur, mais ce dernier esquiva avec adresse et lui empoigna l'autre poignet, qu'il ligota également. Ses liens étaient à présent aussi serrés que le bras autour de sa gorge. Quand le criminel face à lui hocha la tête, son complice relâcha très légèrement son emprise et Benedict prit une grande bouffée d'air. Ils lui avaient garrotté les mains devant lui et le policier calculait déjà ses chances de tirer son revolver. Hélas, comme s'il pouvait lire ses pensées, Demming s'avança et fouilla les poches de l'enquêteur jusqu'à en extraire l'arme par le canon.

— Pas vraiment l'genre d'outil pour discuter, inspecteur.

Demming le jaugea d'un regard torve, comme un homme déterminé à assouvir sa vengeance.

— Attachez cette ordure à la machine.

Ben dépassait peut-être ses assaillants de quelques pouces, mais ensemble, ils étaient bien plus forts que lui et le type dans son dos le traîna comme s'il ne pesait rien du tout. Les malfaiteurs lui passèrent une chaîne autour de l'abdomen. Benedict lutta pour libérer ses bras, mais ils le forcèrent à les baisser et à les glisser sous les maillons en métal. La surface froide et dure de l'acier dentelé s'enfonça si profondément entre ses omoplates qu'il craignit d'en avoir la peau marquée à vie.

— Réfléchis bien avant de faire une bêtise, Demming. Tu tiens vraiment à ajouter l'agression d'un inspecteur de la Metropolitan à ton casier ?

— Oh ! j'y ai bien réfléchi, ouais. On peut même dire que j'en ai rêvé !

— Pourquoi ?

— Vous l'avez d'jà oublié, pas vrai ?

La brute qui lui avait enserré le cou n'ayant pas fait son travail à moitié, Benedict peinait à articuler tant sa gorge était douloureuse.

— Qui ? finit-il par demander d'une voix rauque.

Demming fit un autre pas vers lui, ses yeux luisant de haine au-dessus de sa barbe hirsute.

— Amos Howe.

Benedict ne parvenait plus à réfléchir correctement, son esprit s'efforçait d'assembler les pièces du puzzle, en vain. Amos Howe dans la maison vide de Bedford Square. Les questions sans réponse de Haverstock au moment de lui rendre le rapport l'informant de la mort d'Amos. Toutes ces informations tourbillonnaient dans sa tête comme des coupures de journaux emportées par le vent.

— Tu connaissais Amos ?

Benedict fourrageait dans sa mémoire à toute vitesse.

— C'était mon frère. Et à cause de vous, il s'est fait trancher la gorge.

— Je suis désolé, s'excusa le jeune inspecteur avec sincérité.

Amos n'avait rien d'un grand homme, ni même d'un homme honnête, mais au bout du compte, il avait tenté de s'amender. Ben pensait avoir appris tout ce qu'il y avait à savoir sur Amos pendant son enquête, mais il ignorait pourtant tout de ses liens de parenté avec Jack Demming.

Ce dernier cracha à ses pieds.

— Votre pitié, vous pouvez vous la mettre où je pense. Ça me rendra pas mon frère !

Demming recula d'un pas, puis envoya un puissant crochet du droit dans le ventre du policier. Benedict, qui ne s'était pas préparé à ce coup, le prit de plein fouet et le sentit se répandre dans toute sa colonne vertébrale. Il voulut se plier en deux pour encaisser la douleur, mais la chaîne et la machine dans son dos l'en empêchèrent.

— Dis-moi pourquoi, redemanda Benedict dans un râle.

Ils pouvaient bien le passer à tabac, le torturer et le balancer dans la Tamise, tant qu'ils lui donnaient la réponse à cette unique question. Il en avait besoin pour protéger Alexandra.

— J'ai mes raisons. Qui sait, peut-être que c'est vous que j'attendais.

Demming toussa un rire.

— Mais d'un coup, ce petit roquet en jupon s'est jeté sur moi, prêt à me mordre les talons.

Ben ferma les yeux, soulagé d'apprendre que Demming n'avait pas épié la boutique pour la surveiller elle, mais lui. Même s'il trouvait la détermination d'Alexandra à s'en prendre seule à ce criminel téméraire et affolante, il ne pouvait s'empêcher d'admirer le courage de la jeune antiquaire. Alexandra Prince était une femme extraordinaire.

— Vous connaissez Holcroft ?

Ben n'avait aucune intention de divulguer trop de détails à

propos d'un complot contre les joyaux de la Couronne, mais n'importe quel rapprochement aiderait son enquête.

— Jamais entendu parler. Et je n'ai plus rien à dire.

Demming se renfonça dans les ténèbres, puis craqua une allumette et la porta à sa pipe. Inspirant le tabac, il souffla un épais nuage de fumée âcre. Enfin, il leva les yeux vers Ben et, s'adressant à ses compagnons, ordonna d'un ton froid :

— Faites-lui regretter d'avoir mis les pieds ici, les gars.

Le quartier de Southwark, voilé d'un brouillard dense, était plongé dans une obscurité telle qu'Allie n'en avait jamais connue. Un frisson coula le long de son dos comme un filet d'eau glacée lorsque le fiacre qu'elle avait loué repartit, la laissant seule dans un paysage d'ombres stagnantes. Un silence grave régnait, tout juste ponctué par les murmures de la Tamise léchant les quais, d'où il émanait un étrange amalgame d'odeurs d'eau sale, de bois et d'épices. Allie avait demandé au cocher de la déposer près du pont, car l'inspecteur avait mentionné un pub dans ce quartier, l'une des « tanières » favorites de Demming, d'après lui. Et par chance, elle remarqua bientôt un bâtiment dont les lumières vives et les dissonances pleines de vie tranchaient avec l'obscurité silencieuse et lugubre. Un groupe d'hommes se querellait à l'entrée tandis que deux autres en franchissaient les portes. « L'Ancre », lut-elle sur l'enseigne aux grosses lettres rouges malgré la fumée et la suie que charriait l'air nocturne.

C'était la première fois qu'Allie se rendait à Southwark. Dominic et Eve étaient déjà venus, bien sûr. Certaines de leurs expéditions étaient parties de ces mêmes quais, qui avaient également accueilli des cargaisons d'antiquités achetées pour la boutique. Par le passé, leur père avait même loué un entrepôt à proximité, afin d'y stocker les reliques obtenues lors de ses voyages, qu'il leur faisait parfois parvenir avant de rentrer lui-même. Allie n'avait jamais eu la moindre raison de venir ici, même si elle les avait suppliés de l'y emmener, un jour. Ses parents étaient alors sur le point de partir vers les contrées orientales et elle avait demandé à accompagner son frère et sa sœur afin de leur dire au revoir. Mais à l'époque, elle venait tout juste de se remettre de l'une de ces horribles toux qui avaient tourmenté son enfance, et on l'avait jugée trop fragile pour faire le trajet jusqu'aux quais.

La fragile petite Allie. Toujours en retrait. À ce souvenir, l'antiquaire éprouva soudain une intense satisfaction d'être venue jusqu'ici par ses propres moyens. Tant pis si l'inspecteur se fâchait contre elle !

Son pressentiment ne l'avait pas quittée. Ce même tiraillement dans la poitrine lui intimait de trouver le policier et de l'aider de son mieux. Elle se dirigea vers le pub. Le brouillard semblait étouffer tous les sons. Des bribes de conversations et des voix d'hommes glissaient sur la brise jusqu'à ses oreilles et, tel un bruit de fond, les clapotis de la rivière contre les docks et les coques de navires avaient quelque chose d'étrangement hypnotisant, telle une berceuse rendant la nuit moins menaçante. Les individus qui fourmillaient autour de L'Ancre ne remarquèrent même pas sa présence, se contentant de vaquer à leurs affaires. Elle fut choquée de voir autant de personnes travailler à une heure si tardive. Des lanternes avaient été suspendues au sommet de poteaux en bois et des braseros de fortune allumés pour permettre aux ouvriers de se rassembler et de se réchauffer, car les lampes à gaz étaient rares et espacées. Par chance, là où les lanternes cessaient, la lueur chaleureuse de L'Ancre prenait le relais. Allie avait enfilé une robe noire datant de l'année où elle avait pleuré son père, dans l'espoir de se rendre un peu plus discrète. Mais il ne lui fallut qu'un pas à l'intérieur du pub pour réaliser que les seules autres femmes présentes portaient surtout des jupons chamarrés, lui donnant l'impression d'être une corneille qui se serait posée dans un nid de canaris. La plupart des clients de l'établissement, en revanche, étaient des hommes, et elle sentit leurs regards tandis qu'elle se frayait un chemin jusqu'au bar.

— Bonsoir, monsieur.

— Que puis-je faire pour vous, mam'zelle ?

Le tenancier du pub l'examina de pied en cape comme tous les autres, mais parut ensuite se radoucir, comme si Allie avait passé une sorte de test.

— Serait-ce terriblement étrange de vous demander du thé ?

L'homme d'une cinquantaine d'années rit, les pattes d'oie aux coins de ses yeux témoignant de la sincérité de son hilarité.

— Étrange, oui, mais ce ne serait pas la première fois. La patronne est en cuisine, ce soir, et ses décoctions sont excellentes. Vous allez vous régaler.

— Ça m'a l'air parfait.

— Vous mangerez quelque chose ?

— Non, je ne pense pas.

Allie avait balayé la salle du regard dès son entrée, mais prit le temps de recommencer. Elle savait qu'il arrivait aux enquêteurs de se déguiser pour se fondre dans la masse, mais elle ne s'était encore jamais tenue dans une pièce avec l'inspecteur Drake sans parvenir à sentir sa présence. Il n'était pas ici. Mais peut-être était-il passé ?

— Je cherche quelqu'un.

— Tiens donc ? Et qui donc cherchez-vous, mam'zelle ?

Elle éprouva le désir ardent de tout lui raconter, mais le réprima.

— Drake, répondit-elle en baissant la voix.

Le patron tourna aussitôt les yeux vers une table dans un coin de la pièce, puis vers l'autre extrémité du bar, où une serveuse chargeait son plateau.

— Si vous parlez bien de l'homme auquel je pense, il était ici il y a moins d'une heure.

Tout en essuyant le comptoir, il se pencha légèrement vers elle et ajouta :

— Il est reparti aussi vite qu'il est venu.

— Reparti où ?

— Ça, je n'en ai aucune idée, mam'zelle. Il ne m'a pas dit un mot. Il n'a même pas bu un verre.

Si l'inspecteur était reparti aussitôt arrivé, cela signifiait sans doute qu'il avait aperçu Demming et l'avait pris en filature. Ou qu'il avait décidé d'aller le chercher ailleurs.

— Connaissez-vous un homme nommé Demming ?

— Pour sûr, que je le connais, mais ce n'est pas vraiment quelqu'un de fréquentable.

Allie le crut bien volontiers, mais elle devait savoir :

— Où puis-je le trouver ?

Le patron prit une longue inspiration, puis poussa un soupir audible.

— Vous êtes du genre tenace, hein ?

— J'en ai bien peur.

— Demming n'a pas dû aller bien loin. Il se terre dans un entrepôt du quartier ou passe sa soirée dans un tripot, à quelques rues au sud.

— Merci beaucoup.

Allie tira une pièce de sa poche et la plaça sur le bar, navrée de devoir renoncer à son thé.

— Un petit conseil, mam'zelle, même si vous ne l'avez pas demandé, la rappela le patron du pub alors qu'elle se tournait vers la sortie.

Allie reporta son attention sur lui. Le tenancier la regardait maintenant avec appréhension.

— Ne vous attirez pas d'ennuis.

Dire que je cherche un homme qui ne manquera pas de me faire exactement la même recommandation dès l'instant où je le retrouverai !

Mais elle offrit un hochement de tête qu'elle espérait rassurant au gérant de L'Ancre et regagna le froid de la nuit. Des nuages s'étaient massés dans le ciel, réduisant le clair de lune à un vague halo esquissant les pourtours des bâtiments et des passants. La logique lui hurlait de trouver un fiacre, de retraverser la rivière et de s'installer devant le bon feu que Lottie avait certainement préparé dans sa chambre, mais un sentiment plus puissant encore exigeait qu'elle retrouve l'inspecteur Drake. Aussi se mit-elle en marche en direction du sud. La jeune antiquaire s'enfonçait dans une partie de Londres où elle n'avait jamais mis les pieds. Dire qu'elle était perdue eut été l'euphémisme du siècle.

Au-delà de Bankside, les rues n'étaient souvent plus que des passages en gravier ou en terre entre des entrepôts. Lorsqu'elle s'engouffra dans une venelle couverte, les ténèbres l'avalèrent presque entièrement. Tendant le bras, elle se servit du mur pour avancer et agita l'autre devant elle pour ne pas s'écraser contre quelqu'un qui viendrait de la direction opposée. Après quelques pas mal assurés, son pied heurta quelque chose de dur et Allie se pencha en avant pour comprendre ce qui bloquait son chemin, quand la forme se mit à bouger.

— Par l'enfer, grommela une voix masculine avant de pousser un grognement de douleur.

Puis une paire de mains assaillit la jeune femme, l'une la saisissant par le bras, l'autre par la hanche tandis que l'homme se dressait devant elle. Mais ce dernier trébucha et dut la lâcher pour se rattraper au mur.

— Drake !

Allie le reconnut instantanément. Même dans la nuit noire, elle savait qu'elle l'avait trouvé. Elle pouvait distinguer le timbre de sa voix. Les fragrances d'épices et d'amidon qui émanaient de sa personne. La largeur de ses épaules. La jeune femme leva la main et la posa à la base de son cou, rassurée d'y sentir un pouls fort et régulier contre sa paume. Remontant légèrement, elle tâta le contour anguleux de sa mâchoire et laissa ses doigts effleurer sa barbe naissante.

— Je vous ai trouvé, souffla-t-elle dans un brûlant élan de soulagement et de satisfaction.

Oui, elle avait retrouvé son inspecteur et eut aussitôt l'impression de n'avoir jamais rien accompli d'aussi important. L'homme porta une main à la gorge de la jeune femme, traçant du bout du majeur la courbe de sa clavicule.

— Est-ce bien vous ?

Avant qu'elle ne puisse répondre, elle le sentit se pencher vers elle et nicher son visage contre sa joue, ses lèvres lui chatouillant la peau lorsqu'il glissa son nez sous son oreille.

— Les fleurs, murmura-t-il. Vous sentez toujours les fleurs.

Puis il recula d'un geste brusque, sans toutefois ôter la paume qu'il avait posée sur son épaule.

— Vous vous êtes encore entêtée ! Vous ne devriez pas être ici, siffla-t-il entre ses dents. J'avais demandé à un agent de vous escorter chez vous.

— Il l'a fait. C'est après son départ que j'ai décidé de venir vous retrouver.

— Je n'ai...

Mais en tentant de se redresser, il poussa un grognement de douleur et Allie remarqua alors qu'il gardait un bras enroulé autour de son abdomen.

— Je n'ai pas besoin de votre aide, Miss Prince.

Sa voix était encore plus gutturale et rauque que d'ordinaire et il semblait peiner à respirer normalement.

— Oui, vous l'avez déjà dit, répondit-elle en tendant les bras vers lui avec douceur, certaine à présent qu'il était blessé. Mais l'un de nous deux va devoir cesser de s'entêter, ajouta-t-elle d'un ton doux dans l'espoir de l'apaiser. Laissez-moi vous aider. S'il vous plaît.

— Vous êtes incorrigible.

Mais il la laissa tout de même passer un bras dans son dos et le soutenir par le côté.

— Par ma barbe, vous ne faites donc jamais ce que l'on vous demande ?

— Eh bien, cela risque de vous surprendre, mais d'ordinaire, je suis très obéissante. Je l'ai été toute ma vie, d'ailleurs.

Cette déclaration lui tira un grommellement.

— Permettez-moi de douter de la véracité de cette allégation.

— Oh ! je n'ai jamais vraiment su mentir. Je vous enjoins donc à me croire.

— Dois-je en déduire que c'est notre rencontre qui vous a poussée l'insubordination ?

Allie sourit dans l'obscurité, mais douta qu'il puisse s'en rendre compte.

— Il faut croire que votre présence fait ressortir cette facette de ma personnalité.

— Merveilleux.

Il gronda de douleur en se redressant, puis l'entraîna vers la sortie de la venelle par laquelle Allie était arrivée. Elle pouvait sentir l'incertitude de sa contenance. Il claudiquait et un sifflement jaillissait de sa poitrine à chacune de ses respirations. Une fois qu'ils eurent émergé de l'espace étriqué de la ruelle, Allie put un peu mieux l'examiner dans la clarté sélène, et ce qu'elle découvrit lui tira une exclamation angoissée :

— Que vous est-il arrivé ?

— Des représailles.

— Patientez ici, fit-elle en le menant jusqu'à un petit mur de soutènement, contre lequel le policier s'affaissa avec un soulagement inquiétant. Je vais nous trouver un fiacre.

Mais elle ne put faire plus d'un pas avant qu'il ne l'agrippe par l'avant-bras.

— Vous n'irez nulle part dans ces rues sordides sans moi.

Allie revint vers lui, réprimant une remarque vexée quant au fait qu'elle était pourtant venue ici sans lui et qu'il n'était de toute façon pas en état de la défendre contre d'autres criminels des docks, si l'un d'eux se présentait. Il refusait de lâcher son bras et gardait la tête pendante, les yeux rivés sur le sol.

— Nous devons partir d'ici.

Il leva les yeux, qui apparurent sous une épaisse mèche noire et se fixèrent sur elle.

— Ensemble.

Dans la pâle lueur de la lune, Allie remarqua une légère traînée sombre à sa lèvre et une plus visible encore près de son œil.

Il saigne, s'affola-t-elle.

— Bonté divine, mais combien étaient-ils ?

Il émit un gargouillis qui ressemblait étrangement à un gloussement rauque.

— Quatre. Mais seuls trois m'ont refait le portrait.

Allie vint s'adosser à côté de lui, prit le bras du policier et le passa autour de ses propres épaules. Il ne chercha pas à résister et la laissa se blottir contre lui. La chaleur qui émanait de son corps masculin la réchauffa instantanément et, lorsqu'elle glissa une main sous le manteau de l'enquêteur pour l'enrouler autour de sa taille, il grogna comme si cette partie-ci le tourmentait aussi. Ensemble, ils regagnèrent le pont et ne tardèrent pas à héler un fiacre. Au moment de grimper à l'intérieur, l'inspecteur Drake se libéra de la jeune femme et insista pour lui offrir sa main et l'aider à prendre place à l'intérieur.

— Quelle est votre adresse ?

L'espace d'une seconde, Allie paniqua.

— Je refuse de vous laisser ici. Vous avez dit que nous repartirions ensemble.

— Je trouverai un autre véhicule de louage.

— Non.

Elle était venue jusqu'ici, il était hors de question qu'elle repartît en le laissant seul et blessé dans ce lieu dangereux.

— Venez avec moi, s'il vous plaît.

Il essuya sa lèvre ensanglantée du revers de sa manche et soutint son regard.

— Entêtée et incorrigible.

— Affublez-moi de toutes les épithètes qui vous siéront, inspecteur, mais montez.

Renonçant à se quereller, il donna une adresse au cocher et s'installa à côté d'elle. Allie avait voyagé dans toutes sortes de voitures et de chaises de louage avec sa famille et Jo, et elle s'était toujours sentie à l'étroit dans ces espaces confinés… mais jamais à ce point. Leurs corps étaient presque cousus ensemble ; elle ne pouvait tout simplement pas bouger sans glisser davantage vers lui. Pourtant, dès que le fiacre s'ébranla, la jeune femme dut reconnaître que la chaleur générée par cette proximité était agréable. Elle exultait de l'avoir retrouvé. Son intuition ne l'avait pas trompée. Elle se tourna vers lui pour lui donner le fond de sa pensée, mais son compagnon avait basculé sa tête en arrière contre la paroi en bois. Visiblement, l'inspecteur Drake avait besoin de repos, et Allie accomplit le surprenant exploit de ne lui poser aucune autre question durant le trajet jusqu'à chez lui.

10

Il ne voulait pas la laisser partir, mais il avait bien conscience que son désir allait à l'encontre à la bienséance. Elle avait insisté pour le soutenir une fois de plus en sortant du fiacre et l'aider à rentrer chez lui. Ils pénétrèrent donc dans son salon et Benedict songea une fois de plus à la relâcher, mais il ne put s'y résoudre tant la chaleur et la douceur de son corps contre le sien affolaient ses sens. Il aurait dû être furieux contre elle. Il aurait dû la renvoyer chez elle, comme il en avait eu l'intention. Mais quelque chose chez cette jeune femme lui donnait envie de jeter tous ses bons principes par la fenêtre et de céder à ses propres envies, pour une fois. Benedict avait conscience d'avoir mis le pied sur une pente glissante.

— Où souhaitez-vous vous asseoir ?

Sa question très terre-à-terre chassa enfin la brume qui lui obscurcissait l'esprit depuis une heure et il leva un bras pour lui permettre de se dégager, mais elle ne bougea pas.

— Je puis m'en sortir seul, dit-il d'un ton qui ne parvint même pas à le convaincre lui-même.

Malgré tout, il se força à se dégager afin de remettre suffisamment de distance entre lui et les courbes chaleureuses et délicieusement parfumées de Miss Prince. Même sa chevelure sentait les fleurs.

— Bien sûr, inspecteur, répondit-elle d'une voix marquant

clairement sa désapprobation tout en lui accordant gracieusement le bénéfice de n'en faire qu'à sa tête.

C'était une intonation qu'Helen employait souvent avec lui.

— Où se trouve la cuisine ?

— Pourquoi ?

— Nous avons besoin d'eau et de tissus propres pour nettoyer vos blessures.

— Il est inutile que vous vous souciiez de cela. Il est tard et votre famille doit s'inquiéter. Mrs Pratt peut trouver un fiacre pour vous ramener chez vous.

— Ma famille est en voyage, pour une expédition, répondit l'antiquaire avant d'incliner la tête sur le côté. Qui est Mrs Pratt ?

— Je suis l'intendante, mademoiselle.

Comme à son extraordinaire habitude, Mrs Pratt surgit à l'instant où son nom fut prononcé.

— Que puis-je pour vous ?

— Il nous faut un fiacre pour reconduire cette demoiselle chez elle, répondit Ben en se débarrassant de son manteau.

Tous ses muscles protestèrent contre ce maigre effort. Les hommes de Demming savaient où frapper pour obtenir le résultat le plus douloureux.

— Un bassin et une aiguière d'eau, ainsi que du linge à laver, s'il vous plaît, Mrs Pratt.

Miss Prince s'était exprimée avec calme et détermination, ignorant complètement les instructions de Benedict.

— Bien sûr, mademoiselle, accepta Mrs Pratt tout en passant devant Miss Prince pour examiner son maître.

En découvrant son apparence, elle poussa une exclamation choquée :

— Oh ! non. Monsieur !

— Tout va bien. Je vous assure.

— Dois-je prévenir Miss Drake ou le Dr Porter ? Je suis sûre qu'elle souhaiterait être là pour vous aider.

— Non, l'interrompit Benedict en levant une main. Inutile de l'inquiéter ou de faire venir ce maudit médecin. Promettez-le-moi, Mrs Pratt. Ce ne sont que quelques égratignures. Rien de plus.

L'intendante le dévisagea avec scepticisme, mais finit par incliner la tête.

— Je reviens tout de suite avec l'eau et les linges, mademoiselle, informa-t-elle Miss Prince en quittant la pièce.

— J'en déduis que Miss Drake est votre sœur. La maîtresse des échecs.

— En effet. Elle est aussi infirmière dans une clinique de Whitechapel. Si elle était là, elle exigerait sans doute que je passe un examen complet, or ce n'est pas nécessaire. J'ai connu des rossées plus douloureuses et des nuits pires encore.

Miss Prince s'approcha et se pencha pour mieux observer ses blessures. À peine croisa-t-il son regard qu'une étrange énergie se mit à bourdonner entre eux. Ses prunelles dévoraient chaque pouce de son visage, mais pas avec la froide réflexion qu'aurait eue sa sœur en l'examinant. Il y avait de la douceur dans les iris de Miss Prince, un certain plaisir aussi, comme si elle savourait cette occasion de scruter ses traits, aussi amochés soient-ils. Et il se haïssait de tant se délecter de sa proximité. Cette jeune femme était une distraction des plus délicieuses, mais il n'avait pas de place pour elle dans sa vie. Et cette soirée lui avait prouvé de façon très claire que s'associer à lui mettrait la pauvre jouvencelle en grand danger. Seigneur, que se serait-il passé si elle était apparue à Southwark une demi-heure plus tôt ? Si elle l'avait suivi dans ce maudit entrepôt ? Benedict travaillait pour la police depuis plus d'une décennie et il ne doutait pas qu'une palette d'hommes comme Demming seraient heureux de lui faire la peau. À lui ou à tous ceux à qui il tenait. Il était hors de question de lui faire courir pareil risque.

— J'ignore comment ces hommes s'y sont pris, mais ils ne sont vraiment pas passés loin de votre œil, chuchota-t-elle en tendant la main pour effleurer le côté de son visage du bout des doigts.

Cette simple caresse se répandit dans tout son corps, lui tirant un frisson.

— L'un d'eux portait un anneau.

Il soutint son regard un instant.

— Miss Prince...

— Cela n'a pas l'air de se transformer en contusion, mais il faudra sans doute quelques jours pour que cette coupure se referme.

— Vous devriez vous en aller.

La jeune femme se redressa et lui adressa un sourire navré :

— Je crains que vous ne gaspilliez votre salive, inspecteur. À moins que vous n'ayez l'intention de me hisser sur votre épaule et de me jeter sur le pavé, j'ai bien l'intention de rester et de panser ces blessures.

Elle avait visiblement cru qu'il ne souhaitait pas de sa présence chez lui. C'était probablement mieux ainsi. Même si la vérité était tout autre. Lui demander de partir exigeait chaque fois de lui bien plus d'efforts que cela n'aurait dû. Mais il le faisait pour elle, non pour lui. Sa présence avait embrasé quelque chose en lui dès leur première rencontre et il ne pouvait tout simplement plus se convaincre du contraire.

— Et voici.

Mrs Pratt revenait avec un plateau sur lequel elle avait placé un bassin, une petite aiguière, des bandages propres et des compresses. Elle servit également du thé.

— C'est parfait. Merci beaucoup, Mrs Pratt.

Miss Prince découvrit la théière avec ravissement et leur servit immédiatement deux tasses.

— Je ne serai pas loin si vous avez besoin de mes services, monsieur, mais je pense que vous êtes entre de bonnes mains.

Mrs Pratt lui adressa un clin d'œil mutin, mais par chance, Miss Prince avait le dos tourné à cet instant-là. Il ne pouvait en vouloir à son intendante. C'était la première fois, en sept ans de service, qu'elle le voyait inviter une jeune femme chez eux. En effet, il avait pris très tôt la décision de garder ses distances avec le beau sexe, et ce pour les mêmes raisons qui l'empêchaient d'être à son aise aux côtés de Miss Prince.

— Laissez-moi regarder, souffla-t-elle.

Enveloppant le menton de Benedict d'une main, elle lui inclina légèrement la tête et se rapprocha jusqu'à ce que son jupon lui effleure les genoux. Il écarta les jambes pour lui permettre d'avancer encore. Les gestes de la jeune femme étaient efficaces, mais son contact léger, comme si elle redoutait d'aggraver ses douleurs. Il n'avait jamais autorisé qui que ce soit à faire tant d'histoires pour les blessures dont il écopait dans son quotidien de policier, mais la façon de faire de Miss Prince l'apaisait.

— Voilà. Cette coupure à la lèvre est superficielle.

Elle caressa le coin de ses lèvres du pouce.

— Mais je peux mettre une compresse sur celle proche de votre œil, ajouta-t-elle.

— Ne prenez pas cette peine.

Miss Prince recula et Benedict se leva, réprimant un gémissement de douleur lorsque son corps se rebella.

— Dans ce cas, je pense avoir fait tout ce qui était en mon pouvoir, répondit-elle en pliant avec soin le linge dont elle venait de se servir et qu'elle retourna déposer à côté du bassin.

Cet éloignement soudain perturba Ben, qui referma la distance entre eux d'un pas, incapable de résister au désir de la toucher. Il tendit le bras et la jeune femme glissa ses doigts au creux de sa paume.

— Qu'est-ce qui vous a poussée à venir, ce soir ?

Elle leva la tête et plongea son regard dans le sien, son expression si grave et sérieuse qu'il en éprouva de la surprise.

— Il le fallait. C'est... difficile à expliquer. Une sorte de pressentiment. Une petite voix me soufflait que je pourrais aider.

Elle détourna les yeux un instant et sourit tristement.

— Et peut-être qu'une partie de moi en avait assez de rester en retrait.

Benedict avait toujours trouvé sa franchise, sans prudence ni faux-semblant, des plus rafraîchissantes.

— Vous m'avez été d'une grande aide, mais cela n'en demeurait pas moins téméraire. Et désormais, vous devez me promettre…

— De vous laisser vous en occuper, je sais.

Elle extirpa sa main de la sienne et croisa les bras.

— Mais ma boutique est impliquée, à présent, inspecteur. Mr Demming vous a-t-il dit pourquoi il était venu épier *Princes* ?

— Il a dit qu'il me surveillait, moi.

Benedict haussa les épaules, cette explication lui paraissant tout aussi bancale maintenant que lorsque Demming l'avait proférée.

— Vous ne le croyez pas ?

Elle parvenait à lire ses expressions, à présent, ce qui en disait long sur la dangereuse influence qu'elle exerçait sur lui. Ben s'était toujours targué de pouvoir masquer ses émotions, réfléchir et agir sans qu'elles viennent troubler son esprit. Mais bien que leur rencontre soit récente, cette façade froide et nécessaire avait commencé à s'effriter. Du moins, en sa présence à elle.

— Pas vraiment, non. Mais, Alexandra…

Ben tendit à nouveau la main vers elle. Ce geste lui paraissait ridiculement naturel.

— Tâchez de ne pas vous inquiéter, ajouta-t-il.

Elle glissa à nouveau ses doigts au creux de sa paume et s'approcha de lui jusqu'à ce que leurs bustes ne soient plus qu'à un pouce l'un de l'autre.

— Cette enquête va devenir officielle. Demming va se terrer quelque temps, mais je le retrouverai. De même que Lord Holcroft.

— Alors… je dois simplement attendre de vos nouvelles ?

Il voyait bien que cette idée ne lui plaisait pas, et elle ne fit aucun effort pour dissimuler ses pensées. Il se demanda alors si elle regrettait de ne plus être en contact avec lui ou si elle espérait simplement un dénouement rapide à toute cette histoire. Ben n'avait qu'une certitude : il devrait déployer davantage de ressources pour résoudre cette affaire, découvrir s'il existait bien un complot et s'assurer qu'aucun de ses participants ne comptait menacer la jeune femme ou son gagne-pain.

— Moi non plus, je ne suis pas très patient, mais je vous demande d'attendre.

Du pouce, il caressa le dos de sa main.

— Dans quelques jours, j'en saurai plus, je vous le promets.

— Oh ! mais je suis patiente.

Elle leva son autre bras et laissa ses doigts courir le long des phalanges de Ben, presque distraitement. Le contact de sa peau était délicat, mais enivrant. Lorsqu'elle tomba sur l'une de ses anciennes écorchures, elle fronça les sourcils.

— Du moins, pour certaines choses. J'ai patienté toute ma vie. D'ordinaire, c'est surtout ma langue qui m'attire des ennuis.

— Tiens donc ?

Le regard de Ben tomba sur sa bouche. Comment aurait-il pu résister ? La jeune femme eut soudain le souffle aussi court que le sien et elle figea son mouvement, sans pour autant chercher à s'écarter. Lorsqu'il croisa son regard, il y trouva une étincelle pleine d'ardeur. L'étincelle du même désir qui le consumait chaque fois qu'elle se trouvait près de lui.

— Ce que je voulais dire…

Benedict porta la main à sa joue et dessina du bout des doigts le contour de son visage, comme elle l'avait fait pour nettoyer ses blessures.

— Ce que vous vouliez dire ? répéta-t-il.

— Parfois… j'ai tendance à dire tout ce qui me passe par la tête. Les gens n'apprécient guère.

— Pour ma part, j'aime beaucoup ce trait de caractère.

Elle cligna des yeux :

— Vraiment ?

— Hmm. J'ignore ce que vous m'avez fait.

Il fit glisser son index le long de sa lèvre inférieure. Sa peau avait quelque chose d'envoûtant. Plus il la touchait, plus il aspirait à l'explorer. Lorsqu'il épousa sa nuque de sa paume, la jeune femme ferma les yeux. C'était un tel signe de confiance que Benedict en déglutit avec difficulté. Il ne voulait pas la blesser ni la mettre en danger, mais diable, que n'aurait-il donné pour l'embrasser !

— Alexandra.

Son prénom roula sur sa langue comme le plus moelleux des vins. Il aimait le prononcer et l'adorait, elle, de l'y autoriser.

— Oui ?

Ses longs cils papillonnèrent et ses paupières s'ouvrirent. Elle le contempla d'un regard fiévreux. Se mordillant la lèvre inférieure, elle plaqua une paume sur sa chemise et Benedict sentit la chaleur de ses doigts se répandre à travers son torse.

— Je sais que je devrais partir, murmura-t-elle, mais rien en moi n'y aspire.

Elle étudiait la laine du vêtement sans vraiment la voir, ses doigts jouant avec la rangée de boutons. Lorsqu'elle osa enfin lever les yeux vers lui, il ne put se retenir. Il caressa sa joue du dos des phalanges, puis se pencha pour embrasser la peau qu'il venait de toucher. Déposant un sillon de baisers brûlants jusqu'à la délicate arche sous son oreille, il lui susurra la vérité nue :

— Je ne veux pas que vous partiez.

À ces mots, il sentit quelque chose en elle prendre son essor, comme libéré de ses chaînes. Elle enroula ses bras autour de son cou, plongea les doigts dans ses cheveux et se cambra contre lui, tout son corps se coulant contre le sien. Il la vit refermer les paupières, ses lèvres pleines tremblant légèrement. De sa vie, jamais Benedict n'avait autant désiré une femme, mais s'il l'embrassait, il risquait fort de ne plus être capable de la protéger. Ni de se protéger, lui. Hélas pour sa logique, Miss Prince était bien trop séduisante pour qu'il reste longtemps attaché à ses principes. Balayant raison et convictions, il s'offrit entièrement à ce moment, jusqu'à ce qu'il ne reste qu'elle, lui et cette merveilleuse intimité. Son ardeur était si brûlante qu'elle consumait toutes ses pensées, à l'exception du besoin fébrile de goûter à ses lèvres. C'était la première fois qu'une envie aussi puissante le dévorait. Il n'avait jamais éprouvé une telle inclination pour une femme dès leur première rencontre, car il reconnaissait à présent avoir ressenti les prémices d'une attirance dès l'instant où elle était entrée dans son bureau, en parlant si vite que son cerveau n'avait pas été en mesure de la rattraper.

Il lui caressa tendrement la joue et elle ouvrit les yeux. Et dans les profondeurs lavande tissées d'argent de ses iris, il lut tout ce qu'il espérait… de la curiosité, de l'audace, de la résolution, mais surtout du désir. Son désir pour lui. Il inclina la tête et la jeune femme lui répondit d'un baiser si avide qu'il en eut le souffle coupé. L'enveloppant de ses bras, Benedict l'attira à lui. Elle se hissa sur la pointe des pieds et il l'étreignit presque jusqu'à la soulever de terre, ses tendres courbes se fondant contre les aplats de son propre corps. Lorsqu'il taquina, du bout de la langue, la lisière de sa bouche, elle s'offrit à lui sans attendre et sans réserve. Et très vite, elle suivit son enseignement, goûtant à ses lèvres de la même manière. Son parfum lui affolait le cœur et il mourait d'envie de trouver le pouce de chair où elle avait déposé une goutte de la substance florale sur son cou, derrière son oreille, entre ses seins… Il dessina un chemin de baisers jusqu'à la base de sa gorge, juste au-dessus du col de sa robe, et brûlait de défaire jusqu'au dernier bouton qui séparait encore la jeune femme de lui. Il effleura le premier du bout des doigts, lorsque des bruits lui parvinrent de l'entrée.

Il se figea. Helen était rentrée.

Benedict dut faire appel à toute sa volonté pour reculer et cesser de toucher Alexandra, mais il parvint à étouffer son désir, la relâcha avec tendresse et écarta les mains de son corps dès que la jeune femme eut repris contenance. Elle rouvrit les yeux lorsqu'il la libéra et son expression de stupeur fut bientôt chassée par une évidente déception.

— Que diable t'est-il arrivé ? lança sa sœur depuis le seuil du salon, son œil entraîné examinant ses coupures visibles et le sang sur sa chemise.

Helen portait encore son pardessus. Elle remarqua soudain la présence d'Alexandra et les observa tour à tour, la curiosité et l'inquiétude lui barrant le front.

— J'irai parfaitement bien demain, répondit-il.

Elle haussa un sourcil brun, puis s'approcha à grands pas pour tendre la main à Alexandra.

— Bonjour. Je suis Helen Drake. Et vous êtes ?

Benedict tressaillit face à la brusquerie de la question. Helen ne cherchait pas à l'intimider, elle était simplement brutalement efficace dans tout ce qu'elle faisait. Mais Alexandra, avec ses manières franches et ouvertes, ne parut pas une seconde incommodée.

— Je suis Alexandra Prince. C'est un plaisir de vous rencontrer. J'ai cru comprendre que vous et moi étions bien meilleures que lui aux échecs.

À la profonde stupéfaction de Benedict, Helen se radoucit immédiatement et s'autorisa même à glousser :

— Ha ! Je suis heureuse qu'il le reconnaisse enfin devant quelqu'un. Avec moi, il s'y refuse catégoriquement.

Sans lâcher la main d'Alexandra, elle ajouta :

— Peut-être qu'à nous deux, nous parviendrons à lui enseigner suffisamment de techniques pour réussir à en tirer quelque chose.

— Voilà un défi digne de ce nom.

Alexandra libéra Helen et se tourna vers lui.

— Il est tard. Je ferais mieux de rentrer. Je vous souhaite une excellente soirée à tous deux.

Puis, avec un salut de la tête en sa direction, elle quitta la pièce.

— Je devrais m'assurer qu'elle trouve une voiture, dit Benedict à Helen.

Mais Mrs Pratt apparut dans le couloir. Elle avait rapporté le manteau d'Alexandra.

— Je vais faire en sorte qu'elle puisse repartir sans tracas, monsieur, intervint l'intendante.

Et lorsque les deux femmes eurent franchi la porte du vestibule de l'entrée, Helen s'approcha de son frère et examina à nouveau ses blessures.

— Il semble que tu te sois trompé, mon cher frère, déclara-t-elle d'un ton malicieux. Tu l'auras finalement revue, ta jeune femme étincelante.

Se préparer pour le dîner des Wellingdon prit à Allie bien plus de temps qu'elle ne l'avait escompté. Elle ne cessait de se perdre dans ses souvenirs de la nuit passée. De songer au pressentiment qui l'avait poussée à se rendre à Southwark, à l'intense soulagement qui l'avait submergée lorsqu'elle avait retrouvé Ben, en dépit de l'état dans lequel Jack Demming et ses compères l'avaient laissé.

Puis elle se remémorait leur baiser. Chaque sensation demeurait vive dans son esprit ; elle avait encore l'impression de capter la fragrance de sa peau, de sentir la fermeté de ses muscles et la chaleur de son torse contre le sien. S'était-il penché en premier ? Ou l'avait-elle attiré plus près ? De sa vie, elle n'avait jamais rien vécu d'aussi intense que cette attirance presque magnétique qui, en moins d'une seconde, s'était transformée en un ardent interlude. Et cela avait tout changé. Peu importait, à présent, qu'elle se soit conduite avec trop d'audace ou qu'il ait bafoué l'étiquette en la touchant si librement. Il n'y avait eu, dans leur étreinte, nulle trace d'embarras ou d'hésitation, contrairement à ce qu'elle s'était attendu d'un premier baiser. À peine avait-il refermé les bras sur elle qu'elle avait éprouvé la certitude de se trouver parfaitement à sa place.

La pendule sonna huit heures et Allie réalisa qu'elle s'était à nouveau laissée distraire. Elle se contraignit à terminer sa toilette, puis se vêtit et tapota la jolie masse de boucles et d'épingles serties que Lottie avait coiffée et disposée sur sa nuque. Dix minutes plus tard, Allie descendit du landau que les Wellingdon avaient mis à sa disposition pour la soirée en se demandant quels détails de son extraordinaire soirée elle était prête à partager avec Jo. En temps normal, il n'était rien que les deux jeunes femmes ne puissent se confier, d'autant plus que Jo, contrairement à la plupart des gens, lisait en elle comme dans un livre ouvert. Mais Allie s'attendait à trouver son amie gaiement distraite, ce soir-là. Jo n'était jamais aussi heureuse que lorsqu'elle évoluait dans son élément, entourée de sa famille, de ses livres et de tous les instruments de musique qu'elle maniait avec la dextérité d'une virtuose. La jeune femme avait par ailleurs la chance d'être la fille de Lord Wellingdon, un père qui, contrairement à la plupart, chérissait et encourageait tous ses enfants, quel que soit leur sexe. Il entraînait souvent Jo dans toutes sortes de débats politiques, lesquels étaient monnaie courante à ces dîners.

Lady Wellingdon était une autre paire de manches.

La mère de Jo voyait Allie, ou plus précisément la famille Prince dans son ensemble, d'un mauvais œil. La comtesse jugeait les accomplissements de son père et de son frère, ainsi que les travaux de sa sœur « inconvenants », et semblait craindre qu'Allie n'incite Jo à mener une vie aventureuse et périlleuse tout en s'entêtant à oublier que la benjamine des Prince n'avait jamais mis un pied en dehors de Londres. Heureusement, Lady Wellingdon n'était pas cruelle. Elle se satisfaisait d'une froide courtoisie et d'un respect des civilités, sans jamais faire montre de la moindre chaleur. Mais aux yeux d'Allie, l'amitié de Jo valait bien de supporter ce genre de désagréments.

— Miss Prince, je suis heureuse que vous ayez pu vous joindre à nous, ce soir, l'accueillit Lady Wellingdon dès que la jeune femme eut pénétré dans le somptueux salon familial.

— Merci de m'avoir invitée, milady, sourit Allie.

Une série d'expressions se succéda sur le visage de la comtesse tandis qu'elle examinait la toilette de sa convive.

— Vous avez choisi une couleur… intéressante pour votre tenue.

— Merci, milady.

Sa robe framboise était élégamment taillée et Allie adorait jusqu'à son plus petit volant. N'éprouvant que peu d'intérêt pour la mode et ne lisant presque aucun magazine dédié aux femmes, elle portait uniquement ce qui lui plaisait.

— Ciel, vous êtes divine ! s'exalta Jo, qui venait d'arriver dans le dos d'Allie, magnifique dans sa tenue d'un bleu profond assorti à ses yeux.

— Vous également.

Elles échangèrent une brève embrassade, puis Jo adressa un coup d'œil appuyé à sa mère par-dessus l'épaule de son amie.

— Je l'emmène à la bibliothèque, maman. J'aimerais lui montrer mes dernières acquisitions.

Lady Wellingdon parut réprimer une exclamation agacée :

— Alors, faites vite, Josephine. Nos autres convives ne vont pas tarder à arriver et il serait inconvenant que vous demeuriez cloîtrées seules au milieu de piles de livres toute la soirée.

— Je me demande si elle réalise qu'elle vient de décrire l'image que je me fais du paradis, murmura Jo à l'oreille de son amie dès qu'elles eurent quitté le salon.

Allie gloussa sous cape.

Elles gagnèrent l'impressionnante bibliothèque des Wellingdon et Jo referma la porte derrière elles avant de se tourner avidement vers Allie.

— Avez-vous reçu des nouvelles de l'inspecteur Drake ?

— Des nouvelles ?

Le cœur d'Allie bondit dans sa poitrine, la chaleur lui monta aux joues et la jeune femme dut se mordre la lèvre jusqu'à s'en faire mal pour ne pas tout révéler sur-le-champ.

— Ne devait-il pas se renseigner à propos des faits que vous lui aviez rapportés ? S'il ne l'a pas encore fait, vous pourrez en parler à l'homme que je vous avais initialement recommandé.

— Mr Haverstock ?

— Oui, Sir Felix et sa fille, Lavinia, sont attendus ce soir. Vous pourrez me dire si, vous aussi, vous trouvez difficile de converser avec elle.

Jo saisit un livre sur la table disposée près de la porte et le montra à son amie.

— Pensez-vous que nous pourrions proposer cet ouvrage à notre club de cyclisme et les convaincre de nous transformer en club de lecture pour l'hiver ?

Jo lui tendit *Bicycling for Ladies*, un manuel à la couverture bleu marine, enluminée de dorures, sur laquelle figurait le dessin d'une femme souriante à bicyclette.

— Je l'ai fait venir d'Amérique et je pourrais en commander d'autres exemplaires, si nécessaire.

Allie le feuilleta distraitement. Sa bicyclette lui avait conféré une forme de liberté et d'indépendance qui lui avait fait douloureusement défaut au sortir d'une enfance maladive, qui lui avait laissé l'impression d'un corps faible et souffreteux. Mais ce soir, tout son esprit était obnubilé par Benedict Drake.

— C'est une excellente idée, répondit-elle à Jo en s'efforçant de lui offrir un sourire. Je voterai pour votre idée et je suis certaine que les autres seront enthousiastes.

Jo rayonna.

— Excellent. Je commanderai d'autres exemplaires dès demain.

Elle reposa l'ouvrage et désigna d'un geste les étagères que son père avait libérées pour la collection personnelle de sa fille.

— Je n'ai hélas pas de nouvelle acquisition à proprement parler. Je voulais simplement profiter d'un moment en tête à tête avec vous pour discuter. Mais si un titre suscite votre intérêt, vous êtes libre de me l'emprunter. Vous savez que je ne rechigne jamais à vous les prêter.

— Auriez-vous des guides de voyage sur l'Irlande ?

L'idée d'une expédition là-bas, qu'elle avait griffonnée sur son carnet le jour où elle avait surpris une drôle de conversation à

Chez Hawlston, lui parut étonnamment distante, mais l'envie ne l'avait cependant pas quittée.

— Prévoyez-vous une excursion ? l'interrogea Jo avec un enthousiasme si exubérant qu'elle était à deux doigts de sauter sur place.

— Hmm, peut-être. J'aimerais y faire des recherches, pour mon livre.

— Si vous avez besoin d'une assistante, je supplierai papa jusqu'à ce qu'il m'agrée.

Allie rit.

— Vous feriez une excellente assistante de recherche.

— Je suis sérieuse, riposta Jo en glissant la main dans le creux du bras d'Allie pour l'entraîner hors de la bibliothèque. L'année prochaine, ma mère sera si obnubilée par les débuts d'Olivia en société que je parviendrai peut-être à m'échapper.

Allie doutait fort que Lady Wellingdon accorde à Jo une telle autonomie ni qu'elle ait complètement renoncé à trouver un bon parti pour sa fille aînée. D'ailleurs, tandis qu'elles retournaient au salon, Allie perçut des voix distinctement masculines.

— Qui a-t-elle invité, cette fois ? demanda-t-elle à son amie en guettant les expressions de son visage.

— Lord Echolston, répondit Jo en déglutissant avec difficulté.

Allie soupçonnait la jeune femme d'une certaine partialité pour le séduisant vicomte, même si elle refusait encore de l'admettre.

— Je le trouvais plutôt aimable et il consulte souvent votre avis au sujet de ses lectures, lui rappela Allie d'un ton encourageant.

Jo lui adressa un sourire mystérieux. Une nouvelle voix leur parvint soudain du salon, dont le timbre grave, presque guttural, se distinguait de tous les autres. Allie se figea et une onde brûlante la parcourut de la tête aux pieds, lui dressant les cheveux sur la nuque. Jo lui saisit la main.

— Oh ! seigneur, je savais que c'était une possibilité, mais je vous jure que je n'avais aucune certitude.

Elle jeta un coup d'œil anxieux à l'embrasure de la porte du salon.

— On dirait que Sir Felix et Lavinia sont venus avec l'inspecteur Drake.

Mais Jo ne put qu'écarquiller les yeux, car Allie venait d'empoigner sa robe à volants et se dirigeait à grands pas vers le salon. Il n'avait pas quitté ses pensées depuis la veille au soir. Depuis l'instant où leurs lèvres s'étaient rencontrées et qu'il lui avait offert le plus merveilleux des premiers baisers. Il portait un verre à sa bouche lorsqu'il l'aperçut. Allie sut exactement à quel moment cela se produisit, car l'homme tressaillit exactement comme elle l'avait fait en entendant sa voix. Elle eut soudain l'impression que le monde disparaissait derrière un voile léger, mais que lui demeurait parfaitement net. Incapable de s'en empêcher, elle fit deux pas vers lui. L'inspecteur Drake en fit un, puis parut se rappeler quelque chose et tourna la tête vers la jeune femme et l'homme mûr qui se tenaient à ses côtés.

Miss Haverstock et son père, présuma-t-elle.

Physiquement, Sir Felix correspondait exactement à l'idée qu'elle s'en était faite : grand, imposant, avec des cheveux neige et une moustache parfaitement taillée. Son attitude, en revanche, suintait le déplaisir. Il observait tout et tout le monde avec les sourcils froncés et grommelait parfois quelques paroles à sa fille, qui arborait la même contenance grave que son père.

— Ah, vous voilà.

Lady Wellingdon leur fit signe d'approcher depuis le sofa où elle était installée.

— Lord Echolston vous cherchait, Josephine, ajouta-t-elle.

— Allez-y, chuchota Allie à son amie en guise d'encouragement.

— Mais je dois vous présenter aux Haverstock.

— Votre père s'en chargera, j'en suis sûre.

Lord Wellingdon venait de pénétrer dans le salon et il requit aussitôt l'attention de l'inspecteur Drake et des Haverstock. Dès qu'Allie s'approcha du groupe, l'hôte de la soirée l'accueillit avec chaleur :

— Ah, Miss Prince. Je suis certain que vous trouverez cette conversation intéressante.

Tous la regardèrent approcher avec intérêt, mais les yeux d'Allie ne cessaient de revenir à Benedict Drake. Il était absolument magnifique, dans son frac noir rehaussé d'une cravate blanche. Et si les événements de la veille n'avaient pas été gravés dans sa mémoire, sans doute n'aurait-elle pas remarqué les vestiges des coups que les malfaiteurs de Southwark lui avaient infligés, car il n'en demeurait qu'une légère marque au niveau de son œil, même si ses beaux habits masquaient certainement bien d'autres contusions. Mais songer à lui sans ses vêtements lui assécha la gorge et il était si proche qu'Allie dut faire appel à tout son sang-froid pour ne pas céder à la tentation de le toucher.

— Quel plaisir de vous avoir parmi nous, ma chère, poursuivit Lord Wellingdon avec chaleur. Avez-vous déjà fait connaissance avec Sir Felix, Miss Haverstock et Mr Drake ?

Allie jugea préférable de lancer un regard interrogateur en direction de l'inspecteur.

— Miss Prince et moi nous sommes rencontrés, intervint-il immédiatement, ce qui lui valut un regard légèrement surpris de Sir Felix.

— Reprenez, Haverstock, lança Lord Wellingdon d'un ton encourageant. Je suis certain que le sujet de notre causerie intéressera Miss Prince. Elle est la fille d'Octavius Prince, après tout.

— Vraiment ? Voilà une jeune femme qui connaît son Histoire, je suppose.

Sir Felix porta son monocle à son œil, comme si Allie méritait soudain un examen plus poussé.

— Que savez-vous de l'histoire d'Égypte, Miss Prince ?

— Fort peu, hélas. Je peux lire quelques hiéroglyphes et j'en sais juste assez pour recommander des antiquités dans la boutique de ma famille.

Alexandra avait offert une réponse bien plus détaillée que ne le méritait le commissaire en chef, qui la contemplait avec un rictus dédaigneux. Quand elle jeta un regard à Benedict, ce dernier hocha la tête avec un léger sourire pour la rassurer.

— Comme je vous le disais, poursuivit Haverstock en s'adressant directement à Lord Wellingdon et en ignorant cavalièrement la réponse d'Allie, nous avons été invités à une soirée de démaillotement[1] de momie.

Il jeta un regard en coin à Allie, comme refusant de lui accorder sa pleine attention, et ajouta :

— Votre père a rapporté certains spécimens d'Égypte à cet effet, il me semble.

— Peut-être pourrions-nous vous obtenir une invitation également ? proposa poliment Miss Haverstock.

Allie eut soudain l'impression de sentir ses entrailles se tordre de malaise. Enfant, elle avait toujours considéré son père avec une admiration sans borne, émerveillée par tout ce qu'il avait accompli. Mais maintenant qu'elle était adulte et suffisamment instruite pour construire son propre avis, elle voyait d'un œil bien plus critique certaines des décisions qu'il avait prises au cours de sa vie.

— Il n'a ramené aucune momie dans ce but précis, informa-t-elle le groupe avec fermeté, mais il en a vendu à des collectionneurs. Ce qui, au fond, est sans doute tout aussi indigne.

— Vous osez dénigrer de la sorte votre propre héritage ? s'étonna Haverstock avec un mépris si évident que tout le monde s'agita avec embarras.

Le vieux policier avait le teint rouge et l'élocution quelque peu laborieuse. Allie avisa le verre de whisky qu'il serrait dans sa main à s'en faire blanchir les jointures et se demanda s'il y en avait eu beaucoup d'autres avant celui-ci.

— Je parle simplement en mon âme et conscience, Sir Felix.

1. NdlT : fait de démailloter, déballer une momie.

Exhumer des vestiges humains à seule fin de divertissement est terriblement irrespectueux. Je pense que mon père, à la fin de sa carrière, a regretté d'avoir contribué à de telles pratiques.

— La seule chose irrespectueuse est la façon dont vous parlez de votre père.

Allie se mordit la lèvre. L'homme avait tort, mais elle ne le convaincrait jamais du contraire, en particulier s'il avait déjà abusé des spiritueux. Hélas, comme souvent, sa langue n'en fit qu'à sa tête :

— Aucun de nous dans cette pièce ne souhaiterait voir ses proches défunts traités de cette façon. Les momies sont des personnes, non des objets.

Haverstock toussa un rire hautain.

— Vous êtes encore naïve, Miss Prince. Et beaucoup trop prompte à condamner, pour une personne si jeune.

L'homme aux cheveux neige se détourna d'elle, sans remarquer que sa propre fille paraissait profondément malheureuse. Du coin de l'œil, Allie vit Jo approcher. L'inspecteur Drake fit également un pas vers elle avant que son amie ait pu la rejoindre.

— Mesdemoiselles, aimeriez-vous voir le nouvel ouvrage que Lord Echolston m'a apporté ?

Jo adressa un regard appuyé à Allie, puis inclut le policier dans son invitation :

— Vous aussi, inspecteur.

Lavinia s'empressa de suivre Jo, mais Allie demeura en retrait.

— Puis-je vous offrir mon bras ? lui offrit discrètement le policier.

— Votre bras n'est-il pas engagé auprès de Miss Haverstock ?

Il écarquilla les yeux, puis secoua la tête d'un air résolu :

— Ce n'est pas ce que vous croyez.

Allie se sentait profondément mal à l'aise et humiliée, et elle savait qu'elle ne pourrait supporter les regards dédaigneux de Haverstock et les critiques silencieuses de Lady Wellingdon une seconde de plus.

— Veuillez m'excuser, inspecteur. J'ai simplement besoin de prendre l'air.

Incapable de prononcer une parole de plus, elle tourna les talons et s'éloigna de lui en direction de la porte qui menait au jardin, à l'arrière de la demeure des Wellingdon.

11

Benedict ne prit même pas la peine de marmonner une excuse avant d'emboîter le pas à Alexandra, mais lorsqu'il émergea enfin sur le vaste perron des Wellingdon, il trouva les dalles de pierre chatoyantes à la lueur des lanternes complètement désertes. Par chance, il aperçut un éclat framboise dans le jardin, juste avant qu'il ne disparaisse derrière une haute haie. Craignant que les manières agressivement pompeuses de Haverstock ne lui aient arraché quelques larmes, il se précipita à sa suite, mais lorsqu'il la retrouva de l'autre côté des arbustes taillés avec un soin exagéré, la jeune femme faisait les cent pas en marmonnant dans sa barbe tout en agitant les mains.

— Je sais pourquoi vous êtes ici, déclara-t-elle dès qu'il l'eut rejointe. J'irai présenter mes excuses à Sir Felix dès que je rentrerai.

— Je n'ai jamais eu l'intention d'une telle requête. Et pourquoi diable devriez-vous présenter vos excuses ? Pour avoir été magistrale ?

Elle s'immobilisa, puis se tourna vers lui en plissant les yeux, comme si elle doutait de sa sincérité.

— Magistrale ?

Elle secoua la tête et ajouta :

— J'ai parlé sans réfléchir. Les mots m'ont échappé. J'aurais dû faire preuve de plus de respect et tempérer ma...

— Non, certainement pas.

Depuis leur toute première rencontre, Benedict avait admiré sa franchise, mais la voir tenir tête à un Haverstock déjà bien aviné et disposé à écraser son entourage sans ciller dans le seul but d'impressionner Lord Wellingdon l'avait tout bonnement émerveillé.

— Vous vous êtes montrée honnête. Vous avez certes parlé sans détour, mais votre avis a tout autant de valeur que celui du commissaire.

Il fit un pas dans sa direction, brûlant de tendre la main vers elle. Il commençait à croire que plus une seconde ne s'écoulerait sans qu'il n'ait envie de la toucher, d'être relié à elle, même pour un instant.

— Merci, souffla-t-elle d'une voix tremblante, comme si elle peinait à contenir les émotions bouillonnant en elle.

Puis elle ferma les yeux, prit une longue inspiration et expira lentement. Finalement, son expression se radoucit. Ben remarqua alors qu'elle semblait dans son élément, au milieu du jardin, le visage éclairé par la lune, libre de toutes les règles et attentes des salons d'aristocrates qu'il trouvait lui-même étouffantes. Il fit un autre pas vers elle et, du bout des doigts, caressa tendrement la courbe satinée de sa joue. Elle ouvrit les yeux, l'air bien plus à son aise.

— Et il se trouve, renchérit-il, que je suis de votre avis. Exhumer des corps pour les étudier est une chose. Le faire pour amuser la galerie est une abjection.

Alexandra déglutit et acquiesça :

— Vous avez raison. J'ai assisté au démaillotement d'une momie, une fois. J'étais censée m'occuper dans une salle dédiée aux enfants, avec mon frère et ma sœur, mais nous nous sommes faufilés jusqu'à l'escalier afin de jeter un œil par-dessus la balustrade.

Le souvenir lui tira une grimace.

— Les invités lui ont arraché des morceaux et les ont fait circuler dans la salle, alors même que je me demandais qui avait bien pu être cet Égyptien. S'il avait eu une famille, il y a trois mille ans, ou s'il lui restait aujourd'hui des descendants qui ne se doutaient pas un instant que leur ancêtre avait été transporté en Angleterre.

Malgré les millénaires qui le séparaient des Égyptiens momifiés, Benedict ne put s'empêcher d'établir un parallèle avec sa propre famille, qui avait échoué à prendre soin des siens. Il ignorait même l'identité de son propre père. Alexandra s'approcha.

— Je suis navrée d'avoir envenimé la situation avec Sir Felix.

— Ne vous inquiétez pas de cela.

Son chef se tenait peut-être dans une maison à quelques pieds de distance, en cet instant, il n'effleurait même pas ses pensées.

— Comment pourrais-je ne pas m'inquiéter ? Il est votre supérieur, n'est-ce pas ?

Elle referma complètement l'espace qui les séparait et enroula les doigts autour des pans de son frac.

— Et vous avez un projet de carrière, il me semble.

À ces mots, Benedict s'attendit à ressentir l'appétit grondant qui lui tordait les entrailles chaque fois qu'il pensait à son avenir, à ses accomplissements et à ses ambitions. Mais la sensation lui parut lointaine, presque comme un souvenir appartenant à un autre. Tous ses désirs étaient à présent concentrés en un seul point : Alexandra. La jeune femme était bien assez séduisante pour occuper la totalité de ses projets et, tout à coup, une idée choquante lui effleura l'esprit. Elle comptait bien plus que n'importe quel poste.

— Si Haverstock s'est senti offensé, ce ne sera que temporaire. Il s'en remettra vite.

— Je ne partage pas votre certitude.

Elle lança un regard inquiet en direction de la résidence des Wellingdon.

— Et puisque vous avez admis me connaître, j'ai peur qu'il ne redirige sa colère contre vous.

La jeune femme ne pouvait rien connaître de Haverstock ou

de la façon dont il jouait de son influence, pourtant elle avait deviné son caractère.

— Le vieux briscard a bien trop besoin de moi pour jouer à ce genre de petit jeu.

— Et Miss Haverstock vous défendrait certainement.

Alexandra haussa un sourcil inquisiteur qui transforma son assertion en question. Il gloussa et elle fronça férocement, adorablement les sourcils. Il nicha le menton de la jeune femme au creux de sa paume.

— Écoutez-moi bien, Miss Prince. Je ne suis pas ici à titre de cavalier pour Miss Lavinia Haverstock. Je ne lui ai jamais fait la cour, ne nourris aucune intention de commencer, et je puis vous assurer que jamais elle ne me défendrait de son père. Nous ne sommes pas…

Il s'interrompit. Le mot « liés » dansait sur le bout de sa langue, car il comparait sa relation avec Lavinia à celle, quelle qu'elle fut, qu'il entretenait avec Alexandra. Il ne connaissait pourtant cette dernière que depuis quelques jours, mais il ne pouvait nier le *lien* qui les unissait, si puissant, si intime qu'il en était presque tangible.

— Vous n'êtes pas ? l'encouragea-t-elle à poursuivre.

Benedict glissa la main qui lui tenait le menton jusqu'à sa nuque, se délectant de la douceur satinée de sa chevelure, de la chaleur de sa peau. Il n'était pas encore certain de pouvoir décrire ce qu'il ressentait pour elle, mais il pouvait le lui montrer. Elle bascula légèrement la tête en arrière et il captura aussitôt ses lèvres d'un tendre baiser. Benedict avait escompté s'en tenir à cela. Un innocent baiser. Il s'était convaincu de pouvoir goûter à nouveau à sa bouche tout en observant l'attitude d'un gentilhomme, mais aucune étiquette ne pouvait réguler ses sentiments pour Alexandra Prince. Ils étaient si neufs, si sauvages et si indéniables. Suffisamment forts pour effriter le masque de froid détachement qu'il pensait avoir perfectionné au fil des ans. Mais le plus merveilleux était que la jeune femme semblait les partager. Elle coula ses tendres courbes contre lui et tira sur les pans de sa veste pour l'attirer plus près encore, puis elle enroula une main autour de son cou, ses doigts glissant dans les cheveux qui couvraient sa nuque, et Benedict sentit une onde de plaisir le parcourir et cascader tout droit jusqu'à son entrecuisse. Il intensifia le baiser, taquinant de sa langue la lisière de sa bouche et elle lui offrit le paradis sans attendre. La saveur de ses lèvres et son parfum suave étaient si enivrants qu'il prit conscience qu'il allait perdre le contrôle.

À moins qu'il ne l'ait déjà complètement occulté.

Il la voulait plus proche encore, ne désirait que se fondre en elle et il la souleva de terre, ses mains enveloppant le galbe luxuriant de ses fesses. Leur étreinte s'embrasa, se mua en une exploration bien plus sauvage. Benedict sentit les ongles d'Alexandra lui griffer si délicieusement le cuir chevelu que son membre roide en devint presque douloureux. Il plaqua son bassin contre le sien, glissa une main jusqu'aux pans de sa robe pour tenter de les écarter. La jeune femme poussa un gémissement de plaisir et caressa sa langue de la sienne sans la moindre réserve.

— Allie ?

La voix de Lady Josephine lui parvint, au loin. À moins que le reste du monde ne lui paraisse distant parce que la femme au creux de ses bras l'avait ensorcelé ? Il comprit toutefois que sa partenaire aussi l'avait entendue, car elle se figea. Pourtant, bien que son amie l'appelle, et bien qu'il l'eût reposée délicatement, ils s'étreignaient toujours, front contre front, le souffle court.

— Allie ? Est-ce que tout va bien ? claironna à nouveau l'aînée des Wellingdon.

— Tout va très bien, répondit Alexandra d'une voix forte, sans esquisser un geste pour se dégager ni contourner la haie.

Mais lorsqu'ils perçurent des bruits de pas sur le sol dallé du perron, ils s'écartèrent enfin l'un de l'autre. Alexandra lissa sa robe, puis émergea de leur cachette pour que son amie puisse la voir depuis la maison.

— Je vais bien, Jo.

— Oh ! d'accord, répondit Lady Josephine en baissant la voix. Ils ne vont pas tarder à sonner le gong pour le dîner, vous feriez mieux de revenir tous les deux prestement.

— Nous arrivons, répondit Alexandra en hochant la tête avec un sourire.

Lady Josephine dut regagner la soirée, car il vit Alexandra revenir vers lui. Toujours aussi perspicace, elle remarqua aussitôt son changement d'expression :

— Qu'y a-t-il ?

— « Allie », répéta Benedict en évoquant le surnom qu'avait utilisé Lady Josephine.

— Oui, souffla-t-elle en baissant légèrement la tête, momentanément intimidée. C'est ainsi que tout le monde m'appelle.

Une étincelle scintilla dans son regard et un petit sourire étira ses lèvres pleines quand elle ajouta :

— Sauf vous.

— Alexandra vous sied bien mieux.

Un sourire béat éclaira tout son visage.

— Je l'ai toujours préféré, mais personne ne semble d'accord. Pour ma famille, j'ai toujours été Allie. La petite Allie. Ou « petite Lex », mais seul mon père m'appelait ainsi. Et mon frère, de temps en temps, lorsqu'il cherche à m'attendrir.

Elle inclina la tête sur le côté, puis ajouta :

— Pourquoi préférez-vous Alexandra ?

— C'est un beau prénom. Long et somptueux. Un peu plus complexe qu'Allie.

— Me trouvez-vous complexe ?

Il s'approcha, tendit la main et coinça une mèche folle derrière son oreille.

— C'était un compliment. Vous êtes complexe de la même manière qu'une enquête difficile est bien plus intéressante à résoudre qu'une affaire simple.

— Et comment préférez-vous que l'on vous appelle ? demanda-t-elle avec douceur. Ben ? Benedict ?

Il tressaillit.

— Pas Benedict. Ma mère m'appelait ainsi lorsqu'elle était fâchée. Helen le fait aussi quand elle cherche à me rabattre le caquet.

— Ben, dit-elle, prononçant cette unique syllabe avec plus de considération que quiconque en avait jamais offert à son prénom. Cela me plaît.

Il rit, ouvertement, sincèrement, comme il ne l'avait plus fait depuis... Il était bien incapable de s'en souvenir.

— Je suis ravi que vous approuviez.

Le son du gong leur parvint, même jusqu'au jardin.

— Nous devons rentrer, annonça-t-elle sans une once d'enthousiasme.

— Je le crains, oui.

Ben partageait sa déception. Il aurait volontiers troqué le dîner et toutes les conversations qu'il avait espéré avoir avec Wellingdon contre quelques minutes de plus avec elle dans ce jardin.

— Je préférerais partir maintenant. Avec vous, lui confia-t-elle avec audace.

— Moi de même.

— Nous causerions un véritable scandale.

Ben était prêt à essuyer un scandale pour passer plus de temps avec Alexandra, mais pas à la soumettre à la critique acrimonieuse des Wellingdon ou de Haverstock. Il savait qu'ils devaient rejoindre le groupe et lui tendit donc le bras. Elle le saisit aussitôt et Ben posa une main par-dessus la sienne. La simple idée des faux-semblants qu'il leur faudrait déployer une fois rentrés lui donnait la nausée. Comment dissimuler qu'ils venaient de partager un baiser qui lui brûlait encore les sangs ? Un baiser qui l'avait tant troublé. Transformé. Il était hors de question qu'il continue sans elle, désormais. Ben n'était plus l'homme qu'il avait été avant de rencontrer Alexandra Prince, et pour rien au monde il ne serait revenu en arrière.

— Je ne le provoquerai plus, je vous le promets.

Ben était si profondément absorbé par ses propres pensées qu'il ne comprit pas tout de suite à quoi elle faisait allusion.

— Je refuse que vous changiez pour Sir Felix. Ou pour quiconque.

Du coin de l'œil, il la vit sourire avec ravissement. Il se donna alors pour mission solennelle de la faire sourire de cette façon chaque fois qu'il en aurait l'occasion. Et en dépit de tous ses arguments les plus raisonnables, en dépit même de cette effrayante sensation d'avoir perdu toutes ses défenses et de s'en trouver terriblement vulnérable, Ben ressentait un besoin impérieux de l'embrasser à nouveau.

Il arrivait, à certaines périodes de l'année, que les Prince ferment leur boutique les dimanches. Les acheteurs n'étaient pas rares à l'approche des fêtes, en particulier en novembre et en décembre, mais puisqu'ils ne seraient que deux à tenir le magasin en octobre, Allie et Mr Gibson s'étaient accordés sur une clôture chaque dimanche du mois. D'ordinaire, sur ces journées de repos, Allie s'attelait aux tâches trop longues pour les réaliser le soir ; elle traitait sa correspondance, lisait le journal ou poursuivait ses recherches sur les femmes pirates. Mais ce dimanche-ci n'avait rien d'ordinaire. C'était le lendemain du plus extraordinaire second baiser de sa vie, avec un homme qui la faisait pratiquement défaillir depuis leur rencontre. Et désormais, il consumait toutes ses pensées. Lui et son baiser, bien sûr. Pourtant, les premières étreintes n'étaient pas censées être aussi inoubliables. Eve l'avait prévenue, des années plus tôt, que les premiers baisers d'une jeune femme se révélaient souvent déplaisants, voire calamiteux. Mais il n'y avait absolument rien, dans ses interludes avec Benedict Drake, *Ben*, de déplaisant. Pas même le restant de la soirée chez les Wellingdon, après leurs instants volés dans le jardin. Oh ! bien sûr, Haverstock l'avait outrecuidée toute la soirée, Jo s'était montrée déçue de ne pas avoir le temps de discuter de ce qu'il s'était passé dans le jardin et Ben avait été installé bien trop loin d'elle au dîner. Mais rien de tout cela n'avait pu la tirer de sa bulle de plénitude.

Et ce matin-là, Allie ne parvenait à se concentrer sur rien hormis le souvenir ardent de leurs doux larcins et l'aisance avec laquelle Ben l'avait soulevée de terre et plaquée contre ses muscles fermes. Elle se surprenait souvent à effleurer ses propres lèvres, brûlant de revivre ces instants, de retourner au couvert des haies et entre ses bras.

Pouvait-on faire l'amour contre une haie ?

Elle était d'humeur si sulfureuse qu'elle mourait d'envie d'essayer. Les heures défilèrent et son désir de recommencer, ou même d'aller plus loin, ne faiblissait guère. Allie passa d'ailleurs ces heures à se convaincre que sa farouche envie d'aller trouver Ben et de l'embrasser à nouveau était parfaitement raisonnable. Elle n'avait jamais fait montre de hardiesse avec le sexe opposé, ni même flirté ou cherché à attirer l'attention d'un homme. Ce genre de pratiques, qu'elle avait observées chez d'autres femmes, ne l'intimidaient ni ne la scandalisaient, mais personne ne lui avait inspiré de sentiments assez tendres pour qu'elle se donne cette peine.

Jusqu'à aujourd'hui.

Allie bondit sur ses pieds, se dirigea vers sa garde-robe et en sortit son nouvel ensemble de promenade. Lottie, qui discutait dans le couloir avec Mrs Taunton, dut entendre le grincement des gonds de la porte de l'armoire, car elle appela soudain :

— Avez-vous besoin d'aide, mademoiselle ?

La bonne frappa un coup, puis entra dans la chambre. Allie se tourna vers la jeune fille, son esprit bourdonnant toujours de possibilités. Elle avait envie de le voir. Non, il *fallait* qu'elle le voie. Était-il de repos les dimanches ? Ou travaillait-il sur les affaires qui exigeaient son attention ? Seigneur, cela faisait si longtemps qu'elle n'avait pas songé à sortir pour d'autres raisons que ses bonnes œuvres ou son club de cyclisme.

— Je sors, Lottie. Inutile de me préparer à déjeuner. Mais si je suis rentrée à temps pour le souper, dites à Mrs Taunton qu'un plateau dans ma chambre suffira.

— Avez-vous besoin d'aide pour vous habiller ?

Allie portait encore une vieille robe de journée douce et confortable qu'elle ne mettait qu'à la maison.

— Je peux me débrouiller avec l'ensemble, mais pourriez-vous arranger ma coiffure ?

— Bien sûr, mademoiselle, assura Lottie.

La bonne prenait un immense plaisir à accomplir les tâches d'une femme de chambre ; elle avait d'ailleurs un véritable talent en coiffure, un œil sûr pour les boucles d'oreilles et un goût naturel pour les accessoires. Elle eut donc tôt fait de transformer le chignon simple de sa maîtresse en une composition raffinée de nattes et de boucles.

— Est-ce pour le jeune agent de police ? lui chuchota Lottie en plaçant la dernière épingle avant de reculer pour admirer son œuvre.

Allie lui sourit à travers le miroir.

— Non, ce n'est pas pour l'agent de police.

— Mais vous sortez tout de même pour vivre une petite aventure, n'est-ce pas ?

— En effet.

Ce n'était certes pas une aventure telle qu'on la définissait chez les Prince, car elle n'impliquait ni trésor ni artéfact enfoui, mais ce dont elle était en quête avait bien plus de valeur, et Allie comptait résolument le poursuivre sans aucune certitude de l'issue de son projet. En cela, elle honorait le nom de Prince.

— Mon heure est venue, annonça-t-elle à Lottie, une bouffée de fierté lui gonflant la poitrine.

La jeune fille lui répondit d'un clin d'œil accompagné d'un sourire complice.

— Alors, filez. L'aventure n'attend pas.

Ben cherchait à se convaincre qu'il regrettait de l'avoir embrassée. Il n'avait rien à offrir à une jeune femme, pas même un arbre généalogique précis, et il savait combien elle les aimait. Se jouer des sentiments d'Alexandra Prince était tout bonnement impensable. Il l'admirait bien trop pour lui faire miroiter le mariage. Ben avait décidé, bien des années plus tôt, de renoncer à ce luxe jusqu'à ce qu'il atteigne ses objectifs. Un jour, il y parviendrait, mais cela prendrait du temps. Hélas, tous ses efforts furent vains, car il ne pouvait tout simplement pas regretter ce baiser. Il se l'était remémoré des dizaines de fois, jusqu'à s'autoriser à s'imaginer la libérer de sa robe framboise, de son corset et de son jupon et l'allonger sur son lit ; avant de prendre tout son temps pour goûter à sa peau, savourer chaque moment...

— Tu as fini, avec le journal ?

Helen se dressait devant lui, le manteau sur les épaules, et enfilait ses gants.

— Je...

Ben baissa les yeux et découvrit le journal qu'il avait obtenu au kiosque le matin même aussi lisse et nettement plié que lorsqu'il l'avait acheté. Il avait encore passé des heures perdu dans ses maudites rêveries.

— Oublie ça.

— Non, je t'en prie, prends-le.

— Ne t'en fais pas, je lirai mon livre dans l'omnibus.

Elle orna sa tête d'un chapeau en tricot, l'inclina avec une savante élégance, puis le dévisagea un instant.

— Est-ce que tout va bien ?

— Bien sûr que oui.

— Si tu le dis. Je dois m'en aller.

Elle fit un pas vers la porte, puis se retourna :

— Peut-être pourras-tu me révéler ce soir ce qui te préoccupe tant ?

— Peut-être.

Sa sœur partie, le jeune inspecteur passa une main dans sa chevelure et s'efforça de se concentrer sur les articles du journal, une activité qui, d'ordinaire, occupait agréablement ses journées de repos. Il feuilleta son contenu sans en retenir grand-chose, jusqu'à ce que cinq mots attirent son attention : « les joyaux de la Couronne ». La colonne expliquait que les bijoux étaient à présent de retour à la tour de Londres après leur passage chez un joaillier local pour nettoyage et entretien. Exposés dans leur toute nouvelle vitrine, il était de nouveau possible aux visiteurs de les admirer. Lorsqu'il avait contacté la tour, après la première visite d'Alexandra à son bureau, personne n'avait mentionné un déplacement des joyaux. Toutefois, en examinant l'article plus avant, Ben remarqua que son auteur évitait sciemment de citer la moindre date. La sortie des bijoux avait peut-être eu lieu des semaines plus tôt et la publication de l'information volontairement retardée. La Couronne contrôlait étroitement l'information et répandait même parfois de fausses nouvelles afin de contrer des menaces pesant sur la reine et sa famille.

Il était toutefois possible que le déplacement des joyaux ait donné des idées aux hommes qu'Alexandra avait surpris. Planifier un vol chez un orfèvre était une opération bien plus réalisable que de chercher à soustraire les trésors de la tour. Cependant, à sa connaissance, personne n'avait tenté de dérober les bijoux ici ou là, fort heureusement. Pour la première fois de sa vie, il fut curieux de découvrir ces pièces du patrimoine anglais. Alexandra pourrait très certainement lui narrer l'histoire de chaque gemme incrustée sur la couronne, le sceptre, l'orbe et tout autre bijou royal.

Des coups à la porte le tirèrent de ses méditations. En approchant de l'entrée, il reconnut, à travers les carreaux de verre imprimé, la silhouette et les couleurs de son invitée.

— Bonjour, lança gaiement Alexandra lorsqu'il ouvrit la porte. Vous êtes là.

— Je suis là, s'entendit-il répondre tandis que son cerveau s'extasiait sur la pimpante fraîcheur de la jeune femme.

L'avait-il appelée à force de penser à elle ? Une part de lui ne parvenait tout simplement pas à admettre qu'elle se trouvait devant lui. Quand il l'eut introduite dans le salon, qu'elle illumina de sa présence, Alexandra se tourna vers lui, l'air soudain moins assuré.

— Je pensais que nous pourrions…

Ben sentit sa gorge s'assécher, son esprit regagnant d'un bond la douce tapisserie de fantasmes qu'il avait tissée ces douze dernières heures.

— Aller nous promener, conclut-elle enfin.

— Nous promener.

— Ou déjeuner ensemble.

— Déjeuner.

Lorsqu'elle commença à jeter des coups d'œil nerveux autour d'elle, il s'admonesta silencieusement et fit un pas vers elle. Elle l'imita aussitôt.

— Pardonnez-moi. Je me transforme en perroquet.

Elle rit et tous les doutes de Ben s'envolèrent, de même que toutes les pensées rationnelles qu'il aurait été capable de formuler s'il n'avait pas été aussi grisé par sa présence.

— Une promenade, un déjeuner. Les deux propositions sont séduisantes.

Lui aurait-elle demandé de déambuler en sa compagnie sur une corde raide au-dessus de la Manche, il l'aurait suivie sans poser de question.

— J'en suis ravie. Mais je ne vous ai pas laissé l'occasion de proposer quelque chose.

Il jeta un œil au journal qu'il avait laissé ouvert sur son bureau.

— Je risque de passer pour un fou, mais… que diriez-vous d'aller admirer les joyaux de la Couronne ?

12

Ben avait l'impression de découvrir une autre version de sa vie, plus légère et plus libre. Il réalisait qu'un homme pouvait apprécier ses jours de repos, flirter avec une jolie jeune femme et participer à des divertissements comme si rien au monde ne troublait son esprit. Ces instants en compagnie d'Alexandra représentaient tout ce dont il s'était toujours privé, mais le policier ne pouvait se départir de l'étrange conviction qu'un fantôme de Dickens ne tarderait pas à apparaître pour lui révéler que tout ceci n'était qu'un aperçu de ce que pourrait être son avenir, à condition de choisir un autre chemin. Sauf que c'était impossible. Son chemin était tout tracé, il ne pouvait pas simplement renoncer à ses objectifs, qui lui avaient déjà tant coûté. Préférant se convaincre que ces moments étaient éphémères, il décida de savourer cette journée avec elle, avant que chacun reprenne sa vie. Certes, ils avaient partagé quelques baisers, mais il ne succomberait à aucun autre de ses fantasmes la concernant. Rien qui puisse la porter à croire qu'une offre plus sérieuse se profilait.

— Je suppose qu'une visite à la tour de Londres pour voir les joyaux de la Couronne était de mise, déclara Alexandra lorsque le fiacre les déposa au pied des murs de la forteresse. Après tout, c'est un peu grâce à eux que nous nous sommes rencontrés.

— En effet.

Aucune autre raison n'aurait pu lui faire éprouver tant de

gratitude envers un tas d'or et de gemmes. Elle leva la tête vers lui avec un sourire rayonnant, si franc et si chaleureux que Ben sentit son souffle se coincer dans ses poumons. Que ne donnerait-il pas pour ranger cette merveilleuse sensation dans une boîte et la conserver précieusement pour les prochaines années. Elle retournerait à sa boutique et à la rédaction de son livre. Sans doute finirait-elle par s'embarquer dans un périple typique des Prince, comme son frère et sa sœur avant elle. Et lui reprendrait son travail. Mais aujourd'hui lui fournirait de nombreux souvenirs à savourer plus tard.

— Vous n'étiez jamais venue ? s'enquit-il lorsqu'ils prirent place au bout de la file d'attente permettant d'accéder à l'intérieur de la tour.

— Mes parents ne nous emmenaient jamais dans ce genre de lieu touristique. Ils passaient le plus clair de leur temps à préparer leur prochaine expédition, et la plupart les emmenaient au-delà des frontières anglaises.

Il se souvint de son désarroi lorsqu'elle avait mentionné la façon dont sa famille l'avait toujours tenue en retrait.

— Mon père ne voyageait jamais suffisamment à son goût. Quelques mois en Angleterre et il brûlait déjà de repartir.

Il sentit les doigts de la jeune femme se raidir sur son bras, qu'elle avait saisi tandis qu'ils marchaient.

— C'est peut-être pour cela que mon frère et ma sœur préfèrent tous deux les périples plus près de la maison.

— Pour être franc, je n'ai jamais voyagé moi-même.

Ben tourna les yeux vers elle, choisissant avec soin ses prochains mots, conscient qu'ils dévoileraient la maigreur de sa connaissance du monde.

— Je n'ai pratiquement pas dépassé les murs de Londres.

— Cela n'a rien de honteux. C'est aussi mon cas. Et il y a suffisamment à explorer, même pour ceux qui, comme nous, ont vécu dans la capitale la majeure partie de leur vie.

À l'intérieur des remparts de la tour, Ben et Alexandra

découvrirent que la file d'attente pour voir les joyaux était la plus longue de toutes. Pendant le trajet en fiacre, il lui avait résumé l'article sur le déplacement des joyaux et leur récent retour. Elle trouvait sa théorie, selon laquelle la nouvelle était sans doute la source des réflexions qu'elle avait épiées à *Chez Hawlston*, tout à fait plausible. En l'écoutant, Ben s'était rendu compte que l'homme le plus grand, le prétendu Lord Holcroft, la tracassait encore, dès lors qu'elle s'attardait sur son souvenir.

— Préférez-vous que nous flânions librement ou que nous nous joignions à un groupe ? l'interrogea-t-elle en désignant le lieu où l'un des *Yeomen Warders* annonçait le début d'une visite guidée.

— Partons en exploration, proposa-t-il en souriant.

Ben fit l'acquisition d'un plan, qu'ils utilisèrent pour établir un itinéraire jusqu'au tronçon du Tower Green où deux des femmes d'Henry VIII s'étaient fait exécuter.

— Je ne puis imaginer l'horreur que l'on ressent en plaçant sa tête sur un billot, murmura la jeune femme avec émotion tandis qu'ils parcouraient la pelouse bien entretenue.

— Ni moi la trahison d'un mari donnant pareil ordre.

— Dieu merci, nous avons laissé cette sordide époque derrière nous.

— Hmm.

Ben avait pourtant résolu une affaire, l'année passée, d'un homme qui avait assassiné deux épouses en l'espace de cinq ans. Le premier meurtre n'avait été découvert qu'au cours de l'enquête sur le second. Ces pauvres femmes avaient perdu la vie sans aucune logique ni raison. Il garda néanmoins cette anecdote pour lui, ne tenant pas à révéler son propre cynisme à sa jeune compagne. Mais il se demandait si leur société avait véritablement supplanté la barbarie du passé. Le cheminement de sa pensée le ramena à la dure réalité de son métier dont il ne pouvait partager les détails avec personne, encore moins avec une belle Alexandra pleine de vie qui contemplait toujours leur monde avec des yeux remplis d'espoir et la conviction que les humains avaient corrigé les erreurs de leurs ancêtres. C'était l'une des raisons pour lesquelles il n'avait jamais véritablement envisagé de se marier. Sa profession le consumait, l'exposait à des facettes de l'humanité que la plupart des gens préféraient ne jamais connaître.

— Je pense que nous pouvons entrer par ici.

Alexandra pointa du doigt une structure aux tours crénelées, puis ajouta :

— C'est là que furent détenus de célèbres prisonniers. J'ai cru comprendre qu'il restait encore certains de leurs messages gravés sur les murs.

— Êtes-vous bien certaine de n'être jamais venue ? la taquina-t-il.

— Je lisais beaucoup étant enfant, rétorqua-t-elle sur la défensive, avant de tourner vers lui un regard inquisiteur. Vous m'avez d'ailleurs dit que vous lisiez beaucoup aussi, dans votre jeunesse.

— Absolument, mais rien d'aussi instructif que des manuels d'histoire.

Il éprouva soudain le désir de se montrer aussi ouvert et honnête qu'elle l'était avec lui.

— Nous n'avons jamais pu nous offrir plus de deux livres, que nous partagions, reconnut-il alors. Les *penny dreadfuls*[1] étaient notre seule véritable source de lecture.

Allie se pencha vers lui, un sourire délicieusement espiègle et complice étirant ses jolies lèvres, et chuchota :

— J'adore les *penny dreadfuls*. Mes lectures n'étaient pas toutes instructives, vous savez. D'ailleurs, je crois que toutes mes connaissances sur la tour de Londres proviennent d'un guide touristique que ma tante Jocasta avait laissé chez nous après sa visite de la capitale.

— Vous étiez une lectrice vorace, alors.

Elle gloussa :

1. NdlT : romans à un penny, populaires au Royaume-Uni, qui narraient des histoires macabres.

— Certes, oui. Je regrette seulement de ne plus avoir le temps de l'être encore.

Une fois à l'intérieur de la tour, ils se joignirent à d'autres visiteurs qui examinaient les inscriptions estompées des anciens prisonniers, la plupart datant du règne des Tudor. Beaucoup de détenus semblaient avoir été enfermés pour des raisons personnelles, politiques ou religieuses, et Ben se demanda si quiconque avait jamais été incarcéré ici pour de véritables crimes. Après la tour, ils parcoururent la forteresse, et Alexandra lui montra l'endroit qui avait autrefois servi de terrain de jeu à la ménagerie royale. Elle lui expliqua ensuite que les animaux avaient été déplacés environ cinquante ans plus tôt et que certains d'entre eux avaient été envoyés aux jardins zoologiques de Regent's Park. Ben n'avait jamais vu le parc animalier non plus, et il s'imagina inviter Alexandra pour une nouvelle sortie. L'idée de passer d'autres journées en sa compagnie était bien trop tentante.

Au bout de leur promenade, comme s'ils avaient gardé le meilleur pour la fin, ils se dirigèrent vers la tour des joyaux. La file d'attente s'était raccourcie et ils purent enfin pénétrer dans la chambre des bijoux où se dressait, au centre d'une cage en fer enluminée de dorures, un amas d'or et de gemmes des plus ostentatoires. Les pièces de la collection avaient été disposées en paliers, le long sceptre en or serti de pierres précieuses au bas de la pyramide et la plus imposante des couronnes au sommet. Alexandra poussa une exclamation impressionnée lorsqu'ils purent enfin admirer le présentoir dans sa totalité.

— Seigneur, souffla-t-elle, maintenant que je les vois, je comprends mieux pourquoi si peu de cambrioleurs ont essayé de s'en emparer.

— Il leur faudrait pour cela traverser le verre et la grille en fer, acquiesça Ben en examinant cette dernière, façonnée à la manière d'une cage à oiseaux, pour en repérer les failles.

Il étudia sa forme et trouva l'endroit où se trouvaient les charnières. Par déformation, il ne put s'empêcher de dévisager tous les autres visiteurs, mais aucun des hommes présents n'était singulièrement grand. Bien entendu, qu'une tentative de vol se produise le jour même où il s'était enfin décidé à se libérer de son obsession professionnelle et à profiter des plaisirs de la vie eut été le comble de l'ironie.

S'emparer d'un trésor pareil constituait certainement un défi de taille, mais il pouvait comprendre que des pièces aussi étincelantes et recouvertes de joyaux puissent mettre l'eau à la bouche à certains criminels. Diantre, une seule de ces pierres suffirait à ravir bien des voleurs et absolument tous les vide-goussets qu'il avait rencontrés dans sa jeunesse.

— Il y en a beaucoup trop pour pouvoir les transporter facilement, déclara Alexandra avec son habituel sens pratique. Le colonel Blood et ses complices s'étaient emparés de la couronne, de l'ordre et du sceptre, mais ils ont fait tomber ce dernier.

Ben gloussa d'un rire grave, qui lui valut un regard désapprobateur d'un couple à côté d'eux. Il se pencha pour murmurer à l'oreille d'Alexandra :

— Si vous deviez tenter votre chance, mais ne pouviez emporter qu'un seul objet, lequel attirerait votre œil ?

Elle se tourna vers lui avec un sourire de conspiratrice.

— Me demandez-vous de planifier un crime ?

— Simplement de satisfaire ma curiosité.

— Hmm. Le choix le plus évident serait de repartir avec l'une des couronnes. Celle de Saint-Édouard possède la plus grande valeur historique. C'est elle que l'on a déposée sur la tête de nos monarques à tous les couronnements depuis le XIIIe siècle. Sauf celui de Victoria. La couronne a été jugée trop lourde pour elle, donnant ainsi naissance à celle-ci.

Elle désigna une autre couronne, sertie de tant de pierres précieuses qu'elle scintillait sous tous les angles.

— La couronne d'État impériale est sans nul doute la plus précieuse. Il n'y a qu'à voir tous ces diamants. Je crains toutefois que les deux soient très lourdes.

— Mais vous estimez sa valeur supérieure ?

— Je pense, oui. C'est elle qui porte le plus de gemmes. Ce saphir, à lui seul, fait plus de cent carats.

Pour Ben, c'était un étalage de richesse effarant. Il ne doutait pas que si un seul de ces objets était échangé contre sa valeur en livres, la somme obtenue permettrait de mettre des milliers de Londoniens à l'abri du besoin. Mais maintenant qu'il jouissait du point de vue d'Alexandra, il comprenait également que chaque élément possédait une histoire, comme un témoignage du passé de l'Angleterre.

— Oh ! le voilà. J'ignorais s'il serait exposé. Toutefois...

Elle se pencha si fort en avant pour étudier un objet serti de trois pierres claires que Ben dut tendre la main pour la retenir de tomber.

— Mr Gibson pourrait l'affirmer avec certitude, mais je pense que ces diamants sont faux.

— De quoi s'agit-il ?

— D'un bracelet. Le diamant serti au centre est le Koh-i Nor, une pierre originaire d'Inde. Il fait plus de cent carats, lui aussi. C'est une gemme qui fascine Mr Gibson. Il m'a raconté toute son histoire.

— C'est en effet une réplique, mademoiselle, intervint une femme à côté d'eux. Le véritable diamant a été retaillé et Sa Majesté le porte sur une broche.

— Ce doit être une broche diablement grande.

Les mots franchirent les lèvres de Ben avant qu'il ne puisse les en empêcher. Les deux femmes tournèrent vers lui un regard surpris, mais seule Alexandra lui souriait d'un air amusé. Une fois la dame bien informée repartie, il offrit son bras à sa cavalière.

— Nous devrions peut-être nous en aller avant que je n'offusque quelqu'un d'autre.

— Vous n'aviez pas tort, répondit-elle en glissant la main dans le creux de son coude. Un diamant de cent carats me paraît un peu excessif pour une tenue quotidienne.

— Vous ne rêvez donc pas d'un galant qui vous couvre de bijoux ? demanda-t-il.

Décidément, sa langue semblait déterminée à s'agiter sans son accord, songea Ben avec contrariété. Plus frustrante encore fut l'anxiété avec laquelle il attendit sa réponse. Alexandra prit son temps. Elle ne se tourna vers lui que lorsqu'ils eurent quitté les murs de la forteresse :

— Je n'ai jamais eu de... galant.

Cette confession parut lui coûter, de même qu'elle peina à affronter son regard. Il la vit déglutir avec difficulté et ses joues se tintèrent d'une jolie touche de rose.

— Je n'ai donc jamais vraiment réfléchi à la question des cadeaux.

Cette révélation n'aurait pas dû lui faire tant plaisir, en particulier quand l'admettre l'avait mise dans un tel embarras. Mais surtout, il ne la comprenait pas. Durant toute leur visite de la tour, Alexandra avait attiré l'attention de nombreux gentilshommes. Était-il possible qu'elle se soit refermée sur elle-même, à son instar ? Il sentit que le moment était opportun pour lui parler de ses choix, de sa décision. Pour lui expliquer qu'il n'avait jamais fait la cour à une dame. Qu'il n'avait ni temps ni énergie à consacrer à une épouse. Pas encore. Peut-être même jamais. Haverstock lui parlait souvent de sa femme, qui se plaignait de ses absences et de son obsession pour le travail. Ben ne pouvait se résoudre à imposer cela à une potentielle compagne. Pourtant... tout en lui, chaque fibre de son être qui l'avait convaincu de passer cette journée avec elle, désirait lui offrir plus. Diable, il voulait lui offrir absolument tout.

— Alexandra...

— Attendez, l'interrompit Allie.

Elle devinait ce qu'il allait dire et voulait partager avec lui quelque chose de tout aussi important, mais ce n'était pas une discussion à avoir en public.

— Pourrions-nous discuter sur le trajet du retour ?

— Bien sûr.

Quelques minutes plus tard, il hélait un fiacre. Allie tendit une main et la posa sur son bras avant qu'il ne puisse donner une adresse.

— Allons chez vous.

— Chez moi ?

— Je ne me sens pas tout à fait prête à rentrer.

Il n'hésita qu'un instant avant de hocher la tête, de fournir son adresse au cocher et d'aider la jeune femme à s'installer dans la voiture.

— Je tiens à entendre ce que vous étiez sur le point de me dire, affirma-t-elle dès qu'ils furent assis l'un en face de l'autre.

Elle ôta ses gants, soudain prise d'une bouffée de chaleur, tout en ajoutant :

— Mais j'ai moi-même une proposition à vous faire.

— Une proposition ? répéta-t-il d'une voix soudain plus rauque.

L'air parut brusquement crépiter dans l'habitacle et Allie sentit un frisson glisser le long de son dos. Ce matin-là, elle était venue chez lui en se demandant, tout au long de sa marche, pour quelle raison elle recherchait tant sa compagnie. Qu'attendait-elle de lui ? Hormis un autre baiser, bien sûr. Elle venait de lui avouer toute la vérité : nul gentilhomme ne lui avait jamais fait la cour et cela ne l'avait jamais beaucoup dérangée. Eve lui répétait souvent qu'elle refusait le mariage parce qu'elle ne pouvait accepter de renoncer à son indépendant et à la liberté de faire ses propres choix. La philosophie de sa sœur rappelait maintenant à Allie qu'un époux aurait son mot à dire sur tous les projets qu'elle nourrissait… son travail dans la boutique familiale, ses recherches et ses rêves de publication, son espoir d'accomplir un jour quelque chose d'assez spectaculaire pour honorer l'héritage des Prince… Elle avait toujours eu des attentes romantiques en ce qui concernait le mariage, s'imaginant jouir d'une union équitable, d'un partage, où chacun comprendrait le cœur de l'autre comme personne. Il lui était arrivé de croire que ses parents avaient vécu ce genre de bonheur, mais Eve lui avait fait remarquer que, bien que leur mère soit une artiste et une autrice remarquable, elle avait entièrement dédié ses talents aux réussites de leur père.

Mais si Allie s'imaginait sans peine vieillir sans un époux, elle ne pouvait accepter l'idée de vivre sans jamais connaître la passion. Elle déglutit avec difficulté tout en s'efforçant d'attiser sa propre détermination, cherchant au fond d'elle-même un soupçon de l'assurance des Prince.

— Je crains que ce que je m'apprête à suggérer ne vous paraisse parfaitement scandaleux.

Il haussa un sourcil. Un sourire passa si vite sur son visage qu'elle douta l'avoir vu.

— Je tiens à l'entendre.

Il se pencha en avant sans la quitter des yeux et saisit sa main. Il ne portait pas de gants et profita pleinement du contact de leurs peaux, caressant doucement l'intérieur de sa paume du bout des doigts.

— Faites-moi votre scandaleuse proposition, Alexandra.

— Je veux…

Il fit preuve d'une remarquable patience tandis qu'elle s'efforçait de trouver les mots pour décrire une offre qui lui avait paru si raisonnable dans son esprit. Pour la première fois de sa vie, elle regretta que sa langue d'ordinaire si autonome ne se précipite pas pour prendre le relais.

Elle fut contrainte de soupeser chaque parole.

— J'ignore quand je me marierai, ni si cela arrivera un jour. Je ne suis même pas certaine de désirer un mariage, mais je veux… le reste.

Elle s'interrompit, fronça les sourcils. C'était trop vague.

— Avec vous, clarifia-t-elle et son cœur s'emballa lorsqu'elle lui offrit sa confession la plus importante : Seulement avec vous.

À ces mots, il baissa la tête un instant et, lorsqu'il plongea à nouveau ses yeux dans les siens, l'ambre vert lui parut presque noir. Il avait la mâchoire crispée et serrée. Oh ! Seigneur, s'était-elle méprise sur leur relation naissante ? Ou ce qu'elle pourrait devenir ?

— À moins, bien sûr, que vous ne...

Mais il porta sa main à ses lèvres et déposa un fiévreux baiser sur ses doigts, son souffle chaud glissant sur sa peau, puis mordilla le bord de son pouce.

— Vous ne craignez rien de ce côté-là.

Mais l'inquiétude lui barrait le front tandis qu'il étudiait minutieusement son visage.

— Je me soucie surtout de votre réputation.

— Nous pourrions être discrets.

Il sourit, plus longtemps cette fois.

— Tous les secrets finissent par rejaillir un jour et je ne tiens pas à attirer l'opprobre sur votre nom.

Allie connaissait plusieurs femmes qui menaient leur vie comme bon leur semblait ; elles prenaient des amants, publiaient des livres grivois et parcouraient le monde. Elles étaient des exceptions à la règle de la société et payaient certainement un tribut pour leur indépendance, mais cela demeurait possible. Sa propre sœur aspirait à une vie de choix et de réussites qui n'appartiendraient qu'à elle.

— C'est un risque que je suis prête à courir.

Tout bien considéré, elle préférait une réputation de femme capable de prendre des risques que celle d'une épouse modèle qui n'avait jamais posé un orteil au-delà de la ligne jaune.

— En êtes-vous sûre ?

Il embrassa à nouveau sa main, l'enveloppa dans ses deux paumes, et Allie crut deviner l'esquisse d'un sourire au coin de ses lèvres.

— Un homme qui prend une amante ne risque pratiquement rien. Nous savons vous et moi que la société juge les femmes différemment.

— En avez-vous eu beaucoup ?

C'était une question dont elle désirait ardemment la réponse, même si la poser le mettait quelque peu mal à l'aise.

— Non. Et aucune que…

Il parut buter sur la fin de sa phrase.

— La réponse est non, reprit-il, mais la vérité, ce que je n'avais encore jamais rencontré une femme comme vous. Ni ressenti les émotions qui me submergent en votre présence.

Allie poussa un léger soupir de soulagement, se pencha à son tour vers lui et couvrit la joue de Ben de sa main chaude.

— Alors nous sommes égaux sur ce point.

Il saisit les doigts graciles de la jeune femme et tourna son visage pour embrasser la paume offerte. Allie n'avait eu aucun doute quant à ce qu'elle comptait proposer et, à présent, elle n'avait plus besoin de douter de ses sentiments non plus. Elle s'apprêtait à tendre l'autre bras vers lui, quand le fiacre ralentit.

Ils arrivaient déjà chez lui.

13

Allie serra la main de Ben lorsque la voiture s'arrêta enfin. Il régla la course et conduisit la jeune femme à l'intérieur. Cette fois, ils ne firent pas de crochet par le salon, Ben la mena directement à ses appartements privés. Ils englobaient deux espaces distincts, l'un clairement studieux, tandis que l'autre comptait un lit. Ben se plaça derrière elle pour l'aider à ôter son manteau, qu'il déposa sur une chaise à côté du sien. L'âtre était froid, mais Allie sentait tout son corps bouillir d'excitation. D'impatience. De désir. Jamais elle n'avait ressenti toutes ces émotions aussi intensément que lorsqu'elle se trouvait avec Ben. Il la vit observer la cheminée et s'empressa d'y entasser des bûches et du petit bois pour allumer un feu. De toute évidence, il avait quelque chose en tête et Allie patienta tout en l'observant. Et la façon qu'avait l'inspecteur de s'activer avec tant de soin attisait son ardeur autant que les braises. Elle voyait les muscles de son torse et de ses épaules bouger, sans jamais cesser de tirer sur les boutons de sa chemise, mais à présent, elle admirait aussi la forme sculptée de ses cuisses, qui se tendaient et roulaient à chacun de ses mouvements. Ben était vraiment un homme magnifique. Entre les livres, le musée britannique et la boutique familiale, la vie d'Allie n'avait pas manqué de représentations du corps masculin, mais aucune ne soutenait la comparaison avec celui de Benedict Drake. Du moins, pas à ses yeux.

Dès qu'un feu ronfla dans l'âtre, il s'épousseta les mains. Une douce chaleur se répandit aussitôt dans l'air.

— Voilà. Cela devrait repousser quelque peu le froid.

— Vous pourriez aussi me serrer contre vous.

Il la rejoignit sans une hésitation et enroula ses bras autour de sa taille. Allie posa les mains sur ses larges épaules.

— Vous êtes une véritable tentatrice.

Il laissa l'une de ses paumes glisser plus bas dans son dos, rappelant à la jeune femme cette nuit dans les jardins où il avait saisi ses fesses à pleines mains pour la soulever sans effort et la plaquer contre lui.

— Êtes-vous certaine de votre choix, Alexandra ? demanda-t-il dans un murmure rauque.

Allie ne répondit pas immédiatement, car elle tenait à ce qu'il sache qu'elle avait consciencieusement réfléchi à la question. C'était une décision bien plus importante que toutes celles qu'elle avait prises dans sa vie ; quelque chose qui n'appartenait qu'à elle et qui défiait les lois que les gens et la société dans son ensemble avaient établies pour elle. Un chemin dont elle devrait assumer toutes les conséquences si son frère, sa sœur, Jo ou, le Seigneur l'en préserve, Lady Wellingdon l'apprenaient un jour. Mais Allie en avait assez de douter d'elle-même. Elle plongea son regard dans celui de Ben et se demanda si un homme possédant sa force et son intellect avaient un jour éprouvé le genre d'incertitude qui avait rongé une si grande part de sa vie.

— Vous arrive-t-il de douter de vous-même ? l'interrogea-t-elle avec douceur en le regardant caresser le dos de sa main d'un léger mouvement du pouce.

— Bien sûr. Plus souvent que je n'aime l'admettre.

Il lui sourit tendrement avant d'ajouter rapidement :

— Mais je n'ai aucun doute quant à vous ou à cet instant. Ni même quant à mon travail.

Il hésita, déglutit bruyamment et Allie vit apparaître dans ses yeux une douleur qu'elle aurait aimé pouvoir apaiser.

— Les doutes qui me hantent toujours viennent de mon passé. Des choses que je ferais différemment, si je pouvais revenir en arrière.

Sa confession prouvait combien Ben lui faisait confiance et Allie en apprécia toute la valeur. Se penchant en avant, elle porta une main à sa joue. Ses iris d'ambre vert scintillèrent lorsqu'il croisa son regard.

— Que changeriez-vous ?

Il serra la mâchoire, détourna un instant son visage avant d'affronter à nouveau son regard.

— Mon frère. Je... l'ai abandonné. J'aurais dû faire plus d'efforts pour le sauver.

— Le sauver ?

— De ses mauvais choix.

— Je suis certaine que vous avez essayé.

Allie savait qu'il était le genre d'homme à retourner la Terre entière pour aider ceux qu'il aimait.

— J'aurais dû faire plus. Un jour, j'ai... perdu foi en lui. Je lui ai dit de faire comme bon lui semblait, que je m'en lavais les mains.

Ben était perdu dans ses réminiscences, les yeux de nouveau fixés sur les flammes.

— Il est mort, il y a des années.

— Je suis vraiment navrée, Ben.

Allie frotta doucement son bras, ses doigts caressant, à travers le tissu, les vallons rigides de ses muscles. Ce contact parut l'apaiser, car les fantômes du passé disparurent de son regard.

— J'espère que vous ne doutez pas de vous, Alexandra.

— Mon frère et ma sœur doutent de moi.

Elle ignorait pourquoi cet aveu avait si brusquement fait surface, mais à peine eut-il franchi ses lèvres que l'âpreté de cette vérité lui piqua les yeux.

— Alors c'est qu'ils ne vous voient pas telle que vous êtes.

Enveloppant la joue d'Allie de sa paume chaude, il couva du

regard chaque trait de son visage avec une affection de plus en plus familière.

— Mais vous, oui ?

— Oui, je vous vois.

Se penchant en avant, il effleura sa joue d'un baiser.

— Je vois votre intelligence.

Glissant une paume le long de son cou, il lui souleva légèrement le menton et embrassa fiévreusement la base de sa gorge.

— Votre détermination.

Ses doigts flânaient sur sa peau et il les plongea dans la chevelure de sa nuque.

— Votre courage.

Il s'interrompit, son souffle lui brûlant délicieusement la peau à chaque expiration. Ce fut à peine si elle parvint à murmurer :

— Quoi d'autre ?

Un rire grave et électrisant roula à l'intérieur de son torse et il releva la tête pour la regarder à nouveau droit dans les yeux.

— Je vois votre sublime beauté, Miss Alexandra Prince.

— Sous bien des aspects, j'ai l'impression d'avoir vécu toute ma vie dans l'incertitude, mais aujourd'hui, je ne doute plus. J'ai envie d'être avec vous.

Elle recroquevilla les doigts autour de son col et laissa son doigt remonter amoureusement jusqu'à son cou.

— J'ai envie de vous.

Un frisson le parcourut. Allie le sentit juste en dessous de ses doigts.

— Et vous ? susurra-t-elle.

— Êtes-vous certaine ?

— Absolument.

Il inclina son visage et chatouilla sa joue du bout du nez.

— Mon unique difficulté est la patience.

Allie sourit et bascula la tête de manière à mieux sentir la rugosité de sa barbe naissante contre ses pommettes.

— Êtes-vous de nature impatiente ?

Contrairement à elle, il ne semblait pas souffrir d'un caractère impulsif. Après tout, un enquêteur devait se montrer méthodique. Il releva la tête et l'observa avec attention. Ses iris luisaient tel de l'ambre vert fondu dans la lueur des flammes, qui accentuait la ligne acérée de sa mâchoire.

— D'ordinaire, non. Mais il y avait bien longtemps que je n'avais pas tant désiré quelque chose.

Portant les mains au cou de sa robe, il libéra un bouton, puis se figea en inspirant brusquement. Allie s'attaqua aux attaches de sa chemise, dans l'espoir qu'il poursuive avec les siens, mais il hésitait toujours.

— Qu'y a-t-il ? murmura-t-elle. Dites-moi ce que vous voulez.

— J'ai envie d'ôter jusqu'à la dernière pièce de tissu qui couvre votre corps. De retirer toutes les épingles de vos cheveux. Et de vous allonger sur ce lit.

Ses yeux voyagèrent jusqu'au matelas.

— Telle que je vous ai imaginée.

Allie faufila deux de ses doigts sous la chemise de Ben, entre deux boutons, pour sentir sa peau nue et brûlante juste en dessous.

— J'en ai envie aussi, avoua-t-elle, sa voix tremblante d'un désir tel qu'elle n'en avait jamais connu et qui semblait faire palpiter tout son corps.

— Nous ne ferons rien jusqu'à ce que vous soyez prête, Alexandra.

Son prénom roula si délicieusement dans sa gorge que sa voix rauque lui fit l'effet d'une caresse.

— Nous irons à votre rythme.

— Mon rythme pourrait bien être plus rapide que vous ne le pensez.

Allie leva les mains et défit les premiers boutons du col de sa robe. Ben sourit et passa derrière elle.

— Puis-je vous assister ?

— Oh ! la plupart des attaches sont devant. Seules celles-ci sont derrière.

Elle plaça une main sur le bas de son dos, dont émanait une voluptueuse chaleur.

— Peut-être vaut-il mieux que je vous laisse faire. Je risquerais d'être tenté de tout arracher.

Tandis qu'Allie continuait à délier son corsage, Ben s'éloigna d'un pas pour attiser les braises dans la cheminée. Elle préférait qu'il concentre son attention sur elle, mais cette séparation temporaire lui permit de prendre un instant pour examiner plus avant ses appartements. Un bureau couvert d'objets intrigants était disposé près de la fenêtre. Elle s'en approcha tout en continuant à défaire ses boutons. Comme sur celui de Scotland Yard, elle y trouva un encrier et des plumes d'écriture, un buvard, un flacon de colle et même un galet, lisse et plat, identique à celui qu'il gardait au travail.

— Ce meuble est aussi chargé de dossiers que votre bureau professionnel, s'étonna-t-elle avec un intérêt sincère. Vous arrive-t-il de dormir ?

— Pas autant que je le devrais.

Allie tira son corsage hors de sa jupe et ne put résister à l'envie de laisser courir ses doigts sur les piles de documents et les divers objets servant de presse-papiers.

— Vous n'aviez pas aimé que je déplace vos affaires, à Scotland Yard, le taquina-t-elle.

— Vous l'aviez remarqué, répondit-il d'une voix grave et avide en abandonnant le feu pour revenir vers elle.

— J'ai remarqué tout ce qui vous concernait.

Elle ne craignait plus de reconnaître combien il l'avait fascinée depuis leur rencontre. Saisissant les pans de sa chemise, elle l'attira plus près.

— Comme la couleur si particulière de vos yeux.

— Particulière ?

— Un vert parsemé d'éclats dorés.

Allie se hissa sur la pointe des pieds, plaquant son buste contre le sien, pour mieux étudier les nuances de ses prunelles. Leur vert mousseux semblait dissimuler un kaléidoscope de couleurs, mais ce qu'elle aimait le plus était la façon dont ils brûlaient de désir, en cet instant.

— De l'ambre vert, murmura-t-elle. Vous m'avez peut-être entendu bredouiller ces mots comme une idiote.

— Vous parliez de mes yeux, s'extasia-t-il dans un souffle, comme si cette révélation le fascinait.

— Vos yeux m'ont captivée. Tout comme vous.

— Et vous m'avez envoûté.

Il enserra sa taille d'un bras et la chaleur de son corps la réchauffa bien plus que le feu dans l'âtre.

— Même lorsque vous avez semé la pagaille sur mon bureau.

Il sourit et Allie leva les mains pour dénouer sa cravate et la faire glisser au bas de son cou. Avec adresse, il l'aida à se débarrasser de son corsage déboutonné.

— Alors si je semais à nouveau la pagaille sur votre bureau, vous ne m'en voudriez pas ? le taquina-t-elle.

En guise de réponse, il l'attira contre lui et la souleva pour l'asseoir sur le bord du plateau.

— Pas une seconde.

De l'index, il releva le menton de la jeune femme et captura sa bouche. Allie pressa ses paumes contre son torse, se délectant de sentir les féroces battements de son cœur sous ses doigts. Ces derniers trouvèrent les boutons de sa chemise et entreprirent de les défaire un à un avec empressement. Ben tira sur le tissu de sa jupe et rassembla les couches de tissu jusqu'à l'avoir remontée, ainsi que le jupon, au sommet de ses cuisses.

— Comment est-il possible d'avoir une peau si douce ? l'interrogea-t-il en laissa sa main remonter lentement à l'intérieur de sa jambe.

Un frisson fiévreux agita la jeune femme, qui avait l'impression de sentir sa peau prendre feu chaque fois qu'elle entrait en contact avec celle de Ben. Elle voulait qu'il la touche ainsi partout.

— Attendez, souffla-t-elle, et il se figea aussitôt.

Allie glissa au bas du bureau et lui tourna le dos :

— Voulez-vous bien m'aider avec ma jupe et mon jupon ?

Ben se débattit avec les attaches du vêtement, sans doute parce qu'il était trop occupé à déposer des baisers le long de la courbe de son épaule, de son cou et de ce terrible pouce de chair derrière son oreille qui projetait des vagues de chaleur tout droit dans son bas-ventre. Bientôt, jupe, puis jupon tombèrent de ses hanches, tandis qu'Allie s'efforçait de défaire tous les liens de son corset. Quelques instants plus tard, ce dernier gisait à terre et Ben, toujours derrière elle, l'aida à passer sa chemise par-dessus sa tête. En bas et pantalettes, elle eut soudain froid et se tourna vers lui. Ben l'embrassa aussitôt, l'enveloppa de son étreinte chaude et protectrice, et Allie comprit qu'elle avait enfin trouvé sa place. Elle descendit les mains pour s'attaquer aux boutons de son pantalon, impatiente de retirer une nouvelle couche de tissu qui séparait encore son corps du sien.

— Pas tout de suite, ronronna-t-il. J'aimerais d'abord vous installer sur le lit.

Il se pencha pour la soulever de terre, mais Allie, d'un pas sur le côté, vint se placer juste devant le bureau.

— Plutôt ici, déclara-t-elle d'un ton insistant.

Au début, elle crut qu'il allait rejeter sa demande. Elle n'était même pas certaine de savoir quel diable l'avait poussée à émettre une telle exigence. Le désir avivait son audace. Ben la stupéfia lorsqu'il s'approcha du grand plan de bois et le balaya vivement du bras pour en dégager la surface de tout ce qui s'y trouvait. Puis il souleva la jeune femme, l'assit sur le meuble et l'embrassa avec une sulfureuse ferveur. Allie s'ouvrit à lui, taquinant sa langue du bout de la sienne, et s'émerveilla de découvrir toutes les chatoyantes facettes d'un baiser à la fois éperdu, tendre et entêtant. Délicatement, Ben effleura les genoux d'Allie, qui comprit aussitôt sa demande silencieuse et les écarta pour accueillir l'homme entre ses cuisses. Il inclina la tête et posa son front contre le sien.

— Rappelez-moi de me refréner si vous en ressentez le besoin, murmura-t-il avant de capturer à nouveau ses lèvres.

Il la fit délicatement basculer en arrière, jusqu'à ce qu'Allie sente la fraîcheur du panneau en cèdre dans son dos, contrastant avec la chaleur fiévreuse des épaules de Ben qu'elle agrippait passionnément. Il dénoua le ruban de ses pantalettes et tira lentement sur le tissu, qui découvrit peu à peu ses hanches, ses cuisses et ses jambes. Enfin, elle était nue devant lui, plus vulnérable qu'elle ne l'avait été de sa vie, face à qui que ce soit. Allie sentit la chaleur lui embraser les joues, mais ce n'était ni la honte, ni les flammes ronflant dans l'âtre qui lui carminaient le visage. Tout son corps rutilait de désir. Elle avait les sens en émoi et chaque pouce de son corps brûlait de savourer ses caresses.

— Vous êtes éblouissante, murmura-t-il en dessinant du bout des doigts les vallons de sa poitrine avant de plonger pour prendre une pointe rose en bouche. Et exquise.

Elle gémit à chaque arabesque de sa langue contre sa peau, puis plongea les mains dans son épaisse chevelure, l'attirant plus près encore. Il s'étendit au-dessus d'elle, si près et pourtant si loin encore…

— Je tiens à ce que tout soit parfait pour vous, murmura-t-il.

Allie posa tendrement l'index sous son menton et lui fit relever la tête jusqu'à ce que leurs regards se croisent.

— Pas *pour* moi. *Avec* moi. Je ne désire tout ceci qu'avec vous.

Sa déclaration lui coupa le souffle et Ben sentit son cœur battre furieusement dans sa cage thoracique. Il sut, dès cet instant, qu'il ne pourrait jamais se contenter d'une seule nuit à offrir à cette jeune femme la passion à laquelle elle aspirait tant. Il voulait être le seul à la lui offrir, que ces merveilleux instants soient les prémices d'une histoire qui ne prendrait fin ni dans une semaine ni dans un mois. La confiance et le tendre empressement qu'il lut dans ses prunelles eurent alors raison de lui. Qu'elle en ait conscience ou non, Ben lui appartenait corps et âme, désormais, et il ne désirait plus qu'une chose : le lui montrer. Déboutonnant son pantalon, il se débarrassa du reste de ses vêtements. Le regard d'Alexandra parcourut lentement son corps du regard, sans la moindre trace d'embarras, et se mordit la lèvre inférieure lorsque ses yeux se posèrent sur son membre roide.

— Doux Jésus, souffla-t-elle avant de lever la tête vers lui. Puis-je vous toucher ?

Ben acquiesça d'un signe de tête. Il n'était pas certain de pouvoir encore articuler une réponse cohérente, tant il avait le souffle court, et lorsqu'elle tendit la main vers lui, il ne put retenir une inspiration fébrile. Elle l'explora d'abord du bout des doigts, puis le caressa sur toute sa longueur avant de l'enserrer dans sa main.

— Dites-moi quelle est la prochaine étape, murmura-t-elle d'une voix rauque.

Ben eut un petit rire :

— Laissez-moi vous montrer.

Il se plaça au bout du bureau, entre les genoux écartés de sa partenaire, et laissa ses paumes courir sur ses jambes, remontant lentement le long de ses cuisses jusqu'aux boucles soyeuses abritant son entrecuisse, qu'il caressa du bout des doigts. Elle était chaude et moite et Ben n'avait aucune envie de se refréner, mais pour elle, il était prêt à tout. Allie se cambra sous ses attentions.

— Encore, s'il vous plaît, l'encouragea-t-elle d'une voix si fiévreuse que Ben eut l'impression qu'elle ne tenait pas plus que lui à ce qu'il se réfrène.

De l'index, il massa son sexe brûlant, puis glissa à l'intérieur. La jeune femme tendit le bras pour lui saisir l'épaule.

— Oui, gémit-elle, c'est agréable.

— J'espère que vous trouverez la suite tout aussi agréable, sourit-il en s'agenouillant au bout du bureau. Car j'ai grande envie de goûter à votre corps.

Elle émit une maigre protestation lorsqu'il retira son index, mais poussa un véritable cri d'extase qui tirailla douloureusement son membre dressé lorsqu'il le remplaça par sa langue. Ben s'abandonna complètement à la recherche du plaisir de la jeune femme, dont chacun des soupirs et des exclamations était à ses oreilles la plus douce des mélopées. Elle tendit les mains vers lui et plongea les doigts dans ses cheveux, lui griffant délicieusement le cuir chevelu chaque fois que sa passion enflait. Bientôt, elle se mit à se tortiller et à trembler sous sa bouche et, lorsqu'un long frisson la parcourut et qu'elle appela son nom, Ben craignit de succomber à son tour avant même d'avoir pu s'enfouir en elle. Quand les vagues d'euphorie de la jeune femme s'apaisèrent enfin, il se dressa à nouveau devant elle. Alexandra leva vers lui un regard langoureux.

— Ben, susurra-t-elle, j'aimerais encore vous toucher.

Il plaqua son bassin contre celui de sa partenaire et roula lentement des hanches. En cet instant, il éprouvait pour Alexandra un désir tel qu'il n'en avait jamais connu. Elle hocha la tête, comme lisant ses pensées.

— Qu'avec vous, dit-il en plongeant son membre en elle.

Elle ne pouvait saisir tout ce que ces quelques mots impliquaient pour lui, mais il avait cédé trop de terrain à sa passion pour être encore capable de réfléchir. Il se laissa envahir pleinement par les sensations, les sentiments bruts qui l'animaient, et chaque seconde de cet instant avait un goût de paradis. Comme un rêve qu'il n'était pas certain de mériter, mais qu'il avait la chance de vivre. Il la pénétra lentement, pouce par pouce, guidé par les gestes et les réactions d'Alexandra.

— Qu'avec vous, souffla-t-elle.

Les fils d'argent striant le velours mauve de ses iris scintillèrent tel un clair de lune. Son affectueux murmure lui embrasa les sangs. Il se retira quelque peu, puis plongea à nouveau en elle et recommença, encore et encore, à un rythme de plus en plus soutenu. Et à chaque nouvel assaut, sa belle antiquaire venait à sa rencontre, se cambrant contre lui, une main agrippée à son épaule, l'autre serrée autour de son bras.

— Ben ! cria-t-elle dans une exclamation voluptueuse lorsqu'elle atteignit à nouveau le pic de son plaisir.

Alors Ben perdit le peu de contrôle qu'il lui restait et succomba à sa propre euphorie. Finalement, il l'enlaça étroitement et la porta jusqu'au lit, pour l'y allonger comme il s'était imaginé le faire un jour. Alexandra l'attira à elle et ils s'étendirent l'un contre l'autre dans un entrelacs de bras et de jambes. Avec un soupir d'aise, Ben s'abandonna en elle, à la beauté de l'instant et à cette extraordinaire sensation de plénitude qu'il n'éprouvait qu'en sa seule compagnie.

14

— Vous souhaitiez me parler, commissaire ?

Ben se tenait dans le bureau de Haverstock, raide et immobile, les mains jointes dans le dos, comme chaque fois que son supérieur le convoquait. Pourtant, il n'était plus l'homme qui avait adopté cette attitude des centaines de fois auparavant. Les heures passées avec Alexandra, peut-être même chaque minute depuis leur rencontre, l'avaient changé. Il se sentait plus léger. Comme si un immense fardeau lui avait été ôté des épaules. C'était une étrange sensation, que de réaliser que son ancienne et dévorante ambition s'était quelque peu émoussée. Pourtant, il en éprouvait une certaine satisfaction, car il était incapable de regretter la moindre seconde en compagnie de la jeune femme. Haverstock lui tournait le dos, comme s'il se réchauffait tranquillement devant sa cheminée, mais il n'y avait rien de tranquille dans sa posture. Il avait les épaules basses, les cheveux légèrement ébouriffés, comme s'il avait renoncé aux soins de son valet. Ben se demanda si le vieux renard avait passé une grande partie de la nuit dans l'un des clubs qui, d'après la rumeur, lui servaient parfois de tanières. Ce qui, en revanche, était plus habituel de la part de son chef, était de soumettre les autres à ce genre d'attente tactique. C'était une façon récurrente chez lui d'exercer sa domination. Quiconque venait à lui devait marcher à son rythme. Tout le reste cessait d'exister.

— Je m'admets surpris par la vitesse à laquelle tout ce à quoi nous aspirons peut changer.

— Je vous demande pardon ?

Ben remarqua le verre en cristal vide sur le bureau de son supérieur.

— Vous étiez mon meilleur officier, Drake. Mon outil le plus affûté.

Il se tourna enfin vers Ben. Le commissaire avait une fine affreuse. Il n'était pas juste débraillé et déchevelé, mais paraissait... étrangement diminué. Comme dépouillé de son animation et de son arrogance coutumières.

— Depuis combien de temps êtes-vous inspecteur en affaires criminelles, Drake ?

Diantre ! Le vieux renard était dans l'un de ses maudits mouvements d'humeur. Sa façon de poser des questions dont il connaissait parfaitement les réponses était un indicateur du degré de grossièreté que Haverstock allait lui infliger.

— Trois ans, monsieur.

— Et vous visez un poste bien plus élevé, n'est-ce pas ?

Ben faillit lever les yeux au ciel, mais réprima l'envie, car Haverstock choisit ce moment pour le fixer d'un air mécontent.

— Comme vous le savez.

— Aussi élevé que mon propre poste ?

Haverstock ne le quittait pas des yeux, dans l'espoir, sans doute, de lui faire baisser le regard.

— En effet, monsieur. Ou plus élevé encore.

Ben ne ressentait plus l'ancienne urgence de cette ambition, mais il était hors de question qu'il recule face à ces provocations.

— Je vois.

Le commissaire détourna la tête et contempla son bureau, comme perdu dans ses pensées.

— Dans ce cas, vos récentes actions me plongent dans la perplexité, inspecteur.

Il saisit un document sur le plan en bois et le leva devant lui.

— Avez-vous eu vent d'un complot visant à dérober les joyaux de la Couronne ?

Ben ne put déchiffrer ce qui était inscrit sur le papier que Haverstock remuait sous son nez, mais il reconnut toutefois la calligraphie de Ransome sur ce qui ressemblait à une sorte de déclaration et non un rapport officiel de police.

— Je n'avais aucune preuve d'un véritable crime. Rien que les déclarations d'une personne civile au sujet d'une conversation suspecte.

— La même personne civile que vous avez rejointe dans le jardin de Lord Wellingdon ? Si je me fie à votre attitude au cours de cette soirée, je dirais que vous vous êtes entiché de Miss Prince.

Ben serra les poings, hésitant à mettre Haverstock en garde ; son supérieur venait de mettre les pieds sur un terrain dangereux. Le commissaire jeta le document sur son bureau.

— Quelles actions avez-vous menées ? demanda-t-il en gesticulant en direction de son buvard. Je suis contraint de demander, puisqu'il n'y a aucun rapport à consulter.

— Il y a un rapport sur la conversation que Miss Prince a surprise, rétorqua Ben d'un ton raide. Ainsi qu'un rapport sur mon altercation avec Jack Demming.

Haverstock fronça les sourcils :

— En quoi Demming est-il lié à tout ceci ?

— Il épiait *Princes of London*, la boutique de Miss Prince, mais je l'ai retrouvé et je lui ai parlé. Et je pense à présent que son mobile avait quelque chose de plus personnel.

— Personnel ?

— Apparemment, Demming est le frère d'Amos Howe.

— Ah...

Une grimace vint déformer davantage encore le visage de Haverstock.

— Mais cette affaire est résolue.

— Elle ne l'a jamais été. Nous n'avons toujours pas identifié ni arrêté M.

— Vous y avez consacré beaucoup de temps, récemment, n'est-ce pas ? l'interrogea Haverstock en soutenant son regard sans ciller. Ou étiez-vous trop distrait par cette Miss Prince ?

— Haverstock...

— Depuis le début, vous avez fait fi de nos procédures, Drake. Le rapport de cette fille aurait dû être immédiatement pris en compte, remonté à votre hiérarchie. Mais visiblement, vous étiez plus soucieux de vous glisser sous ses jupes que de résoudre cette affaire.

Ben serra les dents à s'en faire mal à la mâchoire, luttant pour contenir sa colère. Il jeta un œil en direction de la porte du commissaire, envisageant sérieusement de quitter la pièce avant de dire quelque chose qui compromettrait sa carrière dans la Metropolitan Police.

— N'avez-vous rien à dire pour votre défense, Drake ?

— J'ai envoyé des agents collecter des informations sur M pendant que je m'attelais à la pile de dossiers que j'avais dû mettre en attente pendant l'affaire du chantage.

Cette maudite enquête fuligineuse s'était finalement soldée par une réussite, même incomplète, et il était temps pour Ben de sortir cet atout de sa manche.

— Il n'y a plus eu de menace à l'encontre du prince, monsieur, n'est-ce pas ?

— Non.

Mais Haverstock lui lança un regard sinistre.

— Pas contre le prince. Cette nouvelle menace pèse sur toute la monarchie.

— Une nouvelle menace ?

Voilà donc pourquoi le commissaire affichait la mine d'un homme qui n'avait pas fermé l'œil de la nuit !

— Cette affaire sera désormais prioritaire sur toutes celles qui vous ont été assignées. Déléguez le reste et renoncez à vos *distractions*.

Haverstock s'assit à son bureau, tira un dossier jusqu'à lui, l'ouvrit et contempla la première page étalée sous ses yeux avec une authentique désolation.

— Qu'est-il arrivé ?

— Cette enquête doit être menée avec la plus grande délicatesse. Les services spéciaux, le Bureau de l'Intérieur… nous avons tous beaucoup à perdre.

Haverstock tira un rapport de police de la pile de documents.

— Il y a eu une tentative de vol des joyaux de la Couronne.

Ben ouvrit la bouche, hébété.

— Quand ?

— Il y a deux jours, dans la joaillerie chargée de leur entretien. La veille de leur restitution à la tour de Londres.

— Vous avez parlé d'une tentative. Rien n'a donc été dérobé ?

— Les voleurs ont neutralisé deux gardes et endommagé le coffre-fort, mais apparemment, ils ont échoué à l'ouvrir.

Haverstock tira la photographie d'une porte en métal abimée.

— Par miracle, nous avons pu dissimuler cet incident à la presse, mais le joaillier est insolemment fier de la résistance de son coffre et je ne doute donc pas qu'il finira par jaser.

— C'est probable.

Ben ne voyait aucun mal à ce que l'information soit diffusée. La sécurité du coffre avait dissuadé les voleurs et leur tentative avait probablement mis tous les *Yeomen Warders* de la tour en alerte. Toutefois, il s'agissait là d'une attaque directe contre la Couronne et, avec les attentats à la bombe de ces dernières décennies et les manifestations récentes, ce n'était guère le genre de nouvelle que la monarchie souhaitait voir paraître dans les journaux.

— Les gardes ont-ils pu nous fournir des descriptions des suspects ?

Haverstock poussa le dossier vers le bord de son bureau pour permettre à Ben de l'emporter.

— Les voleurs étaient déguisés, masqués, et portaient des lunettes fumées. Tout est là.

Il agita la main, visiblement anxieux de se débarrasser de cette affaire et de tous ses détails.

— J'en déduis que vous n'avez tiré aucune piste sérieuse du récit de Miss Prince ?

— Non, en effet.

Haverstock fronça les sourcils, le regard noir.

— Si vous vous étiez davantage concentré sur votre travail plutôt que sur les charmes douteux de cette fille, vous l'auriez interrogée comme il se doit.

Benedict s'était épris d'Alexandra Prince. Il était désormais tout disposé à le reconnaître, mais ce qu'il ressentait pour elle dépassait la simple inclination. Certes, ils ne se connaissaient que depuis quelques jours, mais elle l'avait déjà transformé. Depuis leur rencontre, il s'était senti plus vivant qu'au cours des dix dernières années de sa vie réunies. Il ne pouvait tout simplement plus imaginer un avenir dont elle ne ferait pas partie.

— Vous avez du pain sur la planche, Drake. Cette enquête exige votre attention pleine et entière. J'entends que vous fassiez preuve de diligence. Ne laissez *rien* vous écarter de votre devoir.

Le sous-entendu de son supérieur n'était guère subtil.

— Je comprends, commissaire.

Ben lui adressa le hochement de tête déterminé qui lui permettait généralement de prendre congé de leur entrevue, mais Haverstock se renfonça dans le dossier de sa chaise, les mains jointes sur son ventre, comme si leur entretien ne faisait que commencer.

— J'aimerais maintenant aborder un sujet plus personnel. *Ma fille*, Drake.

Le commissaire s'interrompit, s'attendant visiblement à ce que Ben conclue sa phrase. Un certain malaise s'installa et l'inspecteur sentit une boule se former dans son estomac.

— Je vous demande pardon, monsieur ?

— Votre comportement à la soirée de Lord Wellingdon lui a causé beaucoup de chagrin.

Ben fronça les sourcils. Il savait pertinemment que Haverstock lui dissimulait des informations cruciales lorsque cela servait ses propres intérêts et, au fil du temps, le jeune homme avait également pris conscience que son supérieur aimait tirer ses ficelles à la manière d'un marionnettiste. Mais que Ben ait pu briser le cœur de Lavinia ? Jamais le vieux briscard ne lui ferait avaler pareille ineptie. Il n'avait rencontré la jeune fille qu'une poignée de fois, au cours desquelles ils avaient échangé les courtoisies d'usage les plus plates.

— Veuillez m'excuser, commissaire, mais je ne vous suis pas. Miss Haverstock est une excellente jeune fille…

— La meilleure qu'il vous sera donné de courtiser.

Ben se mordit la langue pour ne pas éclater. Haverstock parvenait toujours à ses fins et, pour une obscure raison, il semblait déterminé à le voir épouser sa fille. Un constat qui soulevait une question fichtrement pertinente :

— Pourquoi souhaiter que je la courtise, Sir Felix ? Vous paraissez sous-entendre que je mérite à peine cet honneur et peut-être avez-vous raison. Vous connaissez comme moi la nature opaque de ma parenté.

Haverstock toussa un rire hautain :

— Ah, Drake. Vous pouvez vous montrer parfaitement brillant, mon garçon, tout comme il vous arrive d'avoir la vue cruellement courte.

Ben se balança sur ses talons. Il envisageait sérieusement de sortir en claquant la porte. La compagnie du commissaire ne lui avait jamais particulièrement agréé et il estimait avoir eu sa dose pour la matinée. Le vieux renard ne l'avait jamais provoqué et insulté aussi ouvertement.

— Pensez-vous que je verrais en vous un parti convenable pour ma fille si je ne connaissais pas votre héritage aussi exhaustivement que le mien ?

— Comment pourriez-vous le connaître, quand je l'ignore moi-même ?

La patience de Ben pour les machinations de son supérieur touchait à son terme.

— Je connais votre père, bien sûr.

L'espace d'un instant, Ben se figea. La périphérie de sa vision devint rouge, puis se brouilla. Les sons parvenaient encore à ses oreilles, mais ils lui semblaient étouffés, distants. Quand tout redevint brusquement clair, il était penché au-dessus du bureau de son chef, les deux poings plantés sur son buvard.

— Expliquez-vous, Haverstock.

— Il ne vous reconnaîtra jamais publiquement, mais c'est un homme de sang noble et…

Haverstock se caressa le menton d'un air pensif avant d'ajouter :

— Et il prend de vos nouvelles de temps à autre.

— Et vous ne me l'avez jamais dit.

Ben fut surpris de parvenir à articuler toute une phrase tant ses mâchoires étaient serrées. Haverstock se leva et se redressa de toute sa taille devant Ben, sans toutefois parvenir à égaler ce dernier, avant de bomber le torse.

— Selon ses souhaits. Il m'a abordé dans un club pour gentilshommes et m'a informé qu'il se tenait informé de votre évolution.

Enfant, Ben s'était imaginé que la présence d'un père aimant aurait pu changer la vie de toute sa famille, mais il apprenait aujourd'hui que l'homme n'était qu'un lâche, prêt à satisfaire ses propres désirs au point d'engendrer des enfants illégitimes, mais sans s'encombrer de ces derniers. Quel besoin avait-il d'un observateur aujourd'hui ? C'était d'un père dont il avait eu besoin toutes ces années plus tôt. Le jeune inspecteur sentit son souffle se coincer dans sa gorge. Les angoisses et les incertitudes de son enfance remontaient à la surface, mais il les réprima avec la force de l'habitude et se concentra sur l'homme qu'il était devenu. Sur ce qu'il avait accompli. Sur les objectifs qu'il lui restait à atteindre. Puis une image d'Alexandra surgit dans son esprit et il n'eut plus qu'une seule envie : la serrer contre lui. Tout ce qu'il avait réalisé lui paraissait bien maigre, quand il le comparait aux émotions qu'elle éveillait en lui.

— Je n'ai aucune intention de faire la cour à votre fille, Sir Felix. C'est une jeune femme intelligente et je ne doute pas qu'elle saura choisir ses prétendants selon ses propres critères.

— Comment osez-vous...

— Et je vous demande de ne plus tenir ce nébuleux aristocrate informé de mon « évolution », même si je doute que vous respectiez mon souhait.

— Vous vous oubliez, inspecteur, aboya Haverstock.

Le commissaire haussait rarement le ton et il paraissait troublé par sa propre perte de contrôle.

— J'accepte de passer l'éponge, car je sais combien le sujet de votre parenté est... sensible. Mais mes ordres n'ont pas changé. Mettez de côté la fille Prince et trouvez ces maudits voleurs.

Haverstock désigna de l'index le dossier que Ben avait récupéré.

— Si vous y parvenez, vous pourriez bien faire d'une pierre, deux coups.

Ben fronça les sourcils.

— Que voulez-vous dire ?

— Nous avons retrouvé un morceau de papier sur le lieu du crime. Une coupure de journal. Avec une lettre unique.

Haverstock haussa ses deux sourcils blancs avant d'ajouter :

— Et à votre avis, Drake, de quelle lettre s'agissait-il ?

Ben ouvrit brusquement le dossier et trouva rapidement la photographie de la pièce à conviction en question. Rehaussés d'empattements élégants, comme ceux des gros titres des journaux, les deux piques noirs de la lettre M le narguaient en silence.

Allie avait été incapable de fermer l'œil.

Après avoir quitté Ben, aux premières lueurs de l'aube, elle était rentrée chez elle en fiacre et s'était efforcée de trouver le sommeil. Moins de dix minutes plus tard, Lottie était entrée allumer un feu et Allie avait renoncé. Curieusement, elle ne se sentait pas du tout fatiguée. Son corps semblait déborder d'énergie et son esprit bouillonnait d'idées ; des idées qui, pour une fois, n'avaient pas pour vocation d'obtenir l'assentiment de Dom ou l'admiration d'Eve. Elle ne songeait pas non plus à partir en expédition ou à accompagner son frère et sa sœur sur un site de fouilles. Ses idées tournaient autour de *Princes of London*. Allie éprouvait la subite envie de raviver l'intérêt de leurs clients pour la boutique, peut-être même d'en attirer de nouveaux. Elle nourrissait également une certitude inédite, mais séduisante : celle qu'elle se rendrait en Irlande, avec ou sans la bénédiction de Dom. Elle imaginait même entreprendre ce voyage avec Ben. Allie avait l'impression que ces merveilleux instants en sa compagnie avaient ouvert un tout nouveau champ de possibilités.

Une douce chaleur se répandait dans sa poitrine chaque fois qu'elle repensait à la nuit qu'ils avaient passée ensemble. Elle n'en éprouvait aucun regret, car ces heures avec lui avaient été son choix, une décision qu'elle avait prise en toute connaissance de cause, consciente que sa conduite l'exposait aux critiques, notamment de la part de la sœur et de l'intendante de Benedict. Et, bien sûr, elle avait à craindre les on-dit de sa propre maisonnée. Allie était certaine qu'au moins un membre de leur personnel avait remarqué qu'elle n'avait pas passé la nuit dans son lit, mais agir enfin pour elle-même avait eu quelque chose de libérateur, lui offrant un petit aperçu de la félicité que l'on ressent à être son propre maître ou, en l'occurrence, sa propre maîtresse. L'espace d'une nuit, elle avait goûté à une existence délestée du poids de son héritage et des attentes familiales. Ben et Allie n'avaient échangé aucune promesse ni même fixé de date pour une prochaine rencontre, mais elle savait qu'ils se retrouveraient. Elle brûlait d'une assurance toute neuve et se sentait prête à retourner chez lui le soir même, s'il la faisait attendre jusque-là.

Après s'être lavée et habillée, Allie prit le chemin de la boutique d'antiquités. L'une de ses idées neuves concernait la réorganisation des rayonnages. Cela faisait bien trop longtemps que rien n'avait changé chez *Princes of London*. Allie avait toujours eu le sentiment qu'il lui incombait d'entretenir les lieux sans les altérer, mais à présent, elle se demandait pourquoi. Le magasin n'était pas un mausolée ! Elle voulait en faire un endroit plein de vie, aux couleurs chatoyantes et avec plus d'espace pour en admirer toutes les merveilles. La visite de la tour de Londres lui avait rappelé combien la présence de visiteurs pouvait animer la pierre froide et qu'il était important que chaque élément ait la place de briller. Les étagères de *Princes of London* auraient dû être organisées, non surchargées. Lorsque Mr Gibson arriva, Allie avait déjà transformé la boutique en véritable capharnaüm, mais elle était certaine qu'une fois son travail terminé, les présentoirs paraîtraient bien plus attrayants.

— J'offrirais bien de vous aider, mais j'ai le sentiment que vous avez une vision très précise de ce que vous désirez et je crains de vous gêner dans sa réalisation, lança le vieil orfèvre en ôtant son manteau avant d'ouvrir son atelier.

— J'ai effectivement une vision en tête, reconnut-elle en polissant un vase qui avait pris la poussière depuis bien trop longtemps. Ainsi qu'une palette d'idées neuves pour la boutique.

— Ne devraient-elles pas attendre le retour de votre frère et votre sœur ?

— Non, répondit Allie un peu plus vivement qu'elle ne l'aurait souhaité. Je n'attendrai plus l'aval de Dom et Eve pour tout ce qui concerne le magasin.

Ils possédaient peut-être *Princes of London* à parts égales, mais aucun d'eux ne s'intéressait à sa gestion quotidienne ni à la poursuite de son succès. Contrairement à elle. Allie s'était toujours souciée de la boutique, mais pas uniquement parce que son frère et sa sœur l'y laissaient seule chaque fois qu'ils partaient à l'aventure. Elle adorait dénicher de nouveaux propriétaires pour ses antiquités, en particulier parmi les personnes qui aimaient l'histoire autant qu'elle et qui leur offriraient une nouvelle vie ou les transmettraient à la génération suivante. Mr Gibson marmonna dans sa barbe, ce qui indiquait généralement qu'il considérait la question avec sérieux. Lorsque Allie tourna la tête vers lui, il lui offrit un hochement de tête ferme et approbateur.

— Vous êtes le cœur et l'âme de ce magasin, Miss Prince. Je suis certain que tout changement que vous lui apporterez lui fera le plus grand bien.

— Merci, Mr Gibson. Mais si je suis l'âme de ce magasin, alors c'est vous qui en êtes le cœur.

Le vieil orfèvre s'éclaircit la gorge, comme si le compliment avait éveillé en lui le genre d'émotion qu'il s'efforçait généralement d'enfouir.

— Eh bien, puisque vous êtes fort occupée, je vais aller chercher notre café du matin.

L'estomac d'Allie grogna à la simple idée de mettre la main sur un scone ou une brioche de *Chez Hawlston*.

— Merci, Mr Gibson. C'est une idée divine.

— Dois-je laisser la pancarte « Fermé » jusqu'à mon retour ?

Ils avaient dépassé de quinze minutes leur heure d'ouverture habituelle, mais Allie avait été trop absorbée pour s'en rendre compte.

— Non, nous devrions ouvrir. Je vais me débrouiller.

Une vingtaine de minutes plus tard, elle avait à nouveau rempli les étagères, mais en n'y exposant que les pièces destinées à attirer l'œil. Les autres antiquités avaient atterri dans une caisse qu'Allie souleva pour la transporter dans l'arrière-boutique, lorsque la cloche de la porte d'entrée tinta. Elle s'attendait au retour de Mr Gibson et reposa son chargement afin d'aller l'aider à déposer les douceurs qu'il rapportait, mais ce n'était pas le vieil orfèvre qui l'observait depuis le seuil de la boutique.

— Bien le bonjour, mademoiselle.

L'homme ajusta son pince-nez d'une main gantée au petit doigt levé et ajouta :

— Vous n'êtes de toute évidence pas le gentilhomme à qui j'ai parlé il y a quelques jours.

— Non, ce devait être Mr Gibson. Je suis Miss Prince.

— Vraiment ? Alors vous devez être la propriétaire des lieux, si je me fie au nom qui figure sur votre enseigne.

— En effet.

Un étrange frisson glissa le long du dos d'Allie. Elle avait une inexplicable impression de déjà-vu.

— Et puis-je connaître votre nom, monsieur ?

— Lord Holcroft. Propriétaire du diamant brut que votre Mr Gibson a juré de pouvoir tailler selon mes instructions.

— Lord Holcroft.

Allie eut soudain l'impression que l'air lui manquait. Elle réalisa, une seconde plus tard, qu'elle retenait son souffle.

— Oui, bien sûr. Lord Holcroft.

Il présentait effectivement de fortes similitudes avec l'homme qui s'était présenté deux jours plus tôt. Pourtant, il y avait aussi chez lui quelque chose de différent. Sa voix était ressemblante, mais pas aussi familière aux oreilles d'Allie que lors de la première visite de Holcroft dans la boutique. Ou à *Chez Hawlston*. Mais peut-être ses souvenirs s'étaient-ils estompés au cours des derniers jours ? Était-il vraiment aussi grand que l'homme de la ruelle ? Et son visage... Le front et les yeux disparaissaient sous d'épais sourcils broussailleux et un pince-nez à la monture dorée, sa bouche était obscurcie par une extravagante moustache taillée avec soin et le haut col en fourrure de son manteau masquait la forme de sa mâchoire.

L'homme gloussa :

— Je suis en retard, n'est-ce pas ? Je vous prie de m'en excuser, Miss Prince. Les journées filent entre mes doigts et j'ai la mauvaise habitude de surestimer ce que je suis capable de faire en une semaine.

L'homme paraissait si... aimable. Il émanait de lui une aura de véritable bon vivant. Elle ne pouvait en être certaine, à cause de la longueur de sa moustache, mais elle avait l'impression qu'il lui souriait depuis l'instant où il avait pénétré dans la boutique.

— Mr Gibson est-il ici ?

Il se pencha en avant et, levant sa main gantée à son pince-nez pour l'ajuster devant ses yeux, fit mine d'inspecter l'espace derrière elle. Allie jeta un coup d'œil à leur rangée de pendules anciennes. Une nouvelle heure allait bientôt sonner et Mr Gibson n'était toujours pas revenu. Cela commençait à faire long pour un simple café et des brioches.

— Il n'est pas ici pour l'instant, mais il ne devrait pas tarder, milord.

Allie amorça un geste dans sa direction avant d'ajouter :

— Si vous avez la gemme, je peux veiller sur elle jusqu'à son retour.

— Oh ! je ne sais pas, marmonna l'homme en tapotant la poche de son pardessus. Cette petite pierre m'est très précieuse et j'aimerais m'assurer que votre homme saisisse bien ce que j'attends de cette taille.

— Je comprends.

Allie examina l'homme, qui n'avait pas effectué plus de deux pas dans la boutique.

— Je vous en prie, n'hésitez pas à parcourir nos présentoirs en attendant son retour. Ou dites-moi s'il y a quoi que ce soit d'autre qui a attiré votre attention. Je suis certaine qu'il ne tardera pas.

L'homme examina l'intérieur du magasin d'un regard curieux et Allie s'efforça de l'étudier, lui, sans se faire remarquer.

— Il est allé à *Chez Hawlston*, expliqua-t-elle sur le ton de la conversation pour mieux scruter sa réaction.

— Tiens donc ?

Lord Holcroft s'approcha de la vitrine la plus proche, bloquant efficacement la ligne de vue de la jeune femme.

— Vous connaissez ? C'est le café voisin.

Holcroft releva la tête et lui lança un regard par-dessus la monture de son pince-nez. Il avait les yeux d'un brun si sombre qu'ils paraissaient presque noirs.

— Je ne bois que du thé, ma chère.

Allie déglutit et se surprit à faire un pas en arrière, quand bien même l'homme se trouvait à l'extrémité opposée de la boutique. Il ramassa la boîte à secrets qu'elle avait placée au beau milieu des pièces exposées ce matin même.

— Que voilà d'astucieuses petites babioles, vous ne trouvez pas ?

Un petit rire babilla dans sa gorge.

— J'ai toujours adoré les énigmes, reprit-il.

— La conception de cette boîte est particulièrement complexe.

— En effet. C'est un très bel objet.

Holcroft fit tourner la boîte dans sa main, puis la lança dans les airs et Allie se précipita vers lui pour la récupérer.

— Mais, ajouta-t-il en rattrapant l'objet pour le replacer avec douceur sur l'étagère, ce n'est pas la raison de ma venue.

Allie s'était figée. L'homme fit quelques pas vers le comptoir principal, tira un écrin de sa poche et le déposa sur le plan en verre.

— Tenez. La gemme se trouve à l'intérieur, accompagnée d'instructions détaillées quant à sa taille. J'aimerais une monture en or, avec les éclats sertis tout autour. Je la destine à ma fille, voyez-vous, en guise de présent.

Plus il s'exprimait et moins il ressemblait à l'homme qu'elle avait épié au café. Allie s'était-elle imaginée une ressemblance lors de sa première visite ? Il était grand et se déplaçait avec la même assurance, mais il n'y avait rien de menaçant dans son attitude.

— Puis-je compter sur vous pour les lui remettre ?

— Bien sûr, Lord Holcroft.

— Excellent. Dans ce cas, je vais prendre congé. J'ai encore beaucoup de rendez-vous qui m'attendent.

Il fit volte-face et s'éloigna avec l'adresse d'un homme plus jeune, puis s'arrêta, comme figé sur place, et pivota à nouveau vers Allie.

— J'ai failli oublier. Peut-être vous êtes-vous séparés de ma carte, après que j'ai manqué notre rendez-vous ? En voici une nouvelle.

Un bristol rouge comme une brique et lacé de dorures apparut entre ses doigts comme par magie. Elle n'avait même pas vu l'homme tendre la main vers sa poche, pourtant la carte était bel et bien là. Lord Holcroft la déposa sur le comptoir, puis se dirigea vers la sortie.

— Je vous souhaite une bonne journée, Miss Prince, cria-t-il presque par-dessus son épaule.

Allie saisit l'écrin qu'il leur avait laissé et en fit glisser le couvercle. À l'intérieur, une pierre à l'aspect assez grossier était assise sur un petit coussin de satin noir. Elle était plus grosse que ce à quoi Allie s'était attendue et, lorsque la jeune femme la prit entre ses doigts, la gemme lui parut lourde et froide. Lord Holcroft et son histoire de gemme brute lui apparaissaient à présent sous un jour bien plus simple. Bien plus… *crédible*. Et Allie se sentit soudain sotte d'avoir nourri tant de présomptions à l'encontre d'un homme si gai qui désirait seulement que l'on confectionnât un cadeau pour sa fille. Elle saisit son bristol. Ce dernier arborait toujours le même rouge criard couvert d'écritures dorées, mais Allie remarqua tout de même une différence notable avec la précédente : celle-ci présentait une adresse. Numéro 8, à Grosvenor Square. Peut-être la dernière avait-elle été victime d'une erreur d'impression ? Lord Holcroft paraissait certes excentrique, mais il n'était rien de plus qu'un autre client. Hélas, cette conclusion faisait de l'homme qu'elle avait épié à *Chez Hawlston* un mystère déconcertant et, surtout, non résolu.

15

Après avoir interrogé le veilleur de nuit de la joaillerie, Ben ne put qu'éprouver de la compassion pour le pauvre homme. Mr Boscombe avait immédiatement avoué s'être assoupi et portait un immense sentiment de culpabilité depuis qu'il avait découvert ce que sa négligence avait permis aux voleurs d'accomplir, même si ces derniers n'étaient pas parvenus à forcer le coffre et à dérober les joyaux. Hélas, il n'avait vu le visage d'aucun des hommes et insistait sur le fait qu'ils n'avaient pas échangé le moindre mot. Du moins, pas au cours des quelques minutes qui s'étaient écoulées entre son brusque réveil au beau milieu d'un odieux cambriolage et l'instant où on l'avait assommé d'un coup sur la tête. Ben avait pris son temps pour examiner la scène de crime, le verre brisé, ainsi que les traces d'effraction sur le coffre. Tout avait été, hélas, nettoyé avant son arrivée, mais il avait tout de même passé le bâtiment au peigne fin à la recherche d'un indice que les autorités auraient pu négliger ; un morceau de tissu, un objet que les voleurs auraient malencontreusement fait tomber ou même une autre de ces maudites coupures de journaux. Mais il n'avait rien trouvé.

Le seul aspect notable de sa visite avait été l'examen du coffre. Les traces moulées de coups et d'indentations étaient aisément identifiables : elles avaient été faites au pied-de-biche, mais étrangement, aucune ne se trouvait autour du mécanisme de verrouillage. Les voleurs s'étaient contentés d'attaquer la porte par la force brute, comme s'ils s'étaient imaginés pouvoir arracher la porte en métal sans toucher au verrou. Cela n'avait aucun sens. Ben avait ordonné à deux enquêteurs de consulter les profils des voleurs connus des services et d'identifier ceux qui étaient suffisamment audacieux pour tenter de s'en prendre aux joyaux de la Couronne. Il avait déjà demandé à quelques-uns de ses informateurs réguliers de se pencher sur la question depuis la première visite d'Alexandra à Scotland Yard. Les voleurs aimaient plastronner ; Ben ne doutait pas que des informations sur cette tentative téméraire circulaient déjà dans le milieu, mais jusqu'à présent, ils n'avaient rien trouvé de prometteur. Cependant, quelqu'un savait forcément quelque chose ou, du moins, avait été proche d'un des suspects. Et même si Ben ne se réjouissait guère à l'idée de risquer de prendre une nouvelle tripotée de la part de sa bande de brutes, il se résolut à retrouver Jack Demming.

Ben se rendit donc à Southwark et rôda autour de ses tanières, sans succès. Puis il se souvint que la mère d'Amos Howe vivait à Southwark, car il avait mémorisé chaque élément du dossier de l'homme dont la mort pesait encore sur sa conscience. Et à présent, grâce à Demming lui-même, il savait que cette femme qui vivait à proximité de la cathédrale Saint-Georges était également la mère de Jack. Pendant près d'une heure, Ben patienta dans un parc à portée de vue de l'adresse de la vieille femme, et s'apprêtait à renoncer lorsque ses efforts furent enfin récompensés. Demming sortit du bâtiment par la porte principale, releva son col pour se protéger de l'air frais et mordant, et s'en fut vers le nord. Ben s'attendit à ce que Demming hèle un fiacre, mais il marchait avec la détermination d'un homme qui a un objectif en tête. Les quinze minutes suivantes réchauffèrent l'enquêteur et lui apprirent que son suspect se dirigeait vers la gare de Waterloo. Il était plus aisé de dissimuler sa filature dans la foule d'une station en pleine effervescence, mais également plus difficile de ne pas perdre Demming de vue. L'homme ignora les guichets principaux et se dirigea vers un quai bien particulier : la station de la nécropole. À la vue du panneau qu'il connaissait si bien, Ben sentit ses entrailles se contracter. Il savait où Demming le conduisait. Ce quai spécial permettait aux voyageurs d'embarquer à bord d'une ligne de trains dédiée, à destination du cimetière de Brookwood, l'un des plus grands cimetières de la périphérie de Londres, destiné à réduire la surpopulation dans les cimetières plus anciens de la capitale. Il y avait à Brookwood suffisamment d'espace pour des milliers de concessions funéraires et Ben savait qu'Amos Howe y avait été inhumé.

Tout comme George.

Le cimetière avait impressionné Helen par sa conception et sa philosophie : il n'était réservé ni aux riches ni aux pauvres. Quand le train de Demming fut parti, Ben acheta un billet pour prendre le suivant. Il savait maintenant où le trouver. L'inspecteur s'était déjà rendu sur la tombe d'Amos afin de lui présenter ses hommages, pourtant, alors que le train sinuait à travers le Surrey, la culpabilité revint lui ronger le ventre. Il croisa les bras et tira sur le nœud de sa cravate pour l'assouplir, mais rien ne l'aida à relâcher la tension. Ben n'était pas retourné sur la tombe de George depuis son enterrement, dans l'espoir de réprimer le malaise qui l'accablait en cet instant. Mais que valait la volonté face aux émotions ? Sa rencontre avec Alexandra lui avait démontré la puissance de ces dernières. On ne pouvait les chasser d'un revers de la main. Il n'aurait pu nier ce qu'elle éveillait en lui, même en essayant de toutes ses forces, et il n'avait aucune envie de le faire. Il s'était convaincu d'être parvenu à maîtriser ses sentiments, de pouvoir demeurer stoïque en toutes circonstances, mais il s'était simplement voilé la face. Il ressentait une profonde empathie pour toutes les victimes qu'il rencontrait dans le cadre de son métier. Il tenait à trouver des réponses, à résoudre ses affaires. Et il n'avait jamais pu enfouir la culpabilité qu'il ressentait à propos de la mort de George suffisamment profondément pour s'épargner d'y faire face. Mais le comble, c'était que Jack Demming, parce qu'il était un frère aimant, le menait droit à son châtiment.

À la sortie du train, Ben prit plusieurs longues bouffées d'air frais et fit rouler ses épaules. Il pouvait affronter ce lieu une seconde fois. Et lorsque cette affaire serait enfin résolue, il retournerait voir George. Il affronterait sa culpabilité. Demming se tenait sur la tombe de son frère, silencieux, la tête baissée, les épaules abattues. Le voleur était venu seul, une véritable aubaine pour l'enquêteur qui portait encore des traces de leur précédente rencontre. Malgré tout, il s'approcha en silence, l'herbe tendre sous ses bottes atténuant efficacement le bruit de ses pas.

— Je ne pensais pas que vous me fileriez le train jusqu'ici, lança Demming quand Benedict ne fut plus qu'à quelques pas.

— Quand m'as-tu repéré ?

Demming se tourna vers lui, l'air perplexe.

— Vous n'êtes pas aussi subtil que vous le croyez, inspecteur.

Ben balaya les lieux d'un regard, craignant soudain de s'être à nouveau aventuré dans un piège tendu par le criminel. Mais il n'y avait aucun homme rôdant entre les arbres du cimetière.

— Qu'est-ce que vous me voulez, Drake ?

Demming se balança sur ses talons et jeta un autre coup d'œil à Ben.

— À moins que vous ne soyez venu présenter vos hommages à mon frère, vous aussi ?

Ben s'approcha et se plaça à sa hauteur. Ensemble, ils contemplèrent la modeste tombe d'Amos.

— Connaissez-vous l'homme qui a tué votre frère ?

Demming poussa un grommellement et désigna la terre d'un geste :

— Amos ne vous a même pas donné son nom et regardez où ça l'a mené.

— Vous ne tenez donc pas à ce qu'on l'arrête ? Pour venger Amos ?

Demming le foudroya du regard.

— C'est pas si simple. Et vous le savez très bien.

— Vous craignez M à ce point ?

— J'suis pas fou, quoi que vous croyiez. Il a des yeux et des oreilles partout. Et une fortune sous le coude. Ce pendard peut acheter qui il veut. Manipuler qui il veut. Et vous voulez savoir ce qu'il y a de pire ?

— Ce que j'aimerais savoir, c'est son nom.

Ben résista à la brusque impulsion de menotter Demming, de le jeter dans une cellule et de le laisser mariner un bon moment avant de lui extorquer un nom.

— Ce fichu démon se moque bien de réussir ses coups. Le chantage. Le vol. La corruption. Tout ça n'est qu'un jeu, pour lui.

— Donc il veut qu'on coure après notre propre queue ?

Demming grogna, mais un sourire étira les coins de ses lèvres.

— Et ça fonctionne, pas vrai ?

Ben serra la mâchoire et jeta un œil par-dessus son épaule. La tombe de George n'était pas loin d'ici et, dans sa poitrine, la culpabilité luttait contre sa frustration.

— Quelqu'un nous attend là-bas ?

Demming ne se retourna pas, mais Ben le sentit se raidir.

— Non. Personne. J'ai juste… de la famille ici, moi aussi.

Pour la première fois, Demming tourna vers lui un regard qui n'était ni haineux ni méfiant.

— Mon frère, ajouta Ben dans un souffle.

— Alors vous étiez déjà venu.

— Pas depuis longtemps.

Il affronta le regard de Demming et ajouta :

— Trop longtemps, pour être honnête.

Demming inclina la tête, l'air songeur. Ben pria pour qu'il change d'avis, qu'il lui donne une piste, même mince. N'importe quoi.

— Vous l'avez probablement déjà croisé.

— Je vous demande pardon ?

— Il adore se déguiser. Il vous a même sûrement déjà donné quelque chose qui porte son nom.

Demming se tourna vers lui et s'approcha d'un pas.

— C'est un jeu, Drake, murmura-t-il d'un ton bourru. N'oubliez jamais que cette pourriture joue avec vous.

Il leva un poing fermé et Ben serra les siens, prêt à se défendre, mais l'homme fourra le dos de sa main dans sa bouche pour étouffer une soudaine bouffée de chagrin.

— Amos. Moi. Vous. Il nous déplace, comme des pièces sur un bon Dieu d'échiquier.

— Alors, aidez-moi à l'arrêter. Conduisez-moi jusqu'à lui. Donnez-moi quelque chose. N'importe quoi.

Les yeux du criminel étaient à présent mornes et brillants ; visiblement, la perte de son frère lui était revenue en pleine figure.

— Ce démon rôde toujours. Tôt ou tard, c'est lui qui viendra à vous.

Le garçon se présenta à *Princes of London* quinze minutes avant l'heure à laquelle Allie commençait généralement à éteindre les lampes à gaz. Mr Gibson était occupé à ranger son atelier en préparation de la fin de la journée.

— C'est vous, Miss Prince ? demanda l'enfant, les sourcils froncés comme s'il la cherchait au milieu d'une foule alors que la boutique était déserte.

— C'est bien moi.

Allie approcha du galopin, qui trépignait devant elle. Il exsudait une extraordinaire énergie, comme un moineau se dandinant sur une branche, impatient de reprendre son envol. Dès qu'elle fut à sa hauteur, il fourra dans sa main un carré de papier plié.

— Un message de l'inspecteur Drake, m'dame.

Allie sentit son pouls s'emballer en récupérant le feuillet. Ben était-il blessé ou en danger ? Le gamin l'observait avec une féroce intensité et elle comprit qu'il attendait qu'elle prenne connaissance du contenu de la missive. Allie brisa le cachet de cire et lut quelques lignes qui la rassurèrent aussitôt et lui tirèrent un large sourire.

Pourriez-vous me rejoindre à Hanson Street ce soir ?

Ben

— Une réponse, m'dame ?

Devant le regard plein d'espoir du galopin, elle plongea une main dans la poche de sa jupe, puis lui tendit une pièce :

— Pas de réponse, mais voilà pour ta peine.

— Merci, m'dame.

Il polit la pièce sur le revers de sa veste avant de la glisser dans sa poche. Allie s'attendait à le voir prendre la poudre d'escampette afin d'aller dépenser une partie de toute cette énergie accumulée, mais à sa grande surprise, il s'attarda.

— Au moins, ça vous a fait sourire, déclara-t-il d'un air satisfait en désignant la lettre d'un geste. C'est rarement le cas, avec les messages de Duke.

— Ah bon ?

Elle devait absolument interroger Ben à propos de ce surnom. Le sergent de Scotland Yard l'avait utilisé, lui aussi.

— L'inspecteur est-il si implacable ?

Mais le garçon secoua aussitôt la tête :

— Seulement si vous enfreignez la loi, répondit-il d'un ton rassurant avant de lever un index d'avertissement. Alors, faites en sorte que ça n'arrive pas.

Puis il lui adressa un clin d'œil effronté et tira brièvement sa casquette :

— Bonne fin de journée, Miss Prince.

— À vous également, mon bon monsieur.

Et cette fois-ci, le moineau prit son envol. Il avait franchi la porte et disparu de son champ de vision avant qu'elle n'ait pu prendre une autre inspiration.

— Un problème ?

Mr Gibson avait enfilé son manteau et son chapeau et approchait du comptoir de la boutique.

— En aucun cas.

Allie referma la main sur le message de Ben.

— Un message de l'inspecteur Drake ?

Le vieil orfèvre avait posé la question avec légèreté, comme s'il n'en connaissait pas la réponse, mais elle savait aussi bien que lui que les conversations qui se tenaient dans la salle principale étaient audibles depuis l'arrière-boutique.

— Je vais lui rendre visite ce soir.

Allie guetta la réaction de son collègue, mais fidèle à lui-même, ce dernier ne laissa rien paraître.

— Vous devez trouver ma conduite scandaleuse, ajouta la jeune femme.

— Comment le pourrais-je ?

Il fit quelques pas vers elle.

— Moi aussi, j'ai été amoureux, un jour, vous savez.

— Nous n'avons encore rien...

Il leva une main pour l'interrompre, mais Allie sentait déjà une désagréable chaleur se diffuser dans tout son visage.

— Tss, tss. Je suis heureux pour vous, Miss Prince, déclara-t-il en rentrant le menton. Et je constate que vous savez ce que vous voulez.

— Je n'ai pourtant pas toujours eu cette impression.

Elle avait attendu si longtemps. Attendu qu'on l'inclue dans les aventures familiales. Attendu son heure de gloire.

— Je pense pourtant que cela a toujours été vrai, répliqua Mr Gibson.

Il l'examina longuement, d'un regard chargé de chaleur et de bienveillance.

— Vous n'avez rien à prouver à personne, ma chère. Vous êtes intelligente et pleine d'esprit. Vous n'aurez aucun mal à tracer votre propre voie.

S'entendre ainsi résumer de la bouche d'un homme qui évitait d'ordinaire toute expansivité lui donna l'impression de recevoir un présent inestimable et inattendu.

— Merci, Mr Gibson.

— C'est tout naturel.

Il sourit et toucha le bord de son chapeau à son intention.

— À présent, je dois m'en aller. Je vous souhaite une excellente soirée, Miss Prince.

Il se dirigea vers la porte d'entrée de sa démarche raide, mais s'interrompit sur le seuil et se tourna vers elle :

— Le diamant de Lord Holcroft sera terminé à temps. Il nous a demandé de le lui faire livrer lundi. Les éclats à eux seuls feront de très belles gemmes.

— C'est merveilleux.

— Je suis heureux que notre homme ne soit finalement pas un malfrat.

Allie gloussa.

— J'en suis soulagée également.

Il hocha la tête, puis s'en fut dans la fraîcheur automnale. Après avoir éteint toutes les lampes et vérifié que les pièces les plus précieuses étaient à l'abri dans leur coffre, Allie l'imita. Elle mourait d'envie de rejoindre Ben immédiatement, mais elle passa d'abord chez elle pour se laver et revêtir quelque chose de plus élégant que sa jupe noire et son chemisier blanc de travail. Trente-cinq minutes environ après avoir quitté *Princes of London*, elle se tenait devant chez l'inspecteur. Allie n'eut le temps de frapper qu'une fois avant qu'il ouvre la porte et lui tende la main. Glissant les doigts dans sa paume, elle se laissa guider jusqu'au salon et s'apprêtait à lui demander si sa sœur était chez eux, quand il referma la porte et l'enlaça. Son baiser fut le plus merveilleux accueil qu'elle avait reçu de toute sa vie. Ses lèvres étaient chaudes et impatientes et Allie saisit son col, son désir tout aussi brûlant que le sien. Il glissa les doigts sur sa nuque et les plongea dans sa chevelure. Une épingle tomba au sol.

— Toutes mes excuses.

Il avait murmuré ces mots contre ses lèvres et se pencha pour récupérer la petite tige en métal.

— Ne vous excusez jamais de me faire ce genre d'accueil.

Elle ouvrit la main et il déposa l'épingle au creux de sa paume.

— Je pourrais aisément m'y habituer, ajouta-t-elle.

Sa remarque le fit sourire et il la regarda remettre l'attache en place, son regard langoureux parcourant chaque détail de son visage, comme s'il s'efforçait de les mémoriser.

— J'en déduis que vous êtes heureux de me voir.

Personne ne l'avait jamais contemplée comme Ben le faisait. Il lui donnait l'impression d'être aussi fascinante qu'une gemme aux multiples facettes.

— Je suis toujours heureux de vous voir. Mais je ne vous ai même pas laissé l'occasion d'ôter votre manteau.

Tout en parlant, il se plaça dans son dos et saisit les bords de son manteau. Allie retint ses mains, savourant avec délice la chaleur de ses bras autour d'elle.

— Est-ce que tout va bien ?

Il inclina légèrement la tête pour l'examiner.

— Je savoure simplement l'instant.

Elle se débarrassa de son manteau d'un haussement d'épaules et se tourna vers lui :

— Votre journée a-t-elle été aussi intéressante que la mienne ?

Son sourire, bien que plein de chaleur, ne s'accordait guère avec les deux sillons creusés entre ses sourcils.

— Oh. Quelque chose vous tracasse.

Allie leva la main et, d'une tendre caresse de l'index, lissa les ridules.

— De quoi s'agit-il ?

— Je trouve terrifiante la facilité avec laquelle vous lisez en moi, désormais.

Il enveloppa la joue de la jeune femme de sa paume tiède.

— J'aimerais faire quelque chose avant de vous parler de ma journée.

— Quoi donc ?

Il passa son pouce sur sa lèvre inférieure.

— Ceci.

Et il l'embrassa. Allie agrippa ses épaules. La chaleur de son souffle attisa un frisson de plaisir qui la parcourut jusqu'aux orteils. Il prenait son temps, ce soir, comme s'il avait décidé de savourer chaque pouce de sa bouche. Comme si elle était un fruit exquis dont il ne pouvait se rassasier. Personne ne l'avait encore touchée avec une telle tendresse. Au creux de ses bras, elle se sentait en sécurité. Chérie. Elle n'avait jamais recherché ce lien qu'ils partageaient, pourtant elle avait l'impression d'avoir trouvé exactement ce qui lui avait toujours manqué.

— Dites-moi ce qui vous tracasse, l'encouragea-t-elle lorsqu'il releva la tête et tendit la main pour coincer une mèche de cheveux derrière son oreille. Et je vous donnerai mes nouvelles.

Il l'attira jusqu'à un fauteuil, près de la cheminée. Puis il souleva un second siège capitonné pour le ramener auprès du premier et la jeune femme fronça les sourcils.

— Qu'y a-t-il ? demanda Ben.

— Avons-nous besoin de deux chaises ?

Avec un large sourire, il reposa le meuble, puis s'installa dans la bergère devant l'âtre et tendit la main à Allie. Cette dernière la saisit aussitôt et se nicha sur ses genoux.

— C'est bien mieux, déclara-t-elle avec un soupir d'aise.

Il s'esclaffa. Allie imagina soudain une vie entière de soirées passées ainsi, assise sur ses genoux à la chaleur du feu, à se raconter leurs journées. L'institution du mariage ne l'avait jamais réellement attirée, mais cette vision de l'avenir en compagnie de Ben avait quelque chose d'irrésistible.

— Dites-moi, qu'est-ce qui est à l'origine de ça ?

Elle frotta tendrement du bout du doigt les rides creusées entre ses sourcils. Ben prit une profonde inspiration.

— Il y a eu une tentative de vol des joyaux de la Couronne.

Elle lui agrippa l'épaule :

— Et nous ne l'avons pas arrêtée.

La culpabilité qu'elle ressentit soudain la désarçonna. Comme si elle avait failli à une sorte de devoir.

— Non, ma douce amie, répondit-il en lui caressant le dos. Ce n'était qu'une tentative. Rien n'a été volé. Ils ont manqué leur coup.

— Ont-ils été pris ?

Ben serra les mâchoires et Allie eut sa réponse.

— Hélas, non, mais ce n'est qu'une question de temps, je vous le promets.

Avant M, Ben avait résolu toutes les affaires que la police lui avait assignées. Pas une fois il n'avait échoué et il était hors de question de commencer maintenant. M ne pourrait lui échapper indéfiniment et sa bande de voleurs tomberait avec lui.

— Je sais que vous les retrouverez.

Elle saisit à nouveau son épaule, avec plus de tendresse cette fois. Sa foi en ses compétences lui réchauffait le cœur, même s'il estimait en avoir fait bien peu pour l'impressionner en tant qu'inspecteur, depuis leur rencontre.

— Quelles sont vos nouvelles ? l'interrogea-t-il.

— Eh bien, elles y sont quelque peu liées, je suppose.

— Oh ?

— Lord Holcroft est revenu à la boutique. Et cette fois, j'ai pu lui parler.

Elle semblait pensive, comme si elle s'efforçait de se remémorer leur conversation.

— Je ne pense plus qu'il s'agisse du même homme que celui qui était à *Chez Hawlston*. Quand il est venu déposer son diamant brut, je l'ai trouvé...

— Oui ?

— Différent de la fois précédente. Jovial, volubile, gentil. Plus nous discutions et plus je me rendais compte qu'il ne pouvait s'agir du même homme.

— Et nous pouvons soupçonner celui de *Chez Hawlston* d'avoir fait partie de la bande qui s'en est prise aux joyaux de la Couronne.

Elle serra le poing qui reposait sur son torse.

— J'aimerais tellement pouvoir me rappeler un détail qui vous aiderait à l'identifier. Ou les autres hommes qui l'accompagnaient.

— Fitz, le détective que j'ai recruté pour surveiller *Chez Hawlston*, va poursuivre son office pendant quelques jours encore. Peut-être reviendront-ils ?

Allie estimait cela peu probable et se doutait qu'il en allait de même pour Ben.

— C'est une enquête officielle, désormais. Nous allons interroger tout le personnel du café.

— Cela risque de ne pas plaire à Mrs Cline.

— Hmm.

Il sourit.

— Ce que je voulais dire, reprit-il, c'est que votre piste pourrait encore s'avérer cruciale.

Allie aurait beaucoup aimé que la police retrouve et interroge les hommes du café, à tout le moins, mais le plus important restait de localiser la bande qui avait tenté de s'emparer des joyaux de la Couronne.

— Avez-vous faim ?

Ben l'attira un peu plus près de son cœur. Mrs Pratt a sans doute préparé le dîner. Allie n'avait aucune envie de se lever. Elle avait faim de lui. Rien d'autre.

— Devons-nous quitter cette pièce pour aller manger ?

— Non, je peux demander des plateaux pour prendre le repas ici.

Elle se montrait égoïste, songea-t-elle. Peut-être l'estomac de l'inspecteur réclamait-il quelque chose de plus concret qu'une étreinte devant la cheminée.

— Pas tout de suite, répondit-elle. D'abord, embrassez-moi.

Du bout des doigts, Ben dessina la courbe de sa joue avant de plaquer sa paume contre la chair tendre de son cou. Allie fondit sous cette caresse et se demanda s'il était envisageable de faire l'amour tout de suite, dans ce fauteuil.

— Si je vous embrasse, murmura-t-il en plongeant son regard dans le sien, je crains de ne plus jamais m'arrêter.

— Plus jamais ?

Il se pencha et captura sa lèvre inférieure entre ses dents, avant d'apaiser la petite morsure d'un délicat coup de langue.

— Plus jamais.

16

Le lendemain, Allie décida de prendre un fiacre pour se rendre à *Princes of London* plutôt que l'omnibus, car elle tenait à préserver le merveilleux sentiment de paix qui l'habitait depuis qu'elle avait passé une nouvelle soirée chez Ben. La tentative de vol des joyaux de la Couronne avait été contrecarrée et Lord Holcroft n'était rien de plus qu'un aristocrate affable. Elle éprouvait une étonnante félicité et réalisa soudain qu'elle avait longtemps aspiré à cette sereine satisfaction. Toute sa vie, elle avait attendu son heure, cherché une façon de laisser son empreinte dans ce monde, mais aujourd'hui, elle avait la sensation d'avoir le cœur un peu plus rempli et ses espoirs n'avaient plus rien à voir avec la découverte d'un trésor ou l'apparition de son nom dans les journaux.

Allie descendit du fiacre, paya le cocher et ouvrit la porte principale de la boutique, impatiente de voir ce que cette nouvelle journée allait lui apporter et plus impatiente encore de retrouver un certain inspecteur pour la soirée. D'ordinaire, Grendel venait à sa rencontre dès que sa maîtresse pénétrait dans le magasin. C'était une façon pour la chatte de rappeler à Allie qu'elle était prête pour son petit déjeuner, avant de se lover sur le sofa pour le reste de la journée. Quand l'animal refusa de se montrer, même après qu'Allie l'eut appelée, la jeune femme se dirigea vers l'arrière-boutique plongée dans l'obscurité. Elle alluma la lampe à gaz et son cœur bondit dans sa gorge.

La pièce ressemblait à un champ de ruines. Ses livres et ses documents jonchaient le sol. Tous les tiroirs de son bureau et du meuble de rangement béaient en direction du plafond, leurs contenus retournés ou jetés par terre. Quelques caisses avaient également été forcées. Allie se précipita vers l'atelier de Mr Gibson en réprimant un haut-le-cœur. La porte était entrouverte, sa serrure déformée et broyée comme si quelqu'un l'avait attaquée avec une masse ou une pierre. À l'intérieur, elle trouva le coffre-fort intact, mais marqué de traces d'effraction. Quelques années plus tôt, Allie avait fait installer ce coffre avec un verrou à combinaison et elle se félicita d'en avoir eu l'idée. Le cœur et le sang palpitant à ses oreilles, elle poussa néanmoins son premier soupir de soulagement.

Puis la peur l'étouffa à nouveau :

— Grendel ?

S'il était arrivé quoi que ce soit à cette chatte, Allie en aurait le cœur brisé. Et rongé par la culpabilité. Elle aurait dû embaucher un veilleur de nuit ou investir dans de meilleures serrures.

— Grendel ? Viens, ma belle.

Allie se pencha pour écarter livres, documents et caisses, et se mettre à genoux pour regarder sous le sofa, mais nulle trace du félin. Étant donné l'ordre qui régnait encore dans la pièce principale de la boutique, Allie en déduisit que la porte reliant les deux était demeurée close pendant la tentative de cambriolage. Grendel se trouvait donc forcément dans l'arrière-boutique. Allie l'appela d'une voix douce tout en fouillant derrière les caisses et sous le bureau. S'était-elle faufilée quand Allie avait poussé le vantail ? La jeune femme décida d'inspecter rapidement la pièce principale du magasin. Allie était à quatre pattes par terre, vérifiant tous les espaces en dessous des meubles et des présentoirs, lorsque la clochette de la porte d'entrée tintinnabula. Elle se redressa d'un coup pour voir qui venait de pénétrer dans la salle et poussa un soupir de soulagement lorsqu'elle découvrit le visage bienveillant de Mr Gibson. Mais lorsque ce dernier l'aperçut, son expression sereine s'évanouit.

— Bonté divine, Miss Prince, que s'est-il passé ?

Mr Gibson s'empressa de la rejoindre et lui tendit la main pour l'aider à se relever.

— Auriez-vous fait une chute ?

— Non, je cherchais Grendel, répondit la jeune femme en désignant l'arrière-boutique d'un geste. Quelqu'un est entré par effraction et je ne parviens pas à la retrouver.

Prononcer ces deux tristes vérités lui emplit les yeux de larmes. Quand l'une d'elles glissa le long de sa joue, elle la chassa d'un revers de la main. Ce n'était vraiment pas le monde de craquer ! Assumer la gestion de *Princes of London* impliquait aussi de faire face aux coups du sort, aussi terribles soient-ils.

— Seigneur.

Mr Gibson s'était approché du seuil de l'arrière-boutique.

— J'imagine qu'ils ont forcé le coffre.

— Non, c'est l'unique bonne nouvelle. Ils n'y sont pas parvenus. Et rien dans la salle principale ne semble avoir été dérangé.

— C'est ma faute, grommela le vieil orfèvre en voûtant les épaules et en se tordant les mains nerveusement. Je comptais me renseigner pour embaucher un veilleur de nuit, mais je me suis laissé absorber par la taille du diamant de Lord Holcroft.

— Ce n'est en rien votre faute. C'était à moi d'embaucher un veilleur. Mais avec un peu de chance, nous n'aurons rien perdu. Pourriez-vous faire l'inventaire de votre atelier ?

Elle ignorait sur combien de pièces son collègue travaillait et lesquelles il avait mises à l'abri dans le coffre-fort. Toutes, espérait-elle.

— Bien sûr.

— Oh ! Grendel. Où es-tu passée ?

Allie soupçonnait la chatte de s'être terrée dans un recoin pendant le cambriolage et, à moins que les voleurs eussent laissé la porte arrière ouverte, l'animal se trouvait probablement toujours dans la boutique. Grendel était un chat d'intérieur. Elle aimait le calme, le confort et les repas à heures fixes.

— Essayez avec un peu de lait, suggéra Mr Gibson depuis l'arrière-boutique.

— Oui, excellente idée !

Leur vieux félin n'aimait rien de mieux qu'un bon bol de lait, même si elle peinait à digérer cette boisson et qu'Allie ne lui en donnait plus qu'en de rares occasions festives.

— Je vais en chercher à *Chez Hawlston*.

Allie tremblait encore lorsqu'elle pénétra dans le café bondé, mais s'efforça de ne rien laisser paraître. Après une courte attente, Mrs Cline accueillit la jeune femme avec son sourire coutumier.

— Vous reprenez vos visites régulières, Miss Prince ?

— Je crains de ne pas être venue pour du café, ce matin.

Quelque chose dans sa voix dut la trahir, car la propriétaire fronça les sourcils :

— Oh non, ma pauvre chérie, qu'est-ce qui vous a bouleversée comme ça ?

Allie déglutit et se pencha vers elle :

— Quelqu'un est entré par effraction cette nuit.

Mrs Cline poussa une exclamation choquée. En tant que commerçante de la même rue, ce genre de nouvelle la touchait de près.

— À première vue, on ne nous a rien pris, s'empressa d'ajouter Allie. Mais je n'arrive pas à retrouver Grendel. Elle vit dans la boutique et…

Une bouffée d'angoisse pour cette pauvre boule de poils grise lui prit la gorge.

— Puis-je vous acheter un peu de lait ?

Mrs Cline se tourna immédiatement vers l'une des filles qui l'aidait derrière le comptoir :

— Hazel, allez chercher un peu de lait pour Miss Prince.

Un instant plus tard, la serveuse revenait avec une petite

bouteille en verre remplie de lait et la déposa sur le comptoir. Mrs Cline la fit glisser en direction d'Allie.

— Cadeau de la maison. Et je vous souhaite de retrouver bien vite votre chat, ma chère.

— Merci beaucoup.

Allie prit la bouteille et regagna *Princes of London*. Une nouvelle bouffée d'angoisse saisit la jeune femme lorsqu'elle découvrit Mr Gibson en train de faire les cent pas devant la porte d'entrée à son arrivée.

— Qu'y a-t-il ?

— Un mystère, voilà ce qu'il y a.

Allie n'avait jamais vu le vieil orfèvre aussi agité, ses sourcils formaient une ligne unique et une fine couche de sueur lui nappait le front.

— J'ai passé en revue tout mon atelier. Il y avait bien quelques pièces laissées en évidence… La chaîne d'une montre en or que j'étais en train de réparer, une pendule en or moulu que je restaurais pour Lord Corning.

— Oh non…

— Non, non, rien de tout cela n'a été emporté.

— Alors, que nous a-t-on volé ?

Il secoua la tête, puis tourna vers Allie un regard sinistre, presque hanté.

— Je ne parviens pas à me l'expliquer, Miss Prince. La porte du coffre-fort paraissait intacte, alors, comme vous, j'ai cru qu'on ne l'avait pas forcé, juste un peu amoché. Mais la porte a bel et bien été forcée. Elle a même été retirée, je dirais, puis remise en place pour faire croire que les voleurs avaient raté leur coup.

— Que manque-t-il ?

Allie déglutit avec difficulté. Ils possédaient quelques œuvres d'art précieuses, des objets en porcelaine susceptibles de rapporter gros aux enchères, mais les pièces les plus chères de *Princes of London* étaient bien évidemment les pierres précieuses et les bijoux.

— Le diamant de Lord Holcroft a disparu, ainsi que deux saphirs plus petits que je devais sertir pour Lady Dalrymple, finit-il par déclarer avant de porter ses deux mains à sa tête. Je croyais le coffre sûr. Nous avions acheté le meilleur sur le marché !

Allie s'approcha et se permit de poser une main compatissante sur son bras.

— Je le croyais aussi. Vous êtes très scrupuleux, vous l'avez toujours été.

— Pourquoi ont-ils remis la porte en place ? Et pourquoi ne pas avoir emporté toutes les gemmes qui se trouvaient dans le coffre ?

— Je l'ignore.

— Nous devrions faire venir un agent de police, reprit Mr Gibson en baissant les mains et en se dirigeant vers la portée d'entrée. Je vais appeler un messager.

Allie emporta la bouteille de lait dans l'arrière-boutique, dénicha une soucoupe et versa un peu de liquide dedans. Tout en elle brûlait de remettre de l'ordre dans le chaos de la pièce, mais sans doute la police voudrait-elle constater l'effraction en l'état. La jeune femme ne tenait pas non plus à effrayer davantage Grendel et à la dissuader de sortir de sa cachette. Elle déposa donc la soucoupe sur le sol et regagna la salle principale. Mr Gibson avait disparu, mais elle espéra qu'il n'avait pas eu à aller trop loin pour dépêcher un messager. Il y avait aussi un agent de patrouille à pied qui passait par leur rue au moins une fois dans la matinée et une fois dans l'après-midi, et qui se rendait toujours disponible pour les riverains. Allie vérifia l'état de la caisse verrouillée, cachée sous le comptoir. Bien qu'il n'y ait aucun signe de pillage des présentoirs, une espèce de paranoïa avait gagné la jeune femme, qui décida de tout vérifier deux fois. Des coups à la porte la firent bondir au plafond et elle pivota brusquement pour découvrir un gentilhomme de l'autre côté du panneau en verre. Il l'observait avec curiosité, un sourcil haussé.

Personne n'avait placé l'écriteau OUVERT, mais la porte était déverrouillée, aussi Allie lui fit-elle signe d'entrer.

— Bien le bonjour, mademoiselle, lança-t-il aussitôt en ôtant son chapeau et en le serrant entre ses mains gantées. Vous ne me connaissez pas…

— Non, en effet, répliqua aussitôt Allie sans parvenir à réprimer son ton méfiant. Qui êtes-vous ?

— Arthur Fitzroy, mademoiselle. Je suis un collègue de l'inspecteur Drake, que vous connaissez, il me semble.

Son regard s'adoucit légèrement et il fit un autre pas vers elle.

— Je vous ai entendue parler à la propriétaire de l'établissement voisin et je pense pouvoir vous apporter mon aide.

— Êtes-vous un inspecteur, vous aussi ?

— Presque, répondit le nouveau venu d'un ton rassurant et non sans une once de charme. Je suis détective privé. Je ne travaille plus pour la Metropolitan Police.

— Je vois.

Il leva la main qui tenait encore son chapeau et l'agita pour désigner l'ensemble de la boutique :

— Vous avez été cambriolés ?

Sa question posée, il examina les présentoirs, les meubles saturés d'antiquités et les murs mouchetés d'œuvres d'art. Il paraissait profondément dérouté.

— Notre arrière-boutique, oui. Pour autant que je puisse en juger, cette salle a été épargnée.

Mr Gibson revint à ce moment-là en se frottant les mains pour chasser le froid. Il contempla Mr Fitzroy avec prudence.

— J'ai trouvé un messager. On devrait nous envoyer un agent de police rapidement.

— Voici Mr Fitzroy, expliqua Allie. C'est un détective privé qui a travaillé avec l'inspecteur Drake.

Mr Gibson se détendit légèrement :

— Lui avez-vous parlé de notre mystère ?

— Pas encore.

Allie se sentait nauséeuse à l'idée d'avoir perdu des pièces aussi précieuses. Il lui faudrait prévenir Lord Holcroft dès que possible, ainsi que Lady Dalrymple. Mais à en juger par la taille de la gemme, le diamant de Holcroft valait sans doute dix fois plus cher que les saphirs de la douairière.

— Puis-je examiner les lieux ? demanda poliment Mr Fitzroy.

Allie hésita un instant, mais Mr Gibson semblait impatient d'accepter. Il avait déjà fait un pas en direction de l'arrière-boutique et se tourna vers Mr Fitzroy, comme pour vérifier que l'homme lui emboîtait le pas.

— Permettez-moi de passer devant, messieurs. Je garde espoir que le chat de notre boutique ait enfin refait surface.

Allie s'approcha prudemment du seuil et murmura une courte prière. L'instant suivant, l'éclat brillant d'une paire d'yeux félins se fixa sur elle.

— Bonjour, ma belle, murmura Allie avec tendresse avant de tourner un sourire radieux en direction de Mr Gibson. Le lait a fait son office.

— C'est la première bonne nouvelle de la journée.

L'échange dut déplaire à Grendel, car elle se réfugia sous le sofa, mais sa maîtresse pouvait toujours distinguer ses deux iris dorés dans la pénombre. Allie pénétra dans la pièce à pas de loups et se pencha pour attraper la chatte et la nicher dans ses bras, tandis que Mr Fitzroy entrait à son tour et découvrait la scène.

— Avez-vous pu rédiger une liste de tout ce qui a été dérobé ?

Allie échangea un regard avec Mr Gibson.

— D'après nos premières observations, seules trois gemmes ont été volées.

— Ils ont réussi à forcer le coffre ? C'est impressionnant.

— Ce qui nous a surpris, c'est que le coffre était fermé à notre arrivée, expliqua Mr Gibson en désignant la porte en fer d'un geste. Cette porte est très lourde. Pensez-vous qu'elle ait pu claquer, par la force ou un courant d'air ?

Mr Fitzroy enjamba les livres et les documents avec soin et s'approcha du coffre-fort.

— Je pense que c'était tout à fait possible, répondit Allie, avant qu'ils n'endommagent les deux gonds en forçant l'ouverture.

Après un examen minutieux, le détective se tourna vers elle :

— C'est étrange, n'est-ce pas ?

— D'après vous, quelles sont nos chances de récupérer ces pierres, Mr Fitzroy ?

Il siffla entre ses dents et leur adressa à chacun un regard qu'ils ne pouvaient interpréter que comme un élan de compassion.

— C'est ce que je craignais, gémit Mr Gibson d'un ton malheureux. Quelle que soit la somme que nous devrons verser à Lord Holcroft et à Lady Dalrymple pour les dédommager, je vous prie de la prendre sur mon salaire.

Il accompagna cette exigence d'un regard déterminé à l'intention d'Allie. Mais bien entendu, la jeune femme ne consentirait jamais à un tel arrangement.

— Nous avons une assurance pour ce genre de situation, Mr Gibson. En vérité, je nous trouve chanceux. J'ai beau fouiller ma mémoire, je crois bien que c'est la toute première fois que *Princes* est victime d'un cambriolage.

Mais ses paroles rassurantes ne parurent guère réconforter Mr Gibson et, si elle devait se montrer honnête, Allie ne se sentait pas plus rassérénée. Ils savaient tous deux que la valeur du diamant de Holcroft dépasserait de loin ce que leur assurance était en mesure de couvrir. Mr Gibson contemplait son atelier d'un air abattu et marmonna :

— L'agent de police ne devrait plus tarder à arriver.

Et en effet, moins de cinq minutes plus tard, un agent en uniforme et au teint frais franchit la porte principale. Mr Fitzroy l'accueillit comme s'ils étaient de vieux amis. Le détective privé s'empressa de leur présenter l'agent Baker et bientôt, le jeune policier, carnet et crayon en main, se mit à prendre des notes sur l'état de l'arrière-boutique. Sans songer à se renseigner, l'homme partit du principe que Mr Gibson était le propriétaire et lui adressait toutes ses questions. Allie tenait toujours Grendel dans ses bras. La chatte s'était enfin mise à ronronner, mais les voix des inconnus semblaient l'inquiéter. Allie se dirigea vers le comptoir et la laissa s'installer sur un emplacement familier. Le détective privé la suivit.

— Merci de nous avoir présenté l'agent, Mr Fitzroy.

— C'est bien normal, Miss Prince. Vous me trouverez tous les matins à *Chez Hawlston*, si vous avez besoin de quoi que ce soit.

D'un geste habile, il tira un bristol de la poche de sa veste.

— Je vous laisse également ceci si, d'aventure, vous avez besoin d'un détective privé.

Allie examina le petit rectangle de carton.

— C'est vous qui étiez en surveillance au café, constata-t-elle.

Elle croisa le regard vigilant du détective avant d'ajouter :

— J'imagine que vous n'avez pas croisé les hommes dont j'ai surpris la conversation.

— Ah, vous étiez donc l'informatrice, murmura-t-il. J'aurais dû m'en douter.

Il rit, mais Allie n'aurait su dire pourquoi.

— Tout s'éclaire, à présent, reprit-il. Mais non, je n'ai vu aucun homme en lunettes fumées ni entendu un mot sur un vol de joyaux.

— « Tout s'éclaire » ? Que voulez-vous dire ?

Il inclina la tête, comme s'il hésitait à en dire davantage, bien que rien chez lui ne semblât trahir une propension à l'indécision.

— Je doute que Drake apprécie que je vous en parle.

— Vous ne faites qu'attiser ma curiosité.

Mr Fitzroy gloussa.

— Duke m'a engagé sur ses propres fonds pour vérifier vos informations. C'est loin d'être courant de la part d'un inspecteur de Scotland Yard.

— Je vois.

Allie sentit une nuée de papillons lui emplir la poitrine

à l'idée que Ben se soit mis en quatre pour mener l'enquête, quitte à employer des méthodes inhabituelles et coûteuses. Elle regrettait seulement que ses informations et les efforts de Mr Fitzroy n'aient pas empêché complètement la tentative de vol des joyaux de la Couronne.

— Comment avez-vous connu l'inspecteur Drake ?

Mais l'homme leva l'index, comme pour lui demander de patienter. Quelque chose à l'extérieur de la boutique semblait avoir attiré son attention.

— Pourquoi ne pas lui poser la question vous-même ?

Ben sauta du fiacre et, en trois grandes enjambées, il avait traversé le trottoir et franchi la porte de *Princes of London*. Il ne s'autorisa à prendre une grande bouffée d'air que lorsqu'il la vit. Alexandra se trouvait là, derrière le comptoir, l'air aussi merveilleuse qu'à l'accoutumée, et elle paraissait saine et sauve. Enfin, les battements affolés de son cœur consentirent à ralentir.

— Ben, s'exclama-t-elle dans un souffle.

— Drake, le salua Fitz presque au même instant.

Lorsque le détective comprit ce que la jeune femme venait de dire, il adressa à Ben un haussement de sourcil. Mais l'inspecteur ignora son ami et fila droit vers Alexandra.

— Est-ce que vous allez bien ?

C'était tout ce qu'il avait vraiment besoin de savoir.

— Je vais bien. Aucun de nous n'était sur place quand le cambriolage a eu lieu.

— Dieu merci.

L'angoisse qui lui étreignait la poitrine retomba légèrement.

— Et le vol ne concerne que trois pierres précieuses, ajouta Fitz.

— Trois pierres *très* précieuses, glissa Allie dans un souffle.

Ben éprouvait une grande difficulté à se concentrer sur autre chose qu'Alexandra. Il étudiait minutieusement chacun des traits de son visage et s'efforçait de discerner ce qu'elle ressentait réellement. À sa grande surprise, elle tourna les yeux vers Fitz.

— Malheureusement, je ne puis considérer cette perte comme minimale, Mr Fitzroy.

Elle reposa son regard sur Ben avant d'ajouter :

— Le diamant de Lord Holcroft a été volé, de même que les saphirs d'une autre cliente.

Se mordillant la lèvre inférieure, la jeune femme jeta un coup d'œil en direction de l'arrière-boutique.

— Le diamant était énorme. Au moins vingt carats, je pense.

Fitzroy inspira entre ses dents.

— Je l'ignorais. Je suis navré, Miss Prince.

Ben tendit un bras et couvrit la main d'Alexandra de la sienne, sans se soucier de ce que Fitzroy en penserait. Lorsqu'il fit volte-face, son ancien collègue remettait son couvre-chef et tirait une paire de gants de sa poche.

— Tu t'en vas ? lui demanda Ben.

— Je ne peux pas faire grand-chose de plus. Tu as fait vite, mon vieux, mais l'agent Baker t'a coiffé au poteau. Le jeune est à l'arrière avec Mr Gibson. Il pourra t'en dire plus.

Ben fit un pas en direction de Fitz et ce dernier lui tendit la main, mais l'enquêteur n'allait pas laisser le détective tirer sa révérence aussi vite.

— Je dois parler à Baker, murmura-t-il. Tu veux bien rester avec elle quelques minutes ?

— Bien sûr, répondit l'homme en haussant les sourcils, comme si sa requête le rendait perplexe. Tu crois que c'est plus qu'un simple cambriolage ?

— Je n'en sais rien, mais je compte bien aller au bout de cette affaire.

— Comptez-vous m'inclure dans ces messes basses ? s'agaça Alexandra en émergeant de derrière le comptoir tout en offrant à Grendel une caresse au passage.

— On ne m'affectera pas à cette affaire, mais je vais aller

demander à Baker s'il accepte de partager avec moi ce qu'il est parvenu à relever. Fitz va rester avec vous pendant que je m'entretiens avec lui.

— Je n'ai pas besoin d'une nourrice, Ben. Je vais bien.

— Faites-le pour moi. Je n'en aurai pas pour longtemps.

En se dirigeant vers l'arrière-boutique, il entendit la jeune femme pousser un soupir frustré et la comprit. Elle était trop indépendante pour tolérer bien longtemps ce genre de surprotection. Il savait que la famille Prince l'avait toujours traitée ainsi et il n'avait aucune intention de la mettre en cage ou de la contrôler. Mais depuis qu'il avait reçu le message de Fitz à propos du cambriolage, les pires souvenirs de sa vie lui revenaient en mémoire et, pendant tout le trajet en fiacre jusqu'à la boutique d'antiquités, de terribles images avaient surgi devant ses yeux. Lorsque son frère avait disparu, il avait tout de suite su que George avait connu un sort funeste. Personne ne l'avait cru, mais son instinct le lui avait affirmé. Le même instinct qui lui tordait le ventre en ce moment même. Qui lui soufflait que ce cambriolage n'avait rien d'une effraction opportuniste, qu'il sortait du cadre habituel des crimes perpétrés à Mayfair.

Les paroles de Demming tournaient en boucle dans sa tête. Ils n'étaient que des pièces sur un échiquier. Et Ben pouvait sentir la main invisible qui les déplaçait, les manipulait, cherchait à les effrayer et à semer le chaos. Pire, il avait la terrible certitude qu'en s'associant à lui, Alexandra était devenue un pion sur cet échiquier. Cette idée le rendait malade et elle ne fit que s'intensifier lorsqu'il pénétra dans l'arrière-boutique de *Princes* et découvrit le désordre que les criminels y avaient semé. D'après elle, rien n'avait disparu de son bureau, de ses étagères, ni de son inventaire, pourtant chaque pouce de la pièce avait été retourné.

— Monsieur ? Vous a-t-on demandé de venir en renforts ?

L'agent Baker paraissait très étonné de le trouver là, ce que Ben comprenait parfaitement. Mr Gibson le salua d'un hochement de tête :

— Inspecteur.

— Fitzroy m'a prévenu pour le cambriolage, répondit-il à Baker. Miss Prince et moi-même nous connaissons.

Sa déclaration surprit visiblement le jeune homme, mais Ben décida de s'en tenir à la version courte.

— Qu'avez-vous découvert ?

Baker désigna l'atelier de Mr Gibson d'un geste.

— Tout est assez évident. Quelqu'un a forcé le coffre-fort. La seule chose qui m'échappe, c'est pourquoi les voleurs n'ont emporté qu'une partie de son contenu. Ils ont dû se donner beaucoup de mal pour l'ouvrir, alors pourquoi ne pas tout dérober ?

— C'est une excellente question.

— J'ai aussi noté un autre élément curieux.

Baker saisit une tasse de thé posée sur la table de l'atelier de Mr Gibson et l'inclina pour permettre à Ben de découvrir ce qu'elle contenait.

— Ces morceaux de papier. On dirait une missive déchirée, mais il n'y figure aucune écriture, seulement des lettres sur certains morceaux.

Ben tendit la main et Baker hésita un moment avant de lui tendre la tasse. L'inspecteur s'empressa alors de pénétrer dans l'atelier et déversa les coupures sur la table. Parmi elles, il trouva ce qu'il craignait. Un morceau déchiré orné d'un simple M calligraphié à l'encre épaisse. Ben sentit la nausée lui soulever le cœur.

— Embarquez ces morceaux de papier et faites-les photographier. J'en veux une copie dès que possible.

— Pourquoi, monsieur ? J'ignorais qu'on vous avait officiellement attribué l'enquête.

Ben tourna vers le jeune agent un regard tel que Baker serra la mâchoire et finit par céder d'un hochement de tête.

— Cet élément pourrait bien avoir un lien avec l'une des affaires sur lesquelles je travaille. Je vous ordonne donc de partager toutes les preuves collectées avec moi. Si cet ordre vous pose problème, remontez donc vos inquiétudes à Haverstock.

Depuis toujours, Helen s'efforçait de lui enseigner les différents gambits du jeu d'échecs. Elle lui avait souvent rappelé que pour attraper un criminel particulièrement habile, Ben devait s'efforcer d'avoir deux ou trois coups d'avance sur son adversaire. Mais de toute évidence, M le tenait en échec.

Et à présent, il craignait que cet échec ait placé Alexandra dans une situation dangereuse.

17

Quand Allie eut retrouvé Grendel et accueilli Ben, elle prit conscience qu'ils n'avaient d'autre choix que de fermer la boutique pour la journée, voire pour le reste de la semaine. Mr Gibson avait insisté pour rester et l'aider à remettre de l'ordre, mais Allie avait insisté plus vivement encore pour qu'il rentre chez lui au bout de quelques heures. Le pauvre homme paraissait épuisé et la jeune femme avait rapidement compris que ce chamboulement l'avait beaucoup affecté. Cela faisait maintenant plusieurs heures que le vieil orfèvre avait pris congé et la jeune femme avait pratiquement fini de ranger l'arrière-boutique. Mais elle n'avait pas accompli cet exploit seule. Après avoir discuté avec Mr Fitzroy et regagné Scotland Yard, Ben était revenu au magasin moins d'une heure plus tard en déclarant avoir obtenu la permission de s'absenter le reste de la journée pour lui venir en aide. Ils avaient donc balayé, dépoussiéré, rempli les tiroirs renversés sans raison apparente et il ne restait plus à présent qu'une poignée d'objets qui n'avaient pas encore repris leur place initiale.

— Il manque un stylo plume et un livre, informa-t-elle Ben, qui était en train de réparer un tiroir cassé à l'aide d'un clou et d'un marteau.

— Avez-vous regardé sous le sofa ?

Allie s'agenouilla pour vérifier.

— Bien joué.

Tendant le bras, elle récupéra le joli stylo plume que sa mère lui avait autrefois offert.

— Il ne manque que le livre.

— Savez-vous lequel manque à l'appel ?

— Oui. C'est un de mes ouvrages sur la piraterie. Il se trouvait au sommet de la pile que je conservais sur le bord de mon bureau.

Cela lui donna une idée. Elle se releva et se dirigea vers le meuble en question pour fouiller dessous. Puis elle vérifia que le titre ne s'était pas coincé entre le bureau et le mur.

— Pourquoi des voleurs emporteraient-ils une poignée de pierres précieuses et un livre, alors qu'ils étaient parvenus à forcer un coffre-fort rempli de gemmes et de bijoux ?

— Je l'ignore. Mais je parlerai à Baker au sujet du livre disparu. Et assurez-vous de le prévenir de tout élément inhabituel qui surviendrait les prochains jours.

Ben ne croisa pas son regard. Il restait concentré sur le tiroir, qu'il fit glisser à sa place dans le bureau après avoir fiché son dernier clou.

— Cela vous semble-t-il acceptable ?

— Il est comme neuf. Merci beaucoup.

Allie tendit le bras et effleura la mâchoire crispée de l'inspecteur du bout des doigts. L'homme lui saisit la main avec douceur avant qu'elle ne puisse reculer et déposa un baiser brûlant au creux de sa paume. Ils venaient de passer plusieurs longues heures ensemble et s'étaient à peine touchés. Allie mourait d'envie de remédier à cela. Elle rêvait de s'abandonner au réconfort de son étreinte. Il se releva et la jeune femme approcha pour enrouler ses bras autour de sa taille. La chaleur de son corps puissant l'apaisa aussitôt. Il la serra tendrement contre lui et déposa un baiser sur son front. Allie ferma les yeux.

— Je vous préviens, je serais parfaitement heureuse de demeurer ainsi un très long moment, susurra-t-elle d'une voix rauque d'épuisement.

Elle s'était attendu à l'entendre glousser, mais au lieu de cela, elle le sentit se tendre contre elle et leva la tête vers lui :

— Quelque chose ne va pas ?

Il lui répondit d'un baiser, mais bien trop court à son goût. Tout juste avait-il effleuré le bout de ses lèvres. Cela n'avait rien à voir avec la façon dont il l'embrassait d'ordinaire.

— Combien de temps comptez-vous garder la boutique fermée ? demanda-t-il, ses iris verts soudain sombres comme un ciel d'orage.

— Pour le reste de la semaine, j'imagine.

— Oui, c'est logique.

Allie jeta un œil en direction du coffre forcé dans l'atelier de Mr Gibson.

— Je suppose que notre assurance voudra envoyer un agent examiner le coffre et tirer ses propres conclusions avant que nous puissions procéder à son remplacement. Mais j'espère pouvoir installer un meilleur modèle.

— Vous espérez ?

— Le remboursement du diamant de Lord Holcroft risque de...

Une bouffée de panique la saisit et elle inspira douloureusement.

— Nous en saurons plus lorsqu'il nous aura présenté ses certificats d'authenticité, mais je crains que cela nous porte un second coup.

Il inclina la tête et Allie perçut un léger grincement lorsqu'il serra la mâchoire. Elle pouvait sentir la tension qui l'habitait dans la rigidité de ses muscles pressés contre son corps.

— Ben, je vous en prie, dites-moi ce que vous avez en tête.

— Tant que la boutique sera fermée, j'imagine que vous demeurerez chez vous ?

Il leva une main vers elle et nicha la joue d'Allie au creux de sa paume.

— Je vais demander à un agent de monter la garde à Manchester Square.

Allie recula, les mains posées sur le devant de sa chemise.

— Pourquoi ? Ce n'est pas parce que ma boutique a été cambriolée que je suis en danger chez moi.

— J'ai des raisons de croire que ce vol est lié à...

Il plongea son regard dans celui de la jeune femme et hésita, comme s'il soupesait ses prochaines paroles.

— À d'autres crimes, conclut-il. Tous orchestrés par le même homme.

— Orchestrés ?

— Oui. Il ne se salit jamais les mains. Il préfère tirer les ficelles depuis les coulisses.

Ben inclina la tête et déglutit bruyamment.

— Mais il possède tout un réseau de petites gens qu'il rémunère pour accomplir ses desseins.

Allie frissonna.

— Vous redoutez sa prochaine offensive ?

— Bien sûr. D'autant plus maintenant qu'il s'en est pris à vous.

Il l'attira plus près de lui encore.

— S'il vous arrivait quoi que ce soit...

Il s'interrompit et secoua la tête.

— Je ne laisserai rien vous arriver, reprit-il d'un ton grave. Alors, je vous en prie, restez chez vous et sachez qu'un agent veillera sur votre demeure jour et nuit.

Allie pouvait sentir sa détermination et elle le savait prêt à tout pour la protéger.

— Je ne suis pas une demoiselle sans défense, vous savez. Je sais comment utiliser chacune des armes que nous exposons ici. Pistolets, épées, couteaux...

Leur mère avait insisté. S'ils devaient manipuler ou montrer ces objets à leurs clients, il était important qu'ils connaissent leur fonctionnement et leur utilisation. Leur père avait adoré enseigner à ses enfants comment se servir de ces antiquités, tout en leur offrant une leçon d'histoire à propos de chacune.

— Nul besoin d'en arriver à de telles extrémités. Mais,

Alexandra, promettez-moi que vous resterez chez vous ces prochains jours.

Allie le repoussa doucement en appuyant sur son torse et se dégagea de son étreinte. Elle se mit à faire les cent pas.

— Je ne suis pas sûre d'aimer l'idée de me retrouver en cage dans ma propre maison.

— C'est juste pour quelques jours.

— Vous pensez pouvoir l'arrêter en quelques jours ?

— Je n'ai pas le choix.

Il serrait la mâchoire si fort qu'Allie s'étonnait qu'il puisse articuler le moindre mot. Plus il parlait, plus il semblait tendu, comme un ressort sur le point de lâcher. Elle le sentait impatient de prendre congé pour se mettre en chasse. Allie comprit soudain ses intentions et une immense douleur vida ses poumons de leur oxygène :

— Je ne vous verrai pas ces prochains jours, n'est-ce pas ?

Il passa une main dans ses cheveux et se tourna pour lui faire face. Il arborait le même masque stoïque et froid que lors de leur première rencontre.

— Vous serez plus en sécurité si je garde mes distances.

Allie s'en trouva momentanément abasourdie. Cette journée était en train de devenir l'une des pires de son existence et elle ne comprenait toujours pas pour quelle raison.

— Vous me cachez une grande partie de la vérité. Vous croyez peut-être me protéger, mais je ne laisserai plus personne me tenir en retrait, quelles que soient ses intentions.

Elle s'approcha de lui, mais croisa les bras. Si elle tendait les mains vers lui ou s'il la touchait, elle craignait de ne plus parvenir à retenir ses larmes et il était hors de question que ses émotions prennent le dessus maintenant. Elle voulait comprendre ce qui le motivait, quels démons il affrontait. Pendant une seconde, son implacable masque s'adoucit. Il n'était plus le redoutable inspecteur Drake, mais Ben, l'homme qu'elle était venue à estimer… Mais non, c’était plus que cela. L’homme qu’elle était venue à aimer.

— Ne comprenez-vous pas que si je pouvais vous emmener loin de cette ville, je le ferais ? Croyez-moi, Alexandra, il n’y a rien que je souhaite davantage. Partir avec vous dans un petit village sur la côte. J’en rêve chaque jour.

— Alors, partons, déclara-t-elle sur une impulsion.

Mais dès que les mots eurent franchi ses lèvres, l’appréhension et la culpabilité les remplacèrent. Quitter la boutique à un moment pareil n’était guère idéal, pourtant elle ne pouvait rien imaginer de plus agréable qu’une semaine seule en compagnie de Ben.

— Je ne peux pas, répondit-il d’un ton catégorique. Je refuse. Il y a un homme, quelque part dans cette ville, qui prépare déjà son prochain coup, et je dois l’arrêter.

Ben était redevenu l’homme qu’elle avait rencontré à Scotland Yard, féroce et sinistre. Allie referma ses bras autour de sa poitrine. C’était la première fois, depuis ce jour, qu’elle se sentait aussi éloignée de lui.

— Cela fait des mois qu’il me mène par le bout du nez.

— Que voulez-vous dire ?

— Tout ceci n’est qu’un jeu, pour lui, Alexandra. L’un de ses hommes m’a dit que nous n’étions que des pièces sur son échiquier.

L’inspecteur fronçait les sourcils sur ses yeux durs, sa bouche n’était plus qu’une mince ligne austère.

— Et aujourd’hui, il a osé s’en prendre à vous.

— Je ne comprends toujours pas. Qu’est-ce qui vous fait croire qu’il est lié à ce cambriolage ?

— Parce que ce vol n’a aucun sens et qu’il vous a laissé une sorte de carte de visite. Des morceaux de papier avec une initiale qui correspond sans doute à son nom. Ou peut-être à son rang.

Il fourragea à nouveau sa chevelure, puis porta l’index à son col pour tirer sur sa cravate, oubliant visiblement qu’il l’avait ôtée une heure plus tôt.

— J’en ai déjà trop dit.

Il fit deux pas en avant et se trouva à nouveau devant elle. Il la toucha d'un air hésitant, plaçant prudemment sa main sur le bras de la jeune femme, sans la tenir vraiment, mais il créa toutefois un point de contact qui chassa presque immédiatement le froid glacial qui avait envahi Allie.

— Vous comprenez, à présent, pourquoi je ne puis me laisser distraire ? Je l'ai sous-estimé une fois et cela ne doit jamais se reproduire.

Il inclina la tête pour croiser son regard.

— Puis-je compter sur votre promesse ? Je dois pouvoir me concentrer sur cette affaire et je n'y arriverai que si je vous sais en sécurité.

Allie prit une profonde inspiration, puis soupira.

— Je devais déjeuner avec Jo, cette semaine.

— Ne peut-elle venir chez vous ?

— Peut-être.

Elle se mordit la lèvre inférieure en songeant à toutes les activités qu'elle avait prévues pour cette semaine.

— Je dois parler aux deux clients dont les pierres ont été volées. Lord Holcroft et Lady Dalrymple. Il nous avait demandé de lui apporter les gemmes taillées lundi.

— Ne pourriez-vous leur écrire ?

Allie haussa un sourcil :

— Des objets très précieux leur appartenant ont été volés dans notre boutique. Ils méritent mieux qu'une lettre.

— Ne peuvent-ils patienter jusqu'à la semaine prochaine.

— Je ne pense pas.

Lord Holcroft était certainement le plus pressé des deux. Elle doutait que la rumeur du cambriolage parvienne à ses oreilles, mais elle tenait à le prévenir avant la date de livraison prévue.

— Je pourrais en parler à Mr Gibson. Lui demander de rendre visite aux clients.

Mais cela ne lui convenait guère. Allie était responsable de *Princes of London* et perdre les possessions de leurs clients n'était guère le genre d'affaire que sa famille prenait à la légère. Ben caressa doucement son bras, comme pour tenter de l'apaiser ou, peut-être, de la convaincre.

— Je vais vous raccompagner chez vous, murmura-t-il.

Allie se mordit la lèvre et osa demander :

— Resterez-vous avec moi, ce soir ?

Il ferma les yeux.

— Ce ne serait pas une bonne idée. Mais j'espère que vous savez combien ce refus me coûte.

C'était exactement la réponse qu'elle avait crainte.

— Mais vous allez me raccompagner vous-même ?

Il tourna les yeux vers la devanture de *Princes* et Allie réalisa que cela n'avait jamais été son intention. Sans doute un agent patientait-il dehors, prêt à commencer sa surveillance. Cependant, elle devina également que Ben n'avait aucune envie de se séparer d'elle de cette manière. Encore moins pour plusieurs jours.

— Je vais vous raccompagner chez vous.

Il lui tendit la main. Lorsqu'elle entrelaça ses doigts avec ceux de l'inspecteur, Allie ne put s'empêcher de se demander combien de temps il lui faudrait encore attendre avant de pouvoir le toucher à nouveau.

Le lendemain matin, Ben convoqua deux de ses agents les plus prometteurs dans son bureau. S'il comptait attraper M dans les prochains jours, il allait devoir répartir la charge de travail. Il était hors de question que cet homme sème la pagaille dans la capitale une minute de plus ! Ben insista fortement sur le caractère discret de cette affaire et leur annonça clairement qu'il attendait d'eux de longues heures sans rechigner et une diligence sans faille. Chacun des deux agents était ambitieux et travailleur, et ils acceptèrent les termes aussitôt. Il réaffecta deux autres dossiers qu'il avait entamés et récupéra les rapports des enquêteurs qu'il avait lancés précédemment sur diverses pistes pouvant mener à M, puis il s'installa avec Gates et Riley pour préparer une traque de plusieurs jours. Sur le mur de son bureau, il avait épinglé les faits vérifiés et délimité une section regroupant les théories et hypothèses concernant M qu'il n'avait pas encore pu étayer par des preuves, comme son origine militaire ou aristocratique, ou son ressentiment envers la famille royale.

— Gates, je compte sur vous pour faire toute la lumière sur l'adresse de Bedford Square. Les précédentes recherches n'ont mené nulle part. Trouvez l'ancien propriétaire, un agent foncier. Quelqu'un a forcément encadré la vente de cette propriété, à un moment ou un autre. Interrogez les voisins, s'il le faut.

— Je m'y mets immédiatement, monsieur.

— Riley, vous allez passer au crible tous les éléments que nous avons déjà pu rassembler. Soyez particulièrement méticuleux quand vous étudierez les coupures.

Ben jeta un œil à la photographie des coupures de journaux découvertes chez le joaillier.

— Je sais que c'est une tâche fastidieuse, mais ce sont souvent les plus petits détails qui comptent. Quelque part, il y a une piste qui nous conduira jusqu'à lui.

La pile de documents face à lui ne parut pas décourager le jeune homme une seule seconde.

— Il semble manquer un dossier, monsieur.

Riley suivait du doigt une liste de notes qu'il avait prises plus tôt.

— Le dernier sur lequel vous avez travaillé.

— Je dois encore obtenir l'accord de Haverstock, mais de nombreux éléments connexes sont apparus pendant cette affaire.

Les chances pour que Haverstock autorise de jeunes enquêteurs à accéder aux détails d'une tentative de chantage à l'encontre du prince d'Angleterre étaient minces, mais Ben comptait livrer un plaidoyer convaincant. S'ils pouvaient relier les affaires entre elles, cela leur offrirait une bien meilleure vue d'ensemble. Les deux agents savaient seulement qu'ils cherchaient un cerveau criminel connu sous le pseudonyme M, qui était probablement responsable de la tentative de vol des joyaux de la Couronne et du cambriolage chez *Princes of London*.

— Et la liste des associés de Demming, monsieur ?

— Je m'en occupe, répondit Ben.

Les jeunes enquêteurs échangèrent un regard.

— Vous pensez vraiment que l'un d'eux acceptera de vendre leur commanditaire ? l'interrogea Gates.

Riley renchérit :

— Ils l'ont toujours protégé jusque-là. Et ce type a fait d'Amos Howe un exemple suffisamment parlant pour les dissuader de retourner leur veste.

— Demming est en colère, leur expliqua Ben. M le tient peut-être toujours sous sa coupe pour l'instant, mais Jack voudra venger son frère. Le moindre détail susceptible de lui échapper entre deux pintes de bière pourrait suffire à nous ouvrir une voie jusqu'à M.

— Compris.

Riley tapota son crayon sur la table.

— Notre meilleure chance serait peut-être d'amener Demming à boire un verre de trop. Pour le rendre bavard.

— Je suis d'accord.

Ben acquiesça d'un signe de tête.

— Lui ou l'un de ses alliés.

Ben s'apprêtait à clore la réunion lorsque des coups retentirent à la porte de son bureau.

— Entrez.

Ransome passa la tête à l'intérieur et écarquilla les yeux en découvrant l'assemblée d'enquêteurs.

— Haverstock veut vous voir.

Ben ne prit pas la peine de demander quand. Quand Haverstock souhaitait vous voir, il n'acceptait qu'une réponse immédiate.

— J'y vais.

Une fois Ransome reparti, Ben s'assura que chacun des jeunes agents savait quoi faire.

— Faites-moi un rapport sur vos progrès à chaque fin de journée. Cette affaire est confidentielle et urgente.

Ses collègues acquiescèrent en silence et Ben les laissa se mettre au travail. Deux minutes plus tard, il frappait deux coups à la porte du bureau de Haverstock. Son chef l'autorisa à entrer. Cette fois, il ne le fit pas patienter inutilement avant de s'adresser à lui. Il se tenait debout derrière son bureau, les bras croisés et le regard furieux. Ses sourcils blancs étaient si froncés qu'ils semblaient former une unique ligne broussailleuse et la peau juste au-dessus de ses moustaches avait pris une teinte rougeâtre. La dernière fois qu'il avait vu Haverstock aussi contrarié remontait à leur visite chez Lord Wellingdon, lorsque Alexandra avait refusé de se laisser intimider par les mauvaises manières du commissaire.

— Monsieur ?

— Parlez-moi de vos récentes...

Le dernier mot siffla entre ses dents et il lui fallut visiblement un moment pour reprendre contenance.

— Activités...

— J'ai monté une petite équipe afin d'accélérer l'enquête sur les opérations et l'identité de M.

— Ces hommes n'ont pas reçu l'autorisation de consulter les dossiers des services spéciaux et vous le savez très bien.

— Je ne leur en ai pas donné l'accès. Mais j'aimerais qu'on me permette de le faire.

— Tiens donc.

Haverstock le nargua d'un horrible rictus avant d'ajouter :

— Si cette affaire vous dépasse...

— Ce n'est pas le cas, monsieur.

— Pourtant, vous avez soudain décidé d'appeler des renforts.

Haverstock leva le menton, comme s'il espérait ainsi prendre Ben de haut, mais bien entendu, cela ne pouvait fonctionner, puisqu'il faisait une tête de moins que son subalterne.

— J'espère que ce changement de stratégie ne découle pas du

cambriolage qui est survenu chez une antiquaire de Mayfair… ni de votre intrigue avec cette dernière.

Ben retint son souffle un instant. Ce fut le seul moyen qu'il trouva pour réprimer la riposte acide qui lui piquait la langue.

— Les affaires sont liées, répondit-il finalement, la mâchoire crispée. Et c'est une montée en puiss…

— Une montée en puissance parce qu'il a causé des désagréments à votre maîtresse ?

— Elle n'est pas ma maîtresse.

Cette fois, ce fut Ben qui siffla entre ses dents, ses joues brûlantes de colère. Il sentait son sang bouillir dans ses veines et luttait contre une envie folle de faire passer le petit homme à travers sa propre fenêtre.

— J'en déduis donc que vous lui avez demandé sa main ? Connaît-elle votre parenté ?

Haverstock haussa un sourcil, puis l'autre. Il paraissait se délecter de lui poser cette question. Une question qui n'avait rien à voir avec les aptitudes professionnelles de Ben, mais tout à voir avec ce que Haverstock semblait considérer comme le meilleur atout dans sa manche contre le jeune enquêteur : l'identité de son père aristocrate.

— Ce ne sont pas vos affaires, monsieur.

— Ah.

Il décroisa les bras et approcha de son bureau pour y saisir une enveloppe qu'il leva devant les yeux de Ben.

— Pourtant, quelqu'un a décidé d'en faire mon affaire.

Ben remarqua aussitôt qu'il n'y avait sur le papier aucune adresse, ni d'expédition ni de destination, comme si le pli était passé de main à main. L'enveloppe était plate, mais l'étincelle triomphante dans le regard de Haverstock informa son subalterne que ce qu'elle contenait devait être aussi toxique que du venin de vipère. Ben tendit la main et en tira deux photographies qui lui portèrent la bile aux lèvres. Il déglutit avec rage tout en luttant contre le voile rouge qui brouillait la périphérie de sa vision. Il concentra toute sa détermination sur sa main pour l'empêcher de trembler. Les deux images avaient le grain épais et l'une était un peu floue, mais Ben se rappelait précisément les instants qu'elles immortalisaient. Il se souvenait de chaque seconde passée en compagnie d'Alexandra. La première les montrait debout côte à côte sur le trottoir, devant *Princes of London*. Le lendemain de leur rencontre. Il ne l'avait pas encore embrassée, à ce moment-là, mais en rêvait déjà. La seconde les surprenait sur le seuil de la demeure de Ben, au petit matin, après une merveilleuse nuit passée entre ses bras. Ben résista à l'envie de lever un regard fulminant vers Haverstock. Il ne ressentait pas une once de la honte ou de la culpabilité que le vieux renard espérait visiblement instiller en lui, mais le jeune enquêteur venait de réaliser que son chef se posait en adversaire ; pire, il prit conscience que cela avait sans doute toujours été le cas, mais qu'il avait été trop aveugle pour s'en rendre compte.

— Je vais devoir vous dessaisir de l'affaire, Drake.

Haverstock agita dédaigneusement le bras en direction des photographies que Ben tenait toujours.

— Vous êtes compromis.

— Non.

Officiellement, les décisions de Haverstock éclipsaient celles de Ben, mais l'inspecteur ne renoncerait pas à cette enquête, quitte à la poursuivre officieusement.

— À moins que vous n'ayez mis fin à votre liaison avec Miss Prince, vous êtes une personne dépositaire de l'autorité publique qui possède un intérêt personnel dans un dossier qui lui a été affecté.

Ben se mordit si fort la langue pour s'empêcher de réagir que le goût cuivré de son propre sang se répandit dans sa bouche.

— Avez-vous renoncé à la jeune femme, oui ou non ?

— Oui.

Haverstock n'avait aucun droit de l'interroger sur sa relation avec Alexandra, mais Ben dirait à ce finassier ce qu'il tenait tant à entendre.

— Pourtant, vous avez passé plusieurs heures dans sa boutique, hier, au lieu d'accomplir vos devoirs ici.

— Il y a eu un cambriolage...

— Et l'agent Baker avait les choses bien en main.

— Comme je vous l'ai dit...

Ben leva enfin les yeux et affronta directement le regard de son chef. S'il lui restait la moindre influence sur Haverstock, la plus petite trace d'allégeance demeurant entre son ancien mentor et lui, il comptait l'user jusqu'à la corde.

— Ces affaires sont liées. Et je ne me laisserai pas évincer.

Haverstock se balança sur ses talons. La véhémence de Ben semblait presque l'amuser. Généralement, ce genre de comportement augurait l'instant décisif où le commissaire abattait ses cartes pour mieux se délecter de son propre pouvoir.

— Vous pouvez garder l'affaire, *si*...

Haverstock leva l'index et se redressa de toute sa hauteur comme pour gagner un pouce de plus.

— Si vous renoncez à Miss Prince et vous consacrez entièrement à votre travail.

Renoncer à Miss Prince. Ben n'avait-il pas suivi la même logique en découvrant le morceau de papier portant la lettre M dans l'atelier de Mr Gibson ? M cherchait à l'effrayer et, s'il se fiait à ces photographies, à l'écarter de l'affaire. Mais Ben avait cessé de suivre aveuglément sa tête. Il ignorait comment elle s'y était prise, mais Alexandra avait exhumé son cœur et la froide logique sur laquelle il s'était tant appuyé ces dernières années lui faisait désormais l'effet d'une frêle béquille, comparé à son amour pour la jeune femme qui lui donnait des ailes. Et il avait enfin ouvert les yeux sur les machinations de Haverstock, qui ne méritait aucune sincérité de sa part. Il allait donc jouer selon ses règles. Du moins pour l'instant.

— Considérez ces conditions comme acceptées, et d'ores et déjà remplies.

— Cela vaut mieux pour vous, mon garçon. Si vous échouez et que ces photographies sont divulguées, que serai-je censé dire au directeur de Scotland Yard ?

— Je n'échouerai pas.

Il ne pouvait pas échouer. Pas à cause d'une maudite promotion, mais pour Alexandra. M avait osé s'en prendre à elle dans sa propre boutique et, s'il songeait trop longtemps à tout ce que ce dément pouvait encore lui infliger, Ben ne parviendrait jamais à se concentrer sur sa mission.

— Tenez-le-vous pour dit.

18

Lorsqu'elle entama l'après-midi de son premier jour de résidence surveillée, Allie avait commencé la lecture d'un livre avant de le reposer, terminé un projet de tricot et, avec l'aide de Lottie, rafraîchi et réagencé sa garde-robe sans autre réel but que de s'occuper l'esprit. Mais une fois assise devant la tasse de thé qu'elle prenait toujours après son déjeuner, la jeune femme ne put s'empêcher de songer à Ben. Lorsqu'il l'avait déposée devant chez elle la veille au soir, elle avait remarqué dans ses yeux un éclat sauvage qui n'avait rien à voir avec son désir pour elle. Au contraire, pour la première fois depuis leur rencontre, il avait paru impatient de la quitter. Allie avait reconnu l'expression d'un homme au pied du mur et aurait tout donné pour apaiser ses angoisses, mais elle avait également deviné que ce n'était pas ce qu'il souhaitait. Il voulait retrouver cette force sauvage, mue par son propre désespoir, qui lui permettrait d'attraper l'homme qui avait cambriolé *Princes of London* et tenté de voler les joyaux de la Couronne. Elle comprenait également sa logique : il espérait la protéger en gardant ses distances et en l'enfermant chez elle. Hélas, ce n'était là que son premier jour d'isolement et Allie tournait déjà en rond telle une lionne en cage.

D'ordinaire, elle passait la semaine à la boutique. Il en était ainsi depuis des années. C'était un aspect de son quotidien qui lui apportait une profonde satisfaction et donnait du sens à sa vie. Certes, elle avait écrit à Mr Gibson pour l'informer que le magasin resterait fermé jusqu'à la fin de la semaine, mais elle le connaissait trop bien pour croire une seule seconde qu'il se contenterait de rester chez lui. Sans un coffre intact et digne de ce nom, ils ne pouvaient accueillir leurs clients, mais le vieil orfèvre travaillait toujours sur une demi-douzaine de projets de réparation ou de restauration. Il trouverait certainement de quoi s'occuper dans son atelier, en particulier sans interruption extérieure.

Allie aurait aimé le rejoindre chez *Princes*.

Mais en toute impartialité, si elle avait respecté ses engagements, la jeune femme serait de toute façon sortie pour l'après-midi, car elle avait prévu de passer quelques heures en compagnie de Jo. Cette dernière avait eu l'idée d'un événement de bienfaisance combinant les intérêts de leurs clubs de lecture et de cyclisme, et auquel elles pourraient inviter qui elles désiraient. Jo avait requis avec insistance les talents organisationnels d'Allie pour l'aider à tout mettre en œuvre. Allie avait envoyé Lottie porter un message à la résidence des Wellingdon, afin d'expliquer à Jo qu'elle devait rester chez elle, mais aucune réponse n'était encore arrivée. La jeune femme venait tout juste de remonter dans ses appartements après avoir pris son thé, quand elle décida de redescendre une fois de plus. Lottie, debout dans le vestibule, observait la rue à travers l'étroite fenêtre rectangulaire jouxtant la porte d'entrée. Elle se tourna vers Allie dès qu'elle capta le bruit de ses pas dans l'escalier et lui sourit.

— Des nouvelles de Lady Josephine ?

— Hélas, non, mademoiselle. Mais je viens de récupérer le courrier, si vous souhaitez le consulter.

Lottie s'empara d'un petit tas de missives sur la table du vestibule et les tendit à Allie.

— J'étais censée retrouver Jo chez elle dans trois quarts d'heure…

Allie tapota la pile de lettres du bout des doigts.

— Il est dehors ?

— Ils sont deux, expliqua la domestique. L'un est installé dans le square d'en face. L'autre patrouille de temps à autre. Je pense qu'il surveille aussi l'arrière de la maison.

Tout ceci était ridicule. Elle comprenait que Ben s'inquiétât pour sa sécurité, mais l'enfermer chez elle quand elle était censée tenir une boutique ? Comment ne pas devenir folle ? Allie se dirigea vers la porte d'entrée et plissa les yeux pour mieux inspecter l'espace vert de l'autre côté de la rue pavée.

— C'est l'homme sur le banc ?

— Parfois, il s'assoit sur le banc. Parfois, il se promène dans le square.

Lottie s'attarda derrière sa maîtresse.

— Comptez-vous honorer votre rendez-vous chez Lady Josephine, mademoiselle ?

— Et si elle était déjà en chemin ?

— Ne vous aurait-elle pas prévenue ?

Ben serait furieux si elle ignorait ses mises en garde, d'autant plus qu'elle n'avait pas encore passé une journée entière confinée chez elle.

Confinée. Des souvenirs resurgirent brusquement de sa mémoire. Elle avait passé tant de journées confinée dans sa chambre, terrassée par la fièvre et trop épuisée pour sortir de son lit. Écartée pour ne pas risquer de contaminer Eve et Dom. Enfermée pendant que le reste de sa famille partait à l'aventure. Pas étonnant, avec une telle enfance, qu'elle ait tant de difficultés à passer une simple journée chez elle. Que n'aurait-elle donné pour être ailleurs, pour *faire* quelque chose, se rendre utile ! Mais un homme surveillait l'entrée de sa maison et un autre patrouillait à l'arrière. À moins de s'éclipser comme une fugitive en cavale, elle devrait respecter sa promesse.

— Pourquoi ne m'escorterait-il pas jusque chez Jo ? songea soudain Allie à haute voix avant de jeter un coup d'œil à Lottie derrière elle.

Cette dernière haussa les épaules.

— S'il est ici pour vous surveiller, ce doit être possible. Nous pourrions préparer la voiture.

L'équipage des Prince servait rarement. Trop ancien et ostentatoire, le véhicule était toutefois spacieux et pourrait efficacement transporter Allie et l'un de ses vigilants agents jusqu'à la résidence des Wellingdon.

— Je vais monter me changer.

Sa décision prise, Allie se sentit aussitôt plus légère, du moins, tant qu'elle ne songeait pas à la réaction de Ben lorsqu'il aurait vent de son expédient.

— Voulez-vous bien prévenir l'agent, Lottie ?

— Bien sûr, mademoiselle.

Les yeux de la domestique étincelèrent. Elle adorait participer aux projets impromptus de sa maîtresse. Allie regagna rapidement sa chambre et se changea avant que son esprit rationnel ne la dissuadât de mettre son plan à exécution. Quinze minutes plus tard, elle avait enfilé une robe suffisamment élégante pour les salons de Lord Wellingdon et décidé de ne pas toucher à sa coiffure. À sa connaissance, leur déjeuner tardif n'aurait d'autres convives qu'elles deux et une bonne dose de planification utopiste. Allie enfila ses gants en descendant l'escalier et sourit en découvrant que Lottie l'attendait au pied des marches avec un sourire excité.

— L'agent Collier vous attend et il est parfaitement aimable.

Elle déglutit et ajouta en fronçant les sourcils :

— Mais il doute que l'inspecteur Drake apprécie ce changement de plan.

— Ce n'est que pour quelques heures et je serai toujours sous surveillance. C'est ce que Be… *l'inspecteur Drake* souhaite avant tout.

Allie jeta un œil dehors et remarqua que l'équipage familial l'attendait déjà dans la rue.

— Et puis, l'inspecteur Drake n'a pas besoin de tout savoir.

— Bien sûr que non, gloussa Lottie en tendant son chapeau à

Allie avant de l'aider à glisser les bras dans les manches de son manteau. À tout à l'heure, mademoiselle.

— Je serai vite rentrée, Lottie.

L'agent Collier patientait à côté de la voiture. C'était un jeune homme blond et séduisant et Allie comprit pourquoi Lottie passait tant de temps scotchée à la fenêtre. Il l'aida à monter dans le véhicule, mais n'échangea avec elle que quelques paroles de courtoisie au cours du trajet qui les conduisit chez les Wellingdon. L'agent de police surveillait avec attention les trottoirs qui défilaient de l'autre côté des fenêtres, comme s'il craignait que la voiture ne tombe dans une embuscade. Allie se demanda soudain si elle prenait les menaces contre elle suffisamment au sérieux. Ben avait exprimé ses craintes de façon très vague en ne parlant que d'un « prochain coup ». La jeune femme s'était imaginé un autre cambriolage, ailleurs dans la ville ; qu'est-ce qu'un voleur pourrait bien vouloir à une antiquaire comme elle ?

— Craignez-vous un danger imminent, monsieur l'agent ?

Il tourna vers elle un regard perplexe, comme si l'inconscience de la jeune femme le stupéfiait.

— Si l'inspecteur Drake a exigé une surveillance rapprochée, je ne doute pas que ce soit le cas.

Allie eut alors la nette impression que Ben n'en avait guère dit plus à ce jeune homme qu'à elle-même, mais espéra se tromper. L'agent Collier avait besoin de savoir quelle menace planait sur eux, après tout. Quand ils arrivèrent à la résidence des Wellingdon, Allie et l'agent se séparèrent. Le policier examina la maison de ville, étudia en détail les deux côtés de la rue, puis alla s'installer dans un petit espace vert face à la majestueuse demeure.

— Vous êtes venue ! l'accueillit Jo avec son enthousiasme coutumier. Avez-vous reçu ma réponse ? Je crains d'avoir trop tardé à l'envoyer.

— Non, mais ce n'est rien. Je suis là, c'est tout ce qui compte. Mais j'ai dû venir sous escorte.

La jeune femme pria pour que Lady Wellingdon ne remarque

pas sa présence et n'entende même jamais parler de cette affaire. Cela ne ferait que consolider sa mauvaise opinion d'Allie.

— Où est-il ?

Jo inclina la tête pour regarder derrière son amie, comme si elle s'attendait à trouver le policier camouflé dans son dos.

— En poste dans le square.

— Je suis si navrée, ma chère. Je sais combien votre indépendance vous est précieuse.

Jo glissa son bras sous celui d'Allie et ajouta :

— Accompagnez-moi au salon. J'ai réquisitionné l'espace pour notre séance de planification. Cela nous octroiera également un peu d'intimité.

Une fois à l'abri des quatre murs, Jo ferma les portes à panneaux derrière elle.

— Je suis bien décidée à organiser ce dîner de bienfaisance, déclara son amie, mais j'aimerais également savoir pourquoi l'inspecteur Drake vous a ordonné de rester chez vous. Sous surveillance.

Comme toujours, Jo s'installa sur le sofa confortable trônant dans un coin de la pièce et tapota la place à côté d'elle. Allie s'assit avec son amie et réalisa avec un véritable choc que des larmes lui piquaient les yeux. Il y avait dans toute cette affaire un aspect auquel elle s'était efforcée de ne pas songer toute la journée, mais qui revenait à présent en force : la peur. La question qui l'avait hantée toute la soirée de la veille, jusqu'à ce que l'épuisement l'emporte dans un sommeil agité.

— J'ignore si je le reverrai.

Jo s'approcha d'Allie et tira de sa poche un mouchoir plié en tissu immaculé qu'elle tendit à son amie.

— Je ne comprends pas, ma chère. Parlez-vous de l'inspecteur Drake ?

— Je ne cesse de repenser à la façon dont nous nous sommes séparés hier soir et j'ai peur. Peur qu'il laisse cette affaire le consumer.

— Celle du cambriolage à *Princes* ?

Jo tendit le bras et prit la main d'Allie dans la sienne avec chaleur :

— Lorsque j'ai lu votre missive, cela m'a brisé le cœur. Je n'ose imaginer combien Mr Gibson et vous devez être dévastés.

— Cela aurait pu être pire. Dieu merci, personne n'a été blessé. Mais toute cette histoire était si étrange. Notre coffre-fort regorgeait de bijoux, mais les voleurs n'ont emporté qu'une poignée de pierres précieuses et ils ont laissé une lettre déchirée.

— Une lettre déchirée ?

Jo eut un mouvement de surprise, comme si c'était la chose la plus curieuse qu'elle ait jamais entendue.

— C'est un indice, n'est-ce pas ? l'interrogea Allie.

Cette idée n'avait cessé de tourner en boucle dans un coin de son esprit, mais elle avait été si inquiète pour Grendel, puis si impatiente de remettre de l'ordre dans l'arrière-boutique… Et l'agent Baker avait emporté les morceaux de papier avant qu'elle ne puisse y jeter un œil.

— Vous croyez ?

— C'est forcément une sorte de message du voleur, reprit Allie en se levant d'un bond pour faire les cent pas dans la pièce. Ces morceaux de papier doivent avoir un sens. Quelque chose d'important.

Allie appuya une main sur sa bouche tout en s'efforçant de se remémorer tous les propos de Ben.

— Ben a dit que la lettre contenait une initiale correspondant sans doute à son nom. Ou à son rang.

Jo l'observait, l'air complètement dérouté.

— Si seulement j'avais pu voir cette lettre, mais l'agent qui est venu prendre notre signalement a emporté les morceaux avec lui.

— Mais l'inspecteur Drake se chargera certainement de tout cela, lui rappela Jo en inclinant la tête pour tenter de capter le regard d'Allie. Vous ne pouvez pas résoudre cette affaire pour lui, ma chère.

— Mais je pourrais peut-être lui apporter mon aide.

Jo gloussa, puis lui sourit de toutes ses dents.

— Je pense que vous feriez une formidable enquêtrice. Vous avez un instinct infaillible, en plus d'être curieuse et organisée.

— Et impulsive.

Allie ignorait si Jo la taquinait, mais la critique préférée de Dom à son encontre lui parut soudain particulièrement à propos.

— Je suis sérieuse, insista Jo. Toutefois, je doute que l'inspecteur Drake souhaite vous impliquer dans cette affaire, sans quoi il ne vous aurait pas cloîtrée chez vous.

Jo jeta un œil au siège du sofa qu'Allie venait de déserter et ajouta :

— À présent, venez ici et dites-moi pourquoi vous craignez de ne jamais revoir notre homme.

Quelqu'un frappa à la porte du salon et Jo ne put réprimer un petit grognement frustré.

— Olivia est en plein essayage, mais maman m'avait promis qu'elle n'aurait pas besoin de moi, murmura-t-elle.

Avec un léger soupir résigné, elle redressa les épaules et se tourna vers les portes à panneaux.

— Entrez.

Le majordome de la résidence, Mr Best, ouvrit la porte.

— Un gentilhomme demande à voir Miss Prince, milady.

Allie et Jo échangèrent un regard, les yeux ronds comme des soucoupes.

— Il a montré un insigne de Scotland Yard, milady, ajouta Mr Best avec son flegme habituel.

Jo se mordit la lèvre pour réprimer un sourire.

— Notre visiteur est-il grand et brun avec une expression orageuse, Mr Best ?

— Une description tout à faire conforme, milady.

Allie hésitait entre courir se cacher derrière un meuble et se précipiter à sa rencontre. Son cœur battait la chamade et elle ne put retenir un sourire, même si elle s'attendait à le trouver de fort méchante humeur.

— Faites-le entrer, invita Jo.

Et sur ce, il apparut. L'inspecteur Drake remplissait littéralement l'encadrement de la porte, mais il ne semblait pas fâché. La fatigue avait creusé des cernes sous ses yeux, il ne s'était pas rasé, mais demeurait l'homme le plus séduisant qu'Allie ait jamais vu.

— Mes hommages, Lady Josephine. Puis-je solliciter un entretien privé avec Miss Prince ?

Allie ne pouvait s'arracher à sa contemplation, mais elle sentit Jo tourner vers elle un regard curieux et insistant.

— Tout va bien, Jo.

— Je vous accorde cinq minutes, inspecteur, répondit son amie en se levant. Et je vous interdis de vous emporter contre elle. Elle est venue pour m'aider.

— Merci, Lady Josephine.

Il salua Jo d'un léger signe de tête lorsque la demoiselle quitta la pièce.

— Je suppose, demanda Allie, que quoi qu'en dise Jo, vous êtes en colère contre moi ?

Durant tout le trajet jusqu'à la résidence des Wellingdon, Ben avait senti la colère bouillonner dans ses veines. Il avait frappé la cloison du fiacre, ordonnant au cocher de forcer l'allure. Il avait même anticipé leur dispute, préparant ses arguments.

Entêtée. Obstinée. Exaspérante.

Ces trois épithètes avaient tourné en boucle dans son esprit, mais à présent qu'elle lui faisait face, qu'il lui suffisait de quelques pas pour la prendre dans ses bras, Ben était incapable de s'accrocher à sa colère et il laissa son ressentiment s'envoler. Elle était si belle. Dans cette pièce nimbée de soleil, Alexandra semblait attirer toute la lumière à elle. Les rayons dorés faisaient chatoyer la courbe de sa joue et roussir la mèche folle qui s'enroulait au bord de son oreille. Et ses iris brillaient du plus bel éclat violine qu'il ait jamais vu.

— Vous ne dites rien, murmura-t-elle. Est-ce une bonne ou une mauvaise chose ?

Ben préférait pour l'instant garder le silence, car une féroce bataille à l'intérieur de lui opposait ce qu'il devait lui dire à ce qu'il brûlait de lui dire. Une guerre entre sa tête et son cœur. Il se sentait déchiré entre un métier qu'il avait cru être le pilier de son existence et une femme qui avait surgi dans sa vie pour lui prouver qu'il se trompait. Alexandra fit un pas hésitant vers lui, s'approchant suffisamment pour qu'il puisse capter son parfum. Un mélange de fleurs, de cire d'abeille et de ce café dont elle ne pouvait se passer.

— Ben, je préfère encore une querelle à ce silence glacial.

— Je ne veux pas d'une querelle.

Peut-être avait-il tiré des leçons du passé, finalement.

— Je me suis querellé avec une personne que j'aimais, un jour. Une personne obstinée. Et cela s'est mal terminé.

— Vous parlez de George ?

— Oui.

Ces souvenirs étaient toujours prompts à lui emplir la tête s'il n'y prenait pas garde, mais avec le temps, il avait appris à les réprimer efficacement.

— On dirait que votre vie regorge de gens obstinés.

— C'est le cas et je m'en réjouis. Les personnes obstinées agissent. Et j'admire la pugnacité.

— Vous me trouvez pugnace ?

— Comment pouvez-vous en douter ? Vous avez survécu aux maladies, à l'abandon, et vous avez transformé cette indépendance en une existence que vous semblez adorer.

— Qu'est-il arrivé à George ?

Ben sentit quelque chose se refermer en lui, comme une porte violemment claquée sur le passé. Il ne pouvait se laisser consumer par son histoire, pas plus que par ses sentiments pour elle.

— Ce n'est pas le bon moment, Alexandra.

— Je vous en prie, Ben. Cela vous hante et je veux savoir pourquoi.

Elle avança d'un autre pas. Elle s'était exprimée d'un ton si doux, presque implorant, que Ben sentit la porte sur son passé se rouvrir doucement. C'était étrange, mais il avait *besoin* qu'elle sache. Et peut-être cela aiderait-il la jeune femme à comprendre la raison de sa présence ici ?

— Mon frère était un enfant difficile. Il éprouvait un profond ressentiment envers notre mère pour la façon dont elle nous négligeait, et envers notre père pour nous avoir abandonnés. Sa colère a grandi avec lui.

Allie ne réagit pas. Elle ne pâlit ni ne broncha quand il reconnut ne pas connaître son propre père, contrairement à ce qu'il avait craint.

— Il a rejoint une bande de voleurs et de fauteurs de troubles qui passait son temps sur les docks.

Ben déglutit. Les mots échangés avec son frère résonnaient encore à ses oreilles, comme s'ils rebondissaient à l'infini contre les murs du luxueux salon des Wellingdon.

— J'ai condamné son comportement. Exigé qu'il coupe les ponts avec ces malfrats, qu'il répare ses erreurs.

Ben sentit sa gorge se serrer, comme si son corps tout entier cherchait à l'empêcher d'en révéler davantage, parce qu'il n'avait jamais connu de pire douleur que celle-ci.

— Il a choisi sa bande. Et c'est avec Helen et moi qu'il a coupé les ponts. Mais un jour, il est allé plus loin encore, en volant ses propres complices.

Pris de nausée, Ben déglutit à nouveau.

— Ils l'ont tué, avant de jeter son corps dans la Tamise.

Allie ne dit rien, mais tendit la main vers lui. Elle saisit d'abord ses doigts, puis son bras et se faufila contre lui avant de l'étreindre avec force. Sa douce chaleur et les apaisantes caresses de sa main qui glissait dans son dos faillirent le mettre à genoux.

Ce ne fut que de longues minutes plus tard qu'il réalisa qu'il la serrait aussi dans ses bras, si étroitement qu'il pouvait sentir le cœur de la jeune femme battre contre son torse. Il s'obligea à la relâcher légèrement.

— Je ne suis pas venu pour parler de George, souffla-t-il dans ses cheveux.

— Alors pourquoi êtes-vous venu ?

Allie leva la tête pour fouiller son regard.

— Le second agent en poste devant chez vous m'a prévenu de votre départ.

Il était soulagé qu'elle ait au moins eu la présence d'esprit d'emmener Collier avec elle. À ces mots, elle se dégagea de son étreinte, mais garda tout de même une main posée sur son bras.

— Je ne resterai pas dans cette maison les bras croisés, Ben, déclara-t-elle d'un ton farouche et inflexible, les mots se bousculant presque pour franchir ses lèvres.

Puis elle déglutit bruyamment et l'observa avec appréhension.

— Je n'ai jamais réussi à vous faire tenir en place, reconnut-il, ce n'est donc pas vraiment une surprise.

Il sentit un sourire naître au coin de ses lèvres, mais le réprima. Ce qu'il était venu faire ici exigeait de la détermination, il ne pouvait laisser la beauté de la jeune femme, ni la merveilleuse flamme intérieure qui la poussait à regimber, le distraire. Il devait mettre un terme à tout ceci. Pas parce que Haverstock le faisait chanter ou cherchait à le manipuler, mais parce que c'était ce qu'il y avait de mieux pour elle. Si elle savait ce qu'il avait vu, apprenait les choses qu'il avait faites… Au moins, elle savait désormais qu'il n'était même pas certain de connaître son propre nom de famille. Que sa mère elle-même ignorait quel homme avait engendré son fils. Elle dut sentir sa résolution, car elle s'écarta de lui pour de bon, croisa les bras et se mit à arpenter les contours du luxueux tapis des Wellingdon.

— Trouvons un compromis, Ben. Vous devez m'accorder la liberté d'arranger les choses à la boutique. De rendre visite à mon amie. L'agent Collier m'a escortée, vous l'avez vu. N'est-ce pas une protection suffisante ?

— C'est un compromis acceptable.

La jeune femme se figea aussitôt, momentanément paralysée, puis se tourna vers lui :

— Vraiment ?

— Vraiment. J'ai pris conscience qu'il ne serait pas raisonnable de vous priver de votre travail ou de vos amis.

Il secoua la tête, de nouveau pris à la gorge par la peur et la colère qui l'avaient envahi la veille au soir. S'il avait pu mettre la main sur M, il aurait détruit le criminel.

— Merci.

Elle se précipita à nouveau vers lui et enveloppa sa taille de ses bras menus. D'une seule main, il la serra contre lui. Seigneur, il était si facile de s'abandonner à son étreinte ! Mais il ne devait pas. Pas maintenant. Pas avant qu'il ait jeté M derrière les barreaux. Jamais, s'il souhaitait vraiment le bonheur d'Alexandra.

— Alexandra, parvint-il à articuler d'une voix rauque et râpeuse.

Elle avait posé la tête contre son torse et Ben crut sentir quelque chose se briser en lui. Il ne déposa pas de baiser sur ses cheveux comme il mourait d'envie de le faire. Il ne referma pas ses deux bras sur elle ni ne l'étreignit plus fort. Et lorsqu'elle remarqua avec quelle raideur il la tenait, elle leva les yeux vers lui.

— Vous n'êtes pas venu pour vous quereller, comprit-elle dans un murmure enroué. Vous êtes venu rompre notre attachement.

— Vous méritez mieux, Alexandra.

Il s'était répété ces mots comme un mantra pendant tout le trajet en fiacre. Il les avait prononcés dans un souffle, les marquant au fer rouge dans son esprit. Son imbécile de cœur pouvait bien saigner, sa tête savait qu'il avait raison. Elle méritait mieux que le peu qu'il pouvait lui offrir. Alexandra repoussa son bras et s'éloigna. Cette fois, elle ne fit pas les cent pas. Elle se dirigea vers la porte du perron et contempla un instant le jardin. Puis, lui jetant un dernier regard, elle poussa les portes-fenêtres à la française et s'aventura dehors sur les dalles de pierre baignées de soleil. Mais elle ne s'arrêta pas là. Et Ben sut aussitôt où elle allait. Il la suivit dans le jardin et la retrouva derrière la haie qui avait dissimulé leur interlude nocturne. Mais cette fois, la jeune femme était parfaitement immobile. Elle l'attendait telle une nymphe au milieu des jardins, aussi enchanteresse à la lumière dorée du soleil que sous les rayons d'argent du clair de lune.

— Dites-le-moi ici, à l'endroit où vous m'avez embrassée pour la première fois. Dites que vous n'éprouvez rien pour moi, exigea-t-elle.

— J'éprouve énormément de choses pour vous.

Il déglutit dans l'espoir de ravaler ses prochaines paroles, conscient qu'il ne pouvait les laisser échapper.

— Mon cœur vous appartient, en vérité.

Elle décroisa les bras et les tendit vers lui. Il ne put s'en empêcher, pas plus qu'il ne pouvait s'empêcher de respirer. Et dès que la jeune femme se réfugia dans son étreinte, toutes ses pensées logiques et ses grands décrets s'évanouirent. Il embrassa sa joue, lui mordilla le lobe de l'oreille. Et ce ne fut que lorsqu'il sentit la pointe d'une épingle contre ses doigts qu'il prit conscience d'avoir plongé sa main dans ses cheveux. Alexandra se cambra contre lui, hissée sur la pointe des pieds, et ses courbes généreuses se fondirent aux aplats de son torse. Il accueillit avec délice son poids, sa chaleur, puis son baiser, et l'arôme de ses lèvres l'enivra plus sûrement qu'un verre de vin. Elle lui offrait tout ce qu'il convoitait tant ; de la tendresse, de la passion, un cœur merveilleusement obstiné, et Dieu seul savait combien il mourait d'envie de s'offrir pleinement en retour. Il la fit pivoter pour plaquer son dos contre la haie et Alexandra leva aussitôt un genou pour l'enrouler autour de sa hanche.

— J'ai rêvé de vous ainsi, le soir où vous m'avez embrassée, avoua-t-elle en traçant un sillon d'ardents baisers le long de son cou.

— Moi aussi, mon aimée, répondit-il en glissant sa langue sur la base de sa gorge. Moi aussi.

Sa jupe était aussi complexe qu'une boîte à secrets, pleine de couches et de volants, et cachant un jupon similaire. Mais dès l'instant où ses doigts effleurèrent la chair fiévreuse de la jeune femme au-dessus de ses bas, toute sa lutte en valut la peine. Il voulait s'agenouiller et goûter à cette douceur. Il brûlait d'arracher ses pantalettes et de plonger ses phalanges dans la touffeur de son entrecuisse. Mais lorsqu'il sentit sa belle antiquaire se débattre avec les boutons sur l'avant de son pantalon, il lui saisit délicatement les mains pour l'arrêter. Baissant la tête pour poser tendrement son front contre le sien, il lui murmura d'une voix haletante :

— Nous ne devons pas. Pas ici. Pas de cette façon.

— Vous n'avez pas intérêt à dire que je mérite mieux.

— Pourtant, c'est le cas.

Avec un petit grognement frustré, elle se détourna de lui.

— Pourquoi serait-ce à vous de prendre cette décision ?

— Parce que je me connais.

Pendant une poignée de journées idylliques, il était devenu un autre homme, ou du moins… il avait *cru* pouvoir changer. Mais il ne pouvait être cet homme et attraper un criminel tel que M.

— Vous méritez mieux qu'un homme tellement obsédé par son travail qu'il en oublie de manger et de dormir pendant des jours. Un homme qui, dans ces moments-là, ne prend même plus la peine d'observer la plus élémentaire courtoisie envers les gens qui l'entourent.

Elle inclina la tête et Ben comprit qu'une dizaine de répliques cinglantes se disputaient la primeur dans son esprit vif et intelligent.

— Certains jours, Helen et moi ne nous adressons même pas la parole, tant chacun de nous est absorbé par son travail. Je ne puis imaginer ce genre de vie convenir à quiconque.

— Oh ! je vous en prie, gronda-t-elle avec irritation, bien sûr qu'il m'arrive aussi de me laisser consumer par mon travail. Par mes recherches. Par la boutique. Vous l'avez constaté vous-même, je suis incapable de tenir en place lorsque je ne suis pas à *Princes*.

Alexandra était une femme qui brûlait de se rendre utile, d'aider… et c'était l'une de ses plus belles qualités, aux yeux de Ben.

— Vous méritez mieux. Vous avez toujours mérité mieux. Vous méritiez mieux que de vous retrouver confinée dans votre chambre, tourmentée par la maladie et soumise aux caprices d'un imbécile de médecin. Vous méritiez mieux que de rester coincée ici, tandis que votre frère et votre sœur partaient à l'aventure sans vous.

— Peut-être, mais j'ai traversé tout cela et en suis ressortie plus forte.

Elle carra les épaules et leva le menton. Ces bravades étaient justement ce qui lui avait permis de tolérer toutes ces années de solitude, et Ben admirait son courage.

— Vous avez toujours été forte, rétorqua-t-il. Obstinée. Et aujourd'hui, votre indépendance attise cette force. Si vous deviez laisser quelqu'un entrer dans votre vie, cette personne devrait pouvoir s'offrir à vous sans réserve.

— Et vous ne le pouvez pas ? Mais peut-être ne le souhaitez-vous pas ?

Tout son être lui hurlait de répondre qu'il pouvait. Qu'il le voulait. Qu'il donnerait n'importe quoi, ferait n'importe quoi pour gagner son affection, son amour, pour la soutenir et grandir à ses côtés. Ben savait que, quel que puisse être l'état de son cœur tout rouillé, il appartenait à Alexandra. Le problème venait de lui. Au cours de cette dernière décennie, il s'était transformé en une personne qui ne pouvait poursuivre qu'un seul et unique but. Il avait accepté les affaires les plus difficiles, accompli tout ce que Haverstock exigeait de lui.

— Je ne suis pas comme vous. Je ne puis contempler ce monde avec autant d'optimisme. Je suis hanté parce que j'ai vu et fait pour ce métier. Je le laisse me consumer. Jusqu'à en perdre des morceaux de mon âme.

Elle s'approcha et posa une main sur son bras. C'était un contact léger, doux, mais qui l'ancra au monde réel.

— Dans ce cas, peut-être avez-vous besoin que quelqu'un vous ramène parmi les vivants. Quelqu'un qui vous aimera malgré ces épreuves.

— Vous finiriez par me maudire de toujours devoir me tirer hors de l'abysse. Et je vous perdrais.

Ben fut heureux qu'elle ne s'empresse pas de nier. Il la vit imaginer ce genre de vie et de responsabilité.

— Peut-être pourrions-nous trouver une forme d'équilibre, finit-elle par murmurer d'une voix hésitante, visiblement incertaine d'une telle possibilité.

— Ce genre d'affaire me transforme en une créature que personne ne souhaiterait côtoyer. Froide, dure, insensible. Vous l'avez vu, hier soir. L'impatience et le besoin désespéré de tout arranger.

— Je l'ai vu et j'admets que cela m'a quelque peu effrayée.

Bénie soit Alexandra Prince et sa merveilleuse franchise ! Il avait adoré cet aspect de sa personnalité dès leur toute première rencontre.

— J'ai besoin d'être cet homme aujourd'hui. Déterminé. Distant. Pleinement concentré. Sans quoi jamais je ne parviendrai à envoyer ce maître du crime derrière les barreaux.

— Je suis une distraction, comprit-elle.

— La plus grande de toute ma vie. Mais il y a pire que cela.

Il plongea la main dans sa poche et ajouta :

— Il me surveille.

La jeune femme saisit les deux photographies qu'il lui tendait avec une curiosité impatiente, mais bien vite, elle pâlit d'horreur.

— Tout comme moi, visiblement.

— Je pense que le cambriolage de votre boutique est lié à ces photographies. C'est Haverstock qui me les a confiées ce matin.

— Dans quel but ?

— Pour me prouver que je suis trop personnellement impliqué pour poursuivre cette enquête.

— À cause de notre relation ? s'exclama Alexandra en pressant sa main contre sa gorge. Je n'ai jamais voulu que cela impacte votre carrière...

— Non, non, ce n'est pas ce qui m'inquiète

Sa propre réponse lui fit un choc ; il n'avait pas réalisé combien il avait changé en à peine plus d'une semaine. Avant sa rencontre avec Alexandra, seule sa carrière comptait à ses yeux.

— Je veux résoudre cette affaire. Le faire emprisonner pour qu'il ne puisse plus jamais faire de mal à quiconque.

— Cet homme n'est pas qu'un simple voleur, n'est-ce pas ?

Ben inclina la tête.

— Non. Il a commis au moins un meurtre. Mais je l'arrêterai.

— Vous ne reculez devant rien.

Elle plongea son regard dans le sien, ses prunelles lavande pleines de tendresse, mais aussi d'incertitude.

— C'est ce que vos hommes disent de vous.

Détournant la tête, elle contempla les haies soigneusement taillées et les parterres de fleurs bien entretenus du jardin des Wellingdon. Lorsqu'elle affronta à nouveau son regard, la résolution qu'il lut dans ses yeux lui brisa le cœur. Mais il l'avait cherché. Il était venu pour mettre un terme à leur attachement, mais y être parvenu ne lui procurait pas une once de soulagement.

— Je suppose que c'est un adieu, inspecteur Drake ?

Ben tendit la main vers elle, mais elle ne céda pas tout de suite à sa demande. C'était une femme décidée et il avait toujours adoré sa force de caractère.

— Faites attention à vous, Alexandra.

Il s'inclina et lui fit un respectueux baise-main.

— Gardez Collier auprès de vous jusqu'à ce que cette affaire soit conclue. Je vous en prie.

Elle demeura muette. Les chances pour qu'elle cède à ses instances étaient minces. Il ferait donc tout son possible pour capturer M.

Dusse-t-il rendre son dernier souffle.

19

Allie n'était pas une grande dormeuse. Sans doute parce qu'elle avait passé trop de temps clouée au lit pendant sa jeunesse. Désormais, elle était toujours impatiente de se lever. Au printemps et en été, elle bondissait hors de son lit dès l'aube et, à présent que l'hiver approchait, elle se levait avant les premières lueurs matinales. Le lendemain de sa visite chez Jo, après ce nouvel interlude dans le jardin avec Ben, Allie demeura allongée dans son lit à attendre l'aurore, mais le temps était aussi sinistre que son humeur. La pluie tambourinait à sa fenêtre et des nuages noirs masquaient le soleil. Lottie était entrée pour nettoyer l'âtre et ouvrir les rideaux, mais Allie avait gentiment congédié sa bonne. La jeune femme savait que ce répit ne serait que temporaire et, immanquablement, lorsque sa pendule sonna huit heures, des coups retentirent à la porte de sa chambre.

— Entrez, Lottie.

— Est-ce que tout va bien, mademoiselle ? Dois-je faire venir le Dr Allen ?

— Je ne suis pas indisposée, Lottie.

La domestique s'approcha du lit et observa sa maîtresse, comme pour évaluer son état. Allie était allongée dos à elle, mais trouva aussitôt cela impoli. Elle se tourna pour lui faire face et Lottie poussa une petite exclamation de surprise :

— Oh ! mademoiselle ! C'est un chagrin d'amour, n'est-ce pas ?

Allie balaya une larme de sa joue.

— Je vais me lever. Voulez-vous bien me choisir une robe ?

— Bien sûr.

Lottie, heureuse d'avoir une tâche à accomplir pour aider sa maîtresse, sélectionna une ravissante toilette bleu sarcelle et une paire de boucles d'oreilles assorties. Allie aurait aimé se sentir aussi chatoyante et vive que la teinte de la robe que Lottie l'aida à revêtir un quart d'heure plus tard.

— Désirez-vous un plateau pour votre petit déjeuner ?

— Non, je vais descendre.

Elle croisa le regard de la domestique dans son miroir.

— Je ne tiens pas à me morfondre.

Lottie lui répondit d'un sourire doux, qui creusa une jolie fossette dans sa joue.

— Vous avez raison, mademoiselle. Cela ne vous ressemble pas du tout.

Quelques minutes plus tard, Allie tint parole et descendit avaler le petit déjeuner que le personnel avait préparé pour elle. Lorsqu'elle était seule à la maison, Allie s'asseyait généralement près d'une fenêtre, dans le salon du matin, mais le temps était si peu clément qu'elle préféra s'installer devant la longue table à manger. Lottie fit montre auprès d'elle d'un empressement peu courant. Allie en éprouvait une profonde gratitude pour sa bonne et regrettait seulement de lui donner de telles inquiétudes.

— Le courrier est arrivé, annonça Lottie en pénétrant à nouveau dans le salon du matin, dix minutes plus tard.

D'habitude, elle laissait les plis sur la table du vestibule ou les déposait sur le bureau, dans la chambre d'Allie, mais de toute évidence, son aimable bonne cherchait à lui apporter une distraction. Allie ramassa donc le courrier et se dirigea vers le grand salon. Elle trouva plusieurs invitations destinées à Eve, une lettre parfumée adressée à Dom, et une large enveloppe portant son propre nom. L'expéditeur n'était autre que leur compagnie d'assurance, Lloyd's of London. Elle avait entamé la procédure de signalement le jour du cambriolage en leur envoyant un pli, puis en remplissant un formulaire le lendemain. Allie plaqua une main sur son ventre et envoya au ciel une prière silencieuse avant d'ouvrir l'enveloppe. L'assurance ne couvrirait les pertes qu'à hauteur de cinq-cents livres. Cela ne suffirait jamais à rembourser le diamant volé…

Portant sa main à sa bouche, la jeune femme lutta contre un profond abattement. Que diable allaient-ils bien pouvoir faire ? Elle devait aller voir Lord Holcroft, le prévenir du vol et obtenir un document certifiant la valeur de la pierre. Des coups retentirent à la porte d'entrée et Allie sentit son cœur bondir dans sa gorge, maudissant son cœur naïf et optimiste. Ce ne pouvait être Ben, mais ce fut pourtant la première idée qui lui traversa l'esprit. Lottie pénétra dans le salon.

— Lady Josephine Wellingdon demande à vous voir, mademoiselle.

Jo n'avait pas attendu la fin du protocole, elle se tenait déjà derrière Lottie et ôtait ses gants, arborant un sourire impatient et bien plus sincère que celui qu'Allie s'efforça de lui rendre.

— Merci, Lottie.

Jo se faufila dans la pièce et referma la porte derrière elle.

— Vous avez meilleure mine que ce que je craignais, déclara la jeune femme en prenant place dans le fauteuil qui faisait face au sofa de son amie.

— Vous trouvez ? Je crains, hélas, que mes sentiments ne correspondent exactement à ce que vous redoutiez.

Jo abandonna aussitôt son fauteuil et se laissa choir sur le sofa à côté d'elle :

— Oh ! ma chère ! Avez-vous envie de pleurer ?

— Non, répondit Allie avec franchise. J'ai suffisamment pleuré.

— Vous avez on ne peut plus raison.

Allie trouvait à Jo de bien nombreuses qualités, mais sa détermination à lui apporter son soutien, quelle que fût son humeur, était l'une de ses favorites.

— Merci d'être venue.

— C'est tout naturel.

Elle tendit la main et effleura amicalement la joue d'Allie.

— Et qu'est-ce que tout cela ?

Jo pencha la tête pour examiner les papiers dépliés sur les genoux de son amie.

— Oh ! Seigneur, murmura-t-elle. C'est à propos du cambriolage, n'est-ce pas ? Regardez-moi ce malheureux coffre-fort.

Allie n'avait pas remarqué les photographies incluses dans l'enveloppe. Sous la lettre, elle découvrit également un document arborant en grandes lettres capitales le mot « duplicata ». Il s'agissait d'une copie du rapport de l'agent Baker à propos du vol. Allie saisit les photographies et les leva devant elles afin que Jo puisse aussi les étudier.

— Voyez-vous quoi que ce soit d'étrange ?

Jo plissa les yeux et se pencha davantage pour mieux examiner l'image.

— En dehors de votre coffre forcé, mais toujours rempli de bijoux ?

— Oui, en dehors de cela.

Jo cligna des paupières.

— Non.

— Et sur ces morceaux de papier ?

Allie tendit les photographies à Jo et se dirigea vers le secrétaire dont Eve se réservait l'usage. Dans le premier tiroir, elle trouva ce qu'elle cherchait et regagna le sofa. Soulevant une petite loupe filigranée d'or, elle s'efforça de déchiffrer l'écriture sur les bouts de papier.

— Avez-vous votre carnet sur vous ?

— Toujours.

Jo avait l'amusante manie de transporter de trop nombreuses choses dans ses poches et elle ne se rendait jamais nulle part sans emporter un minuscule calepin à l'intérieur d'une boîte en métal gravé, ainsi qu'un petit crayon suspendu par une chaînette.

— Notez ces lettres, je vous prie.

Jo lui obéit diligemment et positionna la pointe en graphite au-dessus d'une page blanche.

— Je distingue un R et un M.

Allie tourna la loupe vers son amie :

— De quoi s'agit-il, ici, à votre avis ?

Jo réexamina le bout de papier.

— On dirait le cadran d'une pendule. Cela ressemble à une annonce pour une horloge ou une montre.

Allie fronça les sourcils : pourquoi placer cela dans le coffre-fort ?

— Mr Gibson ne répare-t-il pas des pendules et des montres ? suggéra Jo. Cela pourrait provenir d'un périodique horloger.

— J'ai pourtant l'impression que les lettres ont un sens, insista Allie.

— Peut-être… Mais une fois encore, ma chère, vous ne pourrez pas résoudre cette affaire pour lui.

Jo posa une main sur celle de son amie.

— Je sais combien vous souhaiteriez l'aider, mais je pense que nous devrions plutôt tâcher de vous divertir. Et de vous rendre le sourire.

Allie préféra ne pas rétorquer que seule une résolution rapide de cette affaire pourrait lui rendre le sourire, car une part obstinée de son cœur continuait de croire qu'une fois ce dossier clos, la vie reprendrait son cours et Ben reviendrait auprès d'elle.

Jo lui frictionna les mains :

— Dites-moi ce qui vous ferait plaisir.

— J'aimerais voir *Princes*, admit la jeune femme. Je sais que cela ne fait que deux jours, mais je meurs d'envie d'y retourner. La boutique me manque.

— Alors, allons-y !

Jo sourit, se leva et entraîna Allie dans son sillage.

— Permettez-moi de vous y emmener avec ma voiture.

Elle jeta un œil à travers la fenêtre du vestibule et ajouta :

— Et nous ferons de la place à ce charmant agent de police.

Allie grogna. Elle avait failli oublier l'agent Collier.

— Si vous avez d'autres engagements, rien ne vous oblige à m'accompagner.

— Sottises ! Je n'ai personne d'autre à voir. J'ai toutefois quelques courses de Noël à faire sur Bond Street, vous aurez donc un peu de temps pour vous.

— Merci.

À l'idée de retrouver son magasin, la jeune antiquaire eut enfin la sensation d'avoir le cœur un peu moins lourd.

Ben détestait le goût du whisky. La simple odeur du breuvage lui rappelait l'homme dont sa mère s'était entichée, mais aussi ses colères et ses coups. Elle lui rappelait également l'humeur explosive de George chaque fois qu'il en avalait un verre ou deux. Le whisky n'avait jamais rien apporté de bon à son entourage, il transformait les hommes en bêtes indisciplinées, parfois violentes. Mais la veille au soir, la boisson lui avait fait terriblement envie et Ben s'était rappelé qu'Helen en conservait une bouteille dans son cabinet à des fins médicales. Il s'était donc servi un verre. La nuit dernière s'était ensuite diluée dans la journée présente et la bouteille en face de lui le narguait de sa quasi-vacuité. Ben comprenait enfin pourquoi tant de gens trouvaient du réconfort dans ce liquide ambré. Il atténuait la douleur et brouillait l'esprit. Ainsi que les souvenirs. Le premier verre l'avait empli d'une sorte de chaleur idéaliste. Il aurait presque pu contempler le monde avec optimisme. Le second l'autorisa à croire qu'Alexandra pourrait un jour le pardonner et qu'ils bâtiraient une vie ensemble. Ses origines n'auraient plus aucune importance et la jeune femme lui passerait toutes ses faiblesses et sa noirceur. Elle l'aimerait, envers et contre tout. Et lui l'aimerait pour toutes ses merveilleuses qualités. Il l'encouragerait à achever la rédaction de ses récits sur les femmes pirates et passerait des heures avec elle à consulter les certificats de naissance, de mariage et de décès si elle le souhaitait. Ils partiraient en voyage et découvriraient toutes les destinations qu'elle avait manquées dans son enfance.

Dans cet épais brouillard alcoolisé, tout lui paraissait possible. Mais plusieurs heures s'étaient écoulées depuis son dernier verre et sa froide logique avait fait voler en éclats ses rêves éthyliques, lui rappelant que la vie n'avait rien d'un conte de fées. Un soudain froissement de tissu provenant de l'entrée le tira de sa torpeur et il se redressa à la folle idée qu'il puisse s'agir d'Alexandra. De toute évidence, il n'était pas encore complètement sobre. Il reconnut bientôt le pas résolu de sa sœur et tressaillit face au regard de dépit dont elle le toisa en découvrant son état et la bouteille de whisky vide.

— Je vois que nous en revenons aux longues nuits.

Helen pénétra dans la pièce avec sa brusquerie coutumière, se débarrassa de son manteau et entreprit aussitôt de s'attaquer à sa prochaine activité, malgré son interminable journée de travail. Mais lorsqu'elle s'approcha de son frère, elle se figea et poussa une exclamation atterrée. Puis elle se dirigea droit sur lui et lui arracha presque son verre vide des mains.

— Bonté divine, Ben. Il est 10 heures du matin.

— J'ai commencé hier soir, si cela peut te rassurer.

— Cela ne me rassure pas. As-tu seulement dormi ?

Il portait encore ses vêtements de la veille.

— Je ne crois pas.

Il dut soudain plisser les yeux pour la regarder. Elle venait d'allumer les lampes à gaz, ce qui, pour Ben, constituait une véritable nuisance.

— Et toi, tu as dormi ? contra-t-il.

— Hier matin, oui. J'ai dû passer la nuit à la clinique. Si tu avais l'esprit clair, tu t'en souviendrais.

Elle poussa un long soupir et se pencha en avant pour le regarder droit dans les yeux.

— Tu ne bois jamais. Qu'est-ce qui ne va pas ?

Elle emporta le verre et la bouteille, mais il ne restait de toute façon pas grand-chose dedans. Après les avoir mis de côté, elle s'assit en face de lui et prit son visage entre ses mains :

— Ben, que s'est-il passé ? C'est à cause de Miss Prince ? Lui est-il arrivé quelque chose ?

— Miss Prince ?

Prononcer ce nom lui évoqua le jour de leur rencontre. La « jeune femme étincelante » comme l'avait appelée Helen.

— Oui, Miss Prince. Seigneur, es-tu toujours soûl ? Dois-je te plonger la tête dans un baquet d'eau ?

Elle lui posait tant de questions. La seule Drake qui ne reculait devant rien, c'était elle. Pas lui.

— J'aimerais mieux ne pas recourir à de telles méthodes, répondit-il d'une voix pâteuse. Je doute que cela arrange quoi que ce soit.

— Cela te délierait peut-être la langue. J'ai besoin de savoir ce qui ne va pas.

Helen se laissait rarement ébranler. Elle était infirmière depuis des années, avait côtoyé des maladies graves, des blessures incurables et, bien sûr, la mort, le tout sans fléchir. Mais cette fois, Ben perçut un véritable soupçon d'inquiétude dans sa voix et se traita intérieurement d'imbécile.

— Je ne t'avais jamais vu dans cet état, ajouta-t-elle d'un ton austère. Et pour être tout à fait honnête, cela m'effraie. Benedict, que s'est-il passé ?

Il se leva d'un coup, mais eut l'impression que sa tête pesait le poids d'un cheval. C'était comme si tous ses muscles luttaient contre lui. Combien de temps était-il resté affalé contre le dossier droit de ce fauteuil ?

— Le vrai problème, c'est ce qu'il ne s'est *pas* passé, répondit-il à Helen. J'aurais déjà dû capturer ce monstre, à l'heure qu'il est. Et Miss Prince est en sécurité. Du moins, elle le sera tant qu'elle restera loin de moi.

— Mais qu'est-ce que tu racontes ?

— Je suis un danger, pour elle. Tu le sais aussi bien que moi.

Helen se redressa. Toute la tendresse et l'angoisse qu'il avait lues en elle un instant plus tôt se murent en dédain.

— Je refuse d'accorder le moindre crédit à cette ridicule mortification d'ivrogne que tu as décidé de t'infliger.

Ben s'approcha d'elle et sa sœur tressaillit. Il savait qu'il devait ressembler à un ours qui se serait baigné dans un tonneau de whisky, mais il avait besoin qu'elle comprenne. Il s'était convaincu lui-même. Il pouvait la convaincre, elle aussi.

— Tu l'as vue. Elle est si vive, si pleine d'énergie. Et d'espoir. Et je ne suis rien de tout cela.

Helen se mit à ranger le salon. Elle était incapable de rester immobile.

— C'est faux. Si tu avais renoncé à l'espoir, tu aurais changé de travail depuis longtemps.

Ben toussa un rire :

— Helen, c'est toi que tu es en train de décrire.

Elle sortit de la pièce et l'inspecteur crut qu'il s'agissait peut-être de sa façon de lui répondre, mais elle réapparut bientôt avec un chiffon humide et se mit à frotter la table qui avait servi de refuge à Ben ces dernières heures.

— Les gens qui ont perdu tout espoir ne deviennent pas enquêteurs. Ils ne deviennent pas médecins ou infirmiers. Nous avons choisi ces métiers parce que nous espérons rendre le monde meilleur.

— La seule façon pour moi de rendre ce monde meilleur, c'est de le trouver. Et de l'arrêter.

— Et d'abandonner Miss Prince ?

Elle lui lança un regard incrédule par-dessus son épaule avant d'ajouter :

— Tu sais, je ne connais rien de moins séduisant qu'un homme qui joue les martyres.

— Je ne joue pas les martyres.

Helen se mit à épousseter le manteau de la cheminée, pourtant consciente que Mrs Bevan s'en était déjà certainement chargée cette semaine.

— Bien sûr que si. Et tu le sais. Du moins, tu le saurais, si tu n'étais pas plein de whisky.

Brusquement, elle pivota pour lui faire face. Tout son corps irradiait la colère, à présent. Il le vit immédiatement.

— De tous les vices possibles, je n'arrive pas à croire que tu aies choisi celui-là, après tout ce que nous avons vécu !

— C'est peut-être justement à cause de ce que nous avons vécu que je me suis tourné vers celui-là.

— Benedict, tu ne pourras pas résoudre cette affaire si tu es soûl.

Il frotta du plat de la main la barbe naissante et drue qui lui mangeait le bas du visage.

— C'est une bonne remarque.

— Alors tout... *ça*, gronda-t-elle en le désignant dans sa globalité, c'est parce que tu as décidé de couper les ponts avec Miss Prince, c'est bien cela ?

— J'ai pris la bonne décision.

Elle leva les yeux au ciel. La dernière fois où Ben avait vu Helen le traiter ainsi, sa sœur avait à peine dix ans.

— Et puis-je savoir ce qui te fait croire que tu pourrais mener cette jeune femme à sa perte ?

Le confortable brouillard éthylique s'était entièrement dissipé à présent, laissant place à un profond épuisement. Mais cette réponse-là était plus facile :

— Je n'ai rien à lui offrir. Je travaille à n'importe quelle heure de la nuit. Je dois faire face aux êtres les plus vils de l'humanité. Et à la fin de ma journée, que reste-t-il ?

Il écarta les bras, paumes ouvertes.

— Ne mérite-t-elle pas mieux que *ça* ? ajouta-t-il en reprenant l'expression d'Helen.

Cette dernière le jaugea d'un air grave.

— En temps normal, tu ne ressembles pas à *ça*, à la fin de ta journée. Tu n'avais jamais été le genre d'homme à te morfondre pour des sornettes.

Il ferma les yeux. Il avait déjà mené cette bataille et l'avait remportée. Mais il n'avait pas la force de la mener une deuxième fois, encore moins contre Helen.

— Tu es amoureux d'elle, n'est-ce pas ?

Elle avait posé sa question d'une voix douce, qui n'en fut que d'autant plus douloureuse pour lui.

Sa froide logique répondit à sa place :

— Je la connais depuis à peine plus d'une semaine.

— Je ne vois pas le rapport. L'attachement ne se mesure pas à la durée de nos relations.

Ben rouvrit les yeux. La pièce tourna un instant, puis il reprit contenance. Helen le dévisageait d'un air farouche.

— Tu devrais aller dormir.

Elle jeta un œil à la table où il avait griffonné quelques notes avant de succomber à l'appel du whisky.

— J'ai encore du travail.

— Tu n'arriveras à rien si tu ne dors pas d'abord.

Ben sentit un sourire fissurer son masque de chagrin et de fatigue.

— Tu feras une merveilleuse doctoresse, un jour.

— Ça, je le sais. Et en tant que médecin de la famille, je vais me permettre de me montrer un peu plus directive.

Un gloussement éraillé gargouilla dans la gorge de Ben.

— Je reconnais bien là ta force de caractère.

— Je vais prendre ça pour un compliment.

Elle renifla d'un air impérieux, puis referma la distance qui les séparait.

— Écoute-moi bien, mon frère. Je vais te parler du fond du cœur, et tu sais combien c'est rare.

Il se figea et prit une longue inspiration.

— Grâce à Miss Prince, je t'ai vu heureux. Tu avais l'esprit plus léger. Pour la première fois depuis des années, j'ai eu l'impression de te retrouver. Elle a fait renaître en toi une joie de vivre authentique et je pense que tu as eu le même effet sur elle.

— J'en doute.

— Tu n'as pas toujours été cet homme implacable que tu présentes au monde, Ben. Tu es quelqu'un de bon, d'attentionné et de généreux.

— Je dois résoudre cette affaire.

C'était tout ce qui comptait. Surtout maintenant qu'il doutait d'avoir jamais été ce genre de personne.

— Dors. Et lorsque tu auras purgé le whisky de ton corps et résolu ton affaire, réfléchis à ce que je t'ai dit.

Elle tendit le bras et lui envoya une claque affectueuse au milieu du torse.

— Et n'oublie pas de consulter ton cœur, quand il s'agit de Miss Prince. Pas uniquement ton prodigieux cerveau.

Ben savait qu'elle avait raison, mais il ne pouvait pas consulter son cœur. Pas encore.

— J'essaierai, répondit-il. Merci, Helen.

Elle le chassa d'un geste de la main. Visiblement, elle estimait avoir suffisamment sorti les violons pour aujourd'hui.

— Et je t'interdis de remettre le nez dans mon whisky médicinal.

20

Allie franchit la porte principale de *Princes of London* et le tintement familier de la clochette de la boutique lui emplit le cœur de joie. L'espace d'un instant, elle se contenta de rester debout dans l'entrée et de s'imprégner de la douce intimité des lieux. Elle inspira les senteurs de vieux bois et des reliures d'antiques volumes, l'odeur douce et piquante des étagères polies à la cire et l'arôme noir et envoûtant du café. Puis elle fit quelques pas dans le magasin et laissa ses doigts glisser sur les surfaces et les tissus des meubles et des articles. Les matelassages en velours, les tapisseries aux motifs complexes, le bord délicat d'un éventail en soie. *Princes of London* lui donnait davantage la sensation d'être chez elle que la luxueuse maison de ville que son père avait acquise quelques années avant sa mort. Elle aimait même les pièces de l'étage, dont la plupart avaient été converties en réserve et en garçonnière pour Dom. Ici, Allie se sentait utile. Plus utile que nulle part ailleurs. La gestion du magasin lui était échue par défaut, mais elle avait donné un sens à sa vie, même si cette activité ne serait jamais aussi impressionnante que toutes les réussites d'Eve et Dom.

— Ah, bonjour. J'espérais bien que ce serait vous.

Mr Gibson émergea de l'arrière-boutique avec un large sourire.

— Cet endroit n'est pas le même, sans vous, Miss Prince.

Allie aussi était ravie de le retrouver.

— Vous m'avez manqué, Mr Gibson.

— Je vous retourne le compliment, Miss Prince.

Il inclina la tête, comme intimidé par une telle exubérance mutuelle.

— J'ai quelque chose à vous montrer.

Lorsqu'il s'empressa de disparaître dans l'arrière-boutique, une légère appréhension gagna la jeune femme, mais le vieil orfèvre reparut bientôt, un assortiment de papiers en main. Il s'approcha et les étala sur le comptoir. Allie vit aussitôt qu'il s'agissait de brochures publicitaires pour des coffres-forts.

— Je me suis dit que vous voudriez y jeter un œil. Le choix final, bien évidemment, vous revient, mais je trouve ces deux-là fort prometteurs.

Il désigna deux produits au sommet de leurs feuillets respectifs.

— Ce sont les modèles les plus modernes. Le constructeur de celui-ci prétend même garantir tous ses coffres contre le vol.

Allie balaya les annonces des yeux, notant les différentes promesses et garanties, puis elle leva les yeux vers Mr Gibson :

— Je me demande combien de ces garanties sont juridiquement contraignantes.

Il gloussa doucement :

— Moi de même. Je trouve les annonceurs terriblement hardis, de nos jours.

— En effet.

Après examen, elle valida les deux options proposées par Mr Gibson et penchait déjà en faveur du modèle offrant davantage d'espace que leur précédent coffre. Cela faisait quelque temps déjà que *Princes* avait besoin d'un coffre-fort plus spacieux.

— Celui-ci me semble le meilleur choix.

Mr Gibson sourit :

— Nous sommes d'accord. Si vous approuvez, je vais passer commander immédiatement.

— C'est une excellente idée. Nous aurons besoin de ce coffre pour la réouverture.

Avant qu'il ne puisse repartir, Allie plongea une main dans son sac.

— J'ai remarqué, sur les photographies prises par la police, des morceaux de ce qui ressemble à un périodique horloger.

Elle lui tendit l'image.

— Était-il à vous ?

Il examina le cliché en fronçant les sourcils, l'air perplexe.

— Non, pas du tout.

— Vous n'aviez jamais vu ces morceaux de papier ?

— Non, jamais.

Il inclina légèrement la tête, comme pour tenter de lire l'expression de la jeune femme.

— Vous pensez qu'ils ont une signification ?

— J'aimerais le savoir.

— Eh bien, comme je l'ai dit au jeune policier, ces morceaux de papier ne se trouvaient pas dans le coffre la veille au soir. C'est un véritable mystère.

— Un mystère que l'inspecteur…

Mais Allie ne put prononcer son nom. C'était ridicule, bien sûr, mais une boule s'était formée dans sa gorge. Mr Gibson dut sentir son hésitation, car il termina sa phrase pour elle :

— L'inspecteur Drake le résoudra, j'en suis certain.

— Je n'en doute pas non plus, acquiesça-t-elle.

Puis une pensée lui vint. Elle passa derrière le comptoir et ouvrit le premier tiroir. Le bristol de Lord Holcroft lui sauta aux yeux, avec son papier rouge brique. Allie le saisit entre ses doigts et le glissa dans la poche de son manteau.

— J'ai l'intention de rendre visite à Lord Holcroft, afin de l'informer du vol de son diamant. Nous aurons besoin d'un document certifiant sa valeur, si nous souhaitons trouver un moyen de le rembourser.

— Dois-je en déduire que l'inspecteur Drake n'est guère optimiste quant à la restitution des pierres ?

— Je crains que nous ne puissions compter sur un tel dénouement.

Les histoires de pierres précieuses volées et finalement rendues à leurs propriétaires légitimes ne couraient pas les rues. Il était tout bonnement trop simple de les retailler ou de les sertir pour les revendre.

— Bien entendu, rien ne nous empêche d'espérer. Et c'est ce que je compte dire à Lord Holcroft, mais il devra décider s'il accepte ou non d'attendre que cette affaire soit résolue.

Mr Gibson prit un air pensif.

— Si j'avais perdu une pierre aussi précieuse, je doute que j'aurais consenti à un tel sacrifice.

Il se frotta les mains, comme pour signifier qu'il était prêt à se mettre au travail, et ajouta :

— Bien, si vous rendez visite à Lord Holcroft, alors j'en ferai autant avec Lady Dalrymple, demain. Divisons pour mieux régner, en quelque sorte.

Allie sourit.

— En l'occurrence, nous divisons pour mieux rassurer. Et, hélas, nous savons tous deux que ce n'est guère mon point fort.

— Vous vous en sortirez très bien, Miss Prince. J'ai une parfaite confiance en vous.

— Et je vous en suis profondément reconnaissante.

Allie n'ayant pas pris le temps d'ôter son manteau, elle se contenta de remettre ses gants et s'apprêta à repartir.

— Oh ! j'ai failli oublier : l'agent Collier a été affecté à ma protection rapprochée. Vous le verrez sans doute patrouiller dehors. Du moins, jusqu'à ce que l'affaire soit résolue.

Mr Gibson étira son cou ridé pour tenter d'apercevoir le jeune homme en question qui montait la garde sur le trottoir devant le magasin.

— Et Lady Josephine passera ici après avoir terminé ses courses de Noël. Si je ne suis pas encore rentrée, pourrez-vous lui demander de patienter ?

— Bien entendu, mademoiselle. Bonne chance avec Lord Holcroft.

L'angoisse de cette rencontre avec leur client commençait déjà à émousser le plaisir qu'elle avait eu à retrouver sa boutique.

— Merci. J'en aurai besoin, je le crains.

Demming se montrait aussi rusé qu'un renard. Chaque fois que Ben dénichait une piste solide pour remonter jusqu'au criminel, ce dernier trouvait le moyen de se terrer et de disparaître. Ben préféra donc se concentrer sur d'autres voies d'investigation. Grâce à un filigrane partiel, on avait pu relier le papier à lettre récupéré dans le coffre-fort de *Princes of London* à une papeterie non loin de la boutique elle-même. Ben avait envoyé un agent y exiger une liste de toutes les personnes qui avaient acheté ce type et cette teinte de papier bible au cours de la dernière année. Son homme était revenu une heure plus tôt et Ben nota cinq noms commençant par M. Il envisageait de rendre visite à chacun d'eux lorsque Riley surgit dans son bureau.

— Monsieur, j'ai trouvé ce que vous cherchiez !

Ben savait qu'il ne pouvait s'agir de M en personne, mais il fit signe à l'agent d'avancer et de s'expliquer. Il tira immédiatement un document plié de sa poche.

— L'enquêteur qui était sur l'affaire n'avait pas le bon agent immobilier. J'ai trouvé le bon. Il affirme que la résidence de Bedford Square n'est pas une location. Elle a été vendue il y a trois ans, en compagnie de deux autres propriétés situées sur le même square, à un seul et même acheteur.

— Un homme a acheté trois maisons de ville à Londres en une seule transaction ? Quel est son nom ?

Ben tendit la main, impatient de consulter le document. Riley lui confia la feuille froissée et l'inspecteur réalisa alors qu'il s'agissait seulement de notes que le jeune homme avait griffonnées tumultuairement. De toute évidence, Riley n'aimait pas les lignes droites, car il y avait des mots jetés à travers la page sous tous les angles.

— Quel est le nom de l'acheteur, Riley ?

— C'est écrit là, monsieur. Lord Thomas Holcroft.

Ben eut l'impression d'être frappé par la foudre. Il fourra aussitôt une main dans son gousset et en tira une clé qu'il tourna dans la serrure du premier tiroir de son bureau. Plongeant un bras dans les recoins les plus sombres du casier, il saisit le revolver qui y était entreposé, déchargé et verrouillé par le cran de sûreté, attrapa également une boîte de munitions et planta le tout dans ses poches.

— On y va. Emmenez autant d'agents que vous le pourrez, mais pas moins de trois. Encerclez les propriétés de Bedford Square, mais n'approchez pas.

Il leva vers le jeune agent un regard grave :

— C'est bien compris ? Interdiction d'approcher avant que je n'en donne le signal.

— Oui, monsieur.

Riley bondit sur ses pieds, l'air anxieux.

— Maintenant.

Ben faillit doubler son collègue dans sa hâte de quitter son bureau. Dix minutes plus tard, Ben avait sauté dans un fiacre qui roulait en direction de *Princes of London*. Le policier avait le cœur au bord des lèvres. Son imagination ruait en tous sens, mais il s'efforçait de lui serrer la bride.

Lundi. D'après Alexandra, Holcroft attendait son diamant pour lundi. Il ne pouvait plus qu'espérer qu'elle soit à sa boutique aujourd'hui. Il devait à tout prix l'empêcher de se rendre à Bedford Square. Si cette ordure touchait à un seul de ses cheveux…

— Plus vite ! hurla-t-il au cocher lorsque le véhicule ralentit, pris dans la dense circulation de la mi-journée.

Le fiacre était petit et, visiblement, le conducteur maîtrisait sa navigation dans les artères saturées de Londres, car il contourna une berline et la dépassa à toute vitesse. Un instant plus tard, ils prirent un virage si serré que l'étroite voiture pencha farouchement, et déboulèrent sur les pavés noirs de monde de Bond Street. Lorsque le fiacre ralentit, Ben envisagea de sauter sur la voie et de terminer le trajet en courant, mais par miracle, le cocher parvint à se faufiler à travers la foule et tourna sur South Molton Street. Ben, jaillissant de l'habitacle, offrit le double de la course au conducteur et se précipita vers la porte principale de *Princes of London*. Lady Josephine, qui visiblement lisait confortablement installée dans un fauteuil, sursauta à son entrée fracassante et en lâcha son ouvrage.

— Doux Jésus, inspecteur. Vous m'avez fait une peur bleue !

— Pardonnez-moi, milady. Où est Alexandra ?

— Elle est partie faire une course.

La jeune femme tourna les yeux vers une rangée d'anciennes pendules.

— Elle devrait revenir d'une minute à l'autre.

— Miss Prince est partie informer Lord Holcroft de la disparition de son diamant, inspecteur, intervint Mr Gibson en émergeant de son atelier, le front plissé par l'inquiétude. Y a-t-il un problème ?

— Oui, Mr Gibson. Il y a un problème.

Ben traversa la pièce en trois enjambées et se planta devant lui :

— Savez-vous à quelle adresse elle s'est rendue ?

Mr Gibson fit un geste en direction du comptoir.

— Il nous avait laissé son bristol, mais elle a dû l'emporter. Je crois me souvenir que c'était sur Grosvenor Square. Au numéro 8.

Ben vit volte-face et quitta la boutique sans cérémonie, avalant les pavés de ses longues jambes à la recherche d'un autre fiacre. Une voiture braqua vers lui et ralentit au bord de la voie pour lui permettre de monter. L'inspecteur lui cria l'adresse. Luttant contre la nausée qui menaçait de lui retourner l'estomac, Ben regarda les rues du quartier commercial défiler à toute vitesse de l'autre côté de la fenêtre. Puis le fiacre fila sur Brook Street et remonta l'avenue en direction de l'un des squares les plus en vogue de Londres. La distance correspondait à celle d'une promenade de santé et chaque fois que le véhicule ralentissait, Ben regrettait de ne pas être parti à pied. Lorsqu'il l'aperçut, le policier frappa contre la paroi de l'habitacle pour exiger l'arrêt. Elle avançait d'un pas tranquille sur le trottoir, saine et sauve.

— Alexandra !

La jeune femme pivota tout de suite et écarquilla les yeux de surprise, un sentiment aussitôt chassé par un soupçon de tendresse, lui-même immédiatement remplacé par une expression irritée.

— Que voulez-vous, inspecteur ?

Il fut auprès d'elle en une fraction de seconde, mais s'efforça de ne pas la toucher.

— J'ai une information très importante à vous communiquer.

Elle haussa un sourcil :

— Je suis ici pour affaires. Qu'y a-t-il ?

Et soudain, Ben se trouva incapable de réfléchir. Sa langue refusait de formuler les mots. Elle n'avait pas encore rendu visite au numéro 8 et un soulagement si puissant s'abattit sur lui à cette prise de conscience qu'il en submergeait sa capacité à raisonner. Mais il avait besoin d'une stratégie, et vite.

— Je vais vous accompagner.

— Pardon ? Pourquoi ? Tout ceci n'a rien à voir avec vous, inspecteur.

Elle jeta un œil en direction du square verdoyant de l'autre côté de la voie.

— Et j'ai déjà une ombre qui me suit partout.

L'agent Collier s'assit sur un banc en fer forgé et observa Ben d'un air perplexe.

— Vous savez vous servir d'un revolver, n'est-ce pas ?

Il plongea la main dans sa poche, envisageant sérieusement de lui demander de l'emporter pour sa visite chez Holcroft.

— Je...

Elle souffla avec agacement.

— J'en ai tenu un et je me suis exercée au tir. Il y a longtemps. Pourquoi ?

— Avez-vous une poche spacieuse dans cette robe ?

— Non. Pourquoi ? Je ne voudrais pas d'un revolver, même si j'avais la place de l'emporter.

Ben s'approcha d'elle et la jeune femme recula d'un pas.

— L'homme auquel vous rendez visite n'est pas Lord Holcroft. Ou, à tout le moins, il n'est pas l'aimable aristocrate pour lequel il se fait passer.

— Comment le savez-vous ?

— C'est trop long à expliquer, mais soit cet homme travaille pour M, soit…

L'alternative lui tira un frisson et il sentit ses doigts se refermer instinctivement sur la crosse du revolver dans sa poche.

— Soit il *est* M.

La jeune femme en resta bouche bée un instant, puis elle referma la mâchoire avec détermination et Ben put presque voir les rouages de son cerveau se mettre à tourner à toute vitesse.

— Si nous y allons ensemble, il risque de comprendre ce qu'il se passe et il pourrait faire quelque chose de drastique.

Elle tourna la tête en direction de la rangée de maisons de ville.

— Laissez-moi y aller et l'attirer au-dehors.

— Non.

Il la voulait soit à ses côtés, soit le plus loin possible de ce square. Elle poussa un soupir las.

— C'est comme avec Grendel. Pour l'appâter hors de sa cachette, j'ai dû utiliser une soucoupe de lait. Je suis certaine de pouvoir l'attirer dehors. Laissez-moi essayer.

Elle s'humecta les lèvres, semblant comprendre ce qu'elle encourrait.

— L'agent Collier et vous ne serez qu'à quelques pas, s'il se passe quoi que ce soit.

— Si je vous vois pénétrer dans cette maison, je vous poursuivrai sans attendre.

— Parfait, approuva-t-elle d'un souffle tremblant. S'il est vraiment ce que vous dites, je n'ai aucune envie de rester seule avec cet homme.

Ben s'éloigna d'Alexandra et, à l'allure d'un gentilhomme en promenade, s'approcha d'un arbre derrière lequel il se dissimula. Collier l'observait à une dizaine de pieds de là. Ben balaya les environs du regard et fit signe à l'agent de descendre la rue afin de s'éloigner des fenêtres du numéro 8. Allie lui jeta un coup d'œil discret avant de se diriger vers l'entrée de la maison. Elle grimpa les marches du perron et souleva le lourd heurtoir. Plusieurs minutes s'écoulèrent, puis elle frappa à nouveau. Une femme âgée affublée d'un bonnet ouvrit la porte un instant plus tard.

— Bonjour, mademoiselle.

— Bonjour madame, je suis venue voir Lord Holcroft.

— Qui ?

La dame aux cheveux gris parut sincèrement déroutée.

— Lord Thomas Holcroft. J'ai sa carte, tenez.

Allie plongea une main dans sa poche et en tira un bristol rouge brique fort semblable à celui qu'elle avait un jour déposé à son bureau. La domestique contempla le rectangle cartonné d'un air profondément stupéfait, puis se frotta les mains.

— Il ne réside donc pas ici ? demanda l'antiquaire à l'intendante.

— Je n'ai jamais entendu ce nom de ma vie et je sers la famille Denby depuis une cinquantaine d'années.

Ben capta une voix d'homme qui retentit derrière la vieille dame, mais ne put distinguer ce qu'il disait.

— Oh ! Lord Denby. Cette jeune femme cherche un certain Lord Holcroft et semble croire qu'il réside ici.

Le propriétaire approcha et la domestique s'effaça pour lui laisser la place.

— Est-ce là quelque cruelle plaisanterie ?

L'aristocrate sortit la tête à l'extérieur et balaya le square d'un regard irrité.

— Qui vous envoie ?

— Veuillez me pardonner, Lord Denby. Je ne songeais nullement à mal. J'ai reçu un bristol à votre adresse de la part d'un homme que je croyais être Lord Holcroft.

— Eh bien, il n'a jamais vécu ici. Il ne vit d'ailleurs plus du tout.

Allie jeta un coup d'œil en direction de Ben.

— Toutes mes condoléances, milord. Vous le connaissiez donc ?

— Très peu. C'était un enfant. Un ami de mon fils. Ils sont morts tous les deux dans un naufrage.

Allie inclina la tête respectueusement avant de lever à nouveau les yeux vers l'homme.

— J'en suis profondément navrée, Lord Denby, et j'espère que vous me pardonnerez ce malentendu.

L'aristocrate poussa un grognement furieux et lui claqua la porte au nez. Allie fit volte-face, descendit les marches et demeura debout sur le trottoir, l'air démuni. Ben quitta le parc et l'entraîna à l'écart de la résidence des Denby.

— Que se passe-t-il ? demanda-t-elle.

Elle ne semblait ni en colère ni véritablement perplexe, mais profondément triste, et Ben brûlait de la réconforter.

— La partie n'est pas terminée, Alexandra. Je ne détiens peut-être pas encore toutes les réponses, mais je connais notre prochaine étape.

Il s'autorisa à tendre la main vers elle et fut heureux de la voir glisser ses doigts au creux de sa paume.

— Retournez chez *Princes* avec Collier. J'ai besoin de vous savoir en sécurité. Je touche au but, j'en suis certain. Toute cette affaire pourrait bien être enfin terminée ce soir.

— Je veux vous accompagner.

— C'est hors de question.

Elle planta un poing sur sa hanche.

— Si nous jouons une partie d'échecs, alors il a fait de moi l'une des pièces. Il a envoyé un homme dans ma boutique, peut-être même est-il venu en personne avec un déguisement. Tout cela dans le but de me duper, de m'attirer ici. Il s'attendait à une livraison aujourd'hui, il savait que je me présenterais à cette adresse.

Levant les mains avec exaspération, elle ajouta :

— Qu'est-ce qu'il prépare ?

— Je l'ignore. Raison de plus pour mettre un terme à votre implication.

— Je pourrais servir d'appât.

Ben rit. Cette femme n'avait décidément pas son pareil pour le désarçonner ! Elle allait finir par le rendre fou.

— On utilise du lait pour allécher un chat. Et du fromage pour tenter une souris.

Elle commençait à se laisser convaincre par son propre argumentaire, ses yeux scintillaient d'excitation.

— Et parfois, aux échecs, on expose la dame pour attirer le roi à découvert.

— Il est hors de question de vous exposer à quoi que ce soit.

— Parce que je suis une femme ?

Ben la saisit par les épaules. L'épuisement et les séquelles de sa nuit à boire du whisky élimaient son sang-froid, mais elle refusait toujours de l'écouter.

— Parce que je vous aime, Alexandra. Parce que je ne puis supporter l'idée qu'il vous arrive le moindre mal.

Des larmes contenues firent briller les yeux de la jeune femme et Ben l'attira contre lui. Elle plaqua sa joue contre son torse et il poussa un long soupir. Il se moquait même que la plume dressée sur son joli petit chapeau lui chatouillât le menton. La seule chose qui lui importait était de la protéger.

— Je vous aime aussi, murmura-t-elle.

Puis elle leva la tête pour croiser son regard.

— Et c'est pour cette raison que je vais vous accompagner.

Il devait avoir perdu la tête. C'était la seule explication. Elle s'était emparée de son cœur, mais aussi de sa raison. Le fiacre cahotait en direction de Bedford Square. Alexandra était assise à côté de lui, vibrante d'énergie. D'impatience.

Dieu lui vienne en aide.

Il était fou de permettre une telle chose. Il manquait à tous ses devoirs. Seigneur, il avait même ordonné à Collier, l'homme qu'il avait personnellement sélectionné pour l'escorter, de gagner Bedford Square par ses propres moyens, car le fiacre ne pouvait les accueillir tous. La seule chose qui le réconfortait était la chaleur de la paume de la jeune femme sur son genou.

— Plusieurs agents sont déjà sur place, mais je leur ai demandé de patienter. Aucun d'eux ne devrait s'être approché des résidences, mais j'espère qu'ils ont établi une surveillance et recensé les voies de sortie.

Ben gronda en repensant à sa dernière visite de Bedford Square.

— Il s'est joué de moi une fois, avec son gambit. Je suis passé par l'arrière-cour tandis qu'il fuyait par l'avant.

— Consentez-vous à suivre mon plan ?

— En toute honnêteté, mon aimée, je déteste votre plan, reconnut-il, ne souhaitant rien de mieux que de la savoir loin de toute cette folie. Mais il pourrait marcher, ajouta-t-il sur le ton de la concession.

Se tournant vers elle, il tendit une main pour caresser sa joue.

— Mais si la ruse ne prend pas, vous devrez vous retirer sous escorte d'un de nos agents. Sommes-nous d'accord ?

Alexandra serra la bouche d'un air boudeur avant de se mordiller la lèvre inférieure.

— Alexandra. Je ne vous laisserai pas agir en douce, cette fois. Nous allons suivre votre plan et, s'il échoue, nous essaierons le mien.

Il leva son autre main et nicha son doux visage entre ses paumes.

— Promettez-le-moi.

— Je vous le promets.

C'était la première fois qu'il parvenait à lui arracher une promesse et il espérait qu'elle tiendrait parole.

— Commencez par cette maison.

Ben désigna la demeure vide qu'il avait fouillée un mois plus tôt, à l'époque où il ignorait encore que M possédait plus d'une propriété dans ce square. Comme on le lui avait demandé, le cocher fit le tour du square avant de s'arrêter devant la résidence en question. Alexandra mit pied à terre et se dirigea tout droit vers la porte d'entrée. Ben l'observa depuis la pénombre de l'habitacle. Lorsqu'elle frappa à l'huis, il balaya le square d'un long regard et remarqua plusieurs de ses agents. L'un d'eux parcourait le petit parc d'un pas tranquille. Un autre s'était adossé dans un passage entre deux des maisons adjacentes à celle de M.

À sa grande surprise, quelqu'un ouvrit la porte devant Alexandra. Ben ne reconnut pas l'individu, mais son apparence lui rappelait celle des hommes de Demming.

— Z'êtes trompée de maison, m'dame, grommela l'inconnu.

Sa mauvaise élocution et son accent des docks confirmèrent les soupçons de Ben. Alexandra fit volte-face et regagna le trottoir. Elle évita soigneusement de regarder dans sa direction ou dans celle des policiers en civil positionnés aux quatre coins du square et traversa la rue en direction du parc. Ben crut qu'elle venait à sa rencontre, mais elle changea de cap au dernier moment. Il serra les dents. Un vieil homme se tenait là, une canne à la main, et semblait attendre que son chien au poil blanc et duveteux finisse de renifler la pelouse.

— Je vous prie de m'excuser, monsieur, l'appela Alexandra. Je cherche la résidence de Lord Holcroft et je crains que l'on ne m'ait donné la mauvaise adresse.

Le vieillard plaça sa main à son oreille en guise de cornet acoustique.

— Je vous demande pardon, milady ?

Alexandra s'approcha. Ben se demandait combien de secondes il lui faudrait pour courir jusqu'à eux. Il considérait tous les inconnus comme des menaces, à présent. Même les vieux bonhommes décrépits.

— Holcroft, répéta-t-elle.

Le vieil homme marmonna quelque chose que Ben ne put saisir, puis il leva sa canne en direction de l'une des propriétés qu'il savait appartenir, du moins sur le papier, à Lord Holcroft. Alexandra hocha la tête pour le remercier, puis fit volte-face et se dirigea vers la demeure indiquée, à l'extrémité opposée du square. Elle monta deux marches et frappa à l'aide du heurtoir doré installé au centre de l'épaisse porte rouge. Ben fit mine de se promener dans le square, avec l'intention de se rapprocher d'elle. Il jeta un coup d'œil à l'un de ses hommes et, d'un discret signe du menton, lui indiqua de se repositionner devant la maison. Du coin de l'œil, il vit un autre agent se diriger vers l'une des venelles menant à l'arrière des propriétés. Un immense chêne planté pile en face de la façade permit à Ben de se dissimuler tout en gardant une bonne vue sur les fenêtres. Lorsqu'il fut en place, il entendit une porte s'ouvrir. Alexandra se mit à parler à quelqu'un, mais cette partie de la rue dormant à l'ombre de grands arbres, Ben ne put distinguer le visage inconnu dans la pénombre. Plaqué contre le tronc du chêne, il s'autorisa alors à sortir la tête pour jeter directement un œil au perron, curieux de découvrir si la jeune femme était parvenue à attirer son interlocuteur dehors. Mais une panique glacée doucha toutes ses certitudes, car la porte rouge claqua, Alexandra avait disparu.

21

Ce ne fut que lorsqu'elle se trouva tout près de lui qu'Alexandra sut qu'elle avait déjà croisé le vieillard. Au début, elle s'était approchée sans crainte, le prenant pour un simple habitant de Bedford Square. La présence du joli chien blanc l'avait tout de suite mise à l'aise. Et elle devait bien admettre qu'il avait terriblement bien joué son rôle, allant jusqu'à feindre une légère surdité pour l'encourager à venir plus près. Et lorsqu'elle s'était trouvée suffisamment proche pour que Ben et les autres agents en poste autour d'eux ne puissent entendre leur échange, elle l'avait reconnu. C'était lui, l'homme qui s'était présenté dans sa boutique. Le Holcroft jovial et loquace.

— Il y a des tireurs d'élite embusqués en hauteur dans quatre maisons du square, murmura-t-il. Tous ont le canon pointé sur votre cher inspecteur.

Son corps avait bien failli la trahir. Elle s'était figée, quand elle aurait dû courir et, pour une fois qu'elle avait vraiment besoin d'une réponse impulsive, sa langue avait refusé d'obtempérer. Mais à présent, elle ne regrettait pas sa réaction. Elle ignorait comment Ben avait découvert le repaire de l'insaisissable M, mais Alexandra était convaincue que le vil marionnettiste avait tout orchestré. Ben et elle n'étaient rien de plus que des poissons piégés dans son bocal et elle croyait volontiers à la présence d'hommes de main dissimulés aux étages de ses propriétés. Ils avaient adopté une position stratégique qui leur conférait un net avantage.

— Allez frapper au numéro 2 et entrez.

L'acteur, le criminel, le conspirateur, ou quoi qu'il puisse être, lui adressa un rictus méprisant.

— Filez, petit oiseau. Votre cage vous attend.

Allie obéit, car elle ne pouvait supporter l'idée de mettre la vie de Ben en péril. Ils étaient peut-être de piètres voleurs, mais il y avait dans la voix du faux vieillard une intonation qui lui glaça le sang. Pour un homme capable de feindre la gentillesse avec autant de talent, il pouvait aussi instiller un indicible effroi dans le cœur de quelqu'un. L'individu qui lui ouvrit la porte avait une carrure de taureau et il lui saisit le bras avec une telle force que la jeune femme sentit aussitôt ses doigts s'engourdir. Il la mena à travers un intérieur coquettement meublé puis, sans crier gare, il plaqua une main de géant sur ses yeux et la poussa dans une autre pièce, puis une autre, avant d'enfin la relâcher.

Sa prison était bleue. D'un azurin froid et pâle, sans lambris, frise ni dorure, sans aucune de ces touches de chaleureuse élégance que l'on retrouvait d'ordinaire dans une belle maison de ville londonienne. Elle en fit d'abord le tour, examinant les murs vides et sans ornement à la recherche du moindre signe d'une ouverture. La porte à travers laquelle on l'avait poussée ne disposait d'aucune poignée de ce côté-ci et se fondait presque parfaitement à la paroi. Au bout d'un moment, elle se débarrassa de son manteau, de ses gants et de son chapeau et songea même à ôter ses bottes, puisque leurs talons étaient sans doute ce qui s'approchait le plus d'un marteau. Elle pourrait les utiliser pour frapper quelqu'un avec une certaine force, ou peut-être rogner un trou dans ces maudits murs, si elle devait en arriver là. Plus tard encore, elle s'adossa à l'une des parois et se laissa glisser jusqu'à s'avachir sur le parquet de bois poli. Mais, incapable de tenir en place, elle ne tarda pas à se relever et à refaire les cent pas.

— J'ai choisi cette pièce, car sa couleur s'accorde merveilleusement à celle de vos yeux. N'êtes-vous pas d'accord ?

Allie tourna brusquement la tête vers l'origine de la voix, mais il n'y avait personne d'autre dans la pièce. Puis soudain, elle la vit. Une grille peinte sur le mur opposé. Il se servait d'une sorte de mécanisme pour que sa voix lui parvienne à travers ce bout de métal.

— Pourquoi faites-vous cela ?

Un rire aigu et froid, sans la moindre trace de véritable égaiement, emplit la pièce.

— Parce que tout cela m'amuse. N'est-ce pas une raison suffisante ?

— Vous n'êtes pourtant pas très doué.

Allie se demanda s'il ne viendrait pas un moment où elle regretterait son excès d'audace, mais devant un homme trop lâche pour lui faire face, elle estimait sa remarque justifiée.

— Vous n'êtes pas parvenu à voler les joyaux de la Couronne et ne m'avez dérobé qu'un diamant qui, si je ne m'abuse, vous appartenait déjà.

— Vous oubliez le chantage, ma chère. À moins que votre amant ait oublié d'en faire mention ? Mais j'imagine que les péchés de notre prince ne font pas un récit adapté à vos chastes oreilles.

— Il ne m'en a rien dit, c'est vrai. Ce plan-là a-t-il lui aussi lamentablement échoué ?

— Aucun de mes plans n'a échoué, rétorqua le criminel. Pour parvenir à mes fins, je n'avais nul besoin de la rançon que j'ai exigée à Bertie, ni même de placer sa ridicule couronne sur ma tête. J'ai insufflé la terreur dans son cœur. Le vieux dragon s'est agité sur son trône, anxieux d'échapper à l'humiliation. Non, mes plans ont parfaitement fonctionné, Miss Prince.

Il haussa le ton et sa voix se répercuta contre les murs de la pièce.

— Semer le chaos est une récompense en soi, ma chère.

— Vous croyez ?

Peut-être qu'en l'encourageant à parler, elle parviendrait à distraire son attention de Ben et des agents rassemblés dans le square, le temps qu'ils mettent leur plan en branle. Et elle était certaine que Ben en avait un.

— Pour tous ces arrogants persuadés que la fortune et le pouvoir les rendent intouchables, rien n'est plus dangereux que le bouleversement de l'ordre établi. Ma famille a connu la disgrâce, la faillite. Nous avons été privés de notre influence et de nos privilèges. La reine et ses rejetons ne devraient-ils pas ressentir, au moins une fois, un soupçon de cette angoisse ?

— Vous les haïssez.

L'homme lui répondit d'un ricanement méprisant :

— La haine est un sentiment trop infantile. Disons que j'éprouve... un complexe ressentiment.

Allie perçut des éclats de voix masculines de l'autre côté des murs de sa prison.

— Je doute que le ressentiment, aussi complexe soit-il, s'avère très gratifiant, surtout lorsqu'on ne parvient jamais à mener son plan à bien.

À travers la grille, elle entendit du mouvement, puis un long soupir irrité.

— J'ai pourtant mené tous mes plans à bien. Je vous croyais intelligente, mais de toute évidence, j'avais tort et je puis en dire autant de votre inspecteur.

— Alors, pourquoi ne pas nous laisser tranquilles ? Trouvez donc quelqu'un d'intelligent à tourmenter !

Un nouveau ricanement, si fort qu'il emplit la pièce, poussa Allie à se couvrir les oreilles de ses mains. Elle ne songeait qu'à Ben. Il allait chercher à entrer, elle en était certaine, et il ne s'arrêterait pas avant de l'avoir retrouvée, mais elle craignait qu'il tombe sur des forces le dépassant. Outre le goliath barrant l'entrée, elle ne doutait pas que d'autres hommes protégeaient ce fou à lier. Elle retira finalement les mains de ses oreilles. Le rire avait cessé, mais elle pouvait entendre le bruit glaçant d'une respiration à travers la grille. Que prévoyait-il de leur infliger qui puisse susciter cette froide hilarité ? Allie s'éloigna le plus possible du mur à la grille et se laissa glisser au sol, les jambes étendues devant elle. Elle aurait dû accepter le revolver de Ben. Ou dissimuler un couteau dans sa botte. Eve gardait probablement toujours un surin sur elle. Dom également.

Basculant la tête en arrière pour la poser contre le mur, elle ferma les paupières. Des cris de l'autre côté de la paroi attirèrent son attention et, rouvrant les yeux, elle se tourna pour presser une oreille contre la cloison, le cœur battant la chamade. C'était la voix de Ben. Il beuglait des ordres. Puis elle perçut des bruits de pas et le fracas d'un meuble renversé. Elle ferma à nouveau les paupières, feignant la fatigue, et écouta attentivement. Un coup de tonnerre retentit et Allie sentit ses yeux s'emplir de larmes. C'était un son qu'elle n'avait plus entendu depuis des années, celui d'un tir d'arme à feu. Presque aussitôt, une chorale de hurlements y répondit, mais la jeune femme ne pouvait discerner le moindre mot clair et cela la rendait folle. C'était à croire que ces maudits murs étaient remplis d'ouate.

Elle tourna un regard noir en direction de la grille, sans trop savoir si le criminel pouvait la voir ou seulement lui parler par le biais d'un mécanisme, comme dans ces tubes installés dans les demeures des familles les plus fortunées et qui permettaient aux maîtres de maison de communiquer directement avec le quartier des domestiques. S'il arrivait quoi que ce soit à Ben, elle creuserait ce mur avec les ongles et ferait payer ce misérable lâche qui aimait tant jouer les fantômes.

La douleur, en plus d'être aiguë, le brûlait comme si tout le sang à l'intérieur de son corps affluait à l'endroit où la balle l'avait atteint, juste au niveau du biceps. Mais Ben pouvait encore se servir de son bras et ses doigts répondaient normalement. Dès qu'il eut ôté son pardessus et sa veste, il réalisa que le projectile n'avait fait que l'érafler.

Son propre tir avait infligé bien plus de dégâts.

Ils avaient échangé un coup de feu presque simultanément et l'homme de M s'était effondré dans un vacarme assourdissant. Ben s'était empressé d'éloigner l'arme lâchée d'un coup de pied avant de s'agenouiller près du criminel pour tenter de le réveiller, sans succès. Il n'avait pas le temps de se morfondre, mais la culpabilité n'en pesa pas moins lourd sur ses épaules. Jamais il n'avait eu l'intention de prendre une vie, seulement de capturer un malfaiteur. Ses agents avaient déjà passé les menottes à trois autres complices, mais ces derniers insistaient sur le fait que l'homme que Ben venait d'abattre était celui qui avait emmené Alexandra dans l'une des pièces. Il les interrogeait et les menaçait depuis dix minutes tout en s'efforçant de panser sa blessure avec un morceau de tissu arraché à son autre manche.

— Essayez la salle bleue, finit par marmonner l'un des hommes.

— Où est-ce ?

— Elle est dissimulée dans cette pièce.

Il désigna d'un mouvement de tête ce qui ressemblait à une salle de bal, juste derrière Ben. Ce dernier y pénétra sans attendre et remarqua alors que l'endroit n'était qu'une illusion. Les miroirs alignés le long des murs la faisaient paraître plus grande, mais elle était en réalité tronquée. Il nota alors la présence d'une porte entre deux des glaces. Si plate et sans ornement qu'elle se fondait au reste du mur. Mais une poignée dorée scintillait et attira son regard. Il l'abaissa, poussa le vantail et remercia le Seigneur : il l'avait retrouvée. Alexandra bondit sur ses pieds, l'air effrayé et perdu, et courut vers lui. Ben referma son bras valide sur elle et l'entraîna hors de la pièce.

— Attendez, dit-elle en glissant ses mains le long de ses bras.

Il tressaillit et elle le lâcha aussitôt, écarquillant les yeux lorsqu'elle remarqua le sang.

— Ce n'est rien de grave, la rassura-t-il. La balle m'a juste éraflé.

— Est-ce lui qui vous a tiré dessus ?

Lorsqu'elle fit volte-face pour regagner le centre de la pièce bleue, Ben la retint par la taille.

— Non, murmura-t-elle. Regardez.

Elle désigna de l'index le haut du mur opposé, mais l'inspecteur ne discernait rien.

— Inclinez la tête. Vous verrez une grille peinte.

Elle pivota à nouveau pour lui faire face.

— Il m'a parlé à travers ce dispositif, reprit-elle dans un souffle. Il est là-bas, derrière cette cloison.

Ben l'entraîna derrière lui et referma presque complètement la porte derrière lui, puis il fit signe à l'un des agents qui gardaient les hommes menottés.

— Venez avec moi, nous allons le contourner, dit-il à voix basse. Je veux que vous montiez la garde derrière, à droite de la maison. Envoyez Wainwright et qui il voudra se positionner devant. M est ici et je compte bien le faire sortir de son trou.

Alexandra devança Ben :

— Où allez-vous ? Il a forcément entendu tout ce raffut, chuchota-t-elle sans vraie discrétion. Il doit déjà avoir pris la fuite.

— Aucun véhicule ne pourra quitter ce square ni les venelles derrière sans qu'on soit au courant, lui répondit l'agent Eddings.

— Alors il est à pied.

Elle tourna les talons, souleva son jupon et se mit à courir vers la porte d'entrée.

— Là-bas ! cria-t-elle en pointant du doigt un grand individu arborant une barbe brune et des lunettes fumées.

L'homme était drapé d'un long manteau sombre qui lui donnait l'allure d'un grand corbeau. Ben tira son revolver de sa poche et approcha de l'inconnu, qui paraissait profiter de l'après-midi pour se promener tranquillement.

— Halte ! Police.

Le suspect se figea, puis se tourna vers lui avec un sourire.

— Bien le bonjour, inspecteur.

Allie plaça une main sur son bras indemne et murmura :

— Je ne pense pas que cet homme soit M. Ce n'est pas lui qui m'a parlé, dans la maison.

— Comment le savez-vous ? l'interrogea Ben sans quitter l'individu des yeux.

— Parce que c'est lui dont j'ai surpris la conversation à *Chez Hawlston*. Lui que j'ai suivi dans la ruelle et qui a incarné Lord Holcroft lors de sa première visite à *Princes*.

Le grand corbeau hocha la tête, comme pour confirmer ses propos, mais demeura coi.

— Je vais tout de même l'arrêter.

Ben tira une paire de menottes de son autre poche. Allie s'en saisit et les serra autour des poignets tendus du potentiel complice, qui se montrait bien trop docile au goût de l'inspecteur. Très vite, Ben comprit pourquoi. Un autre homme émergea de l'une des résidences de M. Il portait le même déguisement. Puis un troisième individu en tenue semblable, quoi que moins grand, apparut à son tour sur le perron d'une maison qui n'était pourtant pas censée avoir le moindre lien avec M. L'agent Collier, qui semblait avoir finalement trouvé un moyen de gagner Bedford Square, intercepta l'un des leurres. Celui-ci ne se montra guère conciliant et opposa une bruyante résistance lorsque le jeune homme l'interpela. Le dernier acolyte de M déguisé fut également arrêté par un autre membre de la police.

— C'est toujours un satané jeu.

— Je vais tous les interroger, intervint Alexandra, qui paraissait extraordinairement impassible face à toute cette mascarade. Je reconnaîtrai sa voix.

— Embarquez ces trois individus, lança Ben, son ordre se répercutant en écho contre les façades des maisons du square. Je dois encore fouiller cette maison, ajouta-t-il à l'intention de la jeune femme. Restez avec Collier ou un autre de nos hommes. Ne partez pas seule.

— Comme vous êtes sur le point de faire, vous voulez dire ?

Il se pencha pour déposer un baiser sur sa joue, puis s'éloigna.

Il devait le faire. Il devait trouver M et mettre fin à la partie. Alors qu'il grimpait les deux marches du perron en direction de l'entrée de la propriété, Ben eut une dérangeante impression de déjà-vu qui le ramena à sa première visite de Bedford Square. L'après-midi laissait place au crépuscule, mais aucune fenêtre n'était illuminée ni obscurcie par des rideaux. Il craignit soudain de ne trouver qu'une nouvelle coquille vide. Un autre cul-de-sac. Un énième tour de passe-passe. Puis tout à coup, il capta du mouvement à la périphérie de sa vision. Un vieil homme sortait de chez lui, deux numéros plus bas. Ce n'était pas une des résidences de M… pour autant qu'il sache. Affublé d'un épais manteau en laine noire au col bordé d'une fourrure d'un blanc immaculé, le nouveau venu tourna vers Ben un regard surmonté d'une énorme paire de lunettes à la monture en or.

— Je trouve ce square bien trop bruyant, aujourd'hui, déclara le vieillard d'une voix d'aristocrate offensé. Que diable êtes-vous donc en train de manigancer ?

Il agita sa canne et ajouta :

— Voilà près d'une demi-heure que je vous entends crier et courir en tous sens comme des poulets sans tête.

— Nous cherchons un criminel, monsieur.

L'homme grommela, puis poussa une exclamation agacée tout en descendant les marches de son perron en s'appuyant lourdement sur sa canne. Une fois parvenu sur le trottoir, il se tourna vers Ben :

— Eh bien, trouvez-le vite. Que nous puissions enfin avoir la paix.

Ben saisit la poignée de la maison de ville, prêt à l'enfoncer si nécessaire, mais le vantail pivota sans effort. Un maître du crime caché dans une maison ouverte aux quatre vents ? Ce fut alors qu'il comprit. Il tourna à nouveau son regard vers le vieillard qui s'éloignait en clopinant sur le trottoir et son instinct lui souffla soudain que l'on venait encore de se jouer de lui. Ben fit volte-face et se lança à grands pas après le suspect sans pour autant se mettre à courir. Une fois de plus, il regretta de ne pouvoir se déplacer plus discrètement, trouvant ses bottes trop bruyantes chaque fois qu'elles frappaient les pavés. Mais si ce vieil homme était bel et bien M, il n'avait pas encore renoncé à son subterfuge et continuait de claudiquer lentement en direction d'une des sorties du square.

— Halte-là, vieil homme.

Ben tira son revolver de sa poche et recula le chien.

— J'ai quelques questions à vous poser. Ne croyez-vous pas qu'il est grand temps que nous discutions face à face ?

Ben entendit un déclic et le vieillard, se redressant soudain de toute sa hauteur, pivota vers lui et pointa sa canne sur son torse. À sa forme creuse et métallique, ainsi qu'à la façon dont M enroula son doigt autour d'une minuscule détente, Ben reconnut une arme et comprit qu'il le tenait en joue. Il avait entendu parler des cannes fusils, mais c'était bien la première fois qu'on en braquait une sur sa personne.

— Je n'ai qu'une balle, admit M avec un rictus. Mais vous êtes si près. Je ne pense pas pouvoir vous rater. Qu'en dites-vous ?

Ben n'abaissa pas son arme.

— Le square grouille de policiers. Vous n'irez pas loin.

— J'irai toujours plus loin que vous, inspecteur.

Son ton grandiloquent était retombé tel un soufflet et il s'exprimait à présent sur une note plate, comme un enfant en colère.

— Devrions-nous nous écarter de quelques pas ? lança-t-il avec une fausse gravité. Nous affronter comme dans l'un de ces duels démodés ?

Le ciel s'assombrissait à mesure qu'ils parlaient, mais du coin de l'œil, Ben perçut du mouvement venant du parc. Il pria pour qu'il s'agisse de l'un de ses hommes, ou dans l'idéal de plusieurs agents encerclant M.

— D'accord, accepta Ben, affrontons-nous en duel.

Un rictus apparut sous la moustache broussailleuse du criminel, qui recula lentement, sa canne fusil toujours pointée sur Ben. L'inspecteur fit un pas en arrière et, soudain, la silhouette qu'il avait entrevue dans le square bondit en avant et un objet inconnu fendit les airs dans leur direction.

Ou plutôt, dans celle de M.

Ce dernier l'aperçut trop tard et décrivit un large arc de cercle avec sa canne pour dévier sa trajectoire, en vain. Le projectile le heurta en pleine face. Ben saisit sa chance ; il se rua sur le criminel, le força à lâcher son arme et se servit de sa carrure et de son poids pour dominer son adversaire et le faire choir. M poussa un cri suraigu, puis se débattit en hurlant, jetant ses pieds et ses bras en tous sens comme un animal pris dans un filet. Alexandra se précipita alors vers eux d'une démarche inégale. Puis elle se pencha et récupéra l'objet qui avait cueilli M au milieu du front avant que Ben le plaque au sol.

Sa botte.

La jeune femme, souriante, adressa un clin d'œil à son compagnon.

— Monsieur l'agent, par ici ! cria-t-elle en direction du square. Nous avons besoin de vos menottes.

À la grande surprise de Ben, M cessa soudain de lutter et se laissa mollement aller contre le trottoir. Inquiet, l'inspecteur s'appuya sur ses bras et retira aussitôt une partie de son poids de son adversaire, craignant que ce dernier n'ait perdu connaissance. Mais il vit alors la poitrine de M se mettre à hoqueter. Le malfaiteur sanglotait. Ben lui arracha sa fausse barbe, qui céda sans difficulté, lui ôta son extravagante paire de lunettes et contempla avec stupéfaction le visage du maître du crime qu'il pourchassait depuis si longtemps. C'était un jeune homme. Il ne devait pas avoir plus de vingt ans. Ben leva les yeux vers Alexandra.

— Je ne suis pas certain que ce soit lui.

— Relevez-le, lui demanda-t-elle.

Ben hissa le garçon sur ses pieds et le tourna pour permettre à l'agent qui approchait de lui passer les menottes dans un claquement sonore. Alexandra fit un pas vers M. Elle était bien trop près au goût de Ben.

— Restez loin de lui.

— Il ne m'effraie pas. Mais j'ai tout de même une question à lui poser.

Elle leva les yeux vers le jeune homme, qui la dominait d'une bonne tête.

— Croyez-vous toujours que semer le chaos est une récompense en soi ?

Son interlocuteur renifla, puis se redressa de toute sa taille, carra ses épaules couvertes de fourrure et la regarda de haut, un rictus aux lèvres. Il n'y avait pas une trace de larme sur son visage.

— J'ai semé la peur dans leurs cœurs, Miss Prince, et j'y ai pris énormément de plaisir. Tout comme je me suis beaucoup amusé à vous tourmenter, votre inspecteur et vous.

Un rire dément jaillit de sa gorge.

— C'est lui, affirma Alexandra d'un ton décidé avant de se tourner vers Ben. Doutez-vous toujours qu'il s'agisse de M ?

— Bientôt, le monde connaîtra mon nom, murmura leur prisonnier, davantage pour lui-même.

Ben éprouvait un profond dégoût pour ce garçon, mais ne put réprimer un élan de pitié. Il y avait des traces de folie dans son regard, une sorte d'instabilité féroce qu'il n'avait presque jamais observée, même chez les plus cruels des criminels. Son sang se glaçait à l'idée qu'un être si jeune ait pu sombrer aussi loin dans ses propres machinations fielleuses.

— Ramenez un fourgon et transportez-les tous jusqu'à Scotland Yard, ordonna-t-il à l'agent.

— Il est déjà là, Duke, répondit son collègue avant de désigner M d'un signe de tête. On n'attendait plus que le dernier passager.

— Une fois au poste, je le veux sous surveillance constante. Et doublez les effectifs.

— Il sait que je suis une véritable anguille, chantonna M d'un ton railleur tandis que le policier l'entraînait vers le véhicule renforcé.

Ben se tourna vers Alexandra et secoua la tête avec un sourire amusé :

— Sauvé par une botte.

Elle rit et il se joignit à son hilarité.

— Techniquement, je ne vous ai pas sauvé.

— Je puis vous garantir que si. Acceptez l'assurance d'un homme qui avait une arme pointée sur lui.

— Ce n'était qu'une canne. N'est-ce pas ?

Elle fit quelques pas et se pencha pour récupérer l'objet en question. Puis elle l'examina plus attentivement et poussa une exclamation horrifiée.

— Quel système ingénieux !

— Pas assez pour rivaliser avec votre botte.

Elle sourit fièrement.

— Je dois reconnaître que mon intervention est arrivée à point nommé.

— C'est indéniable.

Il lui tendit la main. Elle la saisit avec enthousiasme et Ben sentit une étincelle crépiter dans sa poitrine.

— Elle mérite un article dans un journal londonien, si vous voulez mon avis. Dans *The Illustrated Police News*, peut-être ?

— Vous me taquinez.

Alexandra serra ses doigts. Ben se pencha pour l'embrasser. Jamais il n'avait autant désiré quoi que ce soit, mais sa journée n'était pas finie.

— Je vais avoir beaucoup de travail, ces prochains jours.

— Je comprends.

Elle regarda le fourgon de police quitter le square pour prendre la direction de Scotland Yard.

— Passerez-vous me voir lorsque tout sera terminé ? Au moins pour me rendre visite.

— Je le ferai. Je vous le promets.

L'espoir s'était rallumé en lui. Ce n'était encore qu'une étincelle, mais il mourait d'envie de la raviver.

— Cela me suffit, répondit-elle avec une douce détermination.

Mais Ben savait qu'elle méritait bien plus que cela.

22

Une semaine plus tard

Le dernier samedi du mois vit poindre au-dessus des toits de la capitale un soleil étincelant dans un ciel parfaitement clair, et apporta la fraîcheur revigorante d'une parfaite journée d'automne. Les arbres s'accrochaient encore à leur verdure, mais des touches d'or, de carmin et de safran parsemaient leurs feuillages autant que les allées de Hyde Park, crissant délicieusement sous les roues d'Allie. Dans son panier en osier, elle transportait une tourie en grès remplie de café de *Chez Hawlston* et couverte d'un voile en flanelle. Elle savait que Jo arriverait à bord de l'équipage familial, sa bicyclette attachée à l'arrière, afin de rapporter une manne à pique-nique pleine à craquer de chaussons bien chauds, mais aussi de thé pour celles qui préféraient. Jo l'accueillit en agitant la main avec enthousiasme. Allie arrêta sa monture de métal et constata que pratiquement toutes les membres de leur club de cyclisme étaient déjà là. La plupart avaient adossé leurs petites reines à des arbres et sirotaient leur infusion.

— Oh ! Dieu merci ! s'exclama Agnes Russell. La voilà enfin avec le café.

— Nous sommes également heureuses de vous voir, Allie. Avec ou sans café, corrigea Marion Russell.

Elle avait toujours été un agréable contrepoids au comportement mordant de sa cousine, mais Allie appréciait leur compagnie à toutes deux, car elles étaient absolument férues de cyclisme. Le mois d'octobre agrégeait souvent leur dernière promenade en groupe de la saison, puisque le temps tendait à vite se gâter en novembre. Les jeunes femmes du club se réjouissaient donc toutes de profiter d'une si belle journée pour leur rendez-vous automnal.

— Nous devons encore organiser notre réunion au sujet du dîner de bienfaisance, lui rappela Jo en s'approchant d'Allie pour lui procurer l'une des tasses qu'elle avait apportées.

— Vous avez raison. Je crains que notre première tentative n'ait quelque peu… déraillé.

Jo s'inclina vers elle :

— Oublions cela. Nous avons le temps.

Allie n'aimait guère songer à cette journée, car les émois associés resurgissaient avec force dans son esprit. Jo paraissait le comprendre et s'efforçait d'éviter le sujet ou toute mention de Benedict Drake. Lorsque chacune eut en main une tasse pleine de thé ou de café, Agnes, comme de coutume, offrit de trinquer :

— À la solidarité féminine, à la mobilité et à l'indépendance !

Toutes les membres levèrent leur boisson à la devise du club. Puis les sept jeunes femmes savourèrent leurs retrouvailles en discutant, en riant aux éclats et en échangeant les dernières nouvelles survenues depuis leur réunion de septembre. Une fois théières en étain et tourie en grès vidées de leur contenu, les valets de pied des Wellingdon débarrassèrent les tasses et les demoiselles rassemblèrent leurs affaires pour partir en promenade. Depuis Hyde Park, elles serpentaient généralement jusqu'au musée d'histoire naturelle, contournaient Chelsea, puis traversaient Kensington pour regagner le parc. Il leur arrivait également de prendre vers l'est, en direction de Mayfair, et de faire escale chez *Princes of London*, quand le quartier n'était pas bondé de piétons.

— Je propose que nous empruntions notre itinéraire méridional, aujourd'hui, lança Jo à la cantonade. Oh ! doux Jésus. Shelton, j'ai failli oublier les livres.

Mais le domestique, lui, n'avait apparemment pas omis ce détail, car il se tenait derrière ces dames, les bras chargés d'une caissette pleine à ras bord d'exemplaires de l'ouvrage américain sur le cyclisme qu'elle avait montré à Allie.

— Avant que nous ne nous mettions en route, j'aimerais offrir cet opuscule à chacune d'entre vous. Je me suis dit que nous pourrions nous retrouver lors des mois d'hiver pour le lire ensemble.

— Vous essayez encore de nous transformer en club de lecture, Lady Jo ? la taquina Agnes.

— Vous m'avez percée à jour.

Jo lui adressa un clin d'œil malicieux et renchérit :

— Je suis le génie diabolique de la lecture.

Les cyclistes, une fois le livre en main, s'empressèrent de le feuilleter avec intérêt, puis le rangèrent dans les paniers suspendus à leurs guidons ou dans les sacoches attachées à leurs selles. Allie remarqua alors que deux de leurs membres, têtes penchées l'une vers l'autre, semblaient échanger des cancans à voix basse tout en jetant des coups d'œil curieux en direction de l'entrée du parc la plus proche de l'Albert Memorial. Elle suivit leurs regards afin de découvrir ce qui avait suscité un tel intérêt et sentit son cœur tressauter dans sa poitrine. Benedict Drake avançait dans leur direction et tenait dans sa main un magnifique bouquet de fleurs aux couleurs profondes et aux pétales veloutés. Elle cligna des yeux, comme pour s'assurer que cette image était bien réelle. Il ne portait ni gants ni chapeau, mais arborait un splendide gilet vert émeraude ainsi qu'un élégant costume de jais sous son pardessus balayé par le vent, qui lui conféraient une allure terriblement séduisante.

Cela faisait des jours qu'elle n'avait pas eu de ses nouvelles. Pas même un billet. Et aucun article dans la presse n'avait mentionné l'arrestation de l'homme qu'il appelait M ou la résolution de l'affaire qui avait englouti tant de son énergie. Elle avait découvert, en faisant du rangement chez elle, un détail concernant le bristol que lui avait donné Holcroft. Lottie était venue la trouver d'un air affolé, car en nettoyant le manteau d'Allie, la chambrière avait remarqué une tache dans la doublure satinée de sa poche. Une tache rouge brique. La carte de visite avait déteint et lorsque Allie l'avait entièrement lavée, le rectangle de carton lui avait révélé un nom différent : Mortimer Denby. Les morceaux de papier placés dans le coffre-fort, ceux comportant un M, un O et une pendule pour indiquer l'heure, prenaient enfin tout leur sens. Elle avait aussitôt envoyé à Ben une missive et cela faisait deux jours qu'elle attendait une réponse. Son cœur optimiste avait continué de lui souffler qu'ils pourraient être ensemble, maintenant que l'affaire était résolue. Mais il n'était pas venu, et Allie avait commencé à perdre espoir. Aussi, le voir se diriger ainsi vers elle dans un tel étalage de beauté masculine avait quelque chose de terriblement grisant.

— Allons bon, qui est cet individu ? se plaignit Agnes. Ne réalise-t-il pas que ce club est réservé aux femmes ?

— Je doute que nous puissions interdire aux hommes de se promener librement dans Hyde Park, Agnes, fit remarquer Marion en adressant un regard amusé à sa cousine.

— Il n'est pas ici pour nous, les informa Jo d'une voix douce.

Et bien entendu, elle avait raison. Benedict ne quittait pas Allie des yeux. Et alors qu'il approchait, la jeune femme eut soudain l'impression d'avoir le corps enraciné sur place et l'esprit prêt à prendre la fuite en chevauchant la brise automnale. Désir, appréhension et espoir enflaient en elle à toute vitesse, chassant toute autre émotion jusqu'à l'en étourdir.

— Je vous remercie pour votre message et vous présente mes excuses pour ne pas y avoir répondu, déclara-t-il en guise de préambule lorsqu'il s'arrêta devant elle.

Il se tenait à quelques pas, afin de lui laisser de l'espace et la liberté de venir à lui.

— J'ai finalement pu lui arracher son nom. Celui de l'ami du fils de ce pauvre homme de Grosvenor Square, qui le croyait mort depuis cinq ans.

— Avez-vous assez de preuves pour l'empêcher de faire du mal à qui que ce soit ?

— Oui, mais vous l'annoncer dans une lettre m'a paru insuffisant. Par ailleurs, j'avais bien plus à vous dire et je tenais à venir en personne.

— Ne voit-il pas que nous sommes en pleine réunion ? demanda Agnes sans prendre la peine de baisser la voix.

Pour la première fois, Ben sembla remarquer les jeunes femmes autour d'eux et il balaya l'assistance d'un regard.

— J'implore votre pardon et votre patience, mesdames. Je dois m'entretenir avec Miss Prince.

— Est-ce important ? répliqua Agnes avec une franchise frôlant l'impolitesse.

— Très important.

La cycliste poussa un long soupir las.

— Très bien, dans ce cas…

Allie ne put réprimer un gloussement.

— Ce n'est pas de votre faute, murmura-t-elle à Ben. Elle est toujours comme ça.

— Ce n'est rien, répondit-il avec un sourire. Rien ne saurait me décourager aujourd'hui.

Il baissa les yeux et sembla soudain se rappeler qu'il s'accrochait à un bouquet de violettes.

— Elles sont pour vous.

— J'admets que je l'espérais.

Allie les reçut avec plaisir, en huma le merveilleux parfum et sourit :

— Que me vaut cet honneur ?

Il déglutit avec difficulté, les yeux rivés sur son visage.

— Tout d'abord, je vous dois des excuses. J'avais…

Il inclina la tête un moment, puis la redressa, le regard étincelant.

— J'avais tort, reprit-il. Et j'en suis navré. J'ai laissé la peur parler pour moi. Guider mes actes. J'ai réalisé que même mes efforts pour décrocher une promotion étaient motivés par la peur. Celle de ne pas être à la hauteur, de ne pas réussir à m'amender pour ce qui était arrivé à George.

Allie sentit les larmes lui monter aux yeux, mais elle refusa de pleurer avant qu'il ait terminé.

— Mais malgré tous les mensonges que je me suis racontés, poursuivit-il d'une voix plus basse, je connaissais la vérité. Je savais que vous étiez plus importante que tout le reste, que notre rencontre était le moment le plus crucial de toute mon existence.

— Oh ! Ben...

— Ce n'est pas tout, l'interrompit-il avec un délicieux sourire qui fit battre le cœur d'Allie à tout rompre. J'aime celui que je suis devenu en vous côtoyant. J'aime toutes les manières dont vous m'avez défié, j'aime votre honnêteté, notre impulsivité et votre capacité à retourner mon monde bien rangé.

Il glissa une main dans la poche intérieure de son manteau et parut hésiter. Haussant un sourcil, il jeta un coup d'œil au groupe de cyclistes par-dessus la tête d'Allie. Sans dire un mot, elle sut qu'il lui demandait sa permission de se déclarer publiquement. En guise de réponse, Allie sourit jusqu'aux oreilles. Alors Ben tira de son gousset une petite boîte absolument parfaite.

— Miss Alexandra Prince, me ferez-vous l'honneur de continuer à retourner mon monde bien rangé jusqu'à la fin de nos jours ?

Il s'avança d'un pas, les feuilles d'automne crissant sous ses pieds, puis il posa un genou à terre et ouvrit la boîte.

— Consentez-vous à m'épouser ?

Au sein de l'écrin, assis sur un coussinet de velours, scintillait un magnifique anneau doré serti d'un unique diamant rond cerné de gemmes lisses d'un étincelant vert olive.

— Est-ce ce que je crois ?

— Vous m'aviez dit que l'ambre vert était très rare, mais

Mr Gibson est parvenu à dénicher une pierre et à la tailler selon mes instructions.

— Ainsi, vous avez conspiré ensemble !

Il gloussa.

— Juste un peu.

— Votre réponse, Miss Prince ! aboya soudain Agnes. Nous avons déjà un quart d'heure de retard sur…

— Chut ! la coupèrent plusieurs de leurs compagnes à l'unisson.

— Prenez votre temps, ma chère, la rassura Jo avec bienveillance.

— Le mariage est une prison pour les femmes, grommela Agnes. À sa place, j'y réfléchirais à deux fois.

— Agnes ! se hérissa Marion Russell. Franchement !

Allie ne quittait pas Ben des yeux tandis que ses camarades cyclistes murmuraient derrière elle.

— Ce ne sera pas une prison, lui promit-il à voix basse. Je sais combien votre indépendance vous est précieuse et je refuse de vous en priver.

— Je continuerai à gérer la boutique.

— Bien entendu.

— Et vous resterez à Scotland Yard ?

Allie ne pouvait oublier qu'il s'était servi de ses obligations comme d'un prétexte à leur séparation.

— Je suis en train d'étudier mes options.

Il n'y avait pas une once de regret dans sa voix. Allie crut même y déceler une franche note d'espoir.

— Il se peut que le métier de détective privé soit davantage taillé pour moi.

— Je suis bien d'accord.

Elle n'aimait guère ce qu'elle avait appris au sujet de Sir Felix ou de son emprise sur Ben.

— M'acceptez-vous, Alexandra ?

— Oui.

Il se releva, l'attira dans ses bras et la souleva de terre dans un élan de joie qui lui tira un grand éclat de rire.

— De tout mon cœur, oui, murmura-t-elle contre son cou.
— De tout mon cœur, répéta-t-il au creux de son oreille.

Deux jours plus tard, une heure avant que Mr Gibson et Allie ne commencent à préparer la boutique pour la fermeture, la jeune femme vit une chaise de louage s'immobiliser face à la devanture. Dom et Eve lui avaient envoyé un télégramme la veille, mais sans offrir un horaire exact de retour. Il fallut plusieurs minutes aux cochers pour décharger tous leurs bagages et Allie sortit proposer son aide pour porter malles et valises à l'intérieur.

Eve l'étreignit aussitôt :

— Comme c'est bon de te revoir !

Allie sourit et serra sa sœur contre elle.

— Toi aussi.

— Crois-moi, tu l'as échappé belle, en restant ici. Tout ce qui pouvait mal tourner a mal tourné, en tout cas, en ce qui concerne le trajet.

— Tout n'a pas *mal* tourné, défendit Dom en approchant d'elles, une cassette en bois poli nichée au creux de ses bras comme s'il berçait un enfant. Nous avons trouvé ceci.

Il tendit la boîte à Allie et ajouta :

— Tu veux bien l'emmener à l'intérieur pendant que nous nous occupons des valises ?

À peine lui eut-il remis son précieux chargement qu'il leva l'index en signe d'avertissement :

— Prends-en grand soin.

— Bien sûr.

Allie ne pouvait qu'imaginer quel trésor ce coffret renfermait, et s'empressa de le déposer prudemment sur le comptoir. Chaque fois que son frère et sa sœur revenaient d'expédition, Allie avait l'impression qu'il émanait d'eux une délicieuse senteur d'air sauvage et de terre fraîchement retournée. Tous deux paraissaient terriblement impatients de lui faire part de leurs découvertes. Dom se débarrassa de son manteau, qu'il laissa négligemment tomber dans un fauteuil du XVIIIe siècle. Eve se débattait encore avec son écharpe lorsqu'elle lui lança un regard exaspéré :

— Qu'attends-tu ? Montre-lui !

D'un pas conquérant, il passa derrière le comptoir et, avec son talent coutumier pour la théâtralisation, fit sauter le moraillon en métal d'un geste et souleva le couvercle de la cassette pouce par pouce. Allie fit un pas en avant pour jeter un œil à l'intérieur. Une magnifique bande d'or estampé, à peine plus longue que son index, capta aussitôt la chaude lumière des lampes à gaz et se mit à scintiller de mille feux, arrosant son écrin d'un halo flavescent qui lui donnait l'apparence d'une relique sacrée.

— Reconnais-tu ce style ? lui demanda Eve.

— Anglo-saxon ?

Sa grande sœur lui adressa un sourire rayonnant de fierté.

— Anglo-saxon, exactement. Ce n'est donc pas le butin viking auquel Dom s'attendait.

Dom tira un chapeau invisible à l'intention d'Eve :

— C'est *ta* découverte, comme j'en ai convenu une demi-douzaine de fois.

— Oui, mais je tenais à ce que tu l'admettes devant Allie, pour faire bonne mesure.

Toutes deux gloussèrent.

— Et ce n'est pas tout ! reprit Eve avec enthousiasme. Nous allons former une équipe complète et y retourner pour réaliser une fouille exhaustive. C'est un bateau-tombe, Allie ! Oh ! tu n'imagines pas tout ce que vous avons déjà trouvé.

— Je vais écrire à Van Arsdale pour que tu puisses intégrer l'équipe, promit Dom.

Allie les observa tour à tour, enchantée pour eux, mais sans éprouver la moindre envie de quitter Londres, la boutique ou son fiancé.

— N'en fais rien, s'il te plaît, je suis parfaitement heureuse ici, lui répondit-elle avec un sourire. Je ne tiens pas à me joindre à l'équipe.

Dom cligna des yeux, incrédule, tandis qu'Eve inclinait la tête d'un air perplexe.

— Si tu en es sûre, articula sa grande sœur, comme si elle s'attendait à ce qu'elle change d'avis dans la foulée. C'est à toi de choisir ce que tu préfères, bien sûr.

— Je préfère gérer la boutique.

Dom haussa les épaules.

— Dans ce cas, c'est réglé.

Il bâilla et se passa une main dans les cheveux.

— Seigneur, je suis épuisé. Et je meurs de faim.

— Voilà qui n'est guère surprenant.

Mr Gibson était vêtu pour rentrer chez lui, mais Allie savait qu'il avait entendu l'arrivée d'Eve et Dom et qu'il n'aurait jamais quitté *Princes* sans les saluer d'abord.

— Gibson ! s'exclama Dom d'un ton des plus chaleureux. Cela me fait très plaisir de vous revoir.

Il se dirigea aussitôt vers le vieil orfèvre et lui serra vigoureusement la main.

— Merci à vous, ajouta Eve, à vous deux, d'avoir veillé sur la boutique en notre absence.

Allie et Mr Gibson échangèrent une œillade complice.

— Est-il arrivé quelque chose pendant notre voyage ? les interrogea Dom, faisant montre d'un minimum d'intérêt.

Il balaya le magasin d'un regard.

— Rien ne semble avoir beaucoup changé. La routine habituelle, j'imagine ?

Allie pinça les lèvres et les sourcils broussailleux de Mr Gibson dansèrent au-dessus de ses yeux.

— Il y a eu quelques événements méritant d'être signalés, répondit la benjamine d'un ton aussi égal que possible.

— Oh ?

Eve, qui l'observait attentivement, parut soudain intriguée.

— Pour commencer, nous disposons désormais d'un coffre-fort neuf et bien plus spacieux.

Eve et Dom échangèrent un regard interloqué.

— Pourquoi ? l'interrogea son frère, l'incompréhension lui barrant progressivement le front. Cela a dû coûter une fortune.

— Heureusement, nous sommes à jour dans nos versements à Lloyd's of London et la compagnie d'assurance a couvert la totalité de son remplacement dans le cadre de la clause de vol.

Eve poussa une exclamation horrifiée.

— De vol ? Qu'est-ce qui a été volé ? intervint Dom, qui se précipitait déjà vers l'arrière-boutique.

— C'est une histoire assez compliquée, répondit Mr Gibson. Mais je vais vous montrer le nouveau coffre.

— Je veux le voir aussi, déclara Eve en leur emboîtant le pas.

Les trois disparurent dans l'atelier de Mr Gibson. Allie demeura seule dans la sale principale et se dirigea vers les oriels pour jeter un œil dehors, guettant Ben. Chaque fois qu'une voiture ralentissait près de la devanture, elle s'attendait à le voir bondir sur le trottoir. Finalement, un fiacre s'arrêta à l'emplacement que la chaise de louage d'Eve et Dom venait de libérer et l'inspecteur en descendit. Il aperçut aussitôt la jeune femme et lui adressa un sourire fauve. Un instant plus tard, il avait franchi la porte et enlacé sa promise. Ses baisers de retrouvailles étaient toujours aussi enivrants et ambrosiens. Cette fois, il la souleva pratiquement de terre, la serrant contre son cœur tandis qu'il plongeait sa langue entre ses lèvres, intensifiant leur étreinte. Puis il la fit tournoyer légèrement, mais sa botte heurta le coin d'une des valises de Dom. Ben baissa les yeux et redéposa la jeune femme par terre avec douceur.

— Ils sont rentrés.

— En effet.

Allie se tenait toujours contre lui, une main posée sur son torse, l'autre sur son bras valide.

— Et vous êtes certaine de vouloir leur annoncer la nouvelle tout de suite ?

— Nous sommes heureux. Nous devrions partager notre bonheur.

Elle caressa les muscles rigides de son bras.

— Ils seront ravis pour nous. Ne vous en faites pas.

— Que se passe-t-il, ici ? tonna soudain Dom depuis l'arrière-boutique, de son ton de grand frère protecteur. Qui êtes-vous ?

Allie rit en se tournant vers lui et Dom écarquilla les yeux, se demandant visiblement si sa benjamine avait bien toute sa tête.

— Dom, Eve, voici Benedict Drake, inspecteur en affaires criminelles.

— Pour quelque temps encore, murmura Ben d'une voix si basse qu'elle seule put l'entendre.

Allie lui lança un coup d'œil amusé et sourit. Ils avaient longuement discuté de sa carrière et Ben avait également pris du temps pour faire évoluer sa réflexion. Finalement, il avait donné sa démission à Scotland Yard et prévoyait d'ouvrir sa propre agence de détective privé. Fitzroy avait tenté de le convaincre de rejoindre son affaire, mais la perspective d'une totale indépendance séduisait beaucoup Ben, et Allie était tout à fait d'accord.

— Est-il ici pour le vol ? s'enquit Eve en apparaissant à son tour, accompagnée de Mr Gibson.

— À l'origine, il était venu dans ce but. Et aussi à propos d'une étrange conversation que j'avais surprise à *Chez Hawlston*.

— Je vous ai également empêché d'entrer dans la maison d'un criminel désaxé, ajouta Ben à voix basse.

— Quelqu'un va-t-il enfin m'expliquer ce qu'il se passe ?

Dom s'avança vers le centre de la boutique en foudroyant Ben du regard.

— Eh bien, nous avons connu plusieurs semaines étonnamment aventureuses, annonça Allie sans plus pouvoir masquer son ravissement. Puis il m'a demandé de l'épouser et j'ai dit oui.

Ben fit un pas de côté et enroula un bras autour de sa taille. Dom les dévisagea, bouche bée, ses yeux écarquillés bondissant de l'un à l'autre. Eve porta une main à sa bouche, visiblement stupéfaite, puis elle passa devant Dom, se précipita vers Allie et la prit dans ses bras. Elle offrit même un large sourire à Ben.

— Dans ce cas, permettez-moi de vous souhaiter avec un peu d'avance la bienvenue dans la famille Prince, inspecteur, s'exclama-t-elle.

— Ben suffira très bien.

Il tendit la main vers elle et Eve la serra avec joie. Dom crispait à présent la mâchoire, figé dans une posture de réflexion, coutumière chez lui et qui n'avait que deux issues possibles : l'acceptation résignée ou l'indignation révoltée. Au bout de quelques instants, il se détendit légèrement et s'approcha de Ben pour lui tendre à son tour la main.

— Tout ceci est affreusement inconvenant, mais je vous souhaite également la bienvenue chez les Prince.

Puis il tourna vers Allie une expression mécontente :

— J'espère que tu as l'intention de nous fournir une explication plus détaillée, un de ces jours.

— Pourquoi ne pas tous sortir dîner ? proposa Allie. Et nous vous raconterons cette longue et complexe histoire.

— Excellente idée ! accepta aussitôt Eve. En vérité, je pense qu'une fois que Dom et moi nous serons lavés et changés, nous devrions aller dîner dès ce soir.

Dom marmonna dans sa barbe d'un ton approbateur.

— Vous joindrez-vous également à nous, Mr Gibson ? lança Allie au vieil orfèvre. Après tout, vous faites partie de la famille.

— J'en serais ravi.

Ben s'écarta de la jeune femme et s'avança pour prendre la place de Dom au centre de la pièce.

— Avant que qui que ce soit ne s'en aille, je pense que ceci devrait tous vous intéresser.

Il plongea une main dans sa poche et en tira un article de journal découpé et plié avec soin.

— J'imagine que vous n'avez pas encore lu l'édition de *The Illustrated Police News* qui est parue aujourd'hui ?

Allie secoua la tête, incrédule, et tendit le bras pour saisir la coupure, qu'elle ouvrit délicatement. Découvrant le titre, elle poussa une exclamation et partit d'un grand rire.

— Est-ce vrai ?

— Comme vous pouvez le constater.

L'article commençait par de jolies illustrations d'Allie et Ben, ainsi qu'une affreuse caricature de Mortimer Denby. Au-dessus trônait le titre : « La propriétaire d'une boutique participe à la capture d'un voleur de bijoux ». Eve, Dom et Mr Gibson s'agglutinèrent autour d'eux pour jeter un œil au morceau de journal. Dom se tourna vers Allie, temporairement béat de fierté et d'admiration.

— On dirait que ces quelques semaines sans nous n'ont pas été de tout repos, finalement, déclara-t-il au bout de quelques instants.

— Bonté divine, intervint Eve qui parcourait l'article des yeux. Tu l'as frappé avec ta botte ?

— Sauvé par une botte, gloussa Ben, qu'Allie poussa malicieusement d'une main sur le torse. Nous devrions l'épingler dans l'arrière-boutique, ajouta-t-il.

— Absolument ! approuva Eve.

Et joignant le geste à la parole, elle arracha pratiquement la coupure des mains d'Allie et s'en fut afficher à la vue de tous la preuve de son héroïsme.

— Merci, souffla Allie en se tournant vers Ben pour enrouler ses bras autour de son cou. Merci d'avoir compris à quel point c'était important pour moi.

— Merci d'être entrée dans mon bureau.

Il jeta un coup d'œil en arrière ; Mr Gibson et Dom avaient suivi Eve et la regardaient accrocher l'article. Ben en profita pour embrasser subrepticement sa fiancée.

— Et de m'avoir sauvé.

— Avec une botte ? le taquina-t-elle.

— De ma peur et de mon ridicule entêtement. Ma place est à vos côtés. Elle l'a toujours été.

— Et comptez-vous y rester ?

— Jusqu'à la fin.

Épilogue

Allie se réveilla en sursaut. Il lui fallut un moment pour se rappeler où elle se trouvait, mais la chaleur apaisante du corps de son époux contre le sien la rassura aussitôt et elle sourit. Ses souvenirs lui revenaient. Elle s'était installée sur ses genoux une heure plus tôt, après avoir découvert qu'il était effectivement possible de faire l'amour dans une voiture en mouvement. Ben caressa la joue de la jeune femme et lui rendit un sourire ensommeillé.

— Cette sieste a-t-elle été agréable ? lui demanda-t-il d'une voix grave et rauque, comme si lui aussi s'était assoupi pendant un temps.

— Très agréable, répondit Allie en se rasseyant sur la banquette de l'habitacle, juste à côté de lui.

Chaque pouce de sa peau qui venait de passer une heure pressée contre lui était toujours délicieusement chaud et Allie fut tentée de se nicher à nouveau dans ses bras pour se rendormir.

— Mais si le temps se tient, ajouta-t-elle, nous ne devrions pas tarder à arriver et je veux graver dans ma mémoire autant de détails que possible.

Allie était déterminée à se souvenir toute sa vie de ce voyage et de le décrire fidèlement dans son journal. Elle ignorait encore si elle publierait un jour les récits de ses périples, car elle espérait que bien d'autres succèderaient à celui-ci, mais elle avait pris la décision, à leur départ de Londres, de coucher sur papier toutes ses impressions et réflexions, comme sa mère l'avait fait au cours de ses excursions avec son mari. Derrière la fenêtre, le comté de Mayo déployait ses contrées si luxuriantes et verdoyantes qu'Allie en avait le souffle coupé. Ce soir, ils descendraient à Newport, près du château de Rockfleet, que l'on pensait le bastion principal de la pirate Grace O'Malley. Allie mourait d'impatience de poser pour la première fois les yeux sur ce qu'il restait de l'édifice du XVe siècle. Elle s'aperçut que Ben avait lui aussi mis son journal de côté.

— Qu'écriviez-vous ?

Elle observa le carnet brun relié de cuir.

— À moins que ce ne soit un dessin ?

Il ne lui avait révélé ses esquisses que récemment, déclarant d'un ton embarrassé qu'elles étaient tout juste passables. Mais elles étaient en réalité d'une qualité remarquable et Allie adorait admirer les sujets qu'il estimait suffisamment intéressants pour les capturer de son crayon. Ben lui avait expliqué qu'il s'était découvert certaines aptitudes, dans son métier d'enquêteur, comme celle du croquis, car il lui avait souvent fallu dessiner ce qu'il voyait sur les scènes de crime. Il avait un style flottant, mais précis, comme s'il s'était entraîné à reproduire rapidement ses modèles.

— Puis-je regarder ? demanda-t-elle, tendant la main pour tapoter le journal du bout des doigts.

Ben saisit l'ouvrage pour elle et le feuilleta jusqu'à atteindre la page sur laquelle il avait travaillé. Allie se pencha en avant, s'attendant à découvrir une esquisse de paysage irlandais ; un bosquet, un troupeau de moutons duveteux ou des nuages fouettés par le vent. Mais à la place, elle tomba sur des croquis d'elle-même, assoupie. Il y avait une demi-douzaine de portraits, mais sur chacun d'entre eux, il était parvenu à capturer un détail unique. La façon dont la lumière glissait sur la courbe de sa joue en plongeant le reste de son visage dans l'ombre. Un léger sourire sur ses lèvres comme si elle rêvait de quelque chose d'agréable. Les lignes que formaient ses sourcils vaguement froncés lorsque son rêvait la troublait. Il avait reproduit chacune de ses taches de rousseur et chacun de ses grains de beauté avec la précision d'un cartographe. Ben avait croqué son image avec beaucoup plus de détails que sur ses œuvres ordinaires.

— Comment avez-vous pu obtenir d'aussi jolis résultats alors que je dormais sur vos genoux ? s'enquit-elle dans un souffle ébahi.

— Je suis un homme extrêmement pugnace.

Il lui adressa un clin d'œil, puis sourit. C'était le genre d'expression parfaitement heureuse qui creusait des pattes d'oie aux coins de ses yeux et une fossette dans sa joue. La chaise de louage s'engagea dans une montée telle qu'Allie eut l'impression qu'ils prenaient soudain d'assaut une colline au flanc particulièrement raide. Elle s'agrippa au revers de la veste de Ben pour ne pas basculer contre le dossier.

Elle avait, hélas, fait une découverte peu agréable sur les excursions : les trajets dans une voiture la brimbalant de cahots en nids-de-poule ne seyaient guère à son estomac. Comme en cet instant.

— Je vous tiens, la rassura Ben en passant un bras derrière elle pour la serrer plus étroitement contre lui.

— Peut-être devrions-nous prévoir nos futurs voyages par bateau, gloussa-t-elle pour masquer son malaise.

Il lui répondit d'un regard dubitatif :

— Le mal de mer peut être tout à fait impitoyable, m'a-t-on dit.

L'idée n'avait rien de séduisant.

— Au moins, au large, nous aurions de l'air frais à foison, raisonna-t-elle.

— Si vous êtes prête à tenter l'aventure, je le suis également, mon aimée.

Il déposa un baiser sur son front, puis marmonna d'un ton inquiet :

— Votre peau est très chaude, ma tendre amie. Si vous vous

sentez mal, nous pouvons demander au cocher de faire halte un moment.

Allie aussi avait remarqué qu'il lui arrivait d'avoir de fortes bouffées de chaleur, en particulier lorsque son estomac la tourmentait.

— Je vais bien et nous devrions bientôt atteindre notre destination. Ensuite, nous pourrons marcher, nous reposer et faire tout ce qu'il nous plaira.

De son bras libre, il attrapa une petite flasque de thé depuis longtemps refroidi, mais qui s'était avéré étrangement apaisant pour la jeune femme. Elle en but quelques gorgées, puis inspira profondément à plusieurs reprises. Une fine pointe de douleur naquit malgré tout dans son bas-ventre. Ben remarqua sa détresse ; il remarquait toujours absolument tout, quand le bien-être de son épouse était en jeu.

— Dites-moi ce qui ne va pas.

Allie se tourna vers son mari et plongea son regard dans ses iris d'ambre vert, si pleins de tendresse, d'amour et d'anxiété qu'elle ne put se résoudre à garder le secret davantage, bien qu'elle eût préféré attendre un meilleur moment. Elle voulait tout partager avec lui. Comme toujours.

— Je ne suis pas malade, Ben.

Il fronça les sourcils, puis poussa un soupir soulagé.

— Le Seigneur soit loué. Mais vous avez tout de même l'air mal en point. Est-ce l'espace confiné de l'habitacle qui vous dérange ?

Il saisit la main d'Allie toujours accrochée à sa veste et embrassa ses doigts.

— Ou le fait d'être coincée avec moi pendant des heures ?

Allie rit et caressa la barbe naissante sur sa joue.

— Allons, ne dites pas de sottises. J'aime être avec vous, peu m'importe où. Et vous avez été si occupé ces derniers temps que j'ai presque l'impression de flouer tout Londres en vous gardant ainsi auprès de moi.

Son agence de détective privé florissait. De nombreuses

demandes pleuvaient chaque jour et Ben prenait un immense plaisir à pouvoir mener ses enquêtes comme bon lui semblait, loin des machinations de finassiers tels que Haverstock.

— Alors, que vous arrive-t-il, Alexandra ?

Il y avait dans sa voix une note d'angoisse qu'elle voulut tout de suite apaiser. Se mordillant la lèvre inférieure, elle plaqua une paume sur son ventre.

— Eh bien, je suppose qu'il n'est pas tout à fait exact de dire que je vous garde auprès de *moi*, répondit-elle en le regardant droit dans les yeux pour ne pas manquer l'instant où il comprendrait. Disons plutôt que je vous garde auprès de *nous*.

Il baissa les yeux vers son estomac, haussa un sourcil, puis un deuxième :

— Voulez-vous dire...

Il déglutit avec difficulté et un pli lui barra le front alors même qu'un sourire étirait lentement ses lèvres.

— Un bébé ?

— Oui.

Allie rayonnait de bonheur. Elle avait patienté plusieurs semaines avant de confier ses doutes à Helen, qui ne les avait confirmés que deux jours avant leur départ en voyage. La jeune antiquaire avait décidé de l'annoncer à son époux au cours de leur premier dîner sur la côte ouest irlandaise, mais elle se demandait à présent pourquoi elle avait tant attendu. Ce genre de merveilleuse nouvelle se partageait. Mais malgré sa joie, elle ne put s'empêcher de remarquer que Ben commençait à pâlir. Une légère incertitude naquit dans sa poitrine.

— Vous êtes... heureux de cette nouvelle, n'est-ce pas ?

Il tendit aussitôt les bras vers elle et Allie s'y nicha avec empressement. Ben enfouit son visage dans le cou de la jeune femme et y déposa un sillon de baisers ardents, jusque derrière son oreille, puis dans ses cheveux.

— Je suis très heureux, mon amour.

Mais il avait la gorge légèrement nouée et Allie le remarqua immédiatement. Elle s'écarta pour le regarder droit dans les yeux :

— Alors pourquoi semblez-vous aussi inquiet ?

Au lieu de répondre, il observa un moment le paysage qui défilait derrière la fenêtre avec une expression angoissée. Cela faisait six mois qu'ils étaient mariés, maintenant, et Allie avait découvert au fil du temps qu'il arrivait à Ben de se perdre dans ses pensées. Son époux était un homme d'une grande intelligence et son esprit avait besoin de prendre le temps de recouper les éléments, d'assembler les indices et, parfois, d'identifier ses émotions, avant qu'il ne soit prêt à expliquer l'idée ou la réflexion à laquelle il était parvenu. Allie, impulsive de nature, s'évertuait à apprendre la patience dans ces moments-là, y compris en cet instant, alors qu'elle souhaitait désespérément entendre son avis sur l'agrandissement de leur famille.

— Je n'ai jamais connu mon père, déclara-t-il soudain en tournant vers elle des yeux hantés par le passé. Et les hommes qui ont fréquenté ma mère n'ont jamais voulu ni pu prétendre à un tel titre.

Allie se sentit presque submergée par l'envie de le rassurer, mais elle devina qu'il avait encore des choses à dire, des poids dont il devait se délester. Elle serra ses doigts entre les siens et attendit.

— J'ignore comment être un bon père, Alexandra. Je n'ai jamais eu de modèle.

— Vous n'en avez pas besoin, répondit Allie d'une voix habitée d'une certitude tranquille. Vous possédez un cœur aimant. Vous savez guider et protéger. Vous m'avez aimée, soutenue, vous avez cru en moi plus que toute autre personne dans ma vie. Faites-en autant avec nos enfants et ils s'épanouiront pleinement.

Elle déposa un baiser sur sa joue et fit glisser son nez le long de la courbe rugueuse de sa mâchoire. Ben tourna la tête et captura ses lèvres des siennes avec tendresse.

— Vous ferez une mère extraordinaire, Alexandra.

Allie sourit et replaça une main sur son ventre.

— Je trouve de bon aloi que notre bébé nous accompagne lors de notre premier voyage.

Une boule d'émotion se forma dans sa gorge et elle déglutit avec difficulté avant d'ajouter :

— Je ferai en sorte qu'il n'ait jamais l'impression d'être mis de côté.

— Nous l'emmènerons avec nous pour chacune de nos excursions, promit Ben.

— Nous lui montrerons que nous l'acceptons et que nous l'encourageons, quelle que soit sa voie.

Ben émit un grognement de protestation :

— Si sa voie l'entraîne vers le crime, je crains que mes encouragements n'aient des limites.

Allie se mit à rire et elle poussa malicieusement son mari d'un coup d'épaule, puis elle se figea en songeant qu'il s'était peut-être exprimé sérieusement. Après tout, son frère avait sombré dans ce milieu… Ben remarqua son incertitude et inclina la tête pour croiser son regard :

— Ma chérie, je n'ai pas de réelle inquiétude quant à l'avenir de notre enfant.

— Moi non plus.

Ce fut au tour d'Allie de se perdre dans ses réflexions.

— Lorsque je songe à notre futur et à notre enfant, je ne pense qu'à l'amour que nous nous porterons, envers et contre tout. Aux joies et aux épreuves.

Ben semblait peiner à trouver ses mots. Il pencha la tête et l'embrassa avec passion, dans une exploration tendre et enivrante qui leur coupa le souffle, puis il posa son front contre celui de sa femme.

— Je suis un homme meilleur depuis que je vous connais. Grâce à vous, je sais que tout ira bien pour notre enfant. Tant que nous serons ensemble, nous pourrons tout surmonter. Je vous aime.

— Je vous aime.

Allie avait en effet l'impression que leurs étoiles s'étaient alignées. Depuis l'instant où elle était entrée dans son bureau de Scotland Yard, elle avait ressenti une attraction irrésistible, une indéniable étincelle. Et aujourd'hui, elle éprouvait un sentiment d'appartenance qu'elle avait toujours craint de ne jamais connaître.

La chaise de louage oscilla, bascula légèrement vers l'avant, puis commença à ralentir. Ben et Allie se tournèrent vers la fenêtre pour admirer le village qui venait d'apparaître de l'autre côté de la vitre et qui les accueillerait pour la nuit. La jeune antiquaire avait enfin atteint l'Irlande, la terre qu'elle avait tant rêvé d'explorer, mais son bonheur n'était comble que grâce à la présence de son mari qui l'enveloppait de son étreinte. Ils avaient entrepris ce voyage de la même manière que toutes les aventures qui tapisseraient leur avenir : ensemble.